シリーズ・はじめて学ぶ文学史③

はじめて学ぶ
フランス文学史

横山安由美/朝比奈美知子 編著

ミネルヴァ書房

はじめに

　本格的なフランス文学史の本はすでにたくさんあるのですが，本書は初めてフランス文学に接する一般の読者のために作られました。専門的に勉強したことはないけれども，一度は自分でフランス語を読んでみたい，そのような要望に応えるのがこの本です。

　本書の構成を説明しましょう。「時代思潮」では，政治や社会背景とのかかわりから文学や社会思想の大きな流れを解説します。「節概説」では，各時代ごとの代表的なジャンルや文学的な特徴などを説明します。「代表的作家と作品」では，古典的な価値をもつ作品ばかりでなく，フランス語の用いられる多様な側面に配慮して作家と作品を選んでいます。「赤頭巾ちゃん」や『海底二万里』など，一般の読者にとって親しみやすいテクストが多数選ばれているのも特徴です。

　また，フランス語の原文を引用し，和訳を添えています。とくに明示していませんが，原文は各執筆者の判断で最も信頼できる版からとっています。たとえフランス語がわからなくても，文字の並びを眺め，自分なりに声に出して読んでみるだけで，それは原典との立派なふれあいなのではないでしょうか。さらに辞書を引き引き，自分で訳してみるのもたいへん面白い作業です。疲れたときは，カフェを片手に「コラム」を読んではいかがでしょう。

　つまみ読みでも結構です。しかし，幸いにも最初から最後まで読んでいただければわかるでしょう。フランス文学はけっこう奥深いものだということを。繊細なもの，愉快なもの，難解なもの，と時代や作家によって特徴はさまざまです。しかしながらいずれの作家も人間を愛し，生きることを愛し，彼らのテクストはそのためのたゆまぬ言葉との格闘に満ち溢れて

いるのだということを。

　一般向けのものを，という編集部の強いご希望に応えて，本書は現場で学生に接している比較的若手の教員たちがそれぞれの創意工夫で自由に執筆するかたちをとりました。しかし私たちがフランス文学の楽しさをこうして自由に表現できるのは，それぞれをご指導下さった先生がたのおかげであり，私たちは過去のさまざまな研究の成果に多くを負っていることをも，言い添えておかなくてはなりません。

　同様にして，本書を通してフランス文学に真剣に関心を寄せてくれる読者が一人でも増えてくれれば，それは私たちの望外の喜びとなりましょう。

　最後に，多大なお力添えをいただいた編集部の澤村由佳さんに深く感謝します。

2001年6月

編　者

目　次

はじめに

フランスの地図

序　章　フランス文学の風土を理解しよう（朝比奈美知子）
　1　パリ，そして豊かな国土 …………………………………… *2*
　2　フランス文学・文化の源流 ………………………………… *3*
　3　フランス文学の精神とは …………………………………… *5*

第1章　[中世] フランス文学の誕生（横山安由美）
　時代思潮 ………………………………………………………… *10*
　1　武勲詩から宮廷風騎士道物語へ …………………………… *13*
　代表的作家と作品
　　『ロランの歌』（作者不詳） ………………………………… *15*
　　ベルール『トリスタン物語』 ……………………………… *17*
　　クレチアン・ド・トロワ『ペルスヴァルまたは聖杯の物語』 ………… *20*
　2　寓意の文学，笑いの文学 …………………………………… *23*
　代表的作家と作品
　　ギヨーム・ド・ロリス／ジャン・ド・マン『薔薇物語』 ………… *24*
　　『狐物語』（作者不詳） ……………………………………… *27*
　3　叙情詩の世界 ………………………………………………… *30*
　代表的作家と作品
　　ベルナルト・デ・ヴェンタドルン「ひばりが歓びのあまり」 ………… *32*
　　フランソワ・ヴィヨン『遺言詩集』 ……………………… *34*

iii

第2章 [16世紀] ルネサンスの息吹 (平野隆文)

- 時代思潮 ……………………………………………………………… *38*
- 1 物語——語る愉悦と語られる倫理 ………………………… *41*
- 代表的作家と作品
  - フランソワ・ラブレー『第三之書・パンタグリュエル物語』 ……… *43*
  - マルグリット・ド・ナヴァール『エプタメロン』 …………………… *46*
- 2 詩的冒険とその果実——プレイヤッド派を中心に ……… *49*
- 代表的作家と作品
  - クレマン・マロ「老いた夫に嫁いだ若い御婦人について」 ……… *51*
  - モーリス・セーヴ『デリー』 …………………………………………… *54*
  - ジョアシャン・デュ・ベレー『哀惜詩集』 …………………………… *56*
  - ピエール・ド・ロンサール「カッサンドルへのオード」 …………… *59*
- 3 内戦期を生きる智恵——モラリストと「政治参加(アンガジュマン)」の詩人 ……… *63*
- 代表的作家と作品
  - アグリッパ・ドービニエ「悲惨」 ……………………………………… *65*
  - ミッシェル・エイケム・ド・モンテーニュ『エセー』 ……………… *68*

第3章 [17世紀] 古典主義の隆盛とその周辺 (江花輝昭)

- 時代思潮 ……………………………………………………………… *74*
- 1 バロックから古典主義へ——不安におののく想像力 ……… *78*
- 代表的作家と作品
  - ルネ・デカルト『方法序説』 …………………………………………… *80*
  - ピエール・コルネイユ『ル・シッド』 ………………………………… *83*
  - ブレーズ・パスカル『パンセ』 ………………………………………… *85*
- 2 古典主義の完成——勝ち誇る絶対王政 …………………… *88*
- 代表的作家と作品
  - フランソワ・ド・ラ・ロシュフコー『箴言集』 ……………………… *90*

　　　　　　　　　　　　　　　　　　　　　　　　目　次

　　　ジャン・ド・ラ・フォンテーヌ「セミとアリ」……………………… *92*
　　　セヴィニエ侯爵夫人「グリニャン夫人へ」…………………………… *95*
　　　モリエール『町人貴族』…………………………………………………… *98*
　　　ジャン・ラシーヌ『フェードル』……………………………………… *101*
　　　ラ・ファイエット夫人『クレーヴの奥方』……………………………… *104*

　3　古典主義の危機——転換期の文学と哲学精神の芽生え…………… *107*
　代表的作家と作品
　　　ジャン・ド・ラ・ブリュイエール『人さまざま』…………………… *109*
　　　シャルル・ペロー「赤頭巾ちゃん」…………………………………… *111*

第4章　[18世紀] 理性と感受性の賞揚（増田　真）

時代思潮………………………………………………………………………… *116*

　1　啓蒙思想の諸相………………………………………………………… *119*
　代表的作家と作品
　　　シャル＝ルイ・ド・モンテスキュー『法の精神』………………… *121*
　　　ヴォルテール『哲学書簡』…………………………………………… *123*
　　　『百科全書』（ドニ・ディドロ，ジャン・ダランベール編）……… *125*
　　　ジャン＝ジャック・ルソー『エミール』…………………………… *128*
　　　ドニ・ディドロ『ダランベールの夢』……………………………… *131*

　2　新しい演劇への模索………………………………………………… *134*
　代表的作家と作品
　　　ピエール・マリヴォー『愛と偶然の戯れ』………………………… *137*
　　　ピエール＝オーギュスタン・ド・ボーマルシェ『フィガロの結婚』… *140*

　3　近代小説の胎動……………………………………………………… *143*
　代表的作家と作品
　　　アベ・プレヴォー『マノン・レスコー』…………………………… *145*
　　　ジャン＝ジャック・ルソー『新エロイーズ』……………………… *148*
　　　ドニ・ディドロ『運命論者ジャックとその主人』………………… *150*

v

ピエール・ショデルロ・ド・ラクロ『危険な関係』……………………… *153*
　4　文学の領域の拡大——詩とその他のジャンル……………………… *155*
　代表的作家と作品
　　　アンドレ・シェニエ「囚われの若い女」…………………………… *158*
　　　ルソーと自伝文学『告白』……………………………………………… *160*

第5章　[19世紀Ⅰ] ロマン主義の高揚とその周辺
（朝比奈美知子・朝比奈弘治）

時代思潮……………………………………………………………………… *164*
　1　ロマン主義の発展……………………………………………………… *167*
　代表的作家と作品
　　　フランソワ゠ルネ・ド・シャトーブリアン『アタラ』……………… *170*
　　　アルフォンス・ド・ラマルチーヌ「湖」……………………………… *173*
　　　ヴィクトル・ユゴー『レ・ミゼラブル』……………………………… *175*
　　　アルフレッド・ド・ヴィニー「狼の死」……………………………… *180*
　　　アルフレッド・ド・ミュッセ『ロレンザッチョ』…………………… *182*
　　　ジェラール・ド・ネルヴァル『オーレリア』………………………… *184*
　　　ジョルジュ・サンド『魔の沼』………………………………………… *187*
　2　近代小説の誕生………………………………………………………… *189*
　代表的作家と作品
　　　スタンダール『赤と黒』………………………………………………… *191*
　　　オノレ・ド・バルザック『ゴリオ爺さん』…………………………… *194*
　　　プロスペル・メリメ『カルメン』……………………………………… *197*
　3　批評と歴史の新しい息吹き…………………………………………… *200*
　代表的作家と作品
　　　ジュール・ミシュレ『ジャンヌ・ダルク』…………………………… *202*

第 6 章　[19世紀Ⅱ] 近代の爛熟（朝比奈美知子・朝比奈弘治）

時代思潮……………………………………………………………… *206*

1　近代小説の発展——レアリスムから自然主義へ………… *208*

代表的作家と作品

　　ギュスターヴ・フロベール『ボヴァリー夫人』…………… *212*

　　エミール・ゾラ『居酒屋』…………………………………… *215*

　　ギ・ド・モーパッサン『女の一生』………………………… *218*

2　近代詩の発展………………………………………………… *221*

代表的作家と作品

　　テオフィル・ゴーチエ「芸術」……………………………… *223*

　　シャルル・ボードレール「万物照応」……………………… *225*

　　ロートレアモン『マルドロールの歌』……………………… *228*

　　ポール・ヴェルレーヌ『言葉なき恋歌』…………………… *230*

　　アルチュール・ランボー「夜明け」………………………… *233*

　　ステファヌ・マラルメ「海の微風」………………………… *236*

3　爛熟と頽廃——世紀末へ…………………………………… *238*

代表的作家と作品

　　ジュール・ヴェルヌ『海底二万里』………………………… *241*

　　ジョリス＝カルル・ユイスマンス『さかしま』…………… *243*

　　モーリス・メーテルランク『ペレアスとメリザンド』…… *245*

第 7 章　[20世紀Ⅰ] 第二次世界大戦以前の文学
　　　　　　　　　　　　　　　　（永井敦子・今井勉）

時代思潮……………………………………………………………… *250*

1　20世紀文学の誕生…………………………………………… *252*

代表的作家と作品

　　ポール・クローデル『真昼に分かつ』……………………… *254*

　　アンドレ・ジッド『贋金つくり』…………………………… *256*

マルセル・プルースト『失われた時を求めて』……………………… *258*
　　　ポール・ヴァレリー『テスト氏との一夜』……………………… *260*
　2　伝統打破の渇望 ……………………………………………… *263*
代表的作家と作品
　　　ギヨーム・アポリネール「犬サフラン」……………………… *264*
　　　ジャン・コクトー『ポトマック』……………………………… *267*
　　　アンドレ・ブルトン『シュルレアリスム宣言』……………… *269*
　3　ヨーロッパと「人間」の危機 ……………………………… *271*
代表的作家と作品
　　　ジョルジュ・ベルナノス『悪魔の陽の下に』………………… *273*
　　　ルイ゠フェルディナン・セリーヌ『夜の果ての旅』………… *275*
　　　アンドレ・マルロー『希望』…………………………………… *278*
　　　アントワーヌ・ド・サン゠テグジュペリ『星の王子さま』… *280*
　　　ジョルジュ・バタイユ『空の青』……………………………… *282*
　　　アントナン・アルトー「東洋演劇と西洋演劇」……………… *284*

第8章　[20世紀Ⅱ] 現代世界のなかの文学
　　　　　　　　　　　　　　　　　　　　（永井敦子・今井　勉）

時代思潮 …………………………………………………………… *290*
　1　人文科学のなかの文学 ……………………………………… *293*
代表的作家と作品
　　　ジャン゠ポール・サルトル『アルトナの幽閉者』…………… *295*
　　　アルベール・カミュ『ペスト』………………………………… *298*
　　　フランシス・ポンジュ「蝸牛」………………………………… *300*
　　　ロラン・バルト『恋愛のディスクール・断章』……………… *302*
　2　文学の可能性への問い ……………………………………… *304*
代表的作家と作品
　　　アラン・ロブ゠グリエ『新しい小説のために』^{ヌーヴォー・ロマン}…… *306*

目次

　　マルグリット・デュラス『太平洋の防波堤』……………………309
　　ミシェル・トゥルニエ『フライデーあるいは太平洋の冥界』………312
　　パトリック・モディアノ『暗いブティック通り』………………314
3　国境を越える文学……………………………………………317
代表的作家と作品
　　クレオール文学『クレオール性礼賛』…………………………319
　　ミラン・クンデラ『不滅』…………………………………………321

参考文献……………………325
フランス文学史　略年表…333
写真・図版出典一覧………341
人名索引……………………343
作品索引……………………347

―――――― コラム一覧 ――――――

第1章	ケルト神話とアーサー王…13		サロン………………………134
	聖杯伝説……………………22		18世紀における出版統制…143
	ジャンヌ・ダルクの人物像…29		摂政時代……………………155
	中世の愛のかたち…………31	第5章	ナポレオン伝説……………166
第2章	ユマニスム…………………40		新聞小説と大衆文学の発展…199
	ルネサンス期の医学………48	第6章	絵画と文学…………………211
	印刷術と宗教改革…………63		東方旅行……………………222
第3章	モラリスト…………………87		子供と文学…………………240
	アカデミー・フランセーズ…107	第7章	1941年3月…………………288
第4章	カラス事件…………………118	第8章	フランスの文学賞…………316

ix

フランスの地図

序 章
フランス文学の風土を理解しよう

（朝比奈　美知子）

ドラクロワ『民衆を導く自由の女神』

文学の楽しみは，何をおいても一つ一つの作品に触れ，それを味わうことに尽きる。しかしながらここでは，さまざまな作品を生み出した「フランス」という風土について考えてみたい。なぜなら，文学作品は，作者という一人の人間の文学的個性が生み出したものであると同時に，作家を取り巻く自然，文化，歴史的環境の相互作用の結晶でもあるからだ。たしかに個々の作品は独立したものだが，さまざまな時代の異なる作家の作品を通して読んでいくうちに，それらの間にある漠然とした共通の感性が見えてくる。それがフランス精神，あるいはフランスのお国柄ともいうべきものなのだ。それを理解することで，作品の鑑賞はより深く豊かなものになるはずだ。

1　パリ，そして豊かな国土

　フランスと聞けばまずパリを思い浮かべる人が多いのではないだろうか。それ自体美術品のように美しいこの街は，世界中の人々を惹きつけてやまない魅力的な観光都市であると同時に，政治，文化をはじめフランスのあらゆる機能が集まる中心であり，さまざまな場所からやってきた多種多様な人々の日常生活が繰り広げられる生きた街である。そのような街だからこそパリは，古来数えきれない文学者たちに霊感を与えてきた。しかし，パリによってフランスのすべてが言い尽くされるわけではない。この街を出て30分も車を走らせれば，風景は一変する。広大な小麦畑や果樹を配した牧草地，そしてブドウ畑…この豊かな大地を知らずしてフランスを理解することはできない。

　フランスは西ヨーロッパの中心部に位置し，その形は六角形，まわりには地中海，英仏海峡，大西洋が開けている。偏西風や暖流の影響で緯度のわりには温暖で，実り豊かな大地に覆われ，森林，鉱物資源にも恵まれたこの国のことを人々は，中世以来「美し国フランス」 la douce France と呼び，愛し続けてきた。フランス研究の優れた著作で知られるドイツの文

明批評家クルティウスも，フランス人がみずから拓き耕した国土にいかに強い愛着を持ち，精神的支えとしているかを力説している。

2　フランス文学・文化の源流

▶ケルト文化　　フランス文学は，過去に存在したさまざまな文学・文化の伝統を受けつぎ，それを独自の形に変貌させながら形成された。その源流のひとつにケルト文化がある。ケルト人は，優れた農耕技術と鉄器により，古代の一時期，フランスを含むヨーロッパのほぼ全土を支配した。現在その文化や風習の名残が見られるのはフランス最西のブルターニュやイギリスのウェールズといった限られた地域になっているが，ケルト起源の風習は，たとえば万聖節 Toussaint のように，フランス人の日常生活に溶け込んだ習慣や行事となって人々の中に生き続けていると考えられている。自然を崇拝し，神秘的なものを憧憬したケルト人は多くの伝説を残した。とくに中世の騎士道物語などにはその影響が色濃く現れている。

▶ギリシャ・ローマ文化の継承　　今日あるフランス文化の形成に決定的な影響を与えたのはローマによる支配である。この土地をガリアと呼んだローマは，紀元前１世紀半ばにカエサルの征服によってフランスのほぼ全土を属州とした。それにともないこの土地の文化も急速にローマ化されてゆく。アヴィニョン，ニームなどの南仏の街をはじめとしてフランス各地に残るローマ時代の闘技場，水道橋などの遺跡はその証である。476年に西ローマ帝国が滅亡した後ガリアの地を制圧したのは，ゲルマンの一部族フランク族だった。征服したローマの高い技術や文化を前にした彼らは，それを引き継ぎ積極的に取り入れることで国を発展させる道を選んだ。後にフランク王国をほぼ現在の西ヨーロッパ全土にわたる大帝国にしたシャルルマーニュがローマ皇帝として戴冠したことも，ローマの持っていた威光を象徴するできごとだった。

ローマから受継いだ遺産のなかで重要なのはまず言葉である。そもそも現在のフランス語はローマのラテン語から発展した言語であるが，ラテン語そのものも，中世以来長きにわたって学術諸分野で使用する言語として重視され，近・現代においても，ことに人文系統の学問を志す者にとっては，必須とも言える教養になっている。

　ローマを継承したフランスは，それを通じて，ヨーロッパ文化の源流であるギリシャの文学・文化の遺産をも継承することになった。以来，ことに古典尊重の気風の強かった16, 17世紀のフランス文学においては，主題においても表現形式においても，しばしばギリシャ・ローマの古典を範として作品が書かれてきた。近・現代の作家，詩人たちも，折りにふれてそれら古代の神話や文学作品を引用し，しばしば着想の源にもしている。つまり，ギリシャ・ローマの古典はフランスの作家たちにとってまさに血肉とも言えるものとなっているのである。

▶キリスト教　さらにフランス文化を根底から支えるものとしてキリスト教がある。フランク王国の創始者クロヴィスはみずからカトリックに改宗し，ローマ教会の権威を後ろ盾に統治を進めようとした。以来，カトリックは国の中心的宗教となって時の権力と密接に結びつきながら発展し，フランスは「ローマ教会の長女」を自認するまでになった。宗教改革の血なまぐさい内戦やフランス革命にともなう混乱を経はしたが，現代に至るまでカトリックはフランス人の精神的支えとして生き続けている。パリのノートル＝ダム大聖堂をはじめ各地に見られる多彩な教会建築は，幾世紀にもわたって受継がれてきたフランス人の信仰の証にほかならない。

　文学の発展もまたキリスト教と深く関わっている。フランス文学の名に値する最古の作品が『聖アレクシス伝』という聖者伝であったことからも察せられるように，キリスト教信仰は，中世の文学における中心的なテーマのひとつであったし，以後も現代に至るまで多くの作家たちが，神と向き合う人間の魂のドラマを作品の中に書き続けてきた。一見そういった精

神の軛(くびき)から脱却しようとしているかに見える作品や思想，たとえば神への憎悪渦巻くロートレアモンの詩やサルトルの無神論的実存主義なども，キリスト教をよりどころとする社会との深刻な対峙なくしては生まれえなかったにちがいない。フランス人にとってキリスト教は，たとえ否定するにしろ正面から立ち向かわずにはすまない自らの精神的な根源なのである。

3　フランス文学の精神とは

▶文学の持つ包括性　　前述のクルティウスは，「フランスにおいては，そしてフランスにおいてのみ，文学は国民の姿の代表と考えられている」と述べている。フランスでは，詩や小説などといったいわゆる文学作品ばかりでなく，ルソーの社会思想であれ，ミシュレの歴史であれ，あるいは政治家の演説であれ，およそ言葉で表現されるものはすべて文学の範疇に入ると考えられ，それぞれの分野を極めようとする者には文学的な素養が求められてもきた。また，ことに19世紀以降には，音楽・絵画など芸術諸分野と文学の間の交流も盛んになり，両者が相互に霊感を与えあってきた。つまりフランスにおいては文学が，文化を形成する諸分野のいわば核としての役割を果たし，それらとの間の密接な関係の中から活力を汲み取りつつ発展してきたのである。

▶理性重視・明晰さ　　18世紀の文人リヴァロルは，「明晰ならざるものはフランス語にあらず」と述べた。この言葉からは自国語に対するフランス人の並々ならぬ自負がうかがわれる。実際彼らは何百年にもわたって自国語を鍛える努力を意識的に行なってきた。17世紀にはアカデミー・フランセーズが設立され，フランス語および文学のあるべき姿についての基準を打ち出すようになったが，ひとつの国において自国語と文学がこれほど明確な形で重視され，国威の発揚ともかかわってきたというのは特筆すべきことである。以来現在に至るまで，いわゆる正統的なフランス語および文学においてつねに重んじられてきた指針，それが明晰

さなのである。この理念の根底には，デカルトの「我思う，ゆえに我あり」の言葉が示す理性重視の態度がある。そして，「よく考えられたことは明確に述べられるものだ」とも言われるように，簡潔で明快な表現は，理路整然とした思考そのものの証明であると考えられたのである。加えて，古典主義以来フランスにおいては，述べる内容ばかりでなく，それを相手に納得させ，魅了するための術，つまり言葉の持つ社交的な側面が重視されてきた。

▶人間に対する関心　フランス文学の関心は人間に集中している。フランスには，モンテーニュ，パスカルらに始まって，人間のあり方や習俗についての考察を文学のテーマとする「モラリスト」の系譜が形成され，現代においても生き続けている。小説や詩などにおいても，フランス文学はもっぱら人間を題材にしてきたと言っても過言ではない。そしてバルザックの小説もボードレールの詩も，鋭い観察眼によって人間を分析し，その美しさや理想ばかりでなく，苦悩，弱さ，醜悪さなどあらゆる面を包み隠さず描いてきた。たとえ外国人であれ，わたしたちが読者として彼らの描く人間像に触れたとき，どこか自分自身あるいは自身の生きる社会を見ているという印象を抱くのは，フランス文学が人間にとって普遍的な問題を国境や時代を超えて提起しているからではないだろうか。

▶伝統と革新　フランス文化は長い伝統を持つ成熟した文化で，ある意味で保守的な性格を持っているとも言える。しかし，フランス人は過去の遺産を守ることに汲々としてきたわけではない。彼らは何より，「自由，平等，友愛」liberté, égalité, fraternité の理念を掲げてフランス革命を起こした国民である。革命がただちに理想の社会を約束したわけではなく，現代のフランスもさまざまな問題を抱えている。しかし，かつて例をみない大変革をみずからの手で成し遂げたという自負はフランス人の精神の中に脈々と生き続けている。そして彼らは今日でも，あたかも自らの裡に秘めた力を再確認しようとするかのように，折りに触れて「フランス革命の精神」に言及する。

序章　フランス文学の風土を理解しよう

　彼らの作り上げてきた文学もまた例外ではない。それは，過去の伝統を継承すると同時に，古い文芸思潮や基準を根本から打ち破ろうとする内的革新の運動によってたえず新しい生命力を獲得してきた。ルネサンス時代における原典研究やフランス語の顕揚運動からシュルレアリスム，ヌーヴォー・ロマンといった20世紀の実験的な試みに至るまで，フランス文学の歩んできた道をたどれば，それぞれの時代の作家たちがいかにして旧習と闘いそれを打破しながら新しい文芸思潮を作り上げてきたかが理解できるだろう。

　そして今，フランス文学は，フランスというひとつの国の枠を超え，旧植民地出身の作家たちや外国人でありながらフランス語で創作をする作家たちのエネルギーを取り込み，国家を超えて世界に広がりうる「フランス語圏の文学」として歩みはじめている。この動きのゆくえはまだ未知数である。だが，少なくとも，豊かな伝統に裏打ちされた底力とその内部に宿る革新の精神は，これからもフランス文学の魅力の核心でありつづけるにちがいない。

マティス『ダンス』

第1章
［中世］　フランス文学の誕生

（横山　安由美）

バイユーのタピスリー

時 代 思 潮

▶フランス語の揺籃期

　フランスの古称はガリアといい，ケルト系の民族が住んでいた。しかし紀元前1世紀にカエサルがここを征服して以来，ローマ人の言語であるラテン語が急速に広まった。ヨーロッパにおけるラテン語の支配は中世を通して続く。ただし，書き言葉のラテン語とは異なって，口頭で話されるラテン語は早い時期から地域ごとに大きく変化していった。「ロマンス諸語」langues romanes と総称される今日のフランス語，イタリア語，スペイン語などの言語はこうした中世の口語ラテン語から派生している。

　当時のフランスは，概括すると北と南とで二つの異なる方言群に分かれていた。「はい」（ラテン語の hoc）をそれぞれ oïl と oc と言ったことから，北フランスの言葉は「オイル語」langue d'oïl，南フランスの言葉は「オック語」langue d'oc と呼ばれる。オック語は12世紀に叙情詩の分野で花開いたが，13世紀以降のフランスの文芸活動の主流はオイル語に移ってゆく。後者が現在のフランス語の原型となることから，オイル語は「古フランス語」ancien français とも称される。なお1539年にはヴィレール＝コトレの勅令が公的文書をフランス語で統一するよう命じたことから，オック語は以後急速に衰え，ラテン語はもっぱら学問の分野で引き続き使用されることとなった。

▶フランス文学の芽生え

　476年には西ローマ帝国が滅亡し，さまざまな民族がヨーロッパに王国を建設した。なかでもフランク王国は突出して勢力を広げ，800年にシャルルマーニュはローマ法王より皇帝として戴冠される。しかしながら大帝の死後，王国は東西に分裂する。

　王国の分裂にかんする政治的な了解事項として記されたのが『ストラスブールの誓約』*Serments de Strasbourg*（842）であり，最古のフランス語文

献とされている。現在のフランスとドイツの原型が生まれたその時期に，フランス語で書き記すことの社会的，政治的意義が初めて認められたのである。歴史上の区分としてはおよそ5世紀から15世紀までを中世と呼ぶことが多いが，さまざまな文学作品が実際にフランス語で記されるようになったのは11世紀頃からである。

　諸民族の侵入で混迷を窮めていたヨーロッパはこの頃から統一に向かい，987年にはカペー朝が成立する。当時の主君と騎士の主従関係は，封土の授受とその対価としての奉仕から成り立っており，こうした社会制度を「封建制」féodalité と呼ぶ。これと同時にローマ・カトリック教会も西ヨーロッパに精神的権威を確立しつつあった。キリスト教の普及にともなって聖地巡礼熱が高まり，やがてこれが1096年に始まる十字軍の派兵へとつながってゆく。

　初期の文学作品は聖者伝と武勲詩に代表され，それぞれ『聖アレクシス伝』*Vie de Saint Alexis*（1040頃）と『ロランの歌』を傑作として挙げることができる。現世を捨てた神への奉仕であれ，異教徒との雄々しい戦いであれ，これらは中世カトリック社会の強い信仰心に裏打ちされており，純粋なるものを希求する当時の人々の心性を表現している。

▶修道院文化と宮廷文化　　中世ヨーロッパでは識字率がきわめて低く，文字が読めるのは一部の学僧だけであった。情報の伝播は口頭または書物を通して行われたが，当時の書物は一つ一つ手書きで羊皮紙に書き記されたため，写本の製作や複写には莫大な時間と手間を要した。こうした作業の多くは修道院で行われ，修道士たちが文化形成に貢献した。

　また宮廷では，王侯貴族の娯楽の用に供するために，専門の詩人たちが詩歌を創作し，それを「ジョングルール」jongleur たちが演じ，披露した。これら創作に携わった詩人たちはオック語では「トルバドゥール」troubadour，オイル語では「トルヴェール」trouvère と呼ばれる。12世紀には封建社会が安定し，王権が強化された。王侯貴族を庇護者としたトルバ

ドゥールたちは，華やかな宮廷社会を題材としてさまざまな物語を作りあげている。

またジョワンヴィル Joinville（1225-1317）など十字軍に従事した者たちは数々の年代記を執筆し，人々の目を過去や東方へと開いていった。12, 13世紀には，イスラム圏との交流によってさまざまな思想がヨーロッパに流入し，学芸の興隆をみている。そのなかには古典古代すなわちギリシャ・ローマの重要な思想も含まれていた。

▶都市と町人　ルイ9世の治世（1226-70）には，フランスは内政・外交ともに安定した。この頃から人口は急速に増加し，余剰生産物が活発に市で取引されたほか，一連の十字軍活動によって東方への交通路が確保され，遠隔地貿易も盛んになった。こうした商業の発展により，北フランスの各地では都市が栄えていった。従来の貴族・聖職者・農民の三身分に加え，都市の城壁の中で生活する「町人」bourgeois が台頭し，やがて彼らの生活も文学作品の題材となっていった。浮気女房，寝取られ亭主，強欲の司祭など，人々の姿は物語の中で類型化され，面白おかしく語られるようになった。

とりわけ文学の中にしばしば登場する堕落した聖職者像は，異端征伐や教会大分裂などで徐々に衰微し，力を失っていくローマ・カトリック教会の事情と無縁ではなかった。

▶中世の黄昏　14, 15世紀になると，騎士階級の力が衰え，封建社会は弱体化してゆく。そのきっかけは，フランドル地方の領有をめぐるイギリス・フランス間の争いに端を発した百年戦争（1339-1453）であり，長きにわたってフランス国土を荒廃させた。さらにペストの流行や農民の反乱が追い打ちをかけ，人々は苦難の時代を迎えた。

この時期には多くの秀逸な叙情詩が誕生している。死の影に脅え，恋や人生に苦悩しながら生きる詩人たちが描く世界は，もはや従来の形式美の枠組みを越えた大胆な個性の表現となっていた。百年戦争を通して王権と市民階級という二大勢力が台頭し，新しい形の国家が形成されるに及んで，

とりわけそこから疎外されつつあった者たちが悲哀や憂鬱や反抗心といった複雑な心情を文学において表現し始めたからであった。文人たちはそれぞれのかたちでそれぞれの社会と向き合いながら，自分たちの言葉で人間のあるべき姿を模索していた。

●「ケルト神話とアーサー王」●

　ヨーロッパ各地には5世紀頃までケルト民族が居住し，幾何学的な装飾模様や魔法神話などを残した。しかしローマ帝国の支配下に入り，さらにはゲルマン民族の大移動の影響によって，ケルト民族は徐々に衰退し，辺境に追いやられていった。アーサー王はケルト民族の一派であるブルトン人の武将で，6世紀頃に実在したといわれている。
　イギリス南部からフランスのブルターニュ地方にかけてがアーサー王物語の舞台である。ラテン語の歴史書にあった言及を受けて，やがてフランス語でアーサー王の偉業が書き記されるようになり（当時イギリス宮廷もフランス語圏であった），中世封建社会の理想の騎士像がここに投影された。王妃グニエーヴル，魔法使いメルラン，妖精モルガン，円卓の騎士などの特徴的な登場人物と，名剣エクスカリバーや，死後に王が憩うアヴァロンの島などの神秘的なモチーフが物語を彩り，廃れゆくケルト世界への愛惜の念と再生の悲願を美しい韻律が歌いあげた。
　フランスでは19世紀ロマン派が懐古趣味の一端として再びアーサー王伝説を取り上げたほか，イギリスは異民族の侵略と戦い続けるアーサーを愛国心とダンディズムの象徴とみなし，さらにアメリカ人は力と正義の象徴として愛し好むなど，アーサー王物語は現代でもなお人気を保っている。

1　武勲詩から宮廷風騎士道物語へ

▶騎士と武勲詩　「騎士」chevalier は中世の封建社会を支える階級で，聖職者とならぶ初期の主な文学作品の主人公であった。彼らは武勲に長けるとともに，敬虔なキリスト教徒でもあり，ここから，礼儀正しく雅なれかし，という騎士道の精神が培われていった。とりわけ十字軍では，イスラム教徒に対する戦意を高揚させる目的から，騎士とは神の正義のために戦う存在であることが強調された。
　騎士を主役とした最初のジャンルは「武勲詩」chanson de geste である。

これらの作品は朗誦され，人々は王侯貴族の勇ましい戦いぶりを耳で聞いて楽しんだ。その特徴は，善対悪，キリスト教対異教，といった二元論的思考と，誇張表現に彩られた劇的な筋立てにある。こうした枠組みの中で，主君への忠誠や，裏切り，復讐などが華々しく表現された。

▶宮廷風騎士道物語　12世紀から13世紀にかけて封建社会が安定すると宮廷生活も豊かで華やかなものとなり，騎士たちの活躍や恋愛模様を描く「宮廷風騎士道物語」roman courtois が数多く作られた。courtois とは「宮廷風の」「優雅で礼儀正しい」という意味であり，「物語」roman の語は，ラテン語以外の言語，つまりフランス語で書かれた物語一般を指す。

　宮廷風騎士道物語は，12世紀中葉に流行したギリシャ・ローマを題材とする「古代物語」roman antique に多くの技法を借りている。女性の肖像や衣服を詳細に描いたり，恋愛を前面に取り上げて登場人物の心理を細やかに綴るなどといった点で，荒削りで単純な武勲詩とは相違する。宮廷社会の優雅な生活様式とともに，「ブルターニュの題材」と呼ばれるケルト系の神話的かつ超自然的なモチーフを多く取り入れたことで，物語は異界につらなる奥行きや神秘的な魅力を合わせもつこととなった。

　その代表的な作家がクレチアン・ド・トロワで，アーサー王と円卓の騎士たちの活躍を巧みな文体で描いた。また，同時期に活躍した女流作家マリ・ド・フランス Marie de France（12世紀）は12篇の『短詩』*Lais* において，ブルターニュに伝わるさまざまな物語を韻文で繊細に表現した。トリスタンとイズーの宿命の恋の物語もこの時期にさまざまな作家によって語られ，その後のヨーロッパ全土におけるトリスタン物語の流行の原型を形作っている。なお12世紀の宮廷風騎士道物語の多くは韻を踏んだ「韻文」vers で書かれているが，13世紀には「散文」prose 作品も多数登場した。

第1章　[中世]　フランス文学の誕生

(代表的作家と作品)

『ロランの歌』（作者不詳）

Chanson de Roland, 1100 頃

◉**成立過程の謎**　『ロランの歌』はシャルルマーニュ帝のスペイン遠征と，その甥のロランの活躍を描く武勲詩の代表作である。8世紀の史実がいかなる過程で約300年後に武勲詩として成立したのかについては，諸説がある（修道院に伝わる伝説の作品化など）。物語の一貫した構成などを考えると，最終的には一人の才能ある詩人によって作品化されたと考えることができるだろう。

◉**異教徒との戦い**　時は778年，シャルルマーニュは7年前からスペインで異教徒と戦っている。最後に残った敵のマルシル王はいったん降伏を申し入れるが，フランス側の使者として赴いたガヌロンが敵に寝返ってしまう。フランス軍がスペインを引き上げる際に，ロンスヴォーの谷にいた最後尾のロランの軍に突然イスラム軍が襲いかかる。フランス側は善戦するものの，力尽きる。危急の合図の角笛を聞いたシャルルマーニュの本軍は引き返して，敵軍を打ち破るが，時すでに遅く，ロランたちの貴い犠牲は取り返しようがなかった。

◉**叙事詩の代表作**　作品は一行10音節で書かれ，全体で約4000行の長さをもつ。イスラム世界と対峙する十字軍の勇ましい気運が反映され，騎士たちは全身全霊を込めて神と祖国に仕えている。忠誠心，勇気，友情，裏切り，傲慢さなど，人間のさまざまな側面がその中に劇的に配されている点も興味深い。

◉**ロランとオリヴィエ**　引用は，孤立したフランス軍の一人一人が深く傷を負いながらもなお奮闘を続ける戦いの終盤の場面（149節）である。ロランとオリヴィエは大親友であり，「ロランは猛く，オリヴィエは賢し」と歌われる。この場面は二人の末期の友情を示すとともに，死を前にしてもなお矜持と礼節を失わない若き騎士たちのすがすがしい姿を描き出している。

Chanson de Roland

As vus Rollant sur sun cheval pasmét,
E Oliver ki est a mort naffrét :
Tant ad seinét, li oil li sunt trublét,
Ne loinz ne prés ne poet vedeir si cler

```
 5  Que reconoistre poisset nuls hom mortel.
    Sun cumpaignun, cum il l'at encuntrét,
    Si'l fiert amunt sur l'elme a or gemét,
    Tut li detrenchet d'ici quë al nasel ;
    Mais en la teste ne l'ad mie adesét.
10  A icel colp l'ad Rollant reguardét,
    Si li demandet dulcement e süef :
    《Sire cumpain, faites le vos de gred ?
    Ja est ço Rollant, ki tant vos soelt amer !
    Par nule guise ne m'avez desfiét !》
15  Dist Oliver : 《Or vos oi jo parler.
    Jo ne vos vei, veied vus Damnedeu !
    Ferut vos ai, car le me pardunez !》
    Rollant respunt : 《Jo n'ai nïent de mel.
    Jo'l vos parduins ici e devant Deu》.
20  A icel mot l'un a l'altre ad clinét :
    Par tel amur as les vus desevréd.
```

『ロランの歌』

　こうしてロランは馬上で気を失い
　オリヴィエは致命的な深手を負った。
　おびただしい出血のために［オリヴィエは］目がかすみ
　遠くも近くもよく見えず
　人の姿も見さかいがつかないありさまだった。
　だからこそ，たまたま戦友のそばに寄った際
　宝石をちりばめた黄金の兜めがけて斬り降ろし
　ひさしに届くまで兜を切り裂いてしまったのだ。
　幸い刃は頭部には達しなかった。
　一撃を受けたロランは相手をじっと見つめ
　優しくおだやかに問いかける，
　「戦友よ，僕と知っての一撃なのか。
　これは，君を愛してきたロランなのだぞ！
　挑戦を受けたおぼえは全くないのだが！」

第 1 章 ［中世］ フランス文学の誕生

オリヴィエは答える,「それはまさしく君の声。
だが何も見えない。ああ神よ,どうぞお力を。
僕は君を斬ってしまったのか。どうか許してくれ！」
ロランは答える,「全く傷は受けていないんだよ。
なにをおいても君を許すとも」
こう言葉を交わし合い,深く相手を想いながら互いに一礼するのだったが,
それが二人の今生の別れとなった。

ベルール
Béroul, 12世紀

●ケルト起源の物語　マルク王は「王様の耳はロバの耳」の伝説で知られるコーンウォールの領主である。アイルランドの王女イズーを妃に迎えるため,甥のトリスタンを派遣するが,帰国の船上でトリスタンとイズーとが誤って魔法の媚薬を飲み,二人は猛烈な恋に落ちてしまう。王や宮廷を欺きながらの許されざる恋は想像を絶する苦難をもたらし,最後に二人は死をもって愛を全うするのだった。

　いつの頃からか,ケルト人たちによってこのようなトリスタンとイズーの宿命の恋が語られ,12世紀後半にはいくつかの物語の断片がフランス語で書き記された。多くは一行 8 音節の韻文で語られ,比較的古くて素朴な語り口の流布本系統と,トマ Thomas の『トリスタン物語』などの優雅で洗練された本文をもつ宮廷風騎士道物語系統とに大別される。さらに13世紀には『散文トリスタン』などの長大な散文の作品群も登場した。

●生のままの人間像　流布本系統の代表作がベルールの『トリスタン物語』 Roman de Tristan だが,著者については不詳である。断片写本ではあるが,トリスタン物語にとって重要な場面を多く含んでいる。宮廷風の美化された愛とは対照的に,この作品が荒々しい筆致で語るのは,殺人や裏切りをも辞さないような激しい恋であり,最大の主題は人間の苦悩である。

●モロワの森の恋人たち　引用部分は,恋人たちが宮廷から逃れ出てモロワの森で暮らす場面である。トリスタンとイズーの愛は深く,お互いはたんなる恋愛の対象を超えた「もう一つの自我」であった。彼らにとって別離にまさる苦悩はなかったとするならば,たとえやつれ果て,枯れ葉を寝床にしようとも,二人きりで過ごす

ことができた「モロワの森」は凝縮された至福の瞬間ではなかっただろうか。

Roman de Tristan

　　La loge fu de vers rains faite,
　　De leus en leus ot fuelle atraite,
　　Et par terre fu bien jonchie.
　　Yseut fu premire couchie ;
5　Tristran se couche et trait s'espee,
　　Entre les deux chars l'a posee.
　　Sa chemise out Yseut vestue
　　(Se ele fust icel jor nue,
　　Mervelles lor fust meschoiet),
10　E Tristran ses braies ravoit.
　　La roïne avoit en son doi
　　L'anel d'or des noces le roi,
　　O esmeraudes planteïz.
　　Mervelles fu li doiz gresliz,
15　A poi que li aneaus n'en chiet.
　　Oez com il se sont couchiez :
　　Desoz le col Tristran a mis
　　Son braz, et l'autre, ce m'est vis,
　　Li out par dedesus geté ;
20　Estroitement l'ot acolé,
　　Et il la rot de ses braz çainte.
　　Lor amistié ne fu pas fainte.
　　Les bouches furent pres asises,
　　Et neporquant si ot devises
25　Que n'asenbloient pas ensenble.
　　Vent ne cort ne fuelle ne trenble.
　　Uns rais decent desor la face
　　Yseut, que plus reluist que glace.
　　Eisi s'endorment li amant,
30　Ne pensent mal ne tant ne quant.

18

第1章　[中世]　フランス文学の誕生

N'avoit qu'eus deus en cel païs ;

◆ 注

　夏の暑い日，トリスタンが早朝の狩から帰ってきて，再び二人で深い眠りにおちる場面。この後森番の密告でマルク王がやって来る。王は二人を切り殺すつもりでいたが，二人の間の剣を見，剣と手袋と指輪という自分の来訪の証を残しつつ黙して立ち去る。二人の潔白を信じたいという狂おしい希望とやつれ果てたイズーへの限りない愛惜の念からだった。

『トリスタン物語』

小屋は緑の枝を集めて作られ
あちらこちらを木の葉で覆い
地面にも木の葉が敷きつめられていた。
イズーが先に身を横たえ
トリスタンも横になり，剣を抜いて
二人の身体の間に置いた。
イズーは肌着をまとっていて
（その日もし裸であったら
二人にはたいへんな不幸なことが起きていただろう）
トリスタンも下ばきをはいていた。
王妃の指には
王との婚礼の指輪，
エメラルドの輝く金の指輪がはめられていた。
だが異常なほどに指が痩せ細ってしまったので
いまにも指輪が抜け落ちそうだった。
お聞きください，二人の寝姿を。
イズーは片方の腕をトリスタンの首の下に差し入れ，
もう片方の腕は，きっと，上から彼に
投げかけていたことだろう。
ぎゅうっと彼をかき抱き，
彼もまた両手でしっかりとイズーを抱きしめていた。
二人の愛はまことのものだった。
口と口は触れ合わんばかり，

それでいてわずかに隙間があって
唇が合わされてはいなかった。
風ひとつなく，葉はそよぎもしない。
ひとすじの光線がイズーの顔にさし込み，
氷よりもなお，光り輝いていた。
恋人たちはこうして眠りこけ，
なにひとつ疑わなかった。
この地には二人しかいなかった。

クレチアン・ド・トロワ
Chrétien de Troyes, —1185 ?

●宮廷風騎士道物語の代表作家　中世最大の物語作家で，生年や生い立ちは不詳。ヴェルギリウスやオヴィディウスに精通していることから，学僧であったと想像される。マリ・ド・シャンパーニュやフランドル伯フィリップ・ダルザスらの宮廷で活躍し，作品の多くをこれらの庇護者に献呈している。

作品は全て一行8音節の軽快な韻文で書かれている。細やかな心理描写と物語の組立ての巧さがクレチアンの特徴である。その影響は大きく，多くの作家がクレチアンの続編や翻案ものを書き記している。彼の成功は，その後数世紀にわたるヨーロッパ全土でのアーサー王物語の流行の端緒となった。

●多彩な作品　最初期の活動はギリシャ・ローマの物語の翻訳や翻案であったが，1170年頃から騎士たちの冒険を題材とした物語を手がけている。夫婦の愛を主題にした『エレックとエニード』Erec et Enide，ビザンチン風の主題とアーサー王世界を融合させた『クリジェス』Cligès，王妃グニエーヴルへの愛ゆえに試練を受けるランスロの物語『ランスロまたは荷車の騎士』Lancelot ou le Chevalier de la Charrette，『イヴァンまたはライオンの騎士』Yvain ou le Chevalier au Lion などである。

●聖杯の探索　物語の多くは，騎士が意中の貴婦人への愛を貫きつつ，数々の冒険をくぐりぬけて宮廷に帰還するという構造をもっている。しかし著者の死によって未完のままに終わった最後の作品『ペルスヴァルまたは聖杯の物語』Perceval ou le Conte du Graal（1185頃）は，主人公ペルスヴァルという素朴な愚者と彼の聖杯

第1章 [中世] フランス文学の誕生

探索の旅を描くことで，物語を神秘的な次元に配することとなった。
　引用部分は，世間から隔絶されて母親一人に育てられていた主人公が，生まれて初めて「騎士」なるものに出会い，きらびやかな装束に惹かれて自分も騎士になることを決意する冒頭近くの場面である。

Perceval ou le Conte du Graal

Estes vos Dex ? - Nenil, par foi.
- Qu'estes vos dons ? - Chevaliers sui.
- Ainz mes chevalier ne conui,
Fet li vallez, ne nul n'an vi
5　N'onques mes parler n'an oï,
Mes vos estes plus biax que Dex.
Car fusse je or autretex,
Ensi luisanz et ensi fez ! [...]⟩
Et cil qui petit fu senez
10　Li dist : ⟨Fustes vos ensi nez ?
- Nenil, vaslez, ce ne puet estre
Qu'ainsi poïst nule riens nestre.
- Qui vos atorna donc ensi ?
- Vaslez, je te dirai bien qui.
15　- Dites le donc. - Mout volantiers.
N'a mie ancor .v. jors antiers
Que tot cest hernois me dona
Li rois Artus qui m'adoba. [...]
Mes or te pri que tu m'anseignes
20　Par quel non je t'apelerai.
- Sire, fet il, jel vos dirai.
J'ai non Biax Filz. - Biax filz as ores ?

『ペルスヴァルまたは聖杯の物語』

「あなた，神様？」「まさか」
「じゃ，なに？」「騎士だ」
若者は言う，

「騎士なんて知らないよ。
見たことも聞いたこともない。
でも神様よりもきれいだなあ。
ぼくもこんなふうにキラキラして
かっこよくなりたいなあ！」［…］
まぬけな若者は騎士にこうたずねる，
「で，生まれたときからこうだったの？」
「まさか，若者よ。こんな姿で
生まれてくることなど，誰にもできんわい」
「じゃあ誰のおかげ？」
「若者よ，教えてあげよう」
「じゃ教えてよ」「喜んで。
ほんの5日前のこと，
アーサー王が私を騎士に叙任し，
この装備を下さったのだよ［…］。
ところで，君の名前を
教えてくれないかな」
「うん，教えてあげる。
ぼうや，っていうんだ」「ぼうやだってえ？」

●「聖杯伝説」●

　ペルスヴァルが漁夫王の城に招かれたときのこと，美しい乙女が黄金の杯をかかげて目の前を通り過ぎる。彼はたいへん不思議に思ったが，質問をしそびれてしまう。もしもこの時「これは誰に食を供するものなのか」という問いを発していたならば，漁夫王の傷は癒え，王国が荒廃から救われていただろうに。それを知ってからというものの，ペルスヴァルは「聖杯」Graalを求めて終わりのない旅に出るのだった。

　一つの容器を指す普通名詞グラアルがなぜ至高の存在として『ペルスヴァルまたは聖杯の物語』に突如現れたのだろうか。これは中世文学中の最大の謎であり，いまだに結論は出ていない。死と再生にかかわる世界中のさまざまな神話，とりわけケルト神話の「生命を司る魔法の釜」の影響などが指摘されている。

　しかしこれが同時に意識的な文学上の産物であったことも忘れてはならない。クレチアン・ド・トロワはペルスヴァルの成長譚と質問の主題とを結びつけた。またロベール・ド・ボロンは『聖杯由来の物語』の中で，アリマタヤのヨセフがキリストの埋葬の際に聖血を入れた容器が聖杯であると設定した。両者の影響を受けて13世紀には大量の散文作品が登場する。聖杯の至高性は「探索」quêteの主題を生み出し，全ての騎士が聖杯の探索に旅立つこととなった。こうして牧歌的なアーサー

> 王物語の時空は，憂いに満ちた神秘的な世界へと変貌したのである。
> 　フランス語の聖杯物語は，ヴォルフラム・フォン・エッシェンバッハの『パルチファール』（独）やマロリーの『アーサー王の死』（英）などにも受け継がれ，ヨーロッパ文学の主要な主題の一つとなってゆく。

2　寓意の文学，笑いの文学

▶文学理念の多様化　　キリスト教の賞揚や宮廷儀礼の遵行などを題材とした中世前半期の文学作品は，全体的な社会理念への参与を固定的な視点から描くものであった。しかしながら，表現技法が追求され，文学思想が錬磨されてゆく過程で，やがて人々はテクストと現実との関わり方についてのさまざまな可能性に目を向けるようになった。現実を寓意的にとらえる作品，実社会を風刺する作品，聴衆を啓蒙しようとする作品などが次々に登場してくる。

　文学の意義の広がりは，社会の変化とも深い関係をもっていた。1170年頃のパリ大学の設立や学問の興隆にともなって，著作家たちはさまざまな知識を集大成し，人々を教え諭したり，世の中の仕組みを解き明かそうとした。『動物誌』*Bestiaire* や『宝石譜』*Lapidaire* などのフランス語で書かれた一連の百科事典的な作品も，こうしたラテン語の書物と同様の視座に立っている。この中で，薔薇の寓意を用いて恋愛の過程を描いた13世紀の『薔薇物語』は文学的価値と思想的価値をともに有する傑作である。

▶庶民の生活と笑い　　本来，寓意や象徴は聖書の注解から生まれた発想だった。そのほとんどが聖職者であった物語作家たちも，やがてこれを技法として世俗の作品の中に取り入れていくこととなった。都市部の発達によって町人階級の生活が文学の題材となるにおよび，『狐物語』などの作品が成功をおさめた。擬人化された動物たちの駆け引きは，世の中の腐敗や矛盾を面白おかしく暴き立てた。

現実の風刺という点では，12世紀から14世紀にかけて流行した「ファブリオ」fabliau と呼ばれる韻文の小話も同様だった。これらは騙し，騙されるさまざまな庶民の姿を軽快なテンポで描き上げ，人々の笑いを誘った。中世末期にも，『新百物語』 Cent nouvelles nouvelles（1462）などの笑話や，結婚の苦悩を詳述する『結婚15の歓び』 Quinze joies de mariage（1400頃）などが書かれた。また15世紀は中世で最も演劇が栄えた時代で，キリストの受難などを町の広場で上演する「聖史劇」mystère，滑稽な「笑劇」farce などが人々を惹きつけた。

▶文学論争　しかし深刻な社会不安は，ときには笑い飛ばしきれない現実を著者たちに突きつけた。13世紀以降，知識人たちはことある毎に文学について論争を行っている。文学は王権を擁護すべきなのか，それとも政治から逃避すべきなのか。あるいはまた，『薔薇物語』のような書物は女性蔑視なのか否か。文学はもはや権力者の娯楽ではなくなっていた。むしろ自らの知性や教養の表現であり，またこれが社会に働きかける力をもちうることを，著者たちは意識し始めていたのである。

(代表的作家と作品)

ギヨーム・ド・ロリス／ジャン・ド・マン
Guillaume de Lorris, 13世紀／Jean de Meun, —1305

●二人の作者　『薔薇物語』 Roman de la Rose は全体で二万行を越える13世紀の韻文作品で，「寓意」アレゴリー allégorie 文学の傑作である。前半部分（1230頃）がギヨーム・ド・ロリス，後半部分（1270頃）がジャン・ド・マンによって書かれている。ギヨームの人物像は不詳。本文の内容から，教養人であったことや，比較的若い年代で執筆したことなどが推測される。ジャン・ド・マンは，ロワール地方のマン＝シュル＝ロワールの出身で1305年に没した知識人ジャン・クロピネルとしばしば同一視される。

●あらすじと特徴　20歳の「私」はある晩夢を見た。「愛」の園に入り，ある「薔

薇」の蕾に恋をする。「歓待」に励まされて近づくが,「羞恥」が「私」を押し止める。苦労の末「私」は「薔薇」にキスをするが,「嫉妬」と「悪口」が「薔薇」を塔の中に閉じこめてしまう。

　オヴィディウスの『愛の技法』を参照して作られたこの物語は,意中の貴婦人を表す「薔薇」や擬人化された「歓待」や「羞恥」などを用いて,恋愛の成就に至る過程をことこまかに描き出し,恋愛について教え諭す。引用部分のように,たとえば「人が恋に落ちたときの衝撃」という本来抽象的な内容を,弓矢に心臓を射られた「私」の悶絶する姿をとおして,イメージ豊かに表現している。

　ギヨームの約40年後にジャン・ド・マンが続きを執筆する。さまざまな登場人物が一丸となって薔薇の塔へ総攻撃を行い,最後に「薔薇」の蕾が摘まれて夢が終わる。「理性」や「自然」が数千行にわたって弁舌をふるうこの後半部分では,物語は宮廷風恋愛の域を越え,哲学の百科事典のような様相を帯びてくる。

　●**薔薇物語論争**　15世紀には,女流作家のクリスチーヌ・ド・ピザンがこれを女性蔑視の文学であると非難し,一部の知識人が彼女を支持した。一方作品の文学的価値を主張する擁護派も登場し,いわゆる「薔薇物語論争」が15世紀を通して繰り広げられ,その後の女性論争の先駆けとなった。

Roman de la Rose

　　Li dex d'Amors, qui, l'arc tendu,
　　Avoit tout jorz mout entendu
　　A moi porsivre et espier,
　　S'iere arestez soz un figuier ;
5　Et quant il ot aperceü
　　Que j'avoie ensint esleü
　　Ce bouton, qui plus me seoit
　　Que nul des autres ne fessoit,
　　Il a tantost pris une floiche ;
10　Et quant la corde fu en coche,
　　Il entesa jusqu'a l'oreille
　　L'arc qui estoit fors a mervoille
　　Et tret a moi par tel devise
　　Que par mi l'ueil m'a ou cuer mise
15　Sa saiete par grant roidor ;

Et lors me prist une froidor
Dont je desoz chaut peliçon
Ai puis sentu mainte friçon.
Quant j'oi ensint esté bersez,
20 Arieres sui tantost versez.
Li cuers me faut, li cuers me ment,
Pasmez fui ilec longuement ;

◆ 注
14 「愛の矢は眼から入って心に突き刺さる」というのは中世の定型表現で、人が視覚を契機として恋に落ちることを表している。

『薔薇物語』

〈愛の神〉は弓を張ったまま
ひとときも休まず私を追いかけ
様子をうかがっていたのだが、
いちじくの木の下で立ち止まっていた。
ほかのどれにもまして
気に入っている蕾、
あの蕾を私が選んだことを
見てとると、
すぐさま一本の矢を取り
弦を矢筈に当てると
驚くほど強いその弓を
耳元まで引き絞り
私めがけて射たので、
矢は一気に私の眼から入って
心に突き刺さった。
寒気が私を襲い、
温かいコートを着ていたのに
身震いが止まらなかった。
矢を射込まれた私は
ばったりと後ろに倒れてしまった。

気が遠くなり，力が抜けて
長い間私はそこで気絶していた。

『狐物語』（作者不詳）
Roman de Renart, 1175頃

◉**愉快な動物社会**　12世紀から13世紀にかけて成立した，ずる賢い狐のルナールを主人公とする動物たちの物語である。古くから民間で語り継がれた話であると推定され，これに似たラテン語の説話なども見つかっている。韻文で書かれた一連の話は「枝篇」branche と呼ばれ，30篇近い枝篇が伝わっている。その多くは作者不詳である。

中心になるのは狐のルナールと狼のイザングランのあくなき対立抗争であり，これは当時の封建領主間の私闘を模している。そのほかにも雄鶏シャントクレール，山猫ティベール，ライオンのノーブル王などの動物が登場して，当時の町や農村の生活を生き生きと描く。初期枝篇の内容はのどかで滑稽な動物たちの駆け引きであったが，やがて実社会に対する鋭い風刺へと物語の調子は変化し，後期の枝篇はかなり道徳的，教訓的な色彩を帯びている。また随所で武勲詩や宮廷風騎士道物語の形式が用いられ，パロディーが読者の笑いを誘った。

◉**ルナール狐の大活躍**　「ルナールとシャントクレール」は最初期の枝篇の一つに採録された，農村の庭先を舞台とする愉快で生彩に富んだ話である。引用部分はルナールが雄鶏のシャントクレールを捕まえるために，おだてあげて歌を歌わせる場面である。

なお古フランス語では「狐」は goupil と言ったが，『狐物語』の主人公のルナールがあまりに有名になったために，これ以降この固有名詞が「狐」を指す普通名詞 renard となり，goupil を駆逐してしまったことも知っておきたい。

Roman de Renart

Et lores s'en rit Renardet :
《Or dont, dist il, chantés, cosins !
Je saurai bien se Canteclins
Mes oncles vo fu ains noient !》
5　Lors a comencié hautement
A chanter et jeta un brait ;

  Œil ot clos et l'autre ouvert,
  Qui molt se doutoit de Renart.
  Sovent regarde cele part.
10 Ce dist Renars : 《Ne fais noient !
  Chanteclins faisoit autrement :
  A lons trais, les deus ieus cligniez ;
  On l'oïst bien par vint plissiés !》
  Cantecelers cuide que voir die :
15 Lors laisse aler sa melodie,
  Les iues clignés, par grant aïr.
  Lors ne voet plus Renars soffrir.
  Par dedesous un rouge chol
  Le prent Renars par mi le col ;

◆ 注

 3 Canteclins　シャントクレールの父親シャントクラン。「歌う」chanter と「眼を閉じる」clignier からきた名前。　**14** Cantecelers　裕福な農民コスタンの飼い鶏。「歌う」chanter と「澄んだ声で」claire からきた名前。「いとこ君」などの呼称はルナールが親愛の情をこめて勝手に選んでいる。　**19** 前夜シャントクレールは「茶色の毛皮の獣」の胃袋に飲み込まれる夢を見ており，武勲詩における「予兆としての夢」のモチーフが模倣されている。

『狐物語』

ルナールは，にやっと笑って言った，
「それなら歌っておくれよ，いとこ君。
そうすればシャントクランおじさんと君のどちらが
歌が上手いのか，わかるじゃないか！」
そこでシャントクレールは声を張り上げて
コッケコッコー，と歌ってみせたのだが，
片目は閉じて，片目は開けていた。
ルナールがたいへん怖かったので
ちらちらと横目で見ずにはいられなかったのだ。
ルナールは言う，「そんなんじゃあ，だめだめ！

第1章 ［中世］ フランス文学の誕生

シャントクランはそんな歌いっぷりじゃなかったね。
両目を閉じて，声を長く伸ばしていたから，
20軒分の鶏小屋にまで響いたっていうよ！」
なるほど，と思ったシャントクレールは
両目をぎゅっとつぶって
声も高らかに歌い始めた。
これを見たルナールはこらえきれなくなり，
紫キャベツの上をぴょんと跳び越えて，
鶏の首ねっこにかぶりついた。

●「ジャンヌ・ダルクの人物像」●

　ジャンヌ・ダルク Jeanne d'Arc（1412-31）はドンレミという小さな村に農民の娘として生まれた。13歳のとき「フランスを救え」という天使のお告げを聞いた彼女は，男装して武器を取り，百年戦争で窮地に立たされていたフランスを実際に勝利に導いてしまう。はたしてこの娘は何者だったのだろうか。ジャンヌの死から今日までの500年間，さまざまな作家がジャンヌを描き続けてきた。
　1429年にオルレアンの町の包囲を解いたとき，当時の文人たちは「羊飼いの娘が国王軍の先頭に立つこと」に素朴に感動し，賛辞を残した。女流詩人のクリスチーヌ・ド・ピザンは女性の活躍を大いに讃えた。宗教裁判で異端として断罪されたジャンヌは1431年に火刑に処されたが，1456年には公式に名誉回復が行われている。オルレアンなどのゆかりの地では毎年ジャンヌに関わる演劇が上演された。
　しかし宗教改革の時代にはプロテスタント派が神がかりのジャンヌに否定的な見解を示すなど，18世紀に至るまでは一定したジャンヌ観は無い。古典主義と合理主義，いずれの精神にとってもジャンヌの存在は小さかった。ヴォルテールの『乙女』（1738）はジャンヌを茶化し，笑い者にしている。
　19世紀の初頭，転機が訪れる。ドイツのシラーが『オルレアンの乙女』（1801）でジャンヌをロマン主義的なヒロインとして描いたことがきっかけだった。とりわけミシュレが『フランス史』の中で美しいジャンヌ像を描き出し，彼女は近代フランスの愛国主義の象徴として不動の地位を占めていった（第**5**章参照）。
　1920年には聖女に認定され，ジャンヌはフランス人の希望の星となる。ペギー，アナトール・フランスらの知識人はそれぞれ独自のジャンヌ像を描いた。またアヌーイは戯曲『ひばり』（1953）で，世界からの絶対的孤立というジャンヌの苦悩を一つの現代の神話として第二次大戦後の読者に投げかけている。ジャンヌ作品の歴史は，フランスの社会思想の歴史でもあった。

3 叙情詩の世界

▶トルバドゥールと愛の歌　叙事詩と並んで古くに生まれたのが「叙情詩」poésie lyrique である。英雄たちの偉業をではなく，恋愛や人生などの主題を韻を踏んだ詩句で綴る叙情詩は，さまざまな階層に愛好された。

　叙情詩が最初に花開いたのは南フランスである。トルバドゥールたちは，女性を至高の存在と見なし，恋愛を精神の飛翔の場と見なす「至純の愛」fin'amor を歌った。陽気な響きと明解なリズムをもつオック語の詩句には，のびやかで情感に富んだ美しい旋律が添えられた。高貴な身分のアキテーヌ公ギヨーム9世 Guillaume IX（1127没），いまだまみえぬ「遠方の恋人」の主題を好んだジョフレ・リュデル Jaufré Rudel，低い身分から名を馳せたベルナルト・デ・ヴェンタドルンなどが代表的な詩人である。

▶北仏の宮廷叙情詩　1137年にギヨーム9世の孫娘アリエノール・ダキテーヌがルイ7世と結婚したことで，叙情詩は北フランスへも広がりを見せ，宮廷風恋愛の理念と融合した。「愛して悔いぬこと」を座右の銘としたクーシ城代 Châtelain de Coucy（1203没）などがオイル語のトルヴェールの代表である。

　定型詩の形式美と個性的な語法を特徴とするこれらの宮廷叙情詩は，次々に技法を洗練させていった。なかには比喩などを多用するあまり難解になってしまった詩歌も少なくない。また「お針歌」chanson de toile などの民衆的な心性を題材にした叙情詩も作られた。

▶14, 15世紀の嘆き　リュトブフ Rutebeuf（13世紀）は「貧困」や「不幸」を詩の題材として取りあげ，「嘆き」を一つの文学形式とする先駆的な役割を果たした。さらに14世紀には戦争，ペストの流行，飢餓などが相次ぎ，幸せな恋愛やバラ色の人生といった紋切り型の主題は意味を失いつつあった。この頃から個人の思想や複雑な内面が詩に反映さ

れてゆく。形式面では折返し(ルフラン)をもつ「バラード」ballade,「ロンドー」rondeau などが流行した。

ユスターシュ・デシャン Eustache Deschamps（1346-1406?）は「気高きフランスも，はや虫の息」と歌って，フランスの衰微や反戦の思想を道徳的な主題に仮託して提示する。シャルル・ドルレアン Charles d'Orléans（1394-1465）はフランスきっての名家の出で，百年戦争中イギリスで幽囚の身にあったが，獄中の憂いと憧憬を技巧を究めた文体で歌っている。

死，孤独，憂愁，こういった中世末期固有の主題を奔放に歌い上げたのが15世紀の泥棒詩人フランソワ・ヴィヨンである。伝統的な形式や題材を下敷きにしつつ，独自の語彙や技法を用いて人間の生き様を描く彼の詩は，近代叙情詩の先駆であるとともに，中世の精神の十全な体現でもあった。

●「中世の愛のかたち」●

　ギリシャ・ローマの文学では愛は狂気であり，一種の災いであった。しかし12世紀の初め，南仏のトルバドゥールたちは新しい愛のかたちをオック語の叙情詩の中に作り上げた。愛の対象を限りなく貴い存在とみなし，この困難な恋愛を通して自らの精神を高めようとする「至純の愛」fin'amor である。聖母マリア崇拝の流行や，遺産相続権の獲得などの女性の社会的地位の向上などが背後にあるといわれ，セニョボスは「恋愛は12世紀の発明」と表現している。

　北フランスの宮廷風騎士道物語もこの理念を受け入れ，臣下のごとく貴婦人にかしずき，試練に立ち向かう騎士たちの姿を描いた。それは不倫の恋であることが多く，恋愛は秘密でなくてはならなかった。また許されざる恋であったとしても，けっして盲目的ではなく，理性を保った矜持に満ちた愛であった。

　やがて封建制の弱体化にともなって雅やかな宮廷風恋愛は姿を消し，ファブリオなどでは庶民の奔放で滑稽な恋愛模様が描かれるようになった。またヴィヨンら詩人たちは，女への恨みつらみや女性の老いや死などを忌憚なく書き連ね，理想と現実の相克として，男女の関わりを表現した。

(代表的作家と作品)

ベルナルト・デ・ヴェンタドルン
Bernart de Ventadorn, 12世紀後半

◉ 竈番(かまどばん)の息子　古伝によれば，ベルナルトはリムーザン地方で生まれ，城でパン焼きの火をおこす竈番の息子であった。容姿端麗で詩歌の才能に恵まれていたことから，城主のヴェンタドゥルン子爵が彼を寵愛し，側近くに置いた。しかしベルナルトは子爵の奥方と相思相愛の仲になってしまったため，その地を追放された。

　その後，アリエノール・ダキテーヌのもとに滞在して詩作に励むが，やがて彼女とも恋仲になったと言われている。アリエノールはフランス王ルイ7世との離別後，後のイギリス王ヘンリー2世と結婚した人物であり，芸術への理解が深く，数々の詩人たちを庇護した。その後ベルナルトはトゥールーズのライモン伯爵のもとへ身を落ちつけ，伯爵の死後は修道院で余生を送ったと伝えられている。

◉ 最高のトルバドゥール　ベルナルトは貧しい出でありながら，才覚によってその名を世に馳せた南仏の職業的トルバドゥールの典型的な存在であり，その叙情詩の質においてトルバドゥール中最大の詩人と評される。40数篇伝わっている彼の詩の多くは，恋の歓びと苦悩とを語る「恋愛歌」canso(カンソ)である。それは，高貴な奥方たちとのかなわぬ恋という彼自身の実体験に裏打ちされた「至純の愛」であり，これを明晰な語句を用いた清澄で音楽的なオック語の文体が支えている。

◉ ひばりの表すもの　「ひばりが歓びのあまり」は，恋の狂おしさをひばりに託して歌い上げた60行の韻文詩である。急な角度で陽光へと舞い上がり，そして急降下するひばりの習性を，人間の歓びの感極まる様に擬している。それでいてけっして実現することのない恋に身を焦がす自分自身の姿を，深い諦念とともに描き出している。装飾が少なく率直明解な文体が特徴である。中世の多くの作品がこの詩を引用し，「あげひばり」は「至福」のキーワードとなっていった。

　この他の代表的な作品として，愛の喜びによって突然世界が相貌を変える様を描いた「わが心はかくも喜びに満ち」などがある。

"Can vei la lauzeta mover"

Can vei la lauzeta mover
De joi sas alas contral rai,

第1章　［中世］　フランス文学の誕生

```
     Que s'oblid' e·s laissa chazer
     Per la doussor c'al cor li vai,
  5  Ai ! tan grans enveya m'en ve
     De cui qu'eu veya jauzion,
     Meravilhas ai, car desse
     Lo cor de dezirer no·m fon.

     Ai, las ! tan cuidava saber
 10  D'amor, e tan petit en sai !
     Car eu d'amar no·m posc tener
     Celeis don ja pro non aurai.
     Tout m'a mon cor, a tout m'a me,
     E se mezeis e tot lo mon ;
 15  E can se·m tolc, no·m laisset re
     Mas dezirer e cor volon.
```

「ひばりが歓びのあまり」

ひばりが歓びのあまり
太陽へと羽打って舞い上がり，
甘美な想いに胸がつまって
また茫然と舞い落ちるのを見るとき，
ああ！　幸せそうな者たち
誰も彼もが妬ましい。
渇望のあまりに我が胸がすぐにでも
張り裂けないのが不思議でならない。

ああ！　私はどれほど愛をわかったつもりでいたことか，
そして実はなんと無知であったことか！
けっして報われることのないあの人を
私は愛さずにはいられなかったのだから。
私の心を，私の存在を，彼女自身を，全世界を，
あの女(ひと)は私から奪い去った。
いっぽう私に残されたのは

33

渇望と焦がれる心だけ。

フランソワ・ヴィヨン
François Villon, 1431—63？

●**カルチェ・ラタンの不良学生**　フランソワ・ヴィヨンはパリ生まれ。早くに父親を亡くし，恩人のギヨーム・ド・ヴィヨンから姓を借りてフランソワ・ヴィヨンと名乗るようになった。パリ大学で学位を得るが，放蕩に身をもちくずしてしまう。24歳の時には教会の境内で司祭を殺害し，パリから逃れ出ている。1456年にはナヴァール神学校における金貨の窃盗事件に関わり，このとき死を覚悟して創作したのが『形見分け』*Lais* である。「私を拒んだあの女には我が心臓を，ロベール・ヴァレには股引を」という調子で自分の死後の形見分けを歌う。その後はブロワなどフランス各地をさすらう毎日が続き，1461年頃『遺言詩集』*Testament* を書く。1463年にはパリのサン・ジャック街での喧嘩騒ぎに関して起訴され，絞首刑の判決を受けている。執行は免れたようだが，その後の行方は不明である。またヴィヨンの正体そのものについても，近年テクストを手がかりにした再考が行われている。

●**泥棒詩人の才筆**　女，酒，空腹，貧困，はては死や絞首刑など，自分の人生を彩った全てが彼の詩の題材だった。それでいて放浪学生のなぐり書きというにはほど遠く，伝統的な詩型や技法を巧みに用いて書かれたこれらの作品は，叙情詩としての高い価値を有する。あますところなく表出されたヴィヨンの多情多恨の自我は強烈に読者に訴えかけ，ラブレーやジュネといった後世の作家たちにも大きな影響を与えた。

●**死の舞踏**　とりわけ彼が好んで取り上げたのが死の主題である。戦争やペストの惨禍に見舞われた当時のフランスでは，骸骨姿の「死」が王侯や庶民など全ての人間を後に従えて凱旋の踊りを踊るという「死の舞踏」danse macabre のモチーフが文学や絵画で流行した。ヴィヨンは万人を襲う死という運命をも，写実的かつ軽妙に歌い上げている。

Testament

XL
Et meure Paris ou Helaine,

Quiconques meurt, meurt a douleur
Telle qu'il pert vent et alaine ;
Son fiel se creve sur son cueur,
5 Puis sue, Dieu scet quelle sueur !
Et n'est qui de ses maux l'alege :
Car enfant n'a, frere ne seur,
Qui lors voulsist estre son plege.

XLI

La mort le fait fremir, pallir,
10 Le nez courber, les vaines tendre,
Le col enfler, la chair mollir,
Joinctes et nerfs croistre et estendre.
Corps femenin, qui tant es tendre,
Poly, souef, si precieux,
15 Te fauldra il ces maux attendre ?
Oy, ou tout vif aller es cieulx.

◆ 注
  1 Paris, Helaine 古代ギリシャでトロイア戦争の原因となった絶世の美男美女。
  16 聖母マリアの被昇天を暗示。この後「去年の雪、今いずこ」で有名な「昔日の美女たちのバラード」が続く。

『遺言詩集』

XL
たとえパリスやヘレネでも
みんな死ぬときは、苦しんで死ぬ、
息も呼吸も止まるほどに。
胆汁が心臓の上で飛び散り、
それから汗をかく、びっしょりと！
苦痛を和らげてくれる者など誰もいない。
こんなときには、子供だろうが兄弟姉妹だろうが
誰も身代わりになってくれないものだ。

XLI
死ぬとき人は，震え，青ざめ
鼻はひんまがり，血管はふくれ
頸(くび)は腫れあがり，肉はぶよぶよ
関節も腱もギリギリと軋む。
ああ，あんなにも柔らかく，つややかな柔肌の
いとおしい女体よ，おまえも
こんな責め苦にあわなくてはならないのか？
そのとおりさ。生きながらに天へ昇る術(すべ)はないのだから。

死の舞踏

第2章
［16世紀］　ルネサンスの息吹

（平野　隆文）

ピーター・ブリューゲル『農夫たちのおどり』

時代思潮

▶「再生」と文化的変容

　フランスの16世紀に，再生を意味する「ルネサンス」Renaissance という言葉を最初に冠したのは19世紀の歴史家ミシュレである。彼にとって，この時代は古典古代（ギリシャ・ローマ）の文芸が文字どおり復興した時代であり，因習にまみれた神中心の中世から脱却し，理性による人間中心の文化が開花した時代であった。もちろん，こうした中世暗黒史観や，ルネサンスを薔薇色のイメージに染め上げる歴史観を鵜呑みにする学者は，もはや存在しない。

　しかし，ルネサンス期のフランスが，一面で中世との連続性を保ちつつも，ある巨大な文化的変容を経験したことは否めないであろう。「ユマニスト」humaniste たちの文献学的探求によって，ヘレニスム（古代ギリシャ・ローマ）とヘブライスム（キリスト教）双方の文学的，思想的，宗教的遺産を，新たな相の下に把握しなおし，その真の姿に迫ることが可能になった。特に新旧双方の聖書を，それが記された原語で読もうとする努力は，可能な限り注釈を排して，聖書の「原初の姿」を復活させたいとする強い意志に支えられていたのである。加えて，活版印刷術の普及が，こうした学芸の成果の伝播に決定的な役割を担ったのは周知の通りである。

▶新世界と国語の「発見」

　又，航海術の発達は，「新大陸の発見」に結実するが，この「発見」が特に世紀の後半になって，人々の世界観にも大きな変革を迫るに至る。なるほど，世紀前半においては，この「発見」は「エデンの園」や「失われた楽園」の「再発見」といった，主に聖書的文脈に絡め取られて解釈される傾向が強かった。しかし，世紀後半に至ると，「無垢」な自然状態の中で生きる「野蛮人たち」は，内戦に明け暮れる「文明人たち」の堕落を逆照射する鏡としても機能するようになるのである。ところで，近代国民国家の礎が整いつつあったこの時期は，国語としてのフランス語が政治的，文化的要請の双方に応える形

第2章　[16世紀]　ルネサンスの息吹

で重要視され、それまでラテン語が占めていた圧倒的優位を徐々に覆していくことになる。1539年にフランソワ1世が発したヴィレール゠コトレの勅令は、司法関係の書類の一切をフランス語で記すように命じているが、これは、フランス語の地位を高める契機になったと同時に、国民語としてのフランス語を求めてやまない知識人たちの渇望をも、反映したものでもあった。

▶ルネサンスの光と闇　こうした文化的背景をもとに、16世紀のフランスは、文学の分野でも数々の才能を輩出することになる。ロンサールを首領に戴くプレイヤッド派は、ジョアシャン・デュ・ベレーの名の下に、一種の文学的マニフェストである『フランス語の擁護と顕揚』（1549）を世に問い、古典古代やイタリアに範を求めつつも、オードやエレジーあるいはソネ（ソネット）といった中世とはほぼ無縁のジャンルを持ち込み、中世的な枠組みを壊して、フランスの詩的世界に新たな創造力を吹き込んだのであった。また、エラスムスを尊崇していた医師**フランソワ・ラブレー**は、ユマニストとして古典古代の文献学的研究に情熱を燃やす一方で、中世の騎士道物語の枠組みを借りた『ガルガンチュア物語とパンタグリュエル物語』 *Gargantua et Pantagruel* を俗語（フランス語）で著し、福音主義者としての信条をそこに盛り込むと同時に、ギリシャ・ラテンという書斎の教養と、香具師の口上を思わせる民衆的な「広場の言語」とを融合させ、破天荒な想像力に身を任せつつ、散文の一大傑作を編み上げたのであった。これに対し、世紀後半の代表的散文家であり、宗教戦争の時代を生きた**モンテーニュ**は、ボルドーの高等法院の職を辞した後は、その後市長職を引き受けた時期を除き、故郷の邸宅の塔の中で執筆に専念するよう努めている。彼は、「自らの判断力」を試すために『エセー』 *Essais* を綴り、つねに揺れ動いて止まない「私」という現象を探求している。さらに、平和や戦争、新大陸の発見に代表される当代の「ホット」な問題を俎上にあげ、それらに「判断」を下そうとしているのだが、その際、あくまでも古典古代の膨大な著作群と照らし合わせないではおかない彼の

手法に，ルネサンス・ユマニスムの集大成を見ることも可能であろう。

▶光と闇の交錯　だが，ルネサンス期を，エラスムスの博学，ロンサールの薔薇やラブレーの奔放さ，あるいはモンテーニュの探求によってのみ語るのは誤りである。注釈を排して聖典を原初の姿で把握しようとしたユマニストたちの努力は，やがて信仰の純化を目指す宗教改革，ひいては，宗教戦争という悲惨な内乱へと結び付いていく点を忘れるべきではない。さらに，印刷術の普及は新教の普及と軌を一にしているが，この技術は，学芸やフランス語訳聖書を広めるのに役立っていると同時に，新旧両陣営によるプロパガンダや誹謗中傷の武器としても，絶大なる威力を発揮したのであった。また，宗教上の争いの激化に伴って，自らの宗教的立場を擁護する，一種の「アンガジュマン」（社会参加，政治参加）の文学の登場を促したのも事実である。

「新大陸の発見」は，西洋による一方的な「発見」であり，その後展開される植民地化の幕開けを意味している点にも注意したい。また，この時期に強まった中央集権化の動きは，ジャン・ボダン Jean Bodin（1530-96）ら経世思想家たちの優れた政治哲学を生む契機となったが，同時に，世紀末頃猖獗を極めた魔女狩りに象徴される，マージナルな存在の排除へと向かう姿勢とも連動しているのだ。ユマニストたる同じボダンが，国家繁栄のためにも魔女を撲滅すべきであると執拗に説く『魔女論』を著したという事実は，先の動きを象徴するものである。この華麗なる混乱の時代の諸テクストを読みほぐすならば，そこにルネサンスの光と闇が交錯しつつ反映しているのが了解されるだろう。

●「ユマニスム」（humanisme）●

現代では，ヒューマニズム（人道主義）と混同する可能性が高いので注意が必要である。ユマニスムとは，ギリシャ，ラテンの古典古代の作品，および聖書を，それが書かれた原語で読み，その当時のテクストをありのままに再生しようとした知的営為のことを指す。ルネサンス期の知識人の大部分は，多かれ少なかれこうした活動に従事しており，したがって，古典ラテン語，ギリシャ語のみならず，ヘブライやカルデア語に堪能な者も少なからず存在した。彼らユマニストは，その博識を活かして異教的古典古代の作品にも親しんだが，何と言っても，聖書，中でも福

> 音書を重視した点で共通している。初期キリスト教の教えと，注釈を極力排した聖書との直接の対峙によって，彼らは，あらゆる教条主義（ドグマ）を退け，聖書の原典を通して神と向かい合う姿勢を獲得していった。この点で，ユマニストたちの知的営為が，宗教改革の勃興と無縁でないのは言うまでもない。なお，ルターやルフェーヴル・デタープルに代表されるように，多くのユマニストが，聖書を当時の俗語（ドイツ語やフランス語）に翻訳し，その「通俗化」を計ったことも忘れてはならないだろう。

1　物語——語る愉悦と語られる倫理

▶騎士道物語の大流行　16世紀における印刷術の普及と軌を一にして，最も流行したジャンルは，実は騎士道物語である。これは当時のベストセラーであって，特に中世に韻文で記されたものが，散文に翻案されて広く出回ることが頻繁にあった。だが，この状況を前にして，苦々しい思いを抱いていた知識人は少なくない。なぜなら，当時散文は（歴史的）事実を伝えるスタイルであり，逆に韻文はフィクションを伝播するスタイルであると認識されていたからである。つまり，荒唐無稽で全くの「出鱈目」に過ぎない騎士道物語が，散文で流布されれば，その内容が「事実」として受け入れられる危険性があると彼ら知識人たちは考えたのであった。だが，韻文を散文に変じる場合はともかく，最初から散文で構想された「物語」（ロマン romans やヌヴェル nouvelles）が，大変な人気を博したのも事実である。それらは，おおむね自らの物語るところを「事実」として提示しようと努めていた。

▶さまざまな「お話」の流行　しかし，ロマンであれ，比較的短編のヌヴェルであれ，その「事実性」よりも，物語としての奇抜さや悲劇性に，作者および読者の注意が徐々に向いていった点は否めない。イタリアのボッカチオ（14世紀）の『デカメロン』に範を取った，**マルグリット・ド・ナヴァール王妃**（フランソワ1世の姉に当たる）の

『エプタメロン（七日物語）』（実際には，1559年，彼女の死後に未完のまま刊行されている）も，その多くが実話から採取されたものだとされるが，しかし，むしろ強姦や姦淫，近親相姦，禁じられた結婚といった，各話の発する危険な臭いやきわどさが，多くの読者を捉えたのだと言えるだろう（もちろん，この作品には陽気で猥雑な物語も混在しているが）。さらに，この種の悲劇譚は，怪異現象や怪物などを扱った驚異譚と相俟って，レリー，ボエスチオー，（ジャン=ピエール・）カミュらに受け継がれ，17世紀中葉まで，大ベストセラーとして一世を風靡することになる。だが，ルネサンスの物語が，全て「血みどろ」のお話に占拠されていたわけではもちろんない。ラブレーの影響下で，当時の田園生活を精密かつ生き生きと活写したノエル・デュ・ファイユ Noël du Fail（1520頃-91）の『田園閑話』 *Propos rustiques* や，中世以来のコントの系譜上にあるボナヴァンテュール・デ・ペリエ Bonaventure des Périers の『新笑話集』 *Nouvelles Récréations et Joyeux Devis* なども，ルネサンス期の短編物語集を代表する作品として，今日に伝わっている。

▶︎物語の巨人ラブレー　　だが，散文の物語として最も注目に値するのは，言うまでもなく**フランソワ・ラブレー**の作品である。巨人王を主人公とするこの破天荒な物語は，中世の騎士道物語の枠組みを借りてはいるが，そこには，民衆的な哄笑が鳴り響くその合間に，著者の福音主義的な思想やユマニストとしての信条，あるいはフランスの王権を擁護する政治的スタンスなどが織り込まれているのである。巨人王パンタグリュエルとガルガンチュア，あるいは家臣のパニュルジュやジャン修道士の破天荒な活躍は，すでに当時多くの読者を惹きつけていたとされている。ラブレーは，その露骨な猥褻さや糞尿譚のゆえに，17世紀の古典主義者たちには毛嫌いされ，その後継者と目される作家を探すのは困難である。彼は，その前代未聞の言語的実践によって，ルネサンスの物語作家たちの中で，否，フランスの物語作家たちの中で，一人峻厳とそびえ立っている孤高な存在だとも言えるであろう。

第2章 ［16世紀］ ルネサンスの息吹

(代表的作家と作品)

フランソワ・ラブレー
François Rabelais, 1484—1553

●ユマニストの形成　1482年から1502年まで，ラブレーの生年には諸説があり，またその生涯にも謎の部分が多い。トゥーレーヌ地方のシノン近郊の小村ラ・ドヴィニエールで，弁護士の父親のもとに生まれている。青年期は，フランシスコ会，次いでベネディクト会の修道院で過ごし，ギリシャ学の大家で文通相手でもあったギヨーム・ビュデ Guillaume Budé（1468-1540）の影響もあって，哲学，神学，法学の他に，ギリシャ語の学習にも力を注ぎ，古典古代に関し底知れぬ知識を蓄積していった。

●行動する知的探求者　その後フランス各地を遍歴した後，1530年から32年にかけてモンペリエ大学で医学を修め，37年には医学博士となる。古代の医師ヒポクラテスやガレノスの著作を翻刻出版すると同時に，医師としてリヨン市立病院にも勤務している。また，デュ・ベレー兄弟の外交使節に随伴して，ローマを数度訪れており，古代の，そして「現代世界の首都」に賞賛の念を抱くと同時に，植物採集を行うなど大いに見聞を広めている。だが，街に出つつもラブレーは書を捨てたわけではなかった。彼の名を不朽にした「巨人譚」は，旅と思索との，あるいは医学や法学などの「実学」と古典という「虚学」との，言わば結節点において析出してきたものであったのだ。

●ユマニスト的学殖と文学的創造力の合体　行動の人として活躍しつつも，その合間を縫うようにして，ラブレーは創作の筆を握り続ける。民間で人気を博していた『ガルガンチュア大年代記』Chroniques de Gargantua の体裁を真似つつ，1532年には『パンタグリュエル物語』Pantagruel を，さらに34年にはその父親を主人公とした『ガルガンチュア物語』Gargantua を，匿名で（アルコフリバス・ナジエというアナグラムを使用）上梓する。巨人の誕生，青年期の修養，および成人後の超人的武勲，という散文騎士道物語の枠組み（「皿」）を借りつつも，ルネサンスの新鮮な素材とスパイスとをふんだんに使って，全く新たな「料理」をそこに盛りつけている。猥雑な「エロ・グロ・ナンセンス」やあけすけな糞尿譚が，作品に民衆的な活力を与えているが，それに加えて，膨大な学識を背景としたユマニスト的，福音主義的「世界観」が提示され，教育，戦争，国家，宗教的因習などに関し，卓

見が鏤（ちりば）められることになる。だが，彼の思想内容そのものと同時に，作品で文字どおり「炸裂」する言語は，他に例をみないほどの奔放なエネルギーに溢れかえっている点をも忘れるべきではないだろう。

◉**後期作品——「知の探求」と「世界の探求」** 1546年，ラブレーは本名を掲げて『第三之書・パンタグリュエル物語』 Le Tiers Livre de Pantagruel を世に問うている。これは，パンタグリュエルの従者パニュルジュが結婚すべきか否か，また，結婚した場合妻を寝取られないかどうか，という二つの問題をめぐって，一行がさまざまな占いを試したり，著名な学者に意見を求めたりする，という筋立てより成っている。ここでは主人公パンタグリュエルはその巨人性をほぼ失い，読者と等身大の人物として描かれている。また，破天荒な行動の書から，議論の書へと変貌を遂げ，結婚や女性を巡る多種多様な領域の「知」が動員される。さらに，冒頭の有名な「借金礼賛」では，古代の雄弁術の練習である「デクラマチオ」が縦横に活用され，その後に漲っているパニュルジュのこじつけの議論や巧妙な論理を予告している。この書は極めて多層的構造を備え，結婚問題の背後に，自己愛，悪霊，狂気，法学，身体，言語，死といった多様な主題を宿しており，これに一元的解釈を施すのは不可能である。52年に刊行された『第四之書・パンタグリュエル物語』 Le Quart Livre de Pantagruel は，結婚問題に決着を付けられなかった一行が，徳利明神の神託を授かりに旅に出て，島巡りをするという内容である。ここに，新大陸の「発見」や「大航海時代」の反映を見るのは可能だが，パンタグリュエル一行は，あくまで架空の島から架空の島へと旅を続けるにすぎない。各々の島は，教皇崇拝や禁欲主義，あるいは，食欲や四旬節といった，人間の身体的・精神的機能や，社会的な活動を擬人化した者たちで占められている（当時の教皇制度を絶対視する人間，風のみを食べて生きている人間，あるいは人にぶたれることに無常の喜びを感じる人間など）。それぞれの島は，人間のさまざまな「偏執」の一つ一つが閉じ込められた世界であり，その描写の内に，人間界に対するラブレーの風刺と皮肉とを看取できる。だが，ここでも，古代のルキアノスを思わせるような奇想天外な発想と，人を圧倒する言語的創造に関心が向けられるべきであろう。なお，『第五之書』は，最初の十数章を除いて偽作の疑いが濃いと考えられている。

ラブレーの作品には，当時の政治的・宗教的状況が反映しており，著者がフランスの利益を代弁している側面が見て取れる。同時に，これらの作品は，フランソワ1世ら国王の前で，ラブレー自身によって音読された可能性が極めて高い。ただし，アクチュアルな問題に手を染めつつも，やはり文学的普遍性に到達している点には，ラブレーの偉大さを認めざるをえない。引用は『第三之書』の「序詞」で，著者が

読者に語りかけている序詞の冒頭である。

Le Tiers Livre de Pantagruel

 Bonnes gens, Beuveurs tresillustres, et vous Goutteux tresprecieux, veistez vous oncques Diogenes le philosophe Cynic ? Si l'avez veu, vous n'aviez perdu la veue : ou je suis vrayement forissu d'intelligence, et de sens logical. C'est belle chose veoir la clairté du (vin et escuz) Soleil. […] Vous *item* n'estez jeunes. Qui est
5 qualité competente, pour en vin, non en vain, ains plus que physicalement philosopher, et desormais estre du conseil Bacchique : pour en lopinant opiner des substance, couleur, odeur, excellence, eminence, proprieté, faculté, vertus, effect, et dignité du benoist et desiré piot.

◆ 注 ─────────────

3 forissu＝qui est sorti, banni　**4**　Soleil　ここでは、『伝導の書』XI-7 の「光は快い。太陽を見ることは目のために良い」という文言を下敷きにしている。　**5** plus que physicalement philosopher＝métaphysiquement　**6**　conseil Bacchique バッカス的な饗宴。プラトンの饗宴を思わせるもの。なお、ワインは精神を高揚させその活動を活発にすると考えられていた。

『第三之書・パンタグリュエル物語』

　立派な御仁や高名なる飲兵衛のおやじ殿，それに実に尊い通風病みの大将，あんた方はこれまでに，あの犬儒派の哲人ディオゲネスに会ったことがおありですかな。もし，あの御仁なら見た，いや会った，と仰るのなら，まだ目ん玉が付いている証拠ですわ。それとも，拙者の方がおつむがおかしくなって，変なことを考えているということですかな。それはそうと，ワインやエキュ金貨の，おっと違った，お天道様のきらきらと輝く様子を，この目で拝めるとはありがたいことでござんすね。［…］さて，皆様方ももうお若いとは言えませんな。じゃが，歳をとるなんぞ意味がないなどと申されるな，何故と言うに，歳をとっていればこそ，高邁な哲学もわかろうというもの，それに，今後はバッカスの会議にも列席して，ワインに舌鼓を打ちながら，この目出たくも愛しきお酒の本質，色合い，馥郁たる香り，その秀逸にして素晴らしき所以，その特性，効能，功徳，効果および威厳について，御高説を述べる資格もできるというものでござる。

マルグリット・ド・ナヴァール
Marguerite de Navarre, 1492—1549

●**政治的手腕と文化的庇護**　フランソワ1世の姉であり，後の名君アンリ4世の祖母でもあるマルグリットは，その生家の名をとってマルグリット・ダングレームと呼ばれることが多い。1509年にアランソン公爵と政略結婚をするが，パヴィアの戦いの後夫が没すると，1527年，ナヴァール王アンリ・ダルブレと再婚している。彼女は自身詩人であって，31年には『罪深き魂の鏡』 Miroir de l'âme pécheresse を出版しているが，詩形などに目新しい要素はなかった。ただし，この作品は，ルター主義や福音主義的思想によって濃厚に彩られていたため，保守的なソルボンヌ大学神学部に非難されている。マルグリットは，モーの司教ブリソネと文通し，ルフェーヴル・デタープル Lefèvre d'Étaples（1450頃-1536）と出会い，マロをかくまい，ルターを読み込むなど，当時の福音主義的または新プラトン主義的な学者や芸術家を保護する「メセナの政策」を実行に移している。同時に，25年，実兄のフランソワ1世がパヴィアの戦いに敗れ捕虜になると，マドリッドまで赴いてその釈放に尽力するなど，政治的にも随所で重要な役割を担っている。

●**『エプタメロン』――「世俗的愛」と「聖なる愛」**　1534年，檄文事件が起こると，彼女は南フランスのネラックやリヨンに引きこもり，詩作や劇作などに没頭する。1542年，アントワーヌ・マソンにイタリアのボッカチオの『デカメロン』を翻訳するよう求めているが，彼女がこの書を範に自らヌヴェルに手を染め始めるのもこの頃であろう。『エプタメロン』は，『デカメロン』にその形式のみを借りており，全体から受ける印象は両者で大きく異なる。全体的に前者からは，後者にはあまり感じられない上品な陽気さが漂っている。修道士をからかうファブリオや艶笑譚的要素，ロレンザッチョの陰謀事件を描く「歴史物」，そして「ヴェルジの女城主」を扱う中世の「ロマネスク」の系譜を引くものなどが，若干混じってはいるものの，ほとんどが実話から採取されているとされている。また，全体を貫いているのは，愛のあり方を，世俗的，宗教的双方の諸相から描き分析しようとする意志であろう。

●**物語る快楽から論ずる快楽へ**　川の氾濫でピレネー山中に足止めを食らった10人の「語り手」が毎日一話ずつ物語り，残りの聴衆が各逸話について議論を行うという構成は，筆者の死の故に第72話で中断せざるを得なかった。その死後クロード・グルジェが『エプタメロン（七日物語）』と題して1559年に上梓することになる。婚姻内もしくは婚姻外の恋愛，強姦，近親相姦など，物語で語られた「日常的」な

愛の諸相が，神秘的かつ精神的な（神への）愛への浄化という問題と複雑に絡み合わされる。三面記事的な「事件」の後に戦わせられる「議論」は，相矛盾しかつ10人の異なった見解や見方を前提として行われるため，一つに収斂することなく，多くの場合開かれたまま終わっている。であるが故に，「お話」に対して，さまざまな観点からの「読み」が試みられているとも解せるのである。このテクストの有する「開放性」は，読者自身を神学的・倫理的思索という営為へと誘う役割を果しているのである。引用は，母と息子の近親相姦を扱った『エプタメロン』の第30話で，二人がタブーを犯してしまう有名な場面からとった。なお，若くして未亡人となった主人公の女性は，自分の意志のみで，再婚を避けかつ性欲を抑制できると思い込んでしまった人物，換言すれば，神の助けを求めない「自力本願」という「傲慢の罪」を犯している人物として描かれている。なお，この女性（母親）は，息子が侍女の尻を追い回しているのが本当かどうか確かめるために，侍女のベッドに潜り込んで待っている。

Heptaméron

　　En ceste pensée et collere, son filz s'en vint coucher avecq elle ; et elle, qui encores pour le veoir coucher, ne povoit croyre qu'il voulsist faire chose deshonneste, actendit à parler à luy jusques ad ce qu'elle congneust quelque signe de sa mauvaise volunté, ne povant croyre, par choses petites, que son desir peust aller
5　jusques au criminel ; mais sa patience fut si longue et sa nature si fragile, qu'elle convertit sa collere en ung plaisir trop abominable, obliant le nom de mere. Et, tout ainsy que l'eaue par force retenue court avecq plus d'impetuosité quant on la laisse aller, que celle qui court ordinairement, ainsy ceste pauvre dame tourna sa gloire à la contraincte qu'elle donnoit à son corps. Quant elle vint à descendre le
10　premier degré de son honnesteté, se trouva soubdainement portée jusques au dernier.

◆　注

3　signe de sa mauvaise volunté　ここでは，男性の性的興奮の明快な証，すなわち勃起のことを指している。　**9**　gloire　ここでは，「傲慢さ」の意味なので注意。なお，この語を含む一文は完結していないので，全体の文脈を考慮して，予想される帰結部分を括弧の中に「訳出」しておいた。また，上記の箇所は，比喩を使っているとはいえ，女性の性的快楽を分析したものであり，ルネサンス期には極めて珍しい内容のテクストである。

『エプタメロン』

　こうして想像を巡らし怒りに身を任せていますと、彼女の息子が寝床にやって来ました。彼女の方は、彼がベッドに潜り込んできても、まだ息子がはしたない行為に及ぶなどとは信じられず、明らかに興奮している証が得られるまで、話しかけようとは思わなかったのです。つまり、息子の欲望は、（愛撫だとか接吻だとか言った）前戯のような行為では終わらず、犯罪にも等しい営みへと発展するなどとは信じられなかったのでした。とはいえ、彼女の忍耐力は長く保たれ、かつ、その性（さが）はあまりにも脆かったので、結局、その怒りは極めておぞましき快楽へと転じてしまったのです。彼女は母の名を忘却の彼方に追いやってしまったのでした。そして、無理矢理塞き止められている水が、いったん堰を切って噴出し始めるや、それは、普通に流れている水よりも、ずっと激しい勢いを得て流れていくのと同じように、この哀れな夫人も、自らの身体に性的制約を課すことが可能だという傲慢さを忘れ［普通以上の激しい欲望に身を任せざるを得なかったのでした］。そして、慎みの第一段階を降りてしまうや否や、彼女は突如として、最後の段階にまで運び去られていったのです。

●「ルネサンス期の医学」●

　科学は直線的な発展を遂げた訳ではない。ルネサンス期は、バラ色のイメージに染め上げられる傾向が強いだけに、この点では十分に注意する必要がある。たとえば当時の医学だが、ギリシャの医者で、四体液説の元祖でもあるヒポクラテスと、同じくギリシャ人であり、古代ローマ最大の医学者でもあったガレノス、この両者の著作を原語で読みこなし、それを講義の場で雄弁に語って見せることのできる者こそが、真の「医者」であった。たとえ解剖を行う際でも、こうした古代の権威たちの著作を片手に、人体がそのテクスト通りに組織されていることを確認していたにすぎない。つまり、「肉体の科学」は「古典文学」と幸福な合体を遂げており、それを疑う者は存在しなかったといっても過言ではない。実際に人体に触れて「治療」を行ったのは、「床屋外科医」barbier-chirurgien と呼ばれる者たちで、彼らは正規の医者よりもずっとランクが低いとされていたのである。なお、彼らは相変わらず中世以来の瀉血をその治療法の中心に据えていた。もしルネサンス医学で、近代医学に繋がる発見があったとすれば、それは恐らく焼灼（cautérisation：傷口に焼きごてを当てて、膿むのを防ぐ治療法）の発見に尽きるのではなかろうか。だが、「観察の精神」が徐々に育っていったのも否めない。それは17世紀の学問へと繋がっていくだろう。それでも、ルネサンス期においては、人体を神の被造物、換言すれば、驚異の対象と見なす傾向が強かったこと、すなわち、医学と神学とがまだ分離していなかったことを忘れるべきではない。

2　詩的冒険とその果実──プレイヤッド派を中心に

▶大押韻派　　最後にして最大の中世詩人フランソワ・ヴィヨンと，ルネサンスの息吹を感じさせる最初の詩人クレマン・マロとの間には，およそ半世紀にわたる「空白」があった。もちろん，いわゆる「大押韻派」Grands Rhétoriqueurs が，ブルゴーニュの宮廷を中心に活躍していたのは良く知られている。だが，彼らは細かい押韻の規則にばかり工夫を凝らし，形式上の洗練にエネルギーを注ぎすぎたと非難されることが多い。それでも，百年戦争が終わり，政治的・宗教的に重要な案件が比較的少なかった時代にあって，彼らが純粋に言語の芸術としての詩に関心を抱き，言語内部での詩的完成に力を注いだことには，一定の評価を与えてもよいだろう。

▶軽快な詩人マロ　　だが，極端な形式主義は，当然ながらその反動を生む。先ず，大押韻派の父をもつ詩人クレマン・マロが現れ，軽妙洒脱な詩作によって一世を風靡することになる。詩の形式に改革をもたらしたのは，しばしばプレイヤッド派だとされるが，すでにマロが，寸鉄詩，書簡詩，エレジー，あるいはイタリア風のソネなどを，何度も試みている点には注意しておきたい。また，彼は軽妙な恋愛詩を得意とし，女性の乳房に賛辞を表するなど，陽気で官能的な筆遣いにより多くの読者を魅了している。

▶リヨン派の活躍　　16世紀はパリだけの世紀ではもちろんない。特に，先進国イタリアに近く，交通の要衝でもあったリヨンは，経済的・文化的な発展を遂げ，パリを凌ぐ勢いであった。富裕な町人文化が華開いたこの街では，詩人達も独自の活動を展開している。象徴派の先駆と見なされるモーリス・セーヴや，奔放な恋愛詩で名を馳せた女性詩人ルイーズ・ラベ Louise Labé（1524-66）らは，リヨン派の名前で括られることが多い。

▶プレイヤッド派の活躍

リヨン派が世紀前半の詩的達成を示しているとするなら，世紀後半に詩的世界をリードしたのは，ロンサールを筆頭とする「プレイヤッド派」Les Pléiades と呼ばれる詩人たちであった。プレイヤッド（七つ星）という名は，古代アレクサンドリアの詩人「七人組」にちなんだものだが，実際にはメンバーが固定していたわけではなく，時期によって変動があったのは確かである。このグループは，パリのコクレ学寮に集った青年貴族達と，ボンクール学寮に学んだ学生達が合流して形成されたもので，優秀なギリシャ語学者ジャン・ドラの影響を受けた者も少なくない。彼らは，1549年，ジョアシャン・デュ・ベレーの名の下に，一種の文学的マニフェストである『フランス語の擁護と顕揚』Défense et illustration de la langue française を発表している。これは，国民国家の礎として，フランス語を国民語にしようとした政治的意図（フランソワ1世は，1539年にヴィレール=コトレの勅令を発して，司法関係の書類をラテン語ではなく，全てフランス語で記すように命じている）と，背後で連動している動きだと解釈できる。このマニフェストは，古典古代や当時の先進国イタリアの語彙を採り入れ，同時にその偉大な詩的テクストを「真似る」ことによって，フランス詩をその相対的貧困から救おうとしたものである。そこで，ロンドーやバラードなどの古い詩形が否定され，エポペ（叙事詩）やソネ，エレジーなどのジャンルが称揚された。ここに表明された見解には，剽窃も多く含まれ，独創的とは言いがたいが，内容がナショナリズムを鼓舞していた点は確かである。なお，詩論としては，レトリックに纏（まつ）わる考察が抜け落ちている点で，決定的な欠陥を負っているとも言えよう。

▶国語と神話

それでも，詩人は神からのインスピレーションの下に創造する神聖な役割を負っているとする使命感が，この「宣言（マニフェスト）」からは強く感じられる。彼らプレイヤッド派は，詩を文化の最上部に位置づけ，自らその文化の担い手たらんと努めたのである。ただし，彼らの方法論は，他者のテクストをまずは自らのものとして占有し，その後そ

第 2 章　[16世紀]　ルネサンスの息吹

れを再創造する方向へと進んでいる。古典期やペトラルカなどに範を求めているが、同時に、お互いの間でも相互に模倣するようになっている。最も模倣された詩人は、やはりロンサールであろう。なお、言語そのものへの強い愛着も、プレイヤッド派の特徴となっている。フランス語という当時の「俗語」に執着しながらも、古典語や学術語とそれが描く世界にも強い関心を覚えていた点は、彼らの「国民意識」と「国民言語」が、古代の「神話の再創造」と密接に繋がっていたことを証してくれるだろう。

(代表的作家と作品)

クレマン・マロ
Clément Marot, 1496—1544

●弾圧にめげない軽やかなフットワーク　大押韻派の詩人ジャン・マロを父として、1496年、南仏ケルシー地方のカオールに生まれている。ユマニストとしての教育を受けたとは言いがたいが、幼い頃から詩作には馴染んでいたようだ。中世的詩形と新しい試みとを共に有し、さらに、独自の諧謔、風刺や機知、あるいは洒脱さと官能的陽気さとを持ち合わせた彼の詩作品は、その人柄同様不思議な魅力を湛えている。1519年、王姉マルグリット・ド・ナヴァールの侍僕になり、さらに1527年には、父の後を襲って宮廷詩人の座を射止めている。ナヴァール王妃の周辺に出入りしていたことも手伝って、マロは福音主義に理解を示し、主にそれが災いして少なからず憂き目に合うことになる。有名な事件を挙げれば、1526年、彼は、ある女性から「四旬節に脂肉を食った」、つまりカトリックの戒律を破ったとして投獄されているのだ。その他、囚人の脱獄に手を貸したとしてまたも投獄されているが、国王フランソワ1世に書簡詩を献じて釈放してもらっている。さらに、1534年、檄文事件が起きると、旧教側の弾圧を避けてイタリアに亡命している。また、牢獄を痛烈に風刺した『地獄』や、聖書『詩篇』の翻訳が出版されると、今度はジュネーヴに亡命する（1542）が、カルヴァン主義の禁欲的雰囲気に肌が合わず、結局イタリアのトリノで波瀾の生涯を閉じている。マロは、ある意味でラブレーを思わせる人物であろう。福音主義を真摯に追求する傍ら、陽気で官能的かつ洒脱な趣味を合わせ持ち、

窮地に立たされる度に，有力者にユーモアを交えた書簡詩を献じて助けを乞うなど，彼は過酷な時代を，あえて軽やかな足どりで駆け抜けようとしたのである。

●**古きを訪ね，新しきを創り…** 1532年，マロはそれまでの作品を集めた詩集『クレマンの若き日』*Adolescence clémentine* を刊行し名声を得ている。彼は，ロンドー，バラードなど中世風の詩形を多用したが，同時に寸鉄詩や書簡詩などにも新境地を開いている。また，イタリアの影響下に，フランスで初めてソネを手掛けている。つまり，プレイヤッド派以前に，すでに「詩形の変革」に着手していたことになる。投獄された経験を元に綴った『地獄』*L'enfer* に代表されるように，彼は辛辣な風刺や皮肉を織り込むことに大いなる才能を発揮したが，同時に，「美しい乳房」を賛美したり，「アンヌ・ダランソン」への軽妙洒脱な恋愛詩を易々と綴って見せたりと，宮廷詩人らしい軽やかで優雅な言葉使いにも秀でていた。その叙情詩がシンプルさを売り物にしていたのは，それにすぐさま節が付けられ，人々に歌われていた事実と無関係ではない。実際，当時マロの詩ほど人気を博し愛唱されたものはなかったのである。

●**偉大なる翻訳家** だが，「お洒落」な恋愛詩や辛辣な風刺詩のみでマロを語り尽くすことはできない。彼は，詩人であると同時に，偉大な翻訳家でもあり，ヴェルギリウス，オヴィディウス，ペトラルカ，エラスムスなどの作品をフランス語に移し変えているからだ。中でも特筆すべきは，1531年に30篇を，34年にさらに19篇を加えて出版した，聖書「詩篇」の翻訳である。この書はソルボンヌ大学によって即座に禁書処分を受け，マロはジュネーヴに亡命を余儀なくされる。大らかな詩人は，結局この禁欲的な町をも立ち去るが，彼の『詩篇』は，テオドール・ド・ベーズ Théodore de Bèze（1519-1605）による続編と共に，新教徒の信仰の拠り所として残ることになる。各詩篇に曲が付けられ，それらはプロテスタントの典礼中に取り込まれることになる。この翻訳の内に，マロの詩的才能と，真摯な宗教的心情とが合体している様子を，見て取ることができるだろう。引用は「ロンドー」から，少々「エッチ」で面白いものを選んだ。

"De la jeune dame qui a vieil mary"

  En languissant, et en grefve tristesse
  Vit mon las cueur, jadis plein de liesse,
  Puis que lon m'a donné Mary vieillard.
  Helas pourquoy ? rien ne sçait du vieil art
5 Qu'apprend Venus, l'amoureuse Deesse.

Par un desir de monstrer ma prouesse
Souvent l'assaulx : mais il demande : où est ce ?
Ou dort, peult estre, et mon cueur veille à part
En languissant.
10 Puis quand je veulx luy jouer de finesse,
Honte me dict : Cesse, ma fille, Cesse !
Garde t'en bien, à honneur prens esgard !
Lors je respons : Honte, allez à l'escart :
Je ne veulx pas perdre ainsi ma jeunesse
15 En languissant.

◆ 注
2　liesse＝joie　10　jouer de finesse＝jouer un mauvais tour　策略や悪意ある企みを実行すること。　11　Honte　「羞恥」が擬人化されている。

「老いた夫に嫁いだ若い御婦人について」

深い悲しみに落ち，悶々と思い悩みつつ，
生きている哀れなわが心，かつてはあれほど歓喜に満たされていたというのに，
それというのも，私めに年老いた夫があてがわれてしまったせい。
でも，どうしてなの。ああ，夫ときたら，色恋の女神たるヴィーナスが
授けて下さる，あの古来から伝わる技を，何一つ御存知ない始末。
私めも，褥(しとね)での武勲をたてたいと思いなし，時には自分から攻め入ってみても，
夫ときたら，「こりゃ，一体どこかいな」の一言，
あるいは，多分だけど，ぐうぐう眠ったまま。
わが心は，彼の脇で悶々と苦しみつつ，眠れぬ夜を過ごすばかり。
そして，夫に対し悪しき企みが心に浮かぶや否や，
羞恥が頭を擡(もた)げてこう宣う。娘や，おやめなされ，おやめなされ！
思いとどまるべし，女の名誉を重んじねばなりませぬ！
そこで私めは，こう答えるばかり。羞恥よ，あっちに行って頂戴。
こんな風にして，若き日々を失っていくのはもう嫌，
でも，悶々と苦しむ毎日が続くばかり。

モーリス・セーヴ

Maurice Scève, 1501—60?

●**リヨンが生んだ詩の宝石**　後にリヨン派と称されるようになる一群の詩人たちの中でも，現在最も高い評価を得ている詩人が，モーリス・セーヴである。ただし彼の生涯には不明の部分が多い。世紀の変わり目頃にリヨンの裕福な商家に生まれたとされている。堅固な教育を受けた可能性が高く，法学博士の称号を得たという説もある。1533年，ペトラルカが謳い上げた美女ラウラの墓を，アヴィニョンで発見したと主張，一躍有名になっている。1536年には，マロが主催したブラゾン blason（女体の一部を賛美する詩）のコンクールに応募し，その内の一編である「眉」が見事一等賞に輝いている。1536年頃，ペルネット・ド・ギエに出会っている可能性が高い。この人物は，彼の後の傑作にインスピレーションを与えたとされる美女で，リヨン派の詩人でもあった。その傑作『デリー，至高の徳の対象』*Délie, objet de plus haute vertu*（『デリー』）は，1544年に発表されるが，この頃からセーヴは，田園で隠遁生活を送ることが多くなる（1545年にギエが亡くなっていることと無関係ではない）。もっとも，完全に引退したわけではなく，リヨンの詩人のリーダーとしてサロンや社交界にも顔を出していたとされる。1547年には，隠棲と孤独の内に平安を求めるという主旨の田園詩『柳叢曲』*Saulsaye* を出版し，また，1559年には，アダムの夢の内に人類の歴史を描こうとした『ミクロコスモス（小宇宙）』*Microcosme* を書き上げたと言われる（出版は1562年）。

●**恋の昇華——その神秘性**　『デリー』中の「デリー」に狩猟の女神ディアーヌの別名を見ることも，プラトンのイデア（idée）のアナグラムを看取することも可能だ。いずれにしろ，「恋人」で人妻かつ弟子のペルネットの面影が反映しているのは確かである。同時にペトラルカの影響が認められる点も否めない。だがより重要なのは，『デリー』の内に，リヨン派らしい新プラトン主義的な昇華と上昇の哲学が，カバラ的な神秘主義と結び付けられている点だろう。恋愛の体験は，その具象的な苦悩や官能から，比喩的で象徴に満ちた，意味の錯綜する世界へと上昇していく。同時に，10音綴の10行詩449篇の合間には，銘句を伴った50の紋章が配置されており，それらと詩句との間には，象徴的で謎めいた相関関係が成り立っていると考えられる。また，詩集の構成においては，数字の5，3，49などを巡る象徴主義が潜んでいるという説も有力である。『デリー』に読み取れる，恋愛の可能性や苦悩の表現は，結局は神秘的・秘教的な象徴主義の内部に絡め取られているのだと言

第 2 章　[16世紀]　ルネサンスの息吹

えるであろう。セーヴがしばしばマラルメ的と言われる所以である。
◉「諸世紀の伝説」または「進歩の発見」『ミクロコスモス』にも，セーヴのカバラ的かつ神秘主義的側面を看取できる。これは，アダムの夢の内に，言わば人類の「歴史」を辿り直そうとした壮大な叙事詩である。鍵となるのは，3という数字で，全体が，各々1000行から成る3部に分けられ，最後に3行詩が添えられている。また，セーヴは，教父的かつカバラ的伝統を取り込み，アダムの内に最初の発明者と哲学者を見出そうとしている。さらに，そこではアダムとイヴの原罪も，むしろ肯定的に把握される。原罪という「穴」を埋めるために，人類は怠惰に陥ることなく，さまざまな知的営為に精進できたのだという考え方である。こうして，アダムとイヴの子孫は，技術や学問をはじめさまざまな分野での知的実現を可能にしていくのだ。それは，必要に迫られた「不完全な」人類が，その知的活力によって，自然界を征服し，文化を確立していく過程でもある。『ミクロコスモス』は，「進歩」の途上にある人類を描いた，言わば「サイエンス・フィクションの詩」とでも呼びうる作品なのである。引用は，『デリー』の第6番目の10行詩で，一目惚れに陥る場面をペトラルカ風に描いている箇所。

Délie

VI

Libre vivois en l'Avril de mon aage,
De cure exempt soubz celle adolescence,
Où l'œil, encor non expert de dommage,
Se veit surpris de la doulce presence,
5　Qui par sa haulte, et divine excellence
M'estonna l'Ame, et le sens tellement,
Que de ses yeulx l'archier tout bellement
Ma liberté luy a toute asservie :
Et des ce jour continuellement
10　En sa beaulté gist ma mort, et ma vie.

◆　注
2　cure＝souci　6　estonner＝ébranler, étourdir, 非常に強い意味。7　l'archier ペトラルカ風の伝統的なイメージが使われている。恋する婦人の眼が矢を発するという発想で，キューピッドの放つ矢をも思わせるものである。

『デリー』

VI

我が齢の春を，私はかつて自由に生きていた，
この青年期を謳歌しつつ，如何なる心配事とも無縁であった，
だが，ある時，未だ衝撃に慣れていない我が眼（まなこ）が，
突然，一人の甘美なる存在に打たれてしまった
この存在が，そのいと気高く神聖なる崇高さによって
我が魂と感覚を激しく揺さぶったのだ
そして，その眼（まなこ）に宿る射手のゆえに
我が自由は，甘美さに引き寄せられつつ，かの瞳の虜になってしまった。
そして，この日以来，我が死も我が生も，

この美の内に，永遠に宿ることになったのだ。

ジョアシャン・デュ・ベレー
Joachim du Bellay, 1522—60

●不幸なる「ノマド」(放浪)の詩人　ロワール河沿いのアンジュー地方のリレで，貴族の家に生まれているが，幼くして孤児となり，その後も親戚を頼りつつ軍人の道や僧籍を目指すが，何れも挫折に終わっている。その後1545年にポワティエで法律を学ぶと同時にラテン語にも親しんだ。1547年，ポワティエの居酒屋兼宿屋で偶然ロンサールと出会って意気投合し，彼を追ってパリのコクレ学寮に入る。著名なギリシャ研究家ジャン・ドラ Jean Dorat（1508-88）の指導の下に勉学に励んだデュ・ベレーは，後のプレイヤッド派の前身である「部隊」を代表して，1549年に有名な文学的マニフェストたる『フランス語の擁護と顕揚』 *Défense et illustration de la langue française* を執筆し，同時に，フランスで初めてのソネ（ソネット）詩集となる『オリーヴ』 *Olive* を書き上げた。この頃，2年以上の病を患い，半聾（はんろう）の身となってしまう。1553年，伯父のジャン・デュ・ベレー枢機卿（ラブレーがその侍医を務めている）が大使としてローマに赴任する際に秘書として随行し，4年間そこに滞在する。憧れの地たる永遠の都に最初魅了されるものの，やがて，教皇庁の頽廃ぶりやそこに渦巻く陰謀といった悪しき側面に対する嫌悪感，自らの雑事に由来

第 2 章　[16世紀]　ルネサンスの息吹

する倦怠感などが心を占めるにいたる。彼はその「個人的感情」を，紙上に写し取るという行為によって昇華しようとした。それらは，帰国後の1558年に，『ローマの古跡』 *Antiquités de Rome*,『哀惜詩集』 *Les Regrets*,『田園遊学集』 *Divers jeux rustiques* として陽の目を見ることになる。その後，詩人は不幸な晩年を送ったらしく，37歳の若さでこの世を去ったとされている。

●「私」という主観と「詩的規範」　10音綴詩句で綴られた恋愛詩集『オリーヴ』は，フランスで最初のソネ詩集であるという点では，文学史的に高い価値を有している。しかし，このペトラルカ風の恋愛詩に於いて表現された恋の情熱は，純粋に文学的なもの，換言すれば極めて人工的なものに過ぎなかった。さまざまなレトリックが駆使され，恋愛を描く上での当時のコードが，全面的に適用されている。さらに，地上的な愛から，天上（イデア）の世界へ精神を上昇させようという新プラトン主義的なコンセプトが，この詩集のバックボーンを成している点も重要である。また，帰国後に書かれ，古代ローマの偉大さとその没落の過程に想いを馳せている『ローマの古跡』にあっても，レトリックが重要な役割を演じている。そこでは，地理的な正確さや彼自身の経験は重視されておらず，たとえば対照法という修辞によって，無に帰したもの（ローマ）と，それを再生させる試み（詩的再生）とを浮き彫りにすることを，むしろ真の狙いにしている。それは同時に，ローマという主題を「だし」にして，詩的創造力そのものを称揚する試みでもある。ほぼ同時に刊行された『哀惜詩集』の方は，ローマに於ける詩人の幻滅や絶望あるいは郷愁の念，教皇庁の腐敗に対する痛罵などを，皮肉を織り混ぜて歌ったソネだとされている。そこに個人的な感情の吐露を見ることも可能である。だが，「流浪」をテーマとしてはいても，決してセンチメンタルに堕してはいない。なぜなら，この作品は，辛辣な風刺によってその対象たるアクチュアリティーと密接に繋がっているからである。さらに，ホラティウス流の風刺詩というジャンルの選択が，「私」という主観性に枠をはめてもいる。嘆いたり悲しんだり怒ったりしているこの「私」は，風刺詩の中で与えられた一つの役割に過ぎない。だからこそ，『田園遊学集』中の，牧歌的な「私」と両立しうるのである。したがって，デュ・ベレーを，近代的な憂愁を湛えかつ吐露した詩人とのみ評価するのは，ある意味で時代錯誤である。だが同時に，ボードレールやマラルメに繋がるような，「打ちひしがれた詩人」というイメージが，近代人の好みと合致している点も否めない。偉大なるロンサールの陰に隠れがちだが，この点では16世紀の詩聖以上の親近感を，彼の内に見出す読者も多いと思われる。引用は，『哀惜詩集』の中で，望郷思慕の念を謳った有名な箇所である。

57

Les Regrets

Malheureux l'an, le mois, le jour, l'heure, et le poinct,
Et malheureuse soit la flateuse esperance,
Quand pour venir icy j'abandonnay la France :
La France, et mon Anjou, dont le desir me poingt.
5 Vrayment d'un bon oiseau guidé je ne fus point,
Et mon cœur me donnoit assez signifiance
Que le ciel estoit plein de mauvaise influence,
Et que Mars estoit lors à Saturne conjoint.
Cent fois le bon advis lors m'en voulut distraire,
10 Mais tousjours le destin me tiroit au contraire :
Et si mon desir n'eust aveuglé ma raison,
N'estoit-ce pas assez pour rompre mon voyage,
Quand sur le seuil de l'huis, d'un sinistre presage,
Je me blessay le pied sortant de ma maison ?

◆ 注

1 poinct　poindre＝piquer, percer　**5** d'un bon oiseau guidé je ne fus point　古代人が，鳥の飛び方で吉凶を占ったことを下敷きにしている。　**7-8** le ciel 〜 Mars ... Saturne：占星術の常套的表現。マルスは戦争を，サトゥルヌスは陰鬱な気分（＝メランコリー）の徴もしくは前兆とされていた。　**13-14**　古典古代以来，外出の際に玄関の閾（しきい）で躓（つまず）くのは，不吉な前兆だと考えられていた。

『哀惜詩集』

災いなるかな，その年，その月，その日，その時，その瞬間，
災いなるかな，前途有望とおだてられ，
俺がこの地に足を踏み入れた時，そう，フランスを捨てて，
ああフランスよ，そして我が故郷のアンジューよ，望郷の念に胸が疼くぞ。
俺は，幸先良き小鳥に導かれることが全く適わなかった，
俺の心は，それなりに意味があるのだと，俺に言い聞かせていた，
だが，天空には不吉なる前兆が満ち満ちていた，
その時，火星（マルス）は土星（サトゥルヌス）と相結んでいたのだ。

その時，まっとうな意見が俺の気を変えようとしたものだ，
だが，運命はその度に，俺を正反対の方向へと引っ張った，
そうだ，仮に，俺の欲望が，俺の理性の眼を眩ませていなかったとしてもだ，
それに，この旅をよすことができたのではなかったか，
何故なら，門の閾(しきい)を跨ごうとした時，不吉な前兆があったから，
そう，俺は出発に際して，足に怪我をしたからなのだ。

ピエール・ド・ロンサール
Pierre de Ronsard, 1524—85

●**国民的恋愛詩人** プレイヤッド派の頭目でフランス・ルネサンス期の詩聖たるロンサールは，ロワール河畔のヴァンドーム地方に貴族の子として生まれている。幼い頃から王太子の小姓として宮廷に出入りし，武人もしくは外交官としての輝きし将来を嘱望されていたが，20歳前後に大病を患って半聾(はんろう)となり，以後勉学や詩作に関心を移していく。パリのコクレ学寮で，バイフ Jean-Antoine de Baïf (1532-89)やデュ・ベレーと机を並べてギリシャ語学者ジャン・ドラ Jean Dorat (1508-88)の指導を受けると同時に，このグループ「部隊」brigade の実質的な指導者としてすぐさま頭角を現す。初期には，ペトラルカの影響を色濃く反映し，しかもギリシャのピンダロスやホラティウスを模倣した作風の『オード4部集』 *Quatre premiers livres des Odes* などを発表して，ユマニスト的な博識を開陳してみせる。しかし，軸足を徐々に恋愛詩に移していき，有名なカッサンドル，マリー，そして晩年にはエレーヌといった女性への讃歌をものし，恋愛詩人としての地位を確立している。それらの中でも，平易で素朴かつ自然な詩句から成る作品は，現代でも愛唱されている。

●**世界の多様性と詩の多様性** 1550年代，60年代は，まさしくロンサールが詩壇を制覇した時期であった。その作品の出版は途切れることなく続き，全集も60年から84年までに6回刊行されている。その度に，詩人は加筆，削除，訂正を施しており，詩的完成度に対するロンサールのこだわりが伝わってくる。彼はあらゆるジャンルやスタイルを試し，一人でプレイヤッド派を体現していたと言っても過言ではない。実際，ロンサールの最大の特徴は，その作品の「多様性」にあった。それは形態のみならず内容にも及ぶ。時間の過ぎ去る早さ，死の生に対する勝利，自然の与えて

くれる慰め，古典古代に対する回顧趣味，といったルネサンス人好みの主題はもちろんのこと，王侯貴族の武勲や栄光を讃え（彼は宮廷詩人でもあった），フランスおよびカトリック擁護のための論陣を張り（『当代の悲惨を論ず』 *Discours sur les misères de ce temps*（1562）），世界や宇宙の変化に富む諸側面に関心を寄せ，それを歌い上げているのだ（『讃歌集』*Hymnes*（1555-64））。この点で，特に最後の『讃歌集』は注目に値する。空や季節といった身近な主題から，哲学や国王あるいは死の問題といった政治的・宗教的・抽象的な領域に至るまで，ロンサールの筆は多岐の現象や事象あるいは概念にわたっている。一にして重層的なこの世界，永遠の天空と変化にさらされた現世，ロンサールはこうした広義の「宇宙」を，あるがままに把握し，その豊饒さ・多様さを讃えようとしているのだ。その意味で，しばしば哲学詩のジャンルに括られる『讃歌集』は，この「世界」もしくは「宇宙」に関する一種の「百科全書」としても読めるのである。

◉政治に仕える詩から芸術としての詩へ　1562年，宗教戦争が本格的に始まると，ロンサールは「ユグノー教徒」の武装に反発し，『当代の悲惨を論ず』や『フランス国民に対する戒め』*Remontrance au peuple de France*（1563）などの論争詩を矢継ぎ早に発表する。これらは小冊子（パンフレ）の形で広く流布し大きな影響力を行使した。だが，彼の行動はプロテスタント側の激しい反発を招く。ロンサールは実は異教徒もしくは無神論者のくせに僧職禄だけはちゃっかり受け取っているとか，詩の女神ミューズを，国王とローマ教会に仕えさせている，などといった非難をあちこちから浴びるのである。この論争は王権の介入により強制的に終了させられるが，ロンサール自身『侮辱に対する返答』*Réponse aux injures*（63）を著し，言わば詩による詩の弁護を行ってもいる。この作品は，詩をある一つのイデオロギーに奉仕せしめることを拒絶する宣言であり，以後彼が直接的な「政治参加」（アンガジュマン）としての詩に手を染めることはない。

◉国民的叙事詩の挫折と芸術としての詩　その後，シャルル9世の要請に応える形で，古代の『イリヤッド』や『アエネイス』に倣った，フランス建国の叙事詩『フランシヤッド』*Franciade*（72）の執筆に手を染めているが，最初の4巻のみが出版され，その後予定されていた20巻は未完に終わっている。この壮大な叙事詩は，フランス王家が，ヘクトールの息子フランクスの後裔であること，すなわちトロイア起源であることを歌い上げようとしたものである。しかし，フランクスという神話自体がすでに信用を失い弱体化していたなどのさまざまな理由が重なって，この試みは頓挫する。1574年に，自分の詩の良き理解者でもあったシャルル9世がこの世を去り，アンリ3世の治世になると，より軽妙でイタリア的なデポルト Philippe

Desportes（1546-1606）らが好まれ、ロンサールの時代は終わりを迎える。彼は、故郷近くのサン・コーム小修道院に引きこもり、新たな全集の刊行を目指して、自作に何度も筆を入れる日々を送っている。この頃著された『エレーヌへのソネ』 *Sonnets pour Hélène*（1578）は、恋愛詩人ロンサールの面目躍如たるところを見せてくれる。ここで歌われた相手は、カトリーヌ・ド・メディシスの美しき侍女エレーヌ・ド・スュルジェールだとされているが、ロンサールにおいて、「恋の対象」を同定することに余り意味はない。初期のカッサンドルやマリーの場合と同じく、詩人が目指したのは、愛という文学的主題を、あらゆる相から把握しその多様性を叙述することであった。同時に、韻文詩の有する「魔力」によって、潰え去るべき一過性のものを、不死のもの、永遠のものへと「再創造」することを目指してもいた。これは、恋愛以外の如何なる主題を扱う場合でも同じである。その意味で、ロンサールは、滅ぶべき運命にあるものを不滅の存在へと変じ得る、言わば「魔術師」としての詩人という古い考え方を受け継いでいる。この「魔術師」は、古典時代の17世紀に完全に忘れ去られるが、19世紀、若き日のサント＝ブーヴによって忘却の彼方から呼び戻され、見事に復権を果たすことになる。引用は、『オード集』所収の、一般に「カッサンドルへのオード」の名で親しまれている有名な恋の讃歌から採った。

"À Sa Maîtresse"（Le Premier Livre des Odes XVII）

Mignonne, allons voir si la rose
Qui ce matin avoit desclose
Sa robe de pourpre au Soleil,
A point perdu ceste vesprée
5　Les plis de sa robe pourprée,
Et son teint au vostre pareil.

Las ! voyez comme en peu d'espace,
Mignonne, elle a dessus la place
Las las ses beautez laissé cheoir !
10　Ô vrayment marastre Nature,
Puis qu'une telle fleur ne dure
Que du matin jusques au soir !

Donc, si vous me croyez mignonne,
Tandis que vostre âge fleuronne
15 En sa plus verte nouveauté,
Cueillez cueillez vostre jeunesse :
Comme à ceste fleur la vieillesse
Fera ternir vostre beauté.

◆ 注
2 desclose＝ouvert 4 vesprée＝soirée なお，この詩の各詩句には，古代の哀歌や叙情詩にその典拠があることが分かっているが，それをここまでの絶唱にまで高めたのは，ロンサールの独創である。

「カッサンドルへのオード」

恋人よ，見に行こう，
今朝燭光に向けて，真紅の衣を
解き放ったあの薔薇が，
今宵，その紅の衣装の襞と
君に似た美しい色つやを
もう萎れさせてはいないかどうかを。

嗚呼，恋人よ，よく御覧，
なんと短い間に，かの薔薇がその場で
嗚呼，その美貌を枯らせてしまったかを。
おお，なんと自然は残酷なることか，
かの美しき花にすら，
朝から夕べまでの命しか与えないのだから。

だから恋人よ，私を信じてくれるなら，
君の若さが花と開き，
溌剌たる初々しさの頂にある間に，
摘みたまえ，摘みたまえ，君の若さを，
あの花のように，忍び寄る老いが
すぐにも君の美しさを，萎れさせてしまうだろうから。

第 **2** 章　［16世紀］　ルネサンスの息吹

―●「印刷術と宗教改革」●―

　グーテンベルク以降，印刷術が西欧にあまねく広まったのはよく知られている。また，ルネサンス当時，印刷術は学芸を伝播する手段として，「天使による発明」とされ，「悪魔による発明」と見なされた大砲と好対照を成しているが，これは当時の常套句以上のものではなかった。言い方を変えれば，印刷術も「悪魔による発明」に接近する場合があったのである。本文でも述べたが，旧教，新教が共に数多くの宣伝文書たるパンフレをばらまいたことにこのパラドックスを看取できる。印刷術は，自陣営を守り，敵を中傷するプロパガンダの手段として活用されたのである。

　とくに，教義に関する論争として興味深いのは，ミサを巡るそれであろう。カトリックは，聖体の秘蹟（司祭がパンと葡萄酒を聖別する儀式）において，パンと葡萄酒はキリストの血と肉に実質的に変わるとする「実体変化」の立場を堅持したのに対し，プロテスタントは「実体共存説」を採り，キリストの血と肉は，パンと葡萄酒と併存すると説いた。この後者の考え方に対して，カトリックの多くの論争家たちは，プロテスタントの背後に悪魔がおり，カトリックのミサは「無効」であるかの様な印象を人々に植え付けている，そして，この手段を通してキリスト教そのものの土台を崩そうとしているのだと主張している。逆に，プロテスタントは次のように論を展開していた。すなわち，カトリックの見解は，聖書に何の根拠もないのだから，人為的な「でっち上げ」に過ぎない，と。こうしたペンによる論争と，剣による内乱とは，深部で繋がっているのではなかろうか。

3　内戦期を生きる智恵——モラリストと「政治参加(アンガジュマン)」の詩人

▶ペンと剣　　世紀後半の文学を語るに当たって，宗教的内乱を無視することはできない。この当時の文学作品は，近代における戦時の文学が，どのような形態と内容を孕み得るかを示す，一つの実験的ケースにさえなっている。カトリック，プロテスタントのいずれの陣営でも，「政治・宗教参加(アンガジュマン)」の文学が盛んとなるが，これは当時の印刷術の発展と不可分の現象である。宗教上の敵を誹謗中傷する文書（パンフレ）が，出版市場に溢れかえる。つまり，改革派，反宗教改革派の双方とも，自らの立場を正当化し相手陣営を貶める，文書に訴えた「宣伝戦」を大々的に展開するのである。そんな状況下で，広義の「パンフレ文学」もしくは「戦争叙事詩」として後世に残る作品も生まれている。カトリック側では，50

年の軍人生活の経験を細部にわたって叙述した『戦記』 *Commentaires* (1592) が, ブレーズ・ド・モンリュック Blaise de Monluc (1502-77) によって綴られている。新教側の代表者としては, **アグリッパ・ドービニエ**を挙げるべきだろう。バロック詩人に分類されることの多い彼は, 一万行にわたる『悲愴歌』*Les Tragiques* (1616) を書き上げ, 熱烈な新教徒の立場から, 宗教戦争の悲惨と, カトリック側の「蛮行」を, そして「唯一正しい教会」としてのプロテスタントの正当性を謳い上げている。悲劇と風刺の要素を混在させたこの壮大な長編叙事詩は, 宗教的正義と, 詩的美学とを両立させようとした, そして, 恐らくはそれに成功した稀有な例であると言える。

▶**自己と世界** 印刷術の流布と読者層の拡大によって, また, 凄惨な内乱を背景として, 誹謗中傷を目的とした「文学」は, その直接的な影響力を強めていく。換言すれば, 渦中にあってペンを握っていた者たちは, 文学が「世論」を喚起しうることを身を持って知ったのである。しかし, 文学が「政治性」や「攻撃性」を獲得し, 大多数のインテリがその魅力に抗しかねていた頃, ペンを主義主張に従属させなかった, 一人の稀有な存在が出現する。その人, すなわち**ミッシェル・エイケム・ド・モンテーニュ**は, 凝り固まった世界観や宗教観を持とうとはしなかった, つまりは, イデオロギーや教条主義 (ドグマティスム) を拒否したのであり, 徹底的な「懐疑主義」の立場を貫こうとしたのである。ただし, モンテーニュを, 塔に閉じこもって執筆にのみ没頭した書斎派と決め付けるわけにはいかない。周知の通り, 彼は長年ボルドーの高等法院で法官を務めており, さらに, 執筆期間に重なる時期に, この大都市の市長に選ばれ, 新教と旧教との争いの調停に尽力している。彼の『エセー』*Essais* (1580-92) は, 自己の判断力を, 自己の内面に適用する「試み」であったが, この作品は同時に, 流動する自己が, 流動する＝混乱する外界と, いかなる関係性を結びうるかを探る「試み」でもあった。モンテーニュは, ユマニスムの成果 (古典古代の諸文芸) を最大限に, かつ自由な形で生かしつつ, そ

こに自らの息吹を吹き込んでいる。この点で，『エセー』は，ルネサンス期の最後を飾るに相応しい作品だと言ってよい。だが，懐疑主義と相対主義という，言わば「人を生かすための武器」によって，「人を殺す思想（イデオロギー）」を無化する偉大な力が，この作品に漲っている点をここでは特に強調しておきたい。ミラン・クンデラが近代小説に関して発した言葉を借りれば，モンテーニュの作品は，この世の「相対性と曖昧さに耐える」（『小説の精神』）術を教えてくれるものなのである。

代表的作家と作品

アグリッパ・ドービニエ
Agrippa d'Aubigné, 1552—1630

●**天から二物を与えられた天才武人＝詩人**　フランス南西部に生を受けたドービニエに関しては，6歳にしてすでにギリシャ語，ラテン語，ヘブライ語を自在に操ったという「神童伝説」が定着している。また，カルヴァン教徒の熱烈な支持者であった父親に伴われて，アンボワーズの城でさらし首にされた新教徒達を目にし，父の目前で復讐を誓ったことはつとに知られている。アグリッパ青年は，プラトンを訳す人文学徒でありながら，必要とあらばすぐさまペンを剣に持ち換えて，命知らずに戦う武人に変身できたのである。彼はまた，宗教的立場を異にするものの，初期のロンサールの恋愛詩に心酔してもいた。自らの詩人としての才能を発揮する機会は，聖バルテルミーの大虐殺が行われた年（1572），ボースで瀕死の重傷を負った際に訪れる。逃げ込んだタルシーの城で，ディアーヌ・サルヴィアーチに一目惚れしているのだ。しかも，この女性は偶然にも，ロンサールの謳い上げたカッサンドラ・サルヴィアーチの姪であった。いずれにしろ，カトリック教徒であったディアーヌの家族の反対もあって，この恋は報われずに終わる。しかし，ロンサール風のソネ『春』 *Le Printemps*（1572-75に執筆，出版は19世紀）として，現実の恋はフィクションすなわち詩的作品に昇華結実している。

●**激越なる義憤と宗教的熱情**　1576年，彼はルーヴルに捕われていたナヴァール王を救出して「手柄」をあげている。しかし，翌1577年には，カステルジャルーの

戦いで，またも瀕死の（と思われた）重傷を負う。死を覚悟したドービニエは，自らの熱情と憤怒を，詩に仮託すべく，今度は剣をペンに持ち換えることを思い立つ。こうして，自らがその証人となっている残虐な迫害と，間近に迫っている神の正義および復讐の実現を，崇高な調べの長編叙事詩『悲愴歌』 Les Tragiques（出版は1616年）へと織り上げる，その第一歩が踏み出されたのであった。ドービニエは，1593年のアンリ4世のカトリックへの改宗まで武人としての生涯を貫き，その後はヴァンデ地方マイユゼーで執筆に励み，次いで新教の聖地ジュネーヴに移り，1630年，長い戦いと「政治・宗教参加（アンガジュマン）」の生涯を閉じるのである。

●**詩と真実と歴史**　『悲愴歌』は，「悲惨」「王侯」「法院」「業火」「剣」「復讐」「審判」の7部から成る。そこでは，たとえば戦争の悲惨なシーンが描かれ，また，宮廷をソドムとゴモラになぞらえてその腐敗を抉り出し，火刑に処せられた新教の殉教者たちに共感と感嘆の念が捧げられ，聖バルテルミーにおけるそれをはじめとして，新教徒たちの大虐殺の様子が生々しく映し出されていく。しかし，最後には構図が逆転し，地上の不正の上に神の復讐の鉄拳が振り下ろされる。それまでの勝利者＝弾圧者たちは，天の怒りによって悲惨な死と永劫の罰を与えられ，血に飢えたパリすなわち新たなるバベルは，業火に包まれることになる。逆に，選ばれし殉教者たちには，最後の審判の後に天上での至福が約束され，「神の懐に抱かれる恍惚」に浴することになるのである。この作品は，自らの正義の主張と，詩的言語との共存を計ろうとする試みであり，同時に，叙事詩と悲劇と風刺という異なったジャンルを駆使しつつも，それらの間に調和と統合とをもたらそうとする試みでもある。全編を貫いているのは，終末論的なヴィジョンであり，新教徒の迫害も虐殺も，単なる「歴史」的事象に留まることはなく，常に「予定説」prédestination の観点から描き出されるのである。『悲愴歌』は，あらかじめ約束された救済を持ち込むことによって，言わば歴史的・世俗的時間を無化し，至福の未来と悲惨な現世とを，換言すれば，天と地とを，同時に提示する試みであると言えるだろう。引用は，「悲惨」の中から，戦争の実態をリアリスティックに描写した箇所の一つである。

"Misères"

J'ai veu le reistre noir foudroyer au travers
Les masures de France, et comme une tempeste,
Emporter ce qu'il peut, ravager tout le reste ;
Cet amas affamé nous fit à Mont-moreau
5 Voir la nouvelle horreur d'un spectacle nouveau.

Nous vinsmes sur leurs pas, une troupe lassee
Que la terre portoit, de nos pas harassee.
Là de mille maisons on ne trouva que feux,
Que charognes, que morts ou visages affreux.
10 La faim va devant moi, force est que je la suive.
J'oy d'un gosier mourant une voix demi vive :
Le cri me sert de guide, et fait voir à l'instant
D'un homme demi-mort le chef se debattant,
Qui sur le sueil d'un huis dissipoit sa cervelle.

◆ 注

1 le reistre noir　黒いマントを羽織っていた，当時のドイツ人傭兵。プロテスタント側の軍隊に属していたが，何の理由もなく農民を虐殺したというここでのエピソードからも窺われるように，ドービニエの断罪の対象となっている。**4** Mont-moreau　アングレーム近郊の町。ここでのエピソードは，1569年の体験をもとにした実話である。**13**　le chef＝la tête, se debattant＝s'agitant　この引用部の後，瀕死の男の話が続く。彼は，要求された食料がなかったために打ちのめされたが，苦しいので一思いに殺して欲しい，と「私」に懇願する。なお，彼の妻子も悲惨な最期を遂げている。

「悲惨」

　私は，黒マントを羽織ったドイツ騎兵たちが，嵐の如く
フランス中の農家に襲いかかるのを目撃した。
彼らは可能な限りのものを略奪し，その他の全てを破壊した。
この飢えた一団が，モンモローで為した
恐るべきこと，その戦慄すべき光景を，我々は眼にしたのだ。
我々は彼らの後に到着した。彼ら一団は，
我らの追跡で疲弊しきった，大地が抱える厄介者たちだ。
着いた場所では，あらゆる家屋が火に包まれており，
腐乱した屍骸，恐るべき形相の死体ばかりが転がっている。
私の前には飢えが待ち受けているが，前に進む以外に術はない。
私はその時，死に瀕した喉から，やっとのことで絞り出された声を耳にする。
その叫び声に導かれた私は，すぐさま

半死の男が，頭を揺り動かしているのを目の当たりにする。
この男は，家の扉の敷居に倒れており，頭からは脳髄が飛び散っていた。

ミッシェル・エイケム・ド・モンテーニュ
Michel Eyquem de Montaigne, 1533—92

●**虚学と実学——読書と実践**　モンテーニュは，1533年，ボルドーから程遠くないペリゴール地方の城館で，新興貴族の息子として生を受けている。父親の方針により，幼時よりラテン語をもう一つの母語として学び，ボルドーのギュイエンヌ学院で人文学を学んだ後，法律学をも修めている。その後，21歳でペリグー地方御用金裁判所の評定官となり，24歳でボルドー高等法院の法官に任命されている。10数年の法官生活の中で最大の収穫は，大きな影響を受けた同僚エチエンヌ・ド・ラ・ボエシÉtienne de La Boétie（1530-63）との出会いであるが，深い友情で結ばれたこの人物の夭逝（1563）が，彼の心に大きな傷跡を残したことは，つとに知られている。1565年に結婚するが，『エセー』Essais の著者が家庭に心を砕くことはほとんどなかったようだ。1568年に父親が他界すると，翌年，彼に捧げるために（父親が生前その翻訳を奨めていた），15世紀のカタロニアの神学者レイモン・スボンの『自然神学』を訳出している。さらに，1570年には法官職を退き，自身の領地の城館に引きこもって，ラ・ボエシの著作の出版に尽力すると同時に，セネカやプルタルコス，あるいはプラトンやカエサルといった古典の繙読に身を捧げる。1572年頃から，最初は一種の読書ノートとして書き留められていた作品は，1580年にボルドーで2巻本の『エセー』として出版される。

●**行動する書斎人**　だが，彼は世界と断絶した隠遁生活を送っていたわけではない。1580年から81年にかけて，病気療養も兼ねてスイス，ドイツを経由しイタリアを旅している。しかも，その旅行中にボルドーの市長に選ばれ，結局2期4年間にわたってこの官職を務め，旧教側，新教側双方の利害調整に尽力している。また，ナヴァール王やアンリ3世の宮廷にも伺候しており，外交的，政治的な役割を果たしたこともあった。しかし，『エセー』の執筆の方も，断続的にではあるが続けられている。1588年には，前2巻に大幅な増補改訂を施し，さらに書き下ろしの第3巻を加えて，パリで出版している。その後の晩年は，読書と自作品の加筆訂正に捧げられ，1592年にこの世を去った際には，自身の手が入った版を後世に残している。こ

れをもとに，モンテーニュの友人たちが編んだ版が，いわゆる「ボルドー本」であり，現在の版も全てこれに依拠している。

●**対話と懐疑**　モンテーニュの思想に関して，初期には克己心や理性によって死を超克しようとするストア主義に傾いていたが，その後は，絶対的とされるあらゆる事柄に対し，懐疑主義を対置させるようになった，と説明されることが多い。だが，モンテーニュの内に「思想」を見出し，それを固定的に把握するのは，彼の意図から最も離れた営為だとは言えまいか。「エセー」とは，試みであり経験であり実験である。それは，外界と向き合う自己の判断力を試す企てであり，特殊なる自己の深部を経由しては，何度も普遍的人間像（があるとすれば）へ到達せんとする企図である。したがって，変化して止まない外界と，あるいは絶えず流動し続ける自己と向き合い，それを記述していく営為が，体系的な思想や教条主義として固定化することはない。しかも，書くという行為自体，換言すれば，「エセー」を生成しつつある最中のモンテーニュ自身が，『エセー』の中で語られているのである。友情，死，風習，野蛮，書物，教育，その他あらゆる主題を巡る記述も，またそこからの逸脱や脱線も，全て思索者たる「私」がその瞬間に生きている証として，我々読者の眼前に立ち上がってくるのである。モンテーニュのテクストは，ある一つの結論へと収斂することがない。こうして，『エセー』は常に開かれたテクストとして，言い換えれば，読者を巻き込んで止まない永遠の問いかけ，すなわち「私は何を知っているか」Que sais-je ? というあの問いかけとして，我々の前に開かれていることになる。

●**変化と保守性**　同時に，テクストが見せる蛇行や紆余曲折は，流動して止まない世界，および絶えず変化し続ける自己を，そのまま反映している。時代や状況に応じて，「真理」すらが変化に晒される以上，既存の思想やイデオロギーに固執する理由はない。思考の装置としての懐疑（懐疑主義ではない）を武器にして，相対的な地平を生きるしかないことになる。たしかに，モンテーニュは，父祖伝来の宗教であるカトリックから離れはしなかった。その上，彼は現行の法を遵守することに異を唱えたりはしない。だが，現在あるもの以上に理想的な法や宗教が見出せないと分かっている時，同胞の血を流してまで新しいものの絶対性や正当性を主張する必要があろうか。こうして，モンテーニュは，懐疑を押し進めたが故に，ある意味で保守的な立場を選び取ったことになる。だが彼は偏狭な保守主義者などではもちろんない。懐疑の末に，世界観において優劣が存在しえないと悟ったモンテーニュにとっては，世界は，そのあるがままの多様性において，全て受け入れるべき存在なのだ。彼の思索が，いまだに色褪せることのない理由は，以上で十分に察せられ

るであろう。引用は,「食人種について」Des Cannibales から拾ってある。戦闘後,敵の捕虜をあらかじめ殺した上で,「最高度の復讐を表現する」ために,死体を火炙りにしてこれを食するという「新大陸」の民族の風習を紹介した上で,モンテーニュは彼らを言わば自分たちを映し出す鏡として把握しているのだ。彼の比較は,そのまま現代に通ずるものである。

Essais

[…] Je ne suis pas marry que nous remerquons l'horreur barbaresque qu'il y a en une telle action, mais ouy bien dequoy, jugeans bien de leurs fautes, nous soyons si aveuglez aux nostres. Je pense qu'il y a plus de barbarie à manger un homme vivant qu'à le manger mort, à deschirer par tourmens et par geénes un corps en-
5 core plein de sentiment, le faire rostir par le menu, le faire mordre et meurtrir aux chiens et aux pourceaux (comme nous l'avons non seulement leu, mais veu de fresche memoire, non entre des ennemis anciens, mais entre des voisins et con-citoyens, et, qui pis est, sous pretexte de pieté et de religion), que de le rostir et manger après qu'il est trespassé. […]
10 Nous les pouvons donq bien appeler barbares, eu esgard aux regles de la raison, mais non pas eu esgard à nous, qui les surpassons en toute sorte de barbarie.

◆ 注
1 marry=triste   4 geénes=supplice, torture

『エセー』

[…] 私はこのような行為の内に,戦慄すべき野蛮さがあるのを認めて悲しいと思うわけではない。そうではなく,彼らの過ちに正当な判断を下しながらも,自分たちの過ちには完全に盲目であることに悲しみを覚えるのだ。私の考えでは,既に死んだ人間を食らうよりも,まだ生きている人間を食らう方が,よっぽど野蛮である。また,まだ感覚に満ちている肉体を,拷問や暴力によって引きちぎり,それを細かく切って火炙りにしたり,あるいは,そうした肉体を犬や豚に喰いちぎらせて殺させたりする方が(我々はこうしたことを書物で読んだだけではなく,この眼で見て,生々しい記憶として覚えている。それも,かつての敵同士の間においてのみならず,隣人や同胞たちの間で行われているのだ。さらに悪いことには,それらが,敬虔や

第 2 章　[16世紀]　ルネサンスの息吹

宗教という口実の下に行われているのである)，死んでしまった後に，焼いたり食べたりするよりも，野蛮であると思うのである。[…]

　したがって，理性の法則に照らし合わせて，彼らを野蛮であると呼ぶことは可能だ。しかし，我々自身と比べた場合には，彼らを野蛮とは呼べないのだ。と言うのも，我々は，あらゆる野蛮さにおいて，彼らの上をいっているからである。

モンテーニュの塔

第3章
［17世紀］ 古典主義の隆盛とその周辺

（江花　輝昭）

太陽神アポロンに扮したルイ14世

時 代 思 潮

▶17世紀前半の時代状況　1598年，国王アンリ4世は「ナントの勅令」l'Édit de Nantes を発し，16世紀後半のフランスを血まみれにした宗教戦争を終結させた。プロテスタントに信教の自由を認めたこの勅令により，フランスは新時代の幕開けを迎えることになるが，宗教戦争およびその発端となった宗教改革がもたらした世界観の揺らぎは，その後長く人々の心に不安の影を落とすことになる。

　アンリ4世の治世末期からルイ13世の治世前半，すなわち1630年代くらいまでは，宗教戦争の余韻が収まらず，いまだ動乱の時代であったと言うべきである。乱れた国家秩序は徐々に安定化の方向に向かってはいたが，乗り越えるべき道のりはまだ遠かった。そのような時代の雰囲気は，いわゆる「バロック」baroque と呼ばれる，世界を把握する人間の理性に不信を抱き，誇張，多様性，流動性に傾く美学を発達させるのに向いていた。

　1630年代からルイ14世の治世初期，すなわち1660年くらいまでは，いわゆる「絶対王政」la monarchie absolue の基礎が築かれた時期である。ルイ13世の宰相であったリシュリューおよび，その後を継いだマザランなどの努力により王権の強化が図られたが，まだ争乱は収まらず，特に世紀の中頃に「フロンドの乱」la Fronde と呼ばれる大規模な内乱が起こった。この時期，文学におけるバロック的な傾向は存続したが，感性よりも理性に重きを置き，より簡潔で明晰なスタイルを追求する古典主義美学への志向が徐々に力を得ていく時期でもあった。

▶絶対王政の確立とその反動　フロンドの乱を終息させるのに成功した王権は，以後安定期に入る。1661年のマザランの死後，ルイ14世は親政を宣言するが，文学に限らず，絵画，音楽，建築，庭園術など他の分野でも人材が輩出し，国王を中心とする雅な宮廷文化が花開く。その結果，ルイ14世は「ルイ大王」Louis le Grand の称号を奉られ，その治世は後の

第 **3** 章　［17世紀］　古典主義の隆盛とその周辺

世から「偉大な世紀」le Grand Siècle と称えられることになる。

　フランス絶対王政がその頂点を迎えるこの時期，政治体制が国王を中心として整えられていくのと歩調を合わせるように，統一と秩序，効果の集中を重んじる古典主義美学もまたその全盛期に入るが，ルイ14世がその絶対王政の基盤を固めるため，好んでヴェルサイユその他の王宮で催した宮廷祝祭に典型的に見られたように（バレエ，機械仕掛けの劇，オペラ），バロック的要素が完全に姿を消したというわけではなかった。

　1682年，ルイ14世は正式に居をヴェルサイユに定め，対外的にもフランスは栄光の時期を迎えるが，一方で85年「ナントの勅令」が廃止されると，多数のプロテスタントが国外に亡命し，フランスは社会的，経済的に問題を抱えたまま世紀の変わり目を迎えることになる。ギリシャ・ローマの古代文化に範を取る古典主義美学にも見直しの機運が生じ，いわゆる「近代派」が台頭して，「新旧論争」と呼ばれる大規模な論争が展開される。既存のものを絶対視するのではなく，理性に基づいた健全な批判精神の評価にさらす，という18世紀の啓蒙主義哲学の胎動をここに見て取ることができるが，その批判の矛先は政治，社会現象に対してだけではなく，文学の面にも向けられ，改革の必要と新しい美学の導入が主張されるようになる。

▶フランス語の「純化」　絶対王権は，地域や階層の違いを超えたフランスという国家を代表，体現する文化の創出に心をくだいた。その一環として，共通語としてのフランス語の育成の必要が叫ばれ，1635年にはフランス語の統一と純化を使命とするアカデミー・フランセーズが創設された。こうした努力の結果，全国共通の近代フランス語が形成され，18世紀にはフランス語はヨーロッパにおける国際語の地位を占めるに至る。このような上からの言語政策が成功したのは，教養ある知識人階層に共通語創出の機運が高まっていたためでもあり，詩人のフランソワ・ド・マレルブ François de Malherbe（1555-1628），散文家のゲ・ド・バルザック Jean-Louis Guez, seigneur de Balzac（1597-1654），文法家のクロード＝ファーヴル・ド・ヴォージュラ Claude-Favre, seigneur de Vaugelas

75

（1585-1650）などの作家たちが，明晰さ，簡潔さ，平明さを身上とする古典主義的なフランス語の定着に寄与した。

▶文学の「生産者」と「消費者」　17世紀に文学活動を行った作家たちの中には，旧い家柄の貴族に属する人々も見いだされるが，最も文学者を輩出したのは，新興の「法服貴族」la noblesse de robe 層を含めた，いわゆる「ブルジョワ」bourgeois と呼ばれる都市有産市民階級に属する人々であった。宮廷文化の発達にともなって，世俗的な書物が数多く出版されるようになるが，貴族階級および上層ブルジョワ階級でそうした世俗的な文学活動に手を染めた人々の中に，少なからぬ数の女性がいたことは特筆すべき出来事である。彼女たちは，ほとんど全員がいわゆる「サロン」Salon の主催者ないし常連であった。

17世紀には，文学はまだ独自の自立的な「場」を形成するには至らず，その活動を支える経済的システムも未成熟であったので（著作権の概念が確立するのは18世紀になってからである），多くの作家にとって作品の生産はそれ自体独立した自由な精神の活動とはなりえず，国家，教会，大貴族層などの権力者との妥協は不可欠であった。文学を消費する人々，すなわち読者層は，作家を輩出した階級を大きく超えて広がることはなく，17世紀の作家が相手にしていた「公衆」public は，18世紀よりもっと限定された，「顔の見える」範囲に止まっていたと言うべきである。作家たちに「公衆」との接触の機会を提供したのもまた，前述のサロンであった。

▶サロンの流行　フランス語でもともと「客間」を意味する「サロン」は，17世紀になるとイタリア社交界の風習の影響を受けて，貴族やブルジョワの夫人が日を定めて客間を開放し，文学，芸術，学問その他の文化全般について，同好の人々と自由に談話を楽しむ「会合」を意味するようになる。そこでは，美しく機知に富み優雅な物腰の婦人を中心に，芸術，宗教，文学等が論じられ，言葉の洗練やよき趣味の涵養も大きな関心事であった。

フランス語の特色である明晰性も，フランス文学の特徴といわれる社交

性や「会話の精神」も，サロンを通じて発達したものと言える。また，古典主義的な趣味の形成，文学作品の価値決定にサロンの果たした役割は極めて大きいと言わねばならない。最初のサロンと称しうるのは，ランブイエ侯爵夫人が，1610年頃ルーヴル宮の近くにあった自邸で開いたものである。リシュリュー，大コンデ公，**コルネイユ**らを常連としたこのサロンは，約半世紀の間繁栄した。

▶**序列化された社会と文学**　旧い「戦士貴族」la noblesse d'épée 層はそれほど多くの作家を生み出したわけではないが，17世紀は依然として貴族的な価値意識が広く社会を支配していた時代であった。文学が社会から切り離されては存在し得ない以上，国王を頂点とする宮廷社会の構造，価値意識は，そのまま当時の文学に反映されている。どんな出自の作家の作品であろうと，17世紀文学に現れるすべての「ブルジョワ」的なものは嘲笑の対象でしかなかった。

　人間の身分に序列が存在したように，文学のジャンルにも序列が存在した。最上位に置かれたのは叙事詩であり，悲劇であった。これらは「高貴な」ジャンルと呼ばれた。次いで各種の韻文詩，本格喜劇などがくるが，韻文の作品が常に散文よりも高く評価された。この種の評価についての議論などが行われたのももっぱらサロンにおいてであった。**コルネイユ，モリエール，ラシーヌ**などの劇作家たちも，自作の初演の前にサロンに出かけて行って，作品の全体ないしその一部を朗読するのを習慣としていた。世論形成の上でサロンの持っていた力を無視できなかったのである。

　サロンで重きをなしていたのは，圧倒的に貴族たちであったことも特筆しておく必要がある。17世紀の文学作品を理解する上では，当時宮廷が文化的に果たしていた役割も看過することはできない。宮廷人の新しい理想は，優雅な物腰，洗練された会話術，上品な身なり，衒学趣味に陥ることなく，サロンでのあらゆる話題をリードすることができる教養などをその主な特徴とする「オネットム」honnête homme という言葉で表現された。

1　バロックから古典主義へ——不安におののく想像力

▶バロックの美学　17世紀初めの詩や演劇では，抑制よりも誇張を，簡潔さよりも豊穣さを好む「バロック」baroque と呼ばれる美学が支配的だった。バロックとはポルトガル語の barroco（「歪んだ形の真珠」の意）に由来する語であり，元来はフランス古典主義の立場より，16世紀末から18世紀初めまでのバランスを欠くまでに動的な芸術表現に対する蔑称として用いられたものである。

　バロック的世界観では，世界は安定して恒常的なものとは見なされない。すべては不安定で流動的，複雑で不透明である。そこから変化への好み，安定した内面への不信と，きらびやかな装飾的外見の重視が生まれる。宗教戦争後の人心の荒廃に基づく不安のおののきとともに，ここには謹厳なプロテスタント的傾向に反発するカトリックの対抗宗教改革の影響が見て取れよう。誰もが絶対的真理の所有者ではないのだから，自由と多様性への寛容が生まれる。何もあらかじめ定まったものはないのだから，自らの意志で運命を切り開いていくことが可能であると見なされる。バロック的英雄は，状況に惰性で身を委ねることを潔しとせず，常に新しいものに積極的に自らを立ち向かわせようとする。このようなバロック美学は，詩においては奇抜な着想と比喩の多用，水や火のイメージの偏愛，感覚的な表現の追求，人の心の変わりやすさに対する嘆きなどとなって現れ，演劇においては，運命に挑戦する英雄的主人公，場面展開の多さと筋の錯綜，変装趣味という形で表現される。

　バロック時代を代表する作家としては，後述の**コルネイユ**の他に，オテル・ド・ブルゴーニュ座の座付き作家だったアレクサンドル・アルディ Alexandre Hardy（1572?-1632?），多彩な作品を著した劇作家ジャン・ロトルー Jean Rotrou（1609-50），詩人としても著名で，力強い叙情性にあふれた傑作悲劇『ピラムとティスベ』*Pyrame et Thisbé*（1621）を残したテオフ

第**3**章　[17世紀]　古典主義の隆盛とその周辺

ィル・ド・ヴィヨー Théophile de Viau（1590-1626），病気により不具となったが，それにもめげず諧謔精神にあふれた喜劇を書いたポール・スカロン Paul Scarron（1610-60）などがいる。

▶悲喜劇とパストラルの流行　この時代に好まれたのは，何よりも「悲喜劇」la tragi-comédie と呼ばれるジャンルである。波瀾万丈のロマネスク（現実離れした，作り話めいたの意）趣味と血なまぐさいエピソードへの傾斜，錯綜した筋，強い緊張感にあふれた場面もあるが，結末はハッピーエンド，というのがその主な特徴である。発想にしても構成にしても，自由な想像力の羽ばたきというものが強く求められていた。小説の分野でも，5000ページにも及ぶ壮大なロマネスク趣味にあふれた大河小説『アストレ』*L'Astrée* を書いたオノレ・デュルフェ Honoré d'Urfé（1557-1625）がいる。『アストレ』はまた，「パストラル」pastorale と呼ばれる，田園を舞台にし，羊飼いたちを主人公にした，イタリア起源の文学の流行をフランスにもたらすきっかけを作りだした。パストラルは，現実の田園風景を描写したものではなく，宮廷・都市文化の爛熟にともない，その反対の極にある田園の素朴さや，羊飼いたちの無垢でのどかな生き方が美しく歌われたものであり，極めて貴族的な心情が反映されたものであった。

▶新時代への胎動　しかしこの時代には，流動的な世界にあって安定して揺るぎないものを希求する渇望も極めて強かったと言わねばならない。後述の**デカルト**や**パスカル**などは，バロック全盛の時代の中で，時代に対して一定の距離を置き，そうした揺るぎないものを方法と目的の違いこそあれ，両者ともに真剣に追求した著述家である。また，詩の分野でバロックを代表する詩人マレルブにも，すでに極端な感情の爆発を理性によって抑制しようとする意志が感じられる。純粋にバロック精神にあふれた作家たちよりも，理性の働きに一定の力を認めようとする彼らのような作家たちの方が，後世への影響という点では大きなものを残した。

79

> 代表的作家と作品

ルネ・デカルト
René Descartes, 1596—1650

●**行動する思索家** デカルトは，一般に書斎にこもった「思索の人」と見られがちであるが，その生涯を見れば，彼は同時に「行動の人」でもあったことがわかる。彼は，宗教戦争の末期にフランス中部トゥーレーヌ地方のラ・エー（現デカルト）にブルターニュ高等法院評定官の子として生まれた。1606年頃イエズス会の学院に入って，約8年間人文学やスコラ哲学などを学び，ついでポワティエ大学で法律学を修め，16年法学士になったが，「世間という大きな書物」で学ぶために旅に出る決心をする。まず志願将校としてオランダ軍に入り，18年末オランダの若い科学者ベークマンを知って，数学・自然学の研究に関して強い刺激を受けた。翌年ドイツへ転じて三十年戦争を戦うカトリック軍に入り，その冬，ドナウ川のほとりでの休暇中に「炉部屋」で思索を重ね，数学解析の方法を学問の普遍的方法として一般化し，これによってあらゆる学問を統一する見通しを得るとともに，この仕事が神から与えられた使命であると確信するに至った。

●**オランダでの執筆活動** 1628年秋，長年心にあった学問改革の計画を実行に移す決意を固め，オランダに移住する。以後およそ20年間各地に移り住みながら，そこで主要著作の大部分を執筆した。彼がオランダの地を選んだのは，フランスよりもっと思想的自由が存在すると思ったからだが，デカルトの名声が上がり，その著作の内容が知られるようになると，結局かの地でも教会当局から危険思想の疑いをかけられる事態となる。その理由もあって，スウェーデン女王クリスティーナの招きを受けて，49年秋ストックホルムに赴くが，5カ月足らずの滞在の後肺炎となり，50年2月11日同地で54年の生涯を閉じた。

●**「われ思う，故にわれあり」** 彼の代表作は何と言っても『方法序説』*Discours de la méthode*（1637）であろう。これは元々『屈折光学』，『気象学』，『幾何学』の三つの「試論」に序文として付け加えられたものであるが，その詳しい表題『理性を正しく導き，諸学における真理を探究するための方法についての序説』が示しているように，彼の学問の「方法」について余すところなく語ったものであると同時に，一種の精神的自叙伝ともなっている。その他の著作としては，1641年の形而上学の主著『省察』*Méditations*，44年の『哲学原理』*Principes de la philosophie*,

49年の『情念論』*Les Passions de l'âme* などがある。
　引用は，『方法序説』の第4部，いわゆる「方法的懐疑」について述べた大変有名な部分である。彼は絶対的に確実なものを求めてすべての感覚知を否定する。一見明白な数学的真理も疑われる。しかし，このようにすべてを疑った後にも疑い得ないものが残る。それは疑う私，すなわち「考える私は存在する」という真理であり，それがデカルトにとって哲学の第一原理，あらゆる思考の出発点となる。

Discours de la méthode

J'avais dès longtemps remarqué que, pour les mœurs, il est besoin quelquefois de suivre des opinions qu'on sait être fort incertaines, tout de même que si elles étaient indubitables, ainsi qu'il a été dit ci-dessus ; mais pour ce qu'alors je désirais vaquer seulement à la recherche de la vérité, je pensai qu'il fallait que je fisse tout
5　le contraire, et que je rejetasse comme absolument faux tout ce en quoi je pourrais imaginer le moindre doute, afin de voir s'il ne resterait point, après cela, quelque chose en ma créance qui fût entièrement indubitable. Ainsi, à cause que nos sens nous trompent quelquefois, je voulus supposer qu'il n'y avait aucune chose qui fût telle qu'ils nous la font imaginer. Et, parce qu'il y a des hommes qui se méprenon-
10 nent en raisonnant, même touchant les plus simples matières de géométrie, et y font des paralogismes, jugeant que j'étais sujet à faillir autant qu'aucun autre, je rejetai comme fausses toutes les raisons que j'avais prises auparavant pour démonstrations. Et enfin, considérant que toutes les mêmes pensées que nous avons étant éveillés, nous peuvent aussi venir quand nous dormons, sans qu'il y en ait aucune
15 pour lors qui soit vraie, je me résolus de feindre que toutes les choses qui m'étaient jamais entrées en l'esprit n'étaient non plus vraies que les illusions de mes songes. Mais, aussitôt après, je pris garde que, pendant que je voulais ainsi penser que tout était faux, il fallait nécessairement que moi, qui le pensais, fusse quelque chose. Et remarquant que cette vérité : *Je pense, donc je suis*, était si ferme
20 et si assurée que toutes les plus extravagantes suppositions des sceptiques n'étaient pas capables de l'ébranler, je jugeai que je pouvais la recevoir sans scrupule pour le premier principe de la philosophie que je cherchais.

◆ 注
2 tout de même que　と同様に。**3** pour ce qu' = parce qu'　**7** créance = croyance　**7** à cause que = parce que　**11** paralogisme(s)　誤った推論。**11**

faillir　誤りを犯す。

『方法序説』

　久しい以前から気づいていたことだが，先に述べたように，慣習的な事柄に関しては，疑いを入れない判断の場合と同じように，非常に不確かなことがわかっている判断にも時には従う必要がある。しかし，当時私はひたすら真理の追求のみに専心することを望んでいたので，疑いをかけた後にも全然疑うことのできない何かが私の信念の中に残らないかどうかを確かめるために，私は正反対のことをすべきだ，いささかでも疑いを差し挟む余地のあるすべての事柄を全く偽りであるとして排除しなければならないと考えた。かくして，われわれの感覚というものは時にわれわれを欺くものであるから，私は，それがわれわれに思い描かせるようなものは何も存在しないと仮定しようとした。そして，どんなに簡単な幾何学上の問題でも，推論の過程で思い違いをして誤った推論をしてしまう人がいるのだから，私も誰か他の人と同様に誤りを犯すかもしれないと判断して，以前私が〔幾何学的〕証明のために行ったすべての論証を誤ったものとして退けた。そして最後に，われわれが起きているときに行うすべての思考と同じことを，われわれは眠っているときにも同様に行うかもしれず，その場合真実であるものは何もないのだから，私の精神に惹起されたあらゆることは，夢幻と同じくらい真実ではないと仮に考えることに決めた。しかしその直後に，そのようにすべては偽りだと私が考えようとしている間，そう考えている私自身は必ずや何ものかであるはずだ，ということに思い至った。そして，この真理「われ思う，故にわれあり」というのが，懐疑主義者のどんな奇矯な仮説でも揺るがすことが不可能なほどに大変堅固で，確実なものであることに気づき，何の過ちの恐れも無しに，私の追求する哲学の第一原理として採用することができると判断した。

第 **3** 章　［17世紀］　古典主義の隆盛とその周辺

ピエール・コルネイユ
Pierre Corneille, 1606—86

●**舞台への情熱**　コルネイユは，フランス北部ノルマンディ地方の都市ルーアンに生まれた。父親は当地の役人であった。1615年から22年まで同市のイエズス会経営の学院に学び，その後法律を修めて弁護士になったが，口下手で法廷になじめず，28年に父から小さな官職の株を与えられ，50年までその職にあった。閑職なのを利用して詩作にふけり，市の社交界に出入りし，そのかたわら戯曲に手を染めた。処女作の喜劇『メリート』*Mélite*（1629-30）がパリで成功し，以後何本かの風俗喜劇やバロック劇の傑作『舞台は夢』*L'Illusion comique*（1635-36）などを書く。37年初頭，悲喜劇『ル・シッド』*Le Cid* が初演されると，大評判となり，観客が初演の舞台マレー座に殺到した。ところがこの画期的成功をねたむ劇作家たちから「三単一の規則」への違反，盗作嫌疑などで非難され，「ル・シッド論争」la querelle du Cid が起きた。3年間沈黙の後，今度は規則に合致した三大意志悲劇の傑作と言われる『オラース』*Horace*（1640），『シンナ』*Cinna*（42），『ポリウクト』*Polyeucte*（43）を次々に発表，押しも押されぬ演劇界の第一人者となった。以後も絶えず新しい演劇を探求し，喜劇『嘘つき男』*Le Menteur*（44），悲劇『ロドギューヌ』*Rodogune*（44-45），『ニコメード』*Nicomède*（51）などの傑作を世に送る。続く悲劇『ペルタリート』*Pertharite*（51）の失敗で一時筆を絶つが，7年後に復帰する。その後も何本かの悲劇を書くが，時代の嗜好はすでにコルネイユ的英雄から離れ，優美な恋愛の劇を求めていた。

●**バロック的英雄の世界**　コルネイユは「規則」に合致した悲劇も数多く書いているが，彼の想像力の本質はバロック的であったと言える。その意味では，彼の代表作は悲喜劇『ル・シッド』にとどめを刺す。観客の「驚嘆」が悲劇には不可欠と考えていた彼は，しばしば異常な状況，並の人間には到底選択不可能と思えるような二者択一に主人公を直面させる。『ル・シッド』では，家の名誉のため仇同士となってしまった相愛の男女を主人公とし，自由意志が恋の情念よりも義務を選び，勇敢で高邁な行動を貫く過程を人物の内面の葛藤として描ききった。彼の作品は，総じて英雄悲劇，意志の悲劇と呼ばれる。

引用箇所は『ル・シッド』第3幕第4場から。自分の父親の恥辱をそそぐため，主人公ドン・ロドリーグが恋人シメーヌの父親に決闘を申し込み，彼を殺してしまった直後にシメーヌと会見する場面である。

Le Cid

CHIMENE.	Hélas !
DON RODRIGUE.	Ecoute-moi.
CHIMENE.	Je me meurs.
DON RODRIGUE.	Un moment.
5 CHIMENE.	Va, laisse-moi mourir.
DON RODRIGUE.	Quatre mots seulement,
	Après ne me réponds qu'avecque cette épée.
CHIMENE.	Quoi ? du sang de mon père encor toute trempée !
DON RODRIGUE.	Ma Chimène ...
10 CHIMENE.	Ôte-moi cet objet odieux
	Qui reproche ton crime et ta vie à mes yeux.
DON RODRIGUE.	Regarde-le plutôt pour exciter ta haine,
	Pour croître ta colère, et pour hâter ma peine.
CHIMENE.	Il est teint de mon sang.
15 DON RODRIGUE.	Plonge-le dans le mien,
	Et fais-lui perdre ainsi la teinture du tien.
CHIMENE.	Ah quelle cruauté, qui tout en un jour tue
	Le père par le fer, la fille par la vue !
	Ôte-moi cet objet, je ne le puis souffrir ;
20	Tu veux que je t'écoute et tu me fais mourir.

◆ 注 ─────

2 DON Don はスペイン貴族の名前につけられる敬称。 **7** avecque＝avec 引用は全体に綴りを現代化してあるが，12音というアレクサンドランの音節数を守るため，古形を残してある。次の行の encor も同様。 **19** je ne le puis souffrir 17世紀的な語法で，現代語ならば je ne puis（pas）le souffrir となるところ。

『ル・シッド』

シメーヌ：	嗚呼！
ドン・ロドリーグ：	聞いて下さい！
シメーヌ：	死にそうだわ。

第 3 章　［17世紀］　古典主義の隆盛とその周辺

ドン・ロドリーグ：　　　　　　　　　　　　少しだけ。
シメーヌ：　　行って，私を死なせて下さい！
ドン・ロドリーグ：　　　　　　　　ほんの二言三言でも，
　　　その後は，この剣で私に返事して下さるだけでよいのです。
シメーヌ：　　何てことでしょう！まだ私の父の血で濡れているわ！
ドン・ロドリーグ：私のシメーヌ。
シメーヌ：　　　　　　　あなたの罪，あなたの命を私の目に断罪する
　　　その忌まわしいものを何処かにやって下さい。
ドン・ロドリーグ：あなたの憎しみをかき立て，あなたの怒りをつのらせ，
　　　私の懲罰を早めるために，むしろそれをご覧なさい。
シメーヌ：　　その剣は，私の血に染まっているのだわ。
ドン・ロドリーグ：　　　　　　　　　　　　その剣を私の血に浸し，
　　　あなたの血の色をそそげばよろしい。
シメーヌ：　　嗚呼，何という残酷な代物，たった一日の内に
　　　父をその刃で殺し，見ただけでその娘を死なせようとは！
　　　それを何処かにやって下さい，私はもう我慢なりません。
　　　あなたは私に話を聞いてくれと望みますが，あなたのおかげで
　　　私は死にそうです。

ブレーズ・パスカル

Blaise Pascal, 1623—62

●**早熟の天才**　パスカルは，中部フランスのクレルモン（現クレルモン＝フェラン）に生まれた。父親は地方役人で，著名な数学者でもあった。母親が早くに亡くなると，1632年一家はパリに出てきて，彼は父親とともに当時評判の科学アカデミー等に出入りするようになる。彼は生来病弱で健康には恵まれなかったが，ごく若いうちから天才ぶりを発揮し，40年16歳の時に幾何学論文『円錐曲線試論』を発表したのを手始めとして，以後次々と科学研究において業績を上げる。

●**回心の夜**　パスカルは，当初特に熱心な信者というわけでもなかったが，46年ふとしたきっかけから，厳格主義的傾向を持つオランダの神学者ヤンセンの影響を受けて，カトリック内部での教会改革を目指していたサン＝シランの弟子たちと知り

合いになり、宗教的感化を受ける。後に「ジャンセニスム（ヤンセン主義）」Jansénisme と呼ばれることになる運動に接近する契機であった（第一の回心）。しかしその後も、彼は一見宗教に無関心な「世俗時代」を送り、妹のジャクリーヌ・パスカルが、ジャンセニスムの牙城ポール＝ロワイヤル修道院に入った時も、それに対して批判的であった。にもかかわらず、やがて心の空虚を自覚するに至り、1654年11月23日の夜、ある説教を聞きに行った帰りに宗教的啓示を受け、信仰に身を捧げることを決意する（第二の回心）。

◉キリスト教護教論　パスカルは、その後しばしばポール＝ロワイヤル修道院に隠棲して思索を深めた。1656年から57年にかけて、ジャンセニストとイエズス会士とが神学論争で対立すると、彼は『田舎の友への手紙（プロヴァンシャル）』*Les Provinciales* の名で知られる18通の書簡を匿名で執筆した。その中で彼は、人間の自由意志は無力であり、魂の救済には神の恩寵が必要かつすべてであるという、アウグスティヌス以来の厳格な恩寵観を弁護するとともに、イエズス会の弛緩した道徳観を揶揄的に攻撃して大評判となった。

　この論争のさなかに、ポール＝ロワイヤル修道院の寄宿生であった彼の姪に奇跡が生じ、この出来事に神意を読みとった彼は、奇跡の意味に関する考察を行うが、それはやがて、不信仰者に対してキリスト教の真理を明らかにする意図を持った『キリスト教護教論』の構想へと転化していった。晩年の彼は、健康の悪化に苦しみながらも護教論の執筆に情熱を燃やしたが、ついに完成に至らず、62年に39歳の生涯を閉じた。後には護教論のための膨大な草稿類が残されたが、それは『宗教その他若干の主題についてのパスカル氏の思想（パンセ）』*Pensées de M. Pascal sur la religion et sur quelques autres sujets* という題でまとめられ、死後出版された。

　引用は、『パンセ』の中の人間を「考える葦」にたとえ、思索の重要性を説いた有名な部分。『パンセ』に見られる優れた人間観察と描写は、パスカルが単なる神学者ではなく、比類ない人間心理分析家であり、また説得術と表現の技巧に卓越した文章家でもあったことを示している。

Pensée

　L'homme n'est qu'un roseau, le plus faible de la nature ; mais c'est un roseau pensant. Il ne faut pas que l'univers entier s'arme pour l'écraser : une vapeur, une goutte d'eau suffit pour le tuer. Mais quand l'univers l'écraserait, l'homme serait encore plus noble que ce qui le tue puisqu'il sait qu'il meurt et l'avantage que
5　l'univers a sur lui, l'univers n'en sait rien.

第3章 ［17世紀］　古典主義の隆盛とその周辺

Toute notre dignité consiste donc en la pensée.　C'est de là qu'il faut nous relever et non de l'espace et de la durée, que nous ne saurions remplir.

Travaillons donc à bien penser : voilà le principe de la morale.

◆ 注

1 roseau　人間を葦にたとえるのは，聖書の「傷ついた葦」という表現に由来すると言われている。　**2** vapeur　下腹部から生じて，脳を冒すと考えられていた蒸気，悪気。　**6** relever＝élever

『パンセ』

　人間は一本の葦に過ぎない。自然の中で最も弱いものである。だが，それは考える葦である。彼を押しつぶすのに，全宇宙が武装するには及ばない。一塊の蒸気，一しずくの水滴でも，彼を殺すのに十分である。しかし，たとえ宇宙が彼を押しつぶしても，人間は彼を殺すものよりずっと高貴であろう。彼は自分が死ぬこと，宇宙が彼に対して優越していることを知っているからである。宇宙はそのことについて何も知らない。

　したがって，われわれのあらゆる尊厳は思考に存する。われわれが満たすことのできない空間や時間によってではなく，思考によってわれわれを高めなければいけない。

　だから，よく考えるように努めよう。それが道徳の原理である。

●「モラリスト」●

　「モラリスト」moralistes というのはフランス文学だけに用いられる用語で，現代を代表する『プチ・ロベールフランス語辞典』では，「ムルス mœurs や人間の性質，有り様について考察する作家」という定義を与え，代表例として16世紀のモンテーニュ，17世紀のパスカル，ラ・ロシュフコー，ラ・ブリュイエール，18世紀のヴォーヴナルグ Luc de Clapiers, marquis de Vauvenargues（1715-47）等を挙げている。この場合のムルスとは，ある社会の全体的な風俗・慣習を表すと同時に，個人のレベルにおける生活習慣，特に善悪の実践という観点から見た習慣をさす語である。なお，ムルスという語の語源はモラル（道徳）morale と同じであり，モラリストはモラルの派生語である。彼らは一般に詩とか小説の形式によらず，随想，箴言，格言，省察，肖像（性格）描写などの形式を採用して，実際的な生活の場における人間行動を観察し，その動機の分析等を通じて人間精神のあり方を探究する。以上に述べたのは狭義のモラリストについてであるが，今日ではさらに拡大解釈され，フランス文学の中で，特に人間研究や心理分析に強い関心を示した批評家や小説家にまでもこの語が適用されることがある。

2　古典主義の完成──勝ち誇る絶対王政

▶絶対王政の黄金期　ルイ14世が親政を開始した1661年から「ナントの勅令」を廃止した1685年までのおよそ四半世紀ほどの時期は,「絶対王政」と言われる政治システムが十全に確立した時期であり, 17世紀全体の中でも要の位置を占めている。この時期には,「一人の王, 一つの法, 一つの信仰」という標語に代表されるように, すべてを統一し, 一定の秩序, 規範の下に置こうとする傾向が社会のあらゆる領域にわたって観察される。文学における古典主義規則の確立, 共通語としての近代フランス語の定着という出来事も, この社会全体の大きな流れの一支流であったのに過ぎない。

▶古典主義の美学　この時期, バロックの潮流に対抗する形で, 古典古代に範を仰ぎ, 人間理性に基づく合理性を志向し, 明晰, 簡潔, 平明な言語に依拠した均衡, 節度, 調和を理想とする文学理論が台頭する。後に「古典主義」classicisme と呼ばれることになる美学である。その代表的ジャンルは演劇, それも「悲劇」la tragédie であった。

　悲劇は5幕韻文で書かれるのを規範とし,「アレクサンドラン」alexandrin と呼ばれる12音節定型詩句が用いられる。題材は, 古典古代の神話・歴史に取材するのを原則とし, その際「三単一の規則」la règle des trois unités を遵守する必要がある。すなわち, ただ一つの場所で（場所の単一）, 24時間という単位時間内に（時間の単一）, 一つの主筋へと有機的に統合された, まとまりのある一つの劇的事件が展開されなければならない（筋の単一）。この原理が有効に機能するためには, 理性に照らして自然に見える「真実らしさ」vraisemblance, つまり劇行為の内的必然性の追求が不可欠であり, また劇的虚構が説得的であるためには, 観客・読者の「趣味」（美的判断）に反しないこと, すなわち「適切さ（節度）」bienséance への配慮が求められる。「悲劇」と「喜劇」la comédie のジャンルの混交は

第**3**章　［17世紀］　古典主義の隆盛とその周辺

禁止される。「悲劇」とは単に悲壮な劇なのではなく，個人の運命と国家の運命とが相関的であるような人物，つまり王侯貴族に起こる事件を扱うべきものであり，その意味では，結末が必ずしも悲劇的である必要はない。それに対して，「喜劇」は主としてブルジョワ階級の日常生活において起こる事件を主題とする。その意味では，これも必ずしも滑稽な劇である必要はない。

▶「規則」と「趣味」　留意すべきなのは，「規則」＝「古典主義」なのではないということである。17世紀には論争の至る所で「規則」という語が用いられているが，この「規則」は決して「教義」として完成したものではなく，むしろ教養ある観客・読者に気に入られ，彼らに教訓を与えるためのノウハウを蓄積したものであった。また，最優先の「規則」は何よりも観客・読者に「楽しみを与えつつ教えを垂れる」instruire en divertissant ことだったのであり，他の「規則」の遵守は，この第一の「規則」が守られた上でなければ意味がなかった。

　さらに，「規則」をその根底で支えるものとして，当時のサロンで育まれた「よき趣味」le bon goût による美的判断基準というものが存在した。この場合「よき趣味」というのは，単なる私的な利害，偏愛の産物ではなく，すぐれて社会性を帯びた現象であることに注意する必要がある。1674年に発表されたニコラ・ボワロー Nicolas Boileau（1636-1711）の『詩法』*L'Art poétique* は，半世紀にわたる詩人，作家たちの実践を整理して，一つの美的基準の言説としてまとめたものであり，後世において古典主義美学を要約する作品と見なされた。この時期を代表する作家としては，後述の作家の他に，教会の雄弁術を代表する作品である『追悼説教』*Les Oraisons funèbres* を著した聖職者ジャック＝ベニーニュ・ボシュエ Jacques-Bénigne Bossuet（1627-1704），悲壮感にあふれた美しい書簡体小説『ポルトガル文』*Lettres portugaises*（1669）を残したギユラーグ子爵 Gabriel-Joseph de La Vergne, vicomte de Guilleragues（1628-85）などがいる。

[代表的作家と作品]

フランソワ・ド・ラ・ロシュフコー
François de La Rochefoucauld, 1613—80

●**戦いと陰謀の日々**　ラ・ロシュフコーは，由緒ある公爵家の嫡子としてパリに生まれた。当時の戦士貴族の例に漏れず，十代の頃から時に戦場に赴き，時に宮廷で恋愛と政治的陰謀に明け暮れる生活を送る。ルイ13世治下において，反リシュリューの陰謀に加担し，一時バスチーユに投獄されたり，追放処分を受けたりした。1643年ルイ14世が即位すると，ラ・ロシュフコーは自分の政治的野心が満たされることを期待するが，かなえられず，やがて宰相マザランを主標的としたフロンドの乱が始まると，彼は自分の愛人ロングヴィル公爵夫人とともに反乱軍に身を投ずる。52年には，パリのサン゠タントワーヌ門付近で重傷を負う。この時の彼やその同盟者の暗躍ぶりは，1662年に出版された『回想記』*Mémoires*の中で活写されている。

●**失意と無聊**　結局反乱は鎮圧され，ラ・ロシュフコー自身も宮廷から遠ざけられていたが，59年許されて宮廷との関係も回復する。しかし，国王ルイ14世の信頼を勝ち得るにはほど遠く，失意と無聊の日々をサロンでの会話や読書，思索を通じて慰めることになる。特にジャンセニスト系の人々が集まり，思想，文学を論じる場として有名だったサブレ夫人のサロンの常連となり，ラ・ファイエット夫人のサロンにも足繁く通うようになる。

●**『箴言集』とエゴイズム批判**　作家としての彼の名声を確立したのは，1664年に初版，その後絶えず加筆訂正を加え続けた『箴言集』*Maximes*（最終第5版は1678年）である。サブレ夫人のサロンで流行していた格言の形式に，鋭い心理分析と厭世主義的な人間観察を簡潔な文章の中に凝縮したこの作品は，初版当初から大評判となった。「われわれの美徳は，大抵の場合偽装された悪徳にすぎない」というエピグラフに象徴されるように，実人生に挫折した著者が，筆法鋭く人間の高貴な感情とされるものの大部分が，実は「自己愛」amour-propre，すなわちエゴイズムと非合理的な情念に由来することを仮借無く明るみに出す。ここには，ジャンセニスム的な悲観的人間観の反映が見られる。この種の文学作品の価値は，人生の苦みを知らない若いうちにはなかなか理解しにくいかもしれない。しかし，人生の機微がわかるようになってくるとともに徐々に味わいを増すタイプの，モラリスト文学の傑作である。

第3章 [17世紀] 古典主義の隆盛とその周辺

引用は『箴言集』の中から，特に興味深くわかりやすいものを抜粋した。

Maximes

Nos vertus ne sont, le plus souvent, que des vices déguisés.
L'amour-propre est le plus grand de tous les flatteurs.
Nous avons tous assez de force pour supporter les maux d'autrui.
On n'est jamais si heureux ni si malheureux qu'on s'imagine.
5 Nous sommes si accoutumés à nous déguiser aux autres qu'enfin nous nous déguisons à nous-mêmes.
Les vertus se perdent dans l'intérêt, comme les fleuves se perdent dans la mer.
L'hypocrisie est un hommage que le vice rend à la vertu.
On blâme aisément les défauts des autres, mais on s'en sert rarement à corriger les
10 siens.

◆ 注
7 intérêt　個人的な利害の追求，打算。

『箴言集』

われわれの美徳は，大抵の場合偽装された悪徳にすぎない。
自己愛は，あらゆる追従者の中でも最大のものである。
われわれは皆，他人の不幸を我慢できるほどには強い。
人は決して，自分が思っているほどには幸福でも不幸でもない。
われわれは他人に対して自分を偽ることにあまりにも慣れているので，ついには自分自身に対しても自分を偽ってしまう。
河が海の中に消え去るように，美徳は利己心の中に消えてゆく。
偽善というのは，悪徳が美徳に対して捧げる敬意である。
人は他人の欠点をたやすく非難するが，自分の欠点を正すのにそれを利用する人はまれである。

ジャン・ド・ラ・フォンテーヌ
Jean de La Fontaine, 1621—95

●**文学への憧れ**　ラ・フォンテーヌは，フランス北部シャンパーニュ地方のシャトー・ティエリーに生まれた。郷里とパリで教育を受け，パリのオラトリオ会神学校に入るが1年で辞める。その後法律の勉強をして弁護士の資格を得るが，一度も法廷に立たずじまいであった。1652年に父親から郷里の河川森林監督官の職を譲られるが，文学への憧れ止みがたく，パリと郷里を往復する生活を送る。

●**フーケの寵愛とその後の不遇**　47年に結婚した妻との不仲，家の財政問題などもあって，ラ・フォンテーヌは郷里に家族を残したまま，58年以降大半をパリで過ごすようになる。そこで知人を介して，当時最大の文芸庇護者であった財務総監フーケの知遇を得，そのお抱え詩人となる。その年，初期の傑作詩『アドニス』*Adonis* をフーケに献呈する。61年，フーケがヴォーの壮麗な城館に国王を招いて大祝宴を催した後，その勢威を国王に妬まれ，またその地位をねらうコルベールの敵意を招いて失脚，投獄されたので，ラ・フォンテーヌも後ろ盾を失う。64年から72年までオルレアン公ガストン未亡人の「侍従」，72年から93年まで文化サロンを開いて著名であったラ・サブリエール夫人の食客，93年から死ぬ95年までは金融家デルヴァールの食客として過ごした。その間，イタリアのボッカチオなどの影響を受けた放縦な韻文の『コント』*Contes*（1665-82），韻文と散文を交えたユニークな作品『プシシェとキュピドンの恋』*Les Amours de Psyché et de Cupidon*（69）などを発表した。

●**宇宙を舞台にした百幕の芝居**　しかし，ラ・フォンテーヌの詩人としての名を不朽のものとしたのは，何と言っても60年代から死ぬまで生涯にわたって書き続けた，約240編にも及ぶ『寓話詩』*Fables*（1668-93）であろう。古い素材，独創の素材を縦横にこなし，古典的で韻律に富む自由詩形を巧みに駆使して，愚劣にして滑稽な人間の百態を，見事に「小喜劇」としての詩編の中に閉じこめた彼の作品は，伝統的にフランスの子どもたちが暗唱すべきものとされて現在に至っている。

　引用は1668年に出版された『寓話詩』第1集から，有名な「セミとアリ」の話。この話はイソップ寓話を下敷きにしているが，「アリとキリギリス」の話として記憶している人もいるかもしれない。これは，セミのいない北方ヨーロッパの人々がセミとキリギリスとを混同したために生じた誤解に基づく。北フランス出身のラ・フォンテーヌ自身も，Cigale という語にキリギリスに類した虫のイメージを重ねて

第**3**章　[17世紀]　古典主義の隆盛とその周辺

いた可能性が高い。

"La Cigale et la Fourmi"

La Cigale, ayant chanté
　　　Tout l'été.
Se trouva fort dépourvue
Quand la bise fut venue.
5　Pas un seul petit morceau
De mouche ou de vermisseau.
Elle alla crier famine
Chez la Fourmi sa voisine,
La priant de lui prêter
10　Quelque grain pour subsister
Jusqu'à la saison nouvelle.
Je vous paierai, lui dit-elle,
Avant l'août, foi d'animal,
Intérêt et principal.
15　La Fourmi n'est pas prêteuse ;
C'est là son moindre défaut.
Que faisiez-vous au temps chaud ?
Dit-elle à cette emprunteuse.
Nuit et jour à tout venant
20　Je chantais, ne vous déplaise.
Vous chantiez ? j'en suis fort aise :
Eh bien ! dansez maintenant.

◆　注

4 bise　北風，寒風。**13** août　8月に収穫される小麦。**13** foi d'animal "foi d'honnête homme"「紳士の名誉にかけて」などの表現をもじったもの。**14** Intérêt et principal　借金の利息と元本。**19** à tout venant　誰に対しても，みんなに　**20** ne vous déplaise＝que cela vous plaise ou non　お気に召そうと召すまいと，あなたがどうお考えになろうと。

「セミとアリ」

セミは，ひと夏中
歌っていたので，
北風がやってくると，
まったく無一文になってしまいました。
ハエや蛆虫の小さなひとかけらだって
手元にはありません。
隣人のアリのところに
お腹がすいたと訴えに行き，
新しい季節が来るまで生き延びられるよう
なにがしかの穀粒を
貸してくださいと頼みました。
動物の名誉にかけて，
8月の収穫時期には
元利そろえてお返ししますわ，とセミはアリに言いました。
アリは貸すのが好きではなく，
それは彼女の最もささいな欠点でした。
彼女は借り主に言いました。
暑い季節には何をなさってました？
はばかりながら，夜昼問わず
みんなのために歌ってました。
歌っていたのですか？それは大変結構。
だったら今度は踊りなさい。

第 **3** 章　[17世紀]　古典主義の隆盛とその周辺

セヴィニエ侯爵夫人
La marquise de Sévigné, 1626—95

●**宮廷社交界の花形**　書簡集の作者として有名な後のセヴィニエ侯爵夫人，マリー・ド・ラビュタン=シャンタル Marie de Rabutin-Chantal は，由緒ある貴族の娘としてパリに生まれた。幼時に相次いで父母を失い孤児となったが，母方の伯父たちの元で明るく養育され，宮廷社交界では早くからその才媛ぶりが評判となる。18歳でセヴィニエ侯爵と結婚，25歳で夫が決闘死すると，以後は一男一女の子どもの養育に専念した。1669年グリニャン伯爵と結婚した娘が，71年に夫の任地プロヴァンスに旅立つと，早速その日から25年にもわたって，週に3通というペースで娘宛に愛情あふれる手紙をせっせと書き送った。

●**手紙の達人**　立派な手紙を書くことは当時の宮廷社交界では必須の素養であり，お手本的な手紙はサロンで朗読されたり，大事に保存されて模範文例集のような形で出版されたりした。要するにたとえ私信といえども，現在考えられる以上に当時の手紙は「公的」な性格を持っていたのであり，書き手の方も，公開される可能性を踏まえてペンを取るのが当たり前の習慣だった。セヴィニエ夫人も，そうした模範的な手紙の書き手として名を残したのである。夫人の没後，娘宛の手紙を中心にその他の手紙を交えて，1500通にも及ぶ書簡集が近親者の手でまとめられ出版された（1726）。生来陽気で機知に恵まれ，歯切れのよい文体の持ち主であるセヴィニエ夫人の手紙は，生彩に富み，特に娘に対する切々たる愛情が込められた幾多の手紙は，今も読む者の心を打つ。また，ルイ14世治下のパリ上流社会に関するいろいろな逸話の宝庫であるばかりか，当時の貴族たちの生活ぶり，考え方などを生き生きと伝える資料としても第一級の価値を持つ作品である。

　引用は，1671年2月6日付けの娘宛の手紙（書簡131）の一節。プロヴァンスに向けて出発した娘を見送った直後のセヴィニエ夫人は，いまだ娘がそばにいないことを受け入れる気持ちになれない。

"A Madame de Grignan"

A Paris, vendredi 6 février [1671].

　Ma douleur serait bien médiocre si je pouvais vous la dépeindre ; je ne l'entreprendrai pas aussi. J'ai beau chercher ma chère fille, je ne la trouve plus, et tous les pas qu'elle fait l'éloignent de moi. Je m'en allai donc à Sainte-Marie, toujours

95

pleurant et toujours mourant : il me semblait qu'on m'arrachait le cœur et l'âme ;
5 et en effet, quelle rude séparation ! Je demandai la liberté d'être seule ; on me
mena dans la chambre de Mme du Housset, on me fit du feu ; Agnès me regardait
sans me parler, c'était notre marché ; j'y passai jusqu'à cinq heures sans cesser de
sangloter : toutes mes pensées me faisaient mourir. J'écrivis à M. de Grignan, vous
pouvez penser sur quel ton. J'allai ensuite chez Mme de La Fayette, qui redoubla
10 mes douleurs par la part qu'elle y prit. Elle était seule, et malade, et triste de la
mort d'une sœur religieuse : elle était comme je la pouvais désirer. M. de La
Rochefoucauld y vint ; on ne parla que de vous, de la raison que j'avais d'être
touchée, et du dessein de parler comme il faut à *Mélusine*. Je vous réponds qu'elle
sera bien relancée. D'Hacqueville vous rendra un bon compte de cette affaire. Je
15 revins enfin à huit heures de chez Mme de La Fayette ; mais en entrant ici, bon
Dieu ! comprenez-vous bien ce que je sentis en montant ce degré ? Cette chambre
où j'entrais toujours, hélas ! j'en trouvai les portes ouvertes ; mais je vis tout
démeublé, tout dérangé, et votre pauvre petite fille qui me représentait la mienne.
Comprenez-vous bien tout ce que je souffris ? Les réveils de la nuit ont été noirs,
20 et le matin je n'étais point avancée d'un pas pour le repos de mon esprit.

◆ 注

手紙全体が当時の貴族階級の習慣に従って，自分の娘宛ではあるが vous で呼びかけられていることに注意。 **1** médiocre＝moyenne, ordinaire **2** aussi 文頭にはないが「だから，そういうわけで」の意。 **3** m'en allai＝allai **3** Sainte-Marie フォーブール・サン・ジャック通りにあった聖母訪問会修道院のこと。セヴィニエ夫人の娘が一時そこに預けられていた。 **6** la chambre de Mme du Housset 当時在俗夫人が修道院に部屋を借りて寄宿したり，頻繁に訪れたりする習慣があった。 **6** Agnès 夫人と顔見知りの修道女。 **13** *Mélusine* 意地悪な妖精の名。ここでは，セヴィニエ夫人の娘の悪口を言ったある伯爵夫人に付けられたあだ名。 **14** D'Hacqueville 夫人の友人の神父。 **16** degré 階段。 **17** mais ここでは対立の意味ではなく，「その上，おまけに」という古い意味で用いられている。 **18** votre pauvre petite fille グリニャン夫人の娘は当時生まれて間もなく，冬の旅行に耐えられないと思われたので，セヴィニエ夫人の家に残された。

第 **3** 章　[17世紀]　古典主義の隆盛とその周辺

「グリニャン夫人へ」

パリにて，[1671年] 2月6日金曜日

　たとえ私の苦しみをあなたに描写することができたとしても，それは全くありふれた苦しみになってしまうことでしょう。だから，そんなことをしようとは思いません。愛しい娘を探しても無駄なことで，もう見つかりません。彼女が歩みを進めるたびに，私からは遠ざかっていくのです。それで，相変わらず泣き崩れ死にそうになりながら，聖母訪問会修道院に行きました。心臓と魂が引きちぎられるような感じでした。実際，何という辛い別れでしょう！一人にしておいてほしいと頼んだところ，デュ・ウーセ夫人の部屋に通され，暖炉に火を入れてくれました。アニエスは私に話しかけずに，じっと見ていました。それが私たちの取り決めだったのです。ずっとすすり泣きを続けながら，そこで5時まで過ごしました。どんなことを考えても，死にそうな思いがしました。グリニャン殿に手紙を書きました。どんな書きぶりだったか想像が付くことでしょう。それからラ・ファイエット夫人のところに行きました。彼女が共感してくれたので，さらに苦しみが倍加しました。彼女は訪問者もなく，加減がよくなく，妹の修道女が亡くなった悲しみに暮れていました。彼女は，こうあってほしいというような様子をしていました。ラ・ロシュフコー殿がやって来ました。あなたのこと，私の心痛の理由，メリュジーヌにしかるべく話をする計画の話しかしませんでした。彼女にはしっかり言い返してやると請け合います。この件については，ダックヴィルがあなたにたっぷり報告してくれることでしょう。ラ・ファイエット夫人のところからは，結局8時に戻りました。でもここに入ってくる時に，ああ，あの階段を上りながら私がどんなことを感じたかおわかりになるかしら？いつも私が出入りしていたあの部屋，ああ，そのドアは開けっ放しでした。おまけに，すっかり家具が片づけられ，散らかり放題でした。あなたの可哀想な小さな娘は，私自身の娘のことを思い起こさせます。私がどれほど苦しんだかおわかりになるかしら？夜に目を覚ますと真っ暗で，朝になっても私の精神の休息に関しては一歩も進んでいませんでした。

モリエール
Molière, 1622—73

●**抵抗しがたい好み**　モリエール，本名ジャン゠バティスト・ポクラン Jean-Baptiste Poquelin は，パリの裕福な商人の家に生まれた。父親は「王室御用室内装飾業者並びに王の侍従」の肩書きを取得し，本来ならば，長男である彼にはその跡継ぎとなる運命が待ち受けているはずであった。パリのイエズス会経営のクレルモン学院での学業を終え，父親の元で修行に励んでいたらしく思われる時期のある日，その後生涯役者としての運命をともにすることになるマドレーヌ・ベジャール Madeleine Béjart（1618-72）と出会ってから，すべてが別な方向へと向かい始める。モリエールは，演劇に「抵抗しがたい好み」を感じて，マドレーヌらとともに1643年「盛名座」L'Illustre Théâtre という名の劇団をパリで旗揚げする。この頃のモリエールは，コルネイユの作品に魅せられ，まだ「悲劇役者」として認められることのみを夢見ていたらしく思われる。

●**地方巡業時代**　しかし，いろいろな不運が重なって「盛名座」の試みは挫折し，モリエール自身も一時投獄の憂き目にあったりした。45年秋には，モリエールは借金取りに追われるようにいち早くパリを脱出し，後に合流するマドレーヌらとともに地方劇団に拾われる。以後およそ13年間，主に南フランスを興行して回る日々が続くことになる。モリエールの地方時代に関しては，資料不足で詳しいことはわからないが，役者として，また劇作家としての基礎を固める上で重要な時期だったと思われる。おそらくはリヨンにおいてイタリア喜劇との出会いがあり，その後のモリエールの役者・劇作家としての軌跡に決定的といってもよい影響を及ぼす。はじめてイタリア喜劇を種本とした『粗忽者』L'Étourdi（1653）という本格喜劇の執筆，上演に手を染めたのもリヨンの町においてであった。

●**パリ帰還とその後の活躍**　1658年秋，モリエールの劇団はパリ帰還・定着をめざし，その手始めとして国王ルイ14世臨席の御前上演を行う。上演したのはコルネイユの悲劇と一幕物の笑劇であったが，特に笑劇が国王の気に召し，パリ定着を許される。その後は，73年に舞台で自作のコメディ・バレエ『病は気から』Le Malade imaginaire を上演したその晩に血を吐いて亡くなるまで，次々と精力的に傑作喜劇を発表し続けた。モリエールは，人間心理の描写を重視し，情念の歪みから生じる滑稽味に焦点を合わせた古典主義喜劇の確立者と言われる。彼の代表作としては，パリ帰還後最初の大当たりを取った笑劇『才女気取り』Les Précieuses

第 **3** 章　［17世紀］　古典主義の隆盛とその周辺

ridicules（1659)，彼が自己の作風を確立した作品と見なしうる『女房学校』*L'École des femmes*（62)，モリエールの三大本格喜劇と言われる『タルテュフ』*Le Tartuffe*（64)，『ドン・ジュアン』*Dom Juan*（65)，『人間嫌い』*Le Misanthrope*（66)，宮廷音楽家リュリ Jean-Baptiste Lully（1632-87）との共作になるコメディ・バレエの傑作『町人貴族』*Le Bourgeois gentilhomme*（70）などがある。

　引用はその『町人貴族』第 2 幕第 4 場から。主人公のブルジョワ，ジュールダン氏が貴族の立ち居振る舞い，教養を身につけようとして，次々と家庭教師に教えを請う場面の一つで，哲学教師に侯爵夫人に贈る手紙の書き方を教わろうとして，自分が話しているのが散文であることを「発見」するシーンである。

Le Bourgeois gentilhomme

MAÎTRE DE PHILOSOPHIE.　Sans doute. Sont-ce des vers que vous lui voulez écrire ?

MONSIEUR JOURDAIN.　Non, non, point de vers.

MAÎTRE DE PHILOSOPHIE.　Vous ne voulez que de la prose ?

5　MONSIEUR JOURDAIN.　Non, je ne veux ni prose ni vers.

MAÎTRE DE PHILOSOPHIE.　Il faut bien que ce soit l'un, ou l'autre.

MONSIEUR JOURDAIN.　Pourquoi ?

MAÎTRE DE PHILOSOPHIE.　Par la raison, Monsieur, qu'il n'y a pour s'exprimer que la prose ou les vers.

10　MONSIEUR JOURDAIN.　Il n'y a que la prose ou les vers ?

MAÎTRE DE PHILOSOPHIE.　Non, Monsieur : tout ce qui n'est point prose est vers ; et tout ce qui n'est point vers est prose.

MONSIEUR JOURDAIN.　Et comme l'on parle qu'est-ce que c'est donc que cela ?

15　MAÎTRE DE PHILOSOPHIE.　De la prose.

MONSIEUR JOURDAIN.　Quoi ? quand je dis : «Nicole, apportez-moi mes pantoufles, et me donnez mon bonnet de nuit», c'est de la prose ?

MAÎTRE DE PHILOSOPHIE.　Oui, Monsieur.

MONSIEUR JOURDAIN.　Par ma foi ! il y a plus de quarante ans que je dis de
20　la prose sans que j'en susse rien, et je vous suis le plus obligé du monde de m'avoir appris cela.

◆ 注

1 Sans doute　現代語では「おそらく」の意味だが，17世紀では「間違いなく，その通り」の意。　**1** vous lui voulez écrire　現代語の語順なら vous voulez lui écrire となるところ。　**17** et me donnez...　現代語の語順なら et donnez-moi となるところ。

『町人貴族』

哲学教師：その通り。彼女に書きたいと思っているのは韻文ですか？

ジュールダン氏：いや，いや，韻文はよしましょう。

哲学教師：散文しかお望みじゃないんで？

ジュールダン氏：いいや，散文も韻文も願い下げです。

哲学教師：一方か他方か，どちらかでなくてはいけません。

ジュールダン氏：そりゃまたどうして？

哲学教師：物事を表現するのには，散文か，または韻文しかないからです。

ジュールダン氏：散文か韻文しかないんですって？

哲学教師：そうです。散文でないものはすべて韻文ですし，韻文でないものはすべて散文です。

ジュールダン氏：それじゃあ，今話してるみたいなのは一体何ですか？

哲学教師：散文です。

ジュールダン氏：何ですって！私が「ニコル［＝女中の名前］や，私のスリッパを持ってきておくれ，それとナイトキャップもね」と言ったとしたら，それが散文なんですか？

哲学教師：そうです。

ジュールダン氏：こりゃあ驚いた！もう40年以上も，私は全然知らないうちに散文を喋ってきたことになりますな。ともかく，そのことを教えてくれて感謝感激ですよ。

第 **3** 章　[17世紀]　古典主義の隆盛とその周辺

ジャン・ラシーヌ
Jean Racine, 1639—99

●**不遇な幼年時代**　ラシーヌは，北フランスの小村ラ・フェルテ゠ミロンに，あまり裕福でない収税官吏の息子として生まれた。幼くして両親を相次いでなくし，父方の祖母に引き取られて幼年時代を過ごした。1649年，その祖母がジャンセニスムに惹かれてポール゠ロワイヤル修道院に隠棲するのにともない，修道院付属の小学院で教育を受ける。このジャンセニストたちから受けた教育は，ラシーヌの作品全体に深い痕跡を残している。その後，ポール゠ロワイヤル運動と関係の深かったボーヴェーおよびパリの学院で教育を継続したが，パリの華やかなサロン文化に触れて，59年頃から詩を書き始める。

●**悲劇作家としての成功**　その後一時，在家聖職禄獲得を目指したが不首尾に終わり，1664年6月，コルネイユ風の悲劇『ラ・テバイッド』 La Thébaïde をモリエールの劇団が初演して，演劇界へのデビューを果たした。次作のロマネスクな英雄悲劇『アレクサンドル大王』 Alexandre le Grand（1665）で初の成功を収めるが，当時の慣習に反して，2週間後それをライバル劇団のオテル・ド・ブルゴーニュ座に上演させるに至って，モリエールと決裂した。66年かつての恩師ピエール・ニコル Pierre Nicole（1635-95）が演劇を非難したのに反発し，ジャンセニストたちとも絶縁する。

　その後，オテル・ド・ブルゴーニュ座に全作品を委ね，67年，トロイア戦争の後日談を宿命的な恋の情念の悲劇として描いた『アンドロマック』 Andromaque の驚異的な成功により，悲劇作家としての地位を確立した。以後次々と創意に富んだ傑作悲劇を発表する。代表作としては，若き日の暴君ネロと母后との権力闘争を描く『ブリタニキュス』 Britannicus（69），悲劇の本質的要素としては「壮麗なる悲しみ」 la tristesse majestueuse がみなぎっていればよく，血を流すことも死者が出ることも必要ではないという主張を実践した『ベレニス』 Bérénice（70），前妻の息子への邪恋に苦しむ王妃を主人公とした『フェードル』 Phèdre（77）などがある。しかし，敵対派の妨害により『フェードル』の上演は失敗。すでにポール゠ロワイヤルと和解していたラシーヌは，この年結婚，またボワローとともに国王修史官に任命され，劇壇を引退する。

●**宮廷人としての晩年**　以後ラシーヌは宮廷人しての生活を送り，演劇界からは遠ざかっていたが，1689年，事実上の王妃マントノン夫人の求めで，彼女の創設した

サン・シール学寮の女生徒用に，旧約聖書に取材した合唱付き3幕悲劇『エステル』 *Esther* を書き，御前上演は好評を博した。91年同じく宗教悲劇『アタリー』 *Athalie* を御前上演。晩年のラシーヌは，ジャンセニスムを弾圧し続けたルイ14世の側近でありながら，ひそかに『ポール＝ロワイヤル史概要』 *Abrégé de l'histoire de Port-Royal* を書き，また4編の『宗教賛歌』 *Cantiques spirituels*（94）を残した。99年肝臓病で亡くなると，遺骸は遺言によりポール＝ロワイヤル修道院に葬られた。

引用は『フェードル』第2幕第5場から。国王テゼーの後添えフェードルが，王が死んだという知らせを受けて，義理の息子イポリットに自分の恋心を告白する場面。

Phèdre

HIPPOLYTE. Dieux ! qu'est-ce que j'entends ? Madame, oubliez-vous
　　　　　　Que Thésée est mon Père, et qu'il est votre époux ?
PHÈDRE.　　Et sur quoi jugez-vous que j'en perds la mémoire,
　　　　　　Prince ? Aurais-je perdu tout le soin de ma gloire ?
5　HIPPOLYTE. Madame, pardonnez. J'avoue en rougissant,
　　　　　　Que j'accusais à tort un discours innocent.
　　　　　　Ma honte ne peut plus soutenir votre vue.
　　　　　　Et je vais ...
PHÈDRE.　　　　　　　Ah ! cruel, tu m'as trop entendue.
10　　　　　　Je t'en ai dit assez pour te tirer d'erreur.
　　　　　　Hé bien ! Connais donc Phèdre, et toute sa fureur.
　　　　　　J'aime. Ne pense pas qu'au moment que je t'aime,
　　　　　　Innocente à mes yeux je m'approuve moi-même,
　　　　　　Ni que du fol amour qui trouble ma raison
15　　　　　　Ma lâche complaisance ait nourri le poison.
　　　　　　Objet infortuné des vengeances célestes,
　　　　　　Je m'abhorre encor plus que tu ne me détestes.

◆ 注
9 entendue＝comprise　**14** que 以下は ne pense pas につながる。韻の関係で構文の語順が入れ替わっており，普通の語順だったら que [m]a lâche complaisance ait nourri le poison du fol amour qui trouble ma raison となるところ。**17**

abhorre＝déteste　17　encor　コルネイユの引用注，avecque の項参照．

『フェードル』

イポリット：神よ！何ということを聞いたのだろう。王妃様，お忘れですか，
　　　　　　テゼーが私の父であり，あなた様の夫であることを？
フェードル：その記憶を私が失ったと，何を根拠に判断なさるのです，王子様？
　　　　　　私が自分の名誉への配慮をすべて無くしてしまったとでも？
イポリット：王妃様，お許し下さい。赤面して申しますが，
　　　　　　罪のないお話を間違って咎め立てしておりました。
　　　　　　恥ずかしさのあまり，もうあなた様を見るのに耐えられません。
　　　　　　下がらせていただきます…
フェードル：　　　　　　　　　　　　嗚呼，無慈悲なお方，私の話がわかりすぎ
　　　　　　るくらいわかっておられるくせに。
　　　　　　あなた様の誤解を解くため，そのことについてはとくと申しあげま
　　　　　　した。
　　　　　　さあ，フェードルとその怒りを存分にお知りになるがよろしい。
　　　　　　愛しておりますとも。でも，あなた様を愛しているその時に，
　　　　　　わが目には無実だと映り，私が自分を認めているとは，つゆ思いな
　　　　　　さらぬように，
　　　　　　わが分別をかき乱す狂おしい愛の毒を，
　　　　　　私が卑劣にも甘やかし，育んでいるなどと，思ってはいけません。
　　　　　　天の復讐の不運な対象である私は，
　　　　　　あなた様が私を嫌っている以上に，自分自身を忌まわしく思ってい
　　　　　　るのです。

ラ・ファイエット夫人
Madame de La Fayette, 1634—93

●**貴族女性としての生涯**　ラ・ファイエット夫人は，本名マリー゠マドレーヌ・ピオッシュ・ド・ラ・ヴェルニュ Marie-Madeleine Pioche de La Vergne，小貴族の娘としてパリに生まれた。著名な文献学者ジル・メナージュ Gilles Ménage（1613-92）の教えを受け，文学的素養を身につけた。16歳から摂政母后アンヌ・ドートリッシュに仕え，21歳で地方貴族ラ・ファイエット伯爵と結婚した後は，後の王弟妃アンリエット・ダングルテールの侍女を務め，王弟妃の死後はサヴォワ公妃のためにパリにあって，情報係的な役割を果たした。夫の伯爵はもっぱら訴訟関係の雑務に追われ，領地のあるオーベルニュに主としてとどまったが，夫人は61年以降パリに居を定め，まもなく自分の館でサロンを主催し，当時最高の知識人たちと親交を結ぶようになる。

●**「小説家」としてのラ・ファイエット夫人**　今日ラ・ファイエット夫人の作品と見なされているものは，すべて匿名ないし別な男性作家の名前を借りて出版されたり，没後刊行のため協力関係などの問題が残っている。これは当時の貴族女性に課せられたモラルと，小説という彼女の選択した文学ジャンルに対する社会の認識とのギャップに由来するものである。彼女の作品は，何編かの宮廷記録を除けばすべて歴史に取材した中編小説で，代表的なものとしては，1662年匿名で出版された『モンパンシエの奥方』 La Princesse de Montpensier をはじめとして，同じく匿名で出版され，最高傑作と謳われる『クレーヴの奥方』 La Princesse de Clèves（1678），友人で協力者であった作家スグレ Jean Regnauld, sieur de Segrais（1624-1701）の名前で出版された『ザイード』 Zaïde（1670-71），死後出版の『タンド伯爵夫人』 La Comtesse de Tende（1724）などがある。いずれも透徹した心理解剖と古典的で端正な叙述が際だち，同時代の冗長な物語から一頭地を抜いている。彼女の小説は，その後フランス文学の伝統を形成する恋愛心理小説の道を切り開いたものと言われている。

　引用は『クレーヴの奥方』から。母の教えにより男性に対する不信感を植え付けられて育ったシャルトル嬢は，母の勧めるままにクレーヴ公と結婚した後，国王アンリ2世の娘の婚約祝賀舞踏会で宿命の相手ヌムール公爵と出会い，胸騒ぎを覚える。

第3章 ［17世紀］ 古典主義の隆盛とその周辺

La Princesse de Clèves

　Elle passa tout le jour des fiançailles chez elle à se parer, pour se trouver le soir au bal et au festin royal qui se faisait au Louvre. Lorsqu'elle arriva, l'on admira sa beauté et sa parure ; le bal commença et, comme elle dansait avec M. de Guise, il se fit un assez grand bruit vers la porte de la salle, comme de quelqu'un qui entrait
5　et à qui on faisait place. Mme de Clèves acheva de danser et, pendant qu'elle cherchait des yeux quelqu'un qu'elle avait dessein de prendre, le Roi lui cria de prendre celui qui arrivait. Elle se tourna et vit un homme qu'elle crut d'abord ne pouvoir être que M. de Nemours, qui passait par-dessus quelques sièges pour arriver où l'on dansait. Ce prince était fait d'une sorte qu'il était difficile de n'être pas
10　surprise de le voir quand on ne l'avait jamais vu, surtout ce soir-là, où le soin qu'il avait pris de se parer augmentait encore l'air brillant qui était dans sa personne ; mais il était difficile aussi de voir Mme de Clèves pour la première fois sans avoir un grand étonnement.

　M. de Nemours fut tellement surpris de sa beauté que, lorsqu'il fut proche d'elle,
15　et qu'elle lui fit la révérence, il ne put s'empêcher de donner des marques de son admiration. Quand ils commencèrent à danser, il s'éleva dans la salle un murmure de louanges. [...]

　Le Chevalier de Guise, qui l'adorait toujours, était à ses pieds, et ce qui se venait de passer lui avait donné une douleur sensible. Il le prit comme un présage que la
20　fortune destinait M. de Nemours à être amoureux de Mme de Clèves ; et, soit qu'en effet il eût paru quelque trouble sur son visage, ou que la jalousie fît voir au Chevalier de Guise au-delà de la vérité, il crut qu'elle avait été touchée de la vue de ce prince, et il ne put s'empêcher de lui dire que M. de Nemours était bien heureux de commencer à être connu d'elle par une aventure qui avait quelque
25　chose de galant et d'extraordinaire.

　Mme de Clèves revint chez elle, l'esprit si rempli de tout ce qui s'était passé au bal que, quoiqu'il fût fort tard, elle alla dans la chambre de sa mère pour lui en rendre compte ; et elle lui loua M. de Nemours avec un certain air qui donna à Mme de Chartres la même pensée qu'avait eue le chevalier de Guise.

◆ 注
　2　royal　形は単数形だが，意味的には前の bal にもかかっている。従属節の動

詞 se faisait についても同様。 3 M. de Guise 騎士ギュイーズは，結婚前のシャルトル嬢時代からクレーヴ夫人に恋していた。 6 prendre ダンスの相手として選ぶ。 7 d'abord 即座に，すぐに。 10 surprise 女性形であることに注意。 13 étonnement＝admiration 18 se venait de passer 現代語の語順なら venait de se passer となるところ。 22 touchée＝émue, charmée

『クレーヴの奥方』

　彼女は，婚約の儀の日中ずっとを身ごしらえのため自宅で過ごした。そして晩になると，ルーヴル宮で行われる王の舞踏会と祝宴に赴いた。彼女が到着すると，人々は彼女の美しさと装いに感嘆した。舞踏会が始まり，彼女が騎士ギュイーズと踊っているときに，部屋の扉の方でかなり大きなどよめきが起こった。誰かが入って来て，皆が通り道を空けてやっているようだった。クレーヴ夫人は踊りを終え，次の相手を誰にしようかと目で探していると，国王が入って来た人物を選ぶよう彼女に叫んだ。彼女が振り向くと，一人の男の人が目に入った。ヌムール殿に間違いないわ，と即座に彼女は思った。彼はいくつかの椅子をまたぎ越して，踊りの場所へとやって来るところだった。その若君は，それまで一度も彼を見たことがない女性がはじめて彼を見たとき，驚かずにはいられないような容姿の持ち主であった。とりわけその晩は念入りに身ごしらえをしてきたために，さらに一層持ち前の輝かしい様子が際だって見えた。しかしはじめてクレーヴ夫人を見た男性もまた，大いに感服せずにはいられなかっただろう。

　ヌムール殿は，彼女の美しさにあまりにびっくりしたので，彼女に近づき，挨拶をされたときに，賛嘆のしるしを表さずにはいられなかった。彼らが踊り始めると，部屋の中で賞賛のささやきが起こった。［…］

　相変わらず彼女に憧れていた騎士ギュイーズは，彼女のそばにいた。今起こったばかりの出来事が，彼に甚だしい苦痛を与えていた。彼はその出来事を，運命によってヌムール殿はクレーヴ夫人に恋するようになっている，その予兆のように受け取った。実際に彼女の顔に何らかの戸惑いが浮かんでいたのか，それとも嫉妬のあまり騎士ギュイーズが真実以上のものを見てしまったのか，彼は，クレーヴ夫人もその若君を見て心を動かされたと信じた。それで，あのような並はずれた，どこか艶っぽい出来事によって，あなたとお近づきになれたヌムール殿は大変幸せな方ですね，と奥方に言わずにはいられなかった。

　クレーヴ夫人は自宅に戻ったが，舞踏会で起こったあらゆることで頭が一杯になっていたので，非常に遅い時間ではあったが，報告をするため母親の部屋に行った。

そしてヌムール殿を誉めるその様子が、シャルトル夫人に騎士ギュイーズが抱いたのと同じ考えを抱かせた。

●「アカデミー・フランセーズ」●

フランス学士院を構成する五つのアカデミーのうち、最も古くて権威がある機関。1635年に宰相リシュリューによりフランス語の統一と純化を目的として公認され、「不滅の人」les Immortels とも呼ばれる40名の終身会員により構成される。会員が物故すると、会員同士の秘密投票によって立候補者の中から次の会員が選ばれる。会員が文学者に限られないのも特徴である。1672年に国王ルイ14世自身が庇護者となって以来、歴代の国家元首の管轄下に置かれている。主たる任務は、創設以来の規約にもあるように国語辞典の編纂と文法の制定で、『アカデミー・フランセーズ辞典』は1694年の初版から1932年までに8版を重ねている。文法書は1932年と33年に出されたが、不評であった。現在は終身書記と行政委員会によって運営され、辞書編纂のための会合を開いている他、小説、詩、批評等に、120種にも上る賞を授与している。

3　古典主義の危機——転換期の文学と哲学精神の芽生え

▶ルイ14世の晩年　1685年に「ナントの勅令」を廃止して以後のルイ14世は、次第に老いを感じさせるようになり、あまりヴェルサイユの宮廷から動かないようになる。大規模な宮廷祝祭も行われなくなり、毎日の儀礼は形骸化して、宮廷全体が一種の気詰まり状態となる。文学的評価における宮廷の重みも相対的に低下し、以後文化的主導権は、パリの私的な会合に集う不定型な「公衆」の手へと次第に移行してゆく。政治、社会、思想全般にわたる性急な統一、規範化の流れは、制度的硬直化と少数派に対する不寛容の危険もともなっていた。次第に時代閉塞の雰囲気が感じられるようになり、この状態は1715年のルイ14世の死まで続く。

▶硬直化する古典主義　政治システムを襲った硬直化の病は、文学の領域にも侵入する。古典主義美学は依然として制度的に君臨しているが、一種の形式主義に陥り、規則を守ることのみが重要視され、その精神は生かされないような傾向が生まれる。

この時代には、絶対王政の黄金期に匹敵するほどの作品はほとんど生まれなかったし、後世に残るような著作は、大半がモラリスト、哲学者の手になるものであったが、それはこの時代が一種の転換期、理論的見直しの時期であったことを物語っている。この時期を代表する作家としては、後述の作家の他に、プロテスタントとカトリックの間を揺れ動き、結果的に「寛容」の問題を考え抜く運命を担うことになったピエール・ベール Pierre Bayle（1647-1706）（『歴史批評辞典』 Dictionaire historique et critique, 1696）、カンブレの大司教も務めた高位聖職者で、神秘主義的傾向を持つフランソワ・ド・サリニャック・ド・ラ・モット・フェヌロン François de Salignac de La Mothe Fénelon（1651-1715）（『テレマックの冒険』 Les Aventures de Télémaque, 1699）、相対主義を説いた社交的なベルナール・ル・ボヴィエ・ド・フォントネル Bernard Le Bovier de Fontenelle（1657-1757）（『世界の多様性についての対話』 Entretiens sur la pluratité du monde, 1686）などがいる。

▶「新旧論争」　昔と今とどちらが優れているかという論争は、すでに世紀前半から散発的に行われてきたことではあったが、厳密な意味での「新旧論争」la Querelle des Anciens et des Modernes は、17世紀末から18世紀初めにかけて、ギリシャ・ラテンの古典と当代のフランス文学のどちらが優秀で模範とすべきかをめぐって、おおよそ二期に分かれて行われた論争を指す。第一期の立役者はシャルル・ペローとニコラ・ボワローである。1687年ペローは、国王の頌詩『ルイ大王の世紀』Le Siècle de Louis le Grand を発表し、その中で挑発的に古代に対する当代の文学の卓越性を主張した。ボワローは早速辛辣な短詩を書いてこれに応酬し、彼を支持するラ・フォンテーヌ、ラ・ブリュイエールなどとともに「古代派」の立場を擁護した。一方、フォントネルなどがペローに賛意を示し、「近代派」の論陣を張った。

　この論争は94年に一旦終息するが、1713年、ホメロスの訳詩をめぐって第二期の論争が再燃する。この年、ギリシャ語を解しなかったにもかかわらず、ギリシャ古典学者ダシエ夫人の忠実な散文訳を利用して、フォント

第 **3** 章　[17世紀]　古典主義の隆盛とその周辺

ネルの弟子の詩人ウダール・ド・ラ・モット Houdard de La Motte（1672-1731）が、ホメロスの「誤りを正す」と称して韻文形式の『イーリアス』翻案を公表した。ダシエ夫人はこれを原典に対する冒瀆であるとして攻撃し、再び文壇で古代派と近代派が対立した。後の歴史は、近代派が志向するような方向に向かっていったことは言うまでもない。

　すでに古典主義の屋台骨が揺らぎ、新たな道が模索されていたことを物語るこの論争の意義は、人文主義の伝統につながる古典を絶対視する立場から、文学の相対的あるいは歴史主義的評価への転換を促すきっかけを作りだしたことであり、また、実証的な科学研究の成果を背景にした「進歩」の思想を文学の領域に導入したことも見逃せない。

(代表的作家と作品)

ジャン・ド・ラ・ブリュイエール
Jean de La Bruyère, 1645—96

●**コンデ家への出仕**　ラ・ブリュイエールはパリの小ブルジョワの生まれで、法律の勉強をして弁護士の資格を得たが、おそらく一度も法廷に立ったことはない。1673年に叔父の遺産で、ノルマンディ地方カン市の出納総務の官職を買うが、現地には赴かず、パリで気ままな生活を続けた。84年司教ボシュエの推挙により、当時ブルボン王家傍系中最大の権勢を誇る大コンデ公の孫の家庭教師になり、ヴェルサイユ、パリ、領地のシャンティイーと移動を繰り返しつつ、大貴族の宮廷生活の裏表をつぶさに観察する機会を得た。86年に家庭教師の職は辞することになるが、死の年まで図書室司書兼侍従としてコンデ家には仕え続けた。

●**『人さまざま』の執筆と出版**　ラ・ブリュイエールは、『人さまざま、あるいは当世風俗誌』 *Les Caractères ou les Mœurs de ce siècle* という作品しか残さなかった作家であると言っても過言ではない。その執筆は1670年頃から開始されたらしいが、初版が出版されたのは88年、それもギリシャの哲学者テオフラストスの『性格論（人さまざま）』の翻訳につけられた匿名の付録という形であった。しかし、発表後

この著作はただちに大評判となり，以後版を重ねる度に増補され，生前に出された最終第9版（1696）では，項目数は初版の3倍近くにも達している。
　この著作には全16章，千項目以上にもわたって格言，省察，肖像描写など，当時流行していたさまざまな断章形式で書かれた文章が収められているが，人間行動に付き物の滑稽さ，不合理さ，不正義等が浮き彫りになるような，同時代のさまざまな性格を持った人物像や風俗が活写され，17世紀末宮廷社会の種々相を知る上での貴重な資料ともなっている。またラ・ブリュイエール自身は，「新旧論争」においては「古代派」として論陣を張ったが，各所に散見される政治的諷刺は，18世紀の思想文学を予告している。
　引用は『人さまざま』の「人間について」と題された章からの抜粋。当時としては例外的と言える民衆に対する哀れみの念や，ラ・ブリュイエールのブルジョワとしての立場からの，容赦ない貴族批判が見られる箇所である。

Les Caractères

　　L'on voit certains animaux farouches, des mâles et des femelles, répandus par la campagne, noirs, livides et tout brûlés du soleil, attachés à la terre qu'ils fouillent et qu'ils remuent avec une opiniâtreté invincible ; ils ont comme une voix articulée, et quand ils se lèvent sur leurs pieds, ils montrent une face humaine, et en effet ils
5　sont des hommes ; ils se retirent la nuit dans des tanières, où ils vivent de pain noir, d'eau et de racines ; ils épargnent aux autres hommes la peine de semer, de labourer et de recueillir pour vivre, et méritent ainsi de ne pas manquer de ce pain qu'ils ont semé.

　　Le noble de province, inutile à sa patrie, à sa famille et à lui-même, souvent sans
10　toit, sans habits et sans aucun mérite, répète dix fois le jour qu'il est gentilhomme, traite les fourrures et les mortiers de bourgeoisie, occupe toute sa vie de ses parchemins et de ses titres, qu'il ne changerait pas contre les masses d'un chancelier.

◆ 注
3 opiniâtreté　強情さ，執拗さ。侮蔑的なニュアンスはない。 **7** recueillir 収穫する。 **11** fourrures et les mortiers　mortier は黒ビロードの帽子。毛皮は大学博士を連想させる服装，黒ビロード帽は高等法院上席裁判官のシンボルであった。 **11** parchemins　家系の由緒を記した羊皮紙。貴族の称号のシンボル。 **12** masses　大法官の権力のシンボルである儀礼杖。

第 **3** 章　[17世紀]　古典主義の隆盛とその周辺

『人さまざま』

　何やら野獣のようなものが見える。雄も雌もいて，野に散らばっている。真っ黒だったり鉛色だったり，すっかり日に焼けて，彼らが不屈の執拗さで掘り起こし，ひっくり返している土地に縛り付けられている。彼らは分節化された声のようなものを持ち，やおら腰を上げると人間の顔をしている。実際彼らは人間なのだ。彼らは夜になると巣穴に引っ込み，そこで黒パン，水，根っこなどで暮らしている。彼らは，他の人間が生きるために種をまいたり，畑を耕したり，収穫したりする手間を省いてやっている。だから，彼らは自分が種をまいたパンにこと欠かないだけの価値を持っているのだ。

　地方貴族というものは，祖国にも家族にも自分自身にも益がなく，しばしば家もなく，衣服もなく，取り柄もない。日に十ぺんも自分が貴族であると繰り返し，〔大学博士の〕毛皮や〔裁判官の〕ビロード帽をブルジョワ呼ばわりしている。〔系図を記した〕羊皮紙と称号のことで一生を費やし，それらの羊皮紙や称号を大法官の儀礼杖とだって交換しないだろう。

シャルル・ペロー
Charles Perrault, 1628—1703

●**華々しい公的キャリア**　シャルル・ペローは，有力な国家役人の家系の一員としてパリに生まれた。学業を終えたあと弁護士の資格を得るが，法廷には二度しか立ったことはない。1663年にコルベールの庇護下に入って国家役人としてのキャリアを重ね，72年には建築総監の重職に登りつめる。文学的には，彼は当初詩の分野に専念し，特に国王貴顕を称賛する詩を書いて注目された。当時文壇で勢力を誇っていた作家・批評家ジャン・シャプラン Jean Chapelain（1595-1674）に可愛がられ，ボシュエとも親しく，71年にはアカデミー・フランセーズに迎えられる。要するに彼は，社会的にも文学的にも順調すぎるほどに「公的な」コースを歩んだ人物であると言える。しかしコルベールの晩年近くに関係が悪化し，83年のコルベールの死以降は，政治的要職からは遠ざけられるようになる。

●**「新旧論争」の旗手**　1687年，彼がアカデミーの集会で朗読した詩『ルイ大王の

世紀』をきっかけにして起こった「新旧論争」の折には，ペローは「近代派」の先頭に立って積極的にこれに参加し，「古代派」のボワロー等と戦闘的に闘った。ペローの主張は『古代人・近代人比較論』 Parallèles des Anciens et des Modernes 全4巻（1688-97）としてまとめられ，出版された。

◉『コント』の作者としてのペロー　しかし今日ペローの名は，民衆的な伝承物語に取材した『コント』Contes の作者としてのみ知れ渡っているだろう。97年に『昔々の物語』Histoire ou Contes du temps passé（別名『がちょうおばさん（マザー・グース）の物語』Contes de ma mère l'Oye）と題されて出版された散文の物語集には，「眠れる森の美女」，「赤頭巾ちゃん」，「青ひげ」，「長靴をはいた猫」，「妖精」，「シンデレラ」，「巻き毛のリケ」，「親指小僧」の8編が収められ，これ以前に書かれた3編の韻文の物語，「グリゼリディス」，「滑稽な願いごと」，「ロバの皮」を加えて，いわゆるペロー童話集として一般に伝わっている。童話とはいえ，合理主義者でモラリストであるペローは，鋭い人間観察を随所に散りばめ，しかも簡潔な表現によりきわめて皮肉っぽい心理分析を展開している。

引用は「赤頭巾ちゃん」から，その結末部分。日本で流布している版との結末の違いに注目。こちらの方が原型である。ペローの『コント』には，結末にそのコントの「意味」を明らかにする教訓詩が添えられているが，それによれば，「赤頭巾ちゃん」の物語には，優しい猫なで声の甘言に釣られて，その正体もよく確かめずにベッドに潜り込んでしまう「若い娘」に対する警告の寓意が込められている。

"Le Petit Chaperon rouge"

Toc, toc. «Qui est là ?» Le petit chaperon rouge, qui entendit la grosse voix du Loup, eut peur d'abord, mais croyant que sa Mère-grand était enrhumée, répondit : «C'est votre fille le petit chaperon rouge, qui vous apporte une galette et un petit pot de beurre que ma Mère vous envoie.» Le Loup lui cria en adoucissant un peu
5　sa voix : «Tire la chevillette, la bobinette cherra.» Le petit chaperon rouge tira la chevillette, et la porte s'ouvrit. Le Loup, la voyant entrer, lui dit en se cachant dans le lit sous la couverture : «Mets la galette et le petit pot de beurre sur la huche, et viens te coucher avec moi.» Le petit chaperon rouge se déshabille, et va se mettre dans le lit, où elle fut bien étonnée de voir comment sa Mère-grand était
10　faite en son déshabillé. Elle lui dit : «Ma mère-grand, que vous avez de grands bras ! — C'est pour mieux t'embrasser, ma fille. — Ma mère-grand, que vous avez de grandes jambes ! — C'est pour mieux courir, mon enfant. — Ma mère-grand,

que vous avez de grandes oreilles ! — C'est pour mieux écouter, mon enfant. — Ma mère-grand, que vous avez de grands yeux ! — C'est pour mieux voir, mon enfant.
15 — Ma mère-grand, que vous avez de grandes dents ! — C'est pour te manger.» — Et en disant ces mots, ce méchant Loup se jeta sur le petit chaperon rouge, et la mangea.

◆ 注

1 Toc, toc　ドアをノックする音。　**2** Mère-grand＝grand-mère　**3** fille＝petite fille　**3** galette　丸く平たい焼き菓子。　**5** chevillette　木製ないし金属製の小さな釘。　**5** bobinette　小さな糸巻き。扉と柱の間に差し渡して，簡単な錠代わりに使われているのであろう。　**5** cherra＝tombera　cherra は古語の動詞 choir（＝tomber）の単純未来形。

「赤頭巾ちゃん」

　トン，トン。「誰だい？」赤頭巾ちゃんは，オオカミの野太い声を聞いて，始め恐くなりましたが，おばあさんが風邪をひいているのだと思って答えました。「孫の赤頭巾よ，お母さんが持って行きなさいと言ったケーキとバターの小さなつぼを持って来たの。」オオカミは，少し声をやわらげて大声で言いました。「釘を引っ張ってごらん。〔錠代わりの〕糸巻きが落ちるから。」赤頭巾ちゃんが釘を引っ張ると，ドアが開きました。オオカミは彼女が入ってくるのを見ると，毛布にくるまってベッドに身を隠して言いました。「ケーキとバターのつぼを木箱に入れて，私と一緒にお休み。」赤頭巾ちゃんは服を脱ぎ，ベッドにもぐりこみましたが，寝間着姿のおばあさんの姿を見て，ひどく驚きました。赤頭巾ちゃんは，おばあさんに言いました。「おばあさん，何て太い腕をしているの。—おまえをよく抱きしめられるようにさ。—おばあさん，何て長い脚をしているの。—よく走れるようにさ。—おばあさん，何て大きな耳をしているの。—よく聞こえるようにさ。—おばあさん，何て大きな目をしているの。—よく見えるようにさ。—おばあさん，何て大きな歯をしているの。—お前を食べるためさ。」そう言って，その意地悪なオオカミは赤頭巾ちゃんに飛びかかり，彼女を食べてしまいました。

第4章
[18世紀] 理性と感受性の賞揚

(増田　真)

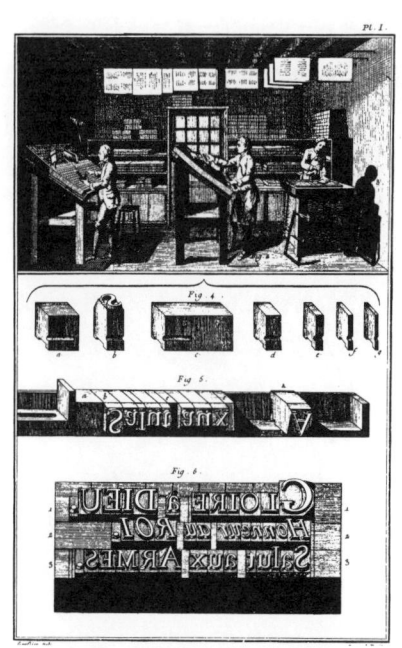

『百科全書』の図版から，「活字印刷」に関するもの。活字盤を前にした作業風景と活字の例。

時　代　思　潮

▶**18世紀の政治と社会**　フランスの政治史の上では18世紀はルイ14世の治世末期からフランス革命期までを含み，絶対王政が衰退から動揺へと向かい，ついにはその崩壊の中から新しい政治形態が誕生する時代である。

　社会的には，農業生産力の向上，商工業の発展などにより，前世紀に比べて国内の生活水準は向上し，人口も増加した。その一方で，商工業者などのブルジョワ階級がその経済力を背景に台頭し，文化や芸術にもその思想や主張が反映されるようになった。

　この時代には，科学技術の発展と普及もめざましかった。地動説や万有引力などのように世界像を一変させる発見はなかったものの，科学が生活のあらゆる分野に適用されて温度計や熱気球などの新しい道具となった。医学の領域でも種痘や白内障の外科手術など，新たな治療法が開拓された。

▶**活字文化の興隆**　また，一般民衆の間で識字率が向上し，それにともなって印刷物が点数，部数の両面で飛躍的に増加した。同時に出版物の内容にも変化が見られ，教理問答書などの宗教関係の書物が相対的に減少し，かわって科学技術関係の実用書などが増加した。

　さらにこの時代の重要な特徴として，作家の社会的地位の変化が挙げられる。当時はまだ著作権が確立されていなかったという事情も手伝って，出版物の増大にもかかわらず自分の創作だけで生活できる作家はまだまれであったが，ブルジョワ階級出身の作家が増え，王室や貴族などの庇護を受けない独立した作家も見られるようになった。また，この世紀の終わり頃になるとボーマルシェを中心として劇作家の著作権を確立するための運動が生じた。このように18世紀は職業的作家の登場と著作権の誕生の時代でもある。

第4章　[18世紀]　理性と感受性の賞揚

▶進歩史観の定着　　歴史の進歩という観念は17世紀末の新旧論争を通じて次第に形成されていくが，18世紀には特に科学技術の発展によって古代に対する近代の優位が広く認められるようになり，進歩史観が定着する。

▶人間性の復権と賞揚　　この時代の諸相を包括する特徴として挙げられるのは，人間性の復権と賞揚ということである。従来のキリスト教道徳では人間の本性は原罪によって汚されていて克服されるべきものとされていたが，18世紀にはそれをより肯定的に認めようとする傾向が強まる。そのような人間観の転換によって現世における幸福が重視されるようになった。キリスト教の伝統では生の目的は死後の救済であったのに対して，18世紀の作家や思想家の多くは幸福の追求を人生の第一の目的と見なし，多様な幸福論を展開した。

　当時の人々にとって，自由がこの時代を特徴づける精神とされたのも，そのような傾向の重要な例の一つといえよう。自由は政治や宗教などの領域で人間の基本的な権利と見なされるようになったほか，自由の希求は文学や芸術においてもロココ様式に代表されるように，人間の快楽を謳歌する作風となって表れた。

　また，「感受性」sensibilité が理性と並んで人間の基本的特性として重視されたのも，そのような肯定的な人間観の表れの一つである。この時代の人々にとって感受性は単なる繊細さではなく，感覚経験を知覚する能力をはじめ，感情や情念を感じ，感動する能力までを含み，幸福になるための不可欠な条件としても重視された。

　感受性の重視によって，芸術や文学における感情表現の解放が促され，さまざまな領域において感情の身体的表現（身ぶり，表情，涙など）が好んで描かれることになる。さらに，従来はジャンルごとの規則の尊重が重視されていたのに対して，個人の感情や個性の表出が重要なテーマとなり，それは独創性が文学や芸術において価値として認められるようになる過程でもある。

▶社会に貢献する文学者　人間性の復権は社会生活の重視という形でも表れ、「社交性」sociabilité が重要な価値とされた。社交性は、人間が社会を構成して生きる能力をもつという人間論的レベルから、人間関係を円滑に営む能力という実践的レベルまでをも含んでいた。それとともに、前世紀のオネットムに代わって、「フィロゾフ」philosophe がこの時代の理念を体現する人間像となった。この語は字義通りには「哲学者」を意味するが、この時代には理性を信奉し合理的に判断することができる人、しかも社会にとって有用であろうとし、偏見や迷妄を打破することで社会の改善につとめる姿勢をもった人を指した。また、この語は特定の作家・思想家の集団を指すこともあり、その場合は政治的・思想的自由を追求した進歩的知識人、主として**ヴォルテール**や百科全書派と彼らに好意的な人たちを意味していた。

　そのような姿勢によって、世論に対する作家の影響力が次第に強まり、作家は教会から独立した新たな精神的権威となった。その意味で18世紀は「知識人」が誕生した時代でもある。

▶古典主義からロマン主義へ　そのように、18世紀は人間観や歴史観の変化にともなって美意識が一変した時代である（この変化に寄与したほかの重要な要素としては、異文化への関心の高まりによる文化的相対主義の浸透が挙げられる）。この時代は啓蒙思想の合理主義一色であるかのように思われがちであるが、実際にはかなり多面的な時代であり、ロマン主義的傾向や近代的な作家像が登場する時代でもある。

●「カラス事件」（Affaire Calas）●

　カラス事件とは、1761年にトゥールーズで起こった冤罪事件である。発端は、プロテスタントの商人カラス家の長男マルク＝アントワーヌの変死である。家族は自殺説を主張したが、父ジャンが長男のカトリック改宗を妨げるために殺したものとトゥールーズ高等法院は断定し、ジャンは翌年3月死刑に処せられた。ヴォルテールはジャンの名誉回復運動の先頭に立ち、63年『寛容論』において、宗教的差別とそれによって歪曲された判決を糾弾した。その運動が実り、ジャン・カラスは65年に名誉を回復された。この事件は啓蒙の世紀において信仰の自由を求める思想闘争の代表例であるばかりでなく、知識人の政治参加の先駆的な例とされる。

第 4 章　[18世紀]　理性と感受性の賞揚

1　啓蒙思想の諸相

▶啓蒙思想とは何か　啓蒙思想（または啓蒙主義）は特定の個人や学派による体系的な思想ではなく，一つの思想的傾向の総称である。「啓蒙」は英語 Enlightenment, 独語 Aufklärung の訳語であるが，仏語では単に「光明」Lumières と表現され，18世紀は「光明の世紀」と呼ばれる。この光のイメージはもとはキリスト教において神やキリストの教えを指していたが，17世紀頃から単に知識を意味することが多くなり，18世紀になると社会の進歩をもたらす知識や，宗教的迷信や偏見などを打破する思想が光明と形容されるようになった。それゆえ，啓蒙思想は知識の普及や旧弊の打破を通じて社会の改良をめざす思想であり，理性によって既存の偏見や権威を自由に批判することがその中心的位置を占めた。その論点は17世紀までの自由思想を継承しているものが多いが，自らの主張を積極的に普及させようとしたことも啓蒙思想の特色の一つである。

▶自然観　18世紀の自然観の最も重要な要素はニュートン力学である。万有引力の法則は1687年に発表され，フランスでも1730年代から**デカルト**的宇宙論に代わって優勢となった。ニュートン力学の勝利によって，抽象的推論に対する実験精神の優越が印象づけられ，さらに，引力によって物質の運動が説明されることは，神という超自然的な存在なしでも宇宙の秩序が維持されることを意味し，理神論や無神論の論拠となった。

▶人間論　人間論の面でも17世紀の**デカルト**主義に代わって，イギリスのジョン・ロックの『人間知性論』（1690）を起源とする感覚論が支配的になっていった。ロック哲学の根幹は観念の形成に関する学説である。彼は，すべての観念は感覚器官を通して経験的に得られると主張し，生得観念の存在を認めた**デカルト**哲学を論駁した。感覚論は旧来の道徳的・宗教的観念に対する論拠を提供したばかりでなく，霊魂という非物質的原理によらずに人間の精神活動を説明する可能性を示した点で，唯物論

的人間論の土台ともなった。

▶宗教　宗教も啓蒙思想の重要な関心事の一つであり，絶対王政と一体となっていたカトリック教会の制度ばかりか，キリスト教の教義自体も検討の対象とされ，キリストの奇跡や復活，三位一体，啓示といった根本的な事柄まで疑問に付された。そのような主張は当然，信仰の自由への要求と不可分であり，反教権主義として次第に顕在化した。

それと並行して新たな信仰の形が探求され，多くの人は理神論を採用した。これは宗教から非合理的な要素を取り除き，信仰と理性の一致をめざした立場だった。理神論は神の存在や霊魂の不滅を認めるが，奇跡などは認めず，すべての人に受け入れられる普遍宗教（「自然宗教」religion naturelle）であると主張した。

より急進的な思想家たちは無神論の立場を取った。これは神の存在も霊魂の不滅も認めない思想であり，人間論のレベルでは唯物論（精神活動を含めて人間のすべてを肉体的レベルに還元しようとする立場）として表れることが多かった。

▶政治思想　政治も啓蒙思想の重要な領域であり，さまざまな主張が展開されたが，その中心的な共通項は絶対王政への批判であった。

中でも自然法学は重要な影響を及ぼした。これは絶対王政を支える神権思想（王権神授説）に対する立場で，人間は強制によってではなく契約によって社会を構成したと想定し，人間には本来「自然の権利」があり，それに基づく普遍的な法があると主張した。

より実践的な試みとしては，「啓蒙専制君主」despote éclairé の構想があり，それは知識人が顧問として君主を補佐することにより改革を進めようとする思想であった。ヴォルテールがプロシアのフリードリヒ2世の宮廷に滞在したことなどが有名な例であるが，いずれも実を結ばずに終わった。

総じて，民衆の国政への参加を認める主張は少なかったが，この時代の政治思想は自由や基本的人権の実現には多大な貢献をもたらした。

第 4 章 [18世紀] 理性と感受性の賞揚

(代表的作家と作品)

シャルル＝ルイ・ド・モンテスキュー
Charles-Louis de Montesquieu, 1689—1755

●**法の原理を求めて**　モンテスキューはボルドー近くに生まれた。家族はその地方の法服貴族で，農地経営のかたわらボルドー高等法院で裁判官の職を占めてきた。モンテスキューも1714年にボルドー高等法院の判事となり，16年には法院長に就任した。21年に小説『ペルシャ人の手紙』Lettres persanes の成功により一躍有名になり，パリのいくつかのサロンに出入りするようになった。26年に法院長の職を売り渡し，28年には大旅行に出発し，オーストリア，イタリア，ドイツなどを巡ったのち，29年にイギリスに渡り1年余り滞在した。もちろんこの旅行の目的は，周辺諸国の社会についての見聞を広めることであった。31年に帰国し，34年『ローマ人盛衰原因論』Considérations sur les causes de la grandeur et de la décadence des Romains を出版した。これはローマの歴史を概観した小著であるが，眼目は歴史の推移の原因を考察することであった。モンテスキューによれば，ローマの衰退と滅亡の原因はその繁栄の原因の中に，すなわちローマの社会制度それ自体の中にある。そのように，歴史的変動の原因を社会の中に求めることにより，著者は歴史が社会科学に発展するきっかけを作った。

　膨大な資料収集の末に，モンテスキューは48年に主著『法の精神』De l'Esprit des lois を出版したのち，55年パリで死去した。

●**『法の精神』**　この大著の第1巻ではまず法の定義が示される。自然法則を含めた広義の法は「事物の本性に由来する必然的な関係」であり，法制度も気候，風土，国民の性質，習慣，宗教，産業などの諸要素によって規定され，それらが立法者の意図とあいまって作り出す関係が「法の精神」であるとされる。

　モンテスキューはさらに，あらゆる政体を共和制，王制，専制の三つの基本形態に大別し，それらがそれぞれ異なる情念（順に徳，名誉，恐怖）によって支えられていると説く。また彼によれば，人の情念は気候風土によって左右され，北方の人は質実剛健であるため征服されにくいが，南方人は柔弱で享楽的であり圧政を受けやすい。しかも，広大な国土は専制に有利で，狭い国土は共和制に適しているため，ヨーロッパでは自由の精神が受け継がれたのに対して，アジアでは専制的な大帝国がしばしば見られる。このようにモンテスキューは風土などの物理的要因を重視し

たが，その思想は決定論ではなく，多様な法制度を生む諸条件を究明しようという意志の現れである。また，自由はモンテスキューにとって最も重要な理念であるとともに，政治の目的でもあった。自由を保証する手段として彼が提唱したのが有名な三権分立の原則，すなわち立法・司法・行政の三つの権能は別々の機関に属し，相互に規制しあうべきであるという考えである。

全体として，『法の精神』には二つの方向性が見られる。一つは多様な法の中から一定の法則性を引き出そうといういわば社会学的な関心であり，もう一つはフランスの絶対王政の改革への期待である。モンテスキューは共和主義者ではなく，穏健な王制を理想としていた。彼は，王権は法服貴族のような中間階級によって制限されるべきであると考え，その意味ではモンテスキューの政治思想は法服貴族の立場からの改革思想という面がある。

以下に紹介するのは第11巻第6章「イギリスの政体について」«De la constitution d'Angleterre» と題された部分の一節である。この章は三権分立の原則を示したものとして有名であり，自由が保証されるための諸条件が羅列されている。

De l'Esprit des lois

Lorsque dans la même personne ou dans le même corps de magistrature, la puissance législative est réunie à la puissance exécutrice, il n'y a point de liberté ; parce qu'on peut craindre que le même monarque ou le même sénat ne fasse des lois tyranniques pour les exécuter tyranniquement.

5　Il n'y a point encore de liberté si la puissance de juger n'est pas séparée de la puissance législative et de l'exécutive. Si elle était jointe à la puissance législative, le pouvoir sur la vie et la liberté des citoyens serait arbitraire : car le juge serait législateur. Si elle était jointe à la puissance exécutrice, le juge pourrait avoir la force d'un oppresseur.

10　Tout serait perdu si le même homme, ou le même corps des principaux, ou des nobles, ou du peuple, exerçaient ces trois pouvoirs [...].

『法の精神』

同一人物か行政官の同一の集団が立法権と行政権を合わせ持つとき，自由は存在しない。というのは，同一の君主または同一の元老院が抑圧的な法を制定し，それを専横的に執行する恐れがあるからである。

裁判権が立法権や行政権と分離されていないときも，自由は存在しない。裁判権

が立法権と一体となっていれば，市民の生命と自由に対する権限は恣意的になってしまうだろう。というのは裁判官が立法者となってしまうからである。裁判権が行政権と一体になっていれば，裁判官は抑圧者の力を持ってしまうだろう。

　同一の人物あるいは有力者や貴族や民衆の同一の集団がこの三つの権力を執行するなら，万事休すである[…]。

ヴォルテール
Voltaire, 1694—1778

●**フィロゾフの旗頭**　ヴォルテールの本名はフランソワ=マリー・アルエ（François-Marie Arouet）といい，裕福な公証人の息子としてパリに生まれた。早くから文学創作を始め，1718年頃からヴォルテールという筆名を採用した。26年に貴族とのけんかが原因でイギリスに亡命を余儀なくされたが，2年半に及ぶイギリス滞在は彼の思想形成にとって非常に有益であった。28年に帰国し，32年には宗教的不寛容を批判する悲劇『ザイール』*Zaïre* の上演を成功させ，34年に『哲学書簡』*Lettres philosophiques* を発表した。しかしこの作品は反宗教的・反政府的なものとして焚書処分にされた。49年，プロシア国王フリードリヒ2世の招待に応じてその宮廷に滞在したが，すぐに二人の思惑の違いが判明し，53年に幻滅のうちにプロシアを去った。55年以降，ヴォルテールはフランスとスイスの国境付近に居住しそこを活動拠点とした。その間，『ルイ14世の世紀』*Le Siècle de Louis XIV*（52），『風俗試論』*Essai sur les mœurs*（56），『カンディード』*Candide*（59）などヴォルテールの代表作が次々と書かれた。62年にカラス事件が発生するとこの冤罪事件に対する糾弾運動の先頭に立ち，翌63年に『寛容論』*Traité sur la tolérance* を著して信仰の自由を擁護した。その頃から「卑劣漢をつぶせ」Écrasez l'infâme！をスローガンに反教権闘争を強化し，死の直前までフィロゾフの旗頭として影響力をふるった。他方でヴォルテールは理神論者であり続け，無神論の論駁にも力を注いだ。78年5月パリで没した。

●**「ヴォルテールの世紀」**　当時の人々にとって，ヴォルテールはその時代随一の詩人かつ悲劇作家であったが，現代ではむしろ啓蒙思想の代表者の一人とされている。彼の重要性は思想の独自性よりも，啓蒙思想のさまざまなテーマを広めた功績にある。特にカラス事件などに際して，世論へのアピールによって現実の改良をめざし

たことは，文学者の政治参加(アンガジュマン)の先駆的な例とされている。そのような多方面にわたる創作活動は文筆家としての彼のたぐいまれな力量に支えられていた。知識の普及に適した平明で簡潔な文章だけでなく，軽妙な皮肉，辛辣な風刺，激越な弾劾文など多彩な文体と形式を駆使した。こうして彼はこの時代を代表する作家と見なされるようになり，18世紀はときに「ヴォルテールの世紀」とも呼ばれるのである。

●『**哲学書簡**』　ヴォルテールの思想家としてのデビュー作である。書名には「哲学的」という語があるが，本書は伝統的な意味での哲学的な論述を展開しているわけではなく，むしろ当時のフランスにとって新しい思想を紹介しているという意味と解釈される。内容はイギリスの社会，風俗，文化の紹介が大部分を占め，そのため本書は『イギリス書簡』*Lettres anglaises* とも言われる。全体で25の書簡からなり，宗教や政治制度に始まり，イギリスの思想や文学なども論じられており，特にニュートン力学やロックの感覚論をフランスに紹介する上で重要な役割を果たした。

　最初の7つの書簡が宗教の問題に当てられ，著者がイギリスにおける信仰の自由と諸宗派の共存をいかに重視していたかがうかがわれる。以下に紹介するくだりは第6の書簡(「長老派教会について」)の末尾であり，軽妙な調子をまじえながら信仰の自由や商業活動の礼讃といった啓蒙思想の中心的なテーマを展開している。

Lettres philosophiques

　Quoique la Secte Épiscopale et la Presbytérienne soient les deux dominantes dans la Grande-Bretagne, toutes les autres y sont bien venues et vivent assez bien ensemble, pendant que la plupart de leurs prédicants se détestent réciproquement avec presque autant de cordialité qu'un Janséniste damne un Jésuite.

5　Entrez dans la Bourse de Londres, cette Place plus respectable que bien des Cours ; vous y voyez rassemblés les députés de toutes les Nations pour l'utilité des hommes. Là, le Juif, le Mahométan et le Chrétien traitent l'un avec l'autre comme s'ils étaient de la même Religion, et ne donnent le nom d'infidèles qu'à ceux qui font banqueroute. [...]

10　S'il n'y avait en Angleterre qu'une Religion, le despotisme serait à craindre ; s'il y en avait deux, elles se couperaient la gorge ; mais il y en a trente, et elles vivent en paix et heureuses.

◆　注

1 la Secte Épiscopale et la Presbytérienne　前者はイギリスの公式の宗派である国教会で，教義面ではカトリックに近い。後者はスコットランドで支配的な長

第4章 [18世紀] 理性と感受性の賞揚

老派教会で，カルヴァン派に近い。

『哲学書簡』

　国教会と長老派教会はイギリスにおける二つの主要な宗派ですが，ほかのすべての宗派も歓迎されており，比較的うまく折り合っています。もっともそれぞれの説教師たちは，ジャンセニストがイエズス会士を呪うのとほとんど同じくらい真心を込めて嫌い合っているのですが。

　多くの宮廷よりも尊敬すべき場所であるロンドン証券取引所に入ってごらんなさい。そこではあらゆる国民の代表たちが人々の利益のために集まっています。そこでは，ユダヤ人とイスラム教徒とキリスト教徒があたかも同じ宗教に属しているかのように互いに取り引きを行い，破産する人だけが異教徒と呼ばれます。[…]

　イギリスに一つの宗教しかなかったら，専制政治を恐れなければならないでしょう。二つの宗教があったら，互いに殺し合うでしょう。しかし30もの宗教があり，それらは平和のうちに，そして幸福に暮らしています。

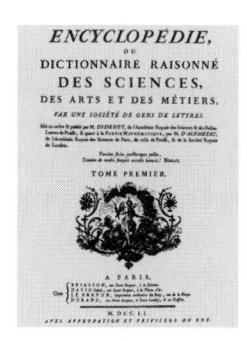

『百科全書』
（ドニ・ディドロ，ジャン・ダランベール編）

●**啓蒙思想の記念碑**　ディドロ（詳しくは131頁を参照）とダランベール Jean Le Rond d'Alembert (1717-83) の共同編集による『百科全書』*Encyclopédie ou Dictionnaire raisonné des sciences, des arts et des métiers* は，近代的な百科事典の原型であるだけでなく，この時代を代表する出版物でもある。この時代の知識の集大成にとどまらず，伝統的な権威に対する批判が随所に盛り込まれ，技術や工芸にも関心が払われている。そのように『百科全書』は啓蒙思想の諸側面を体現する事業であり，啓蒙思想が公然と姿を現すようになった世紀後半の傾向を象徴している。

●**弾圧に抗して**　1745年，パリの出版業者ル・ブルトンはイギリスのチェンバースによる百科事典『サイクロピーディア』の翻訳出版を企画し，ディドロとダランベールにその仕事を依頼した。何度かの変更ののち，この事典は新たな書物として出版されることになり，ディドロとダランベールがその編集者となった。この時点での計画は図版2巻を含む10巻であった。

125

51年に第1巻が刊行されたが，政府や教会などによるたび重なる弾圧によって刊行が中断したりした。百科全書派に近かった出版監督局長官マルゼルブの助力もあって危機を乗り切り，66年には本文の最後の10巻と，72年に図版2巻が刊行され，最初の企画から20年以上かかってようやく全体が完成した。この事業には160人余りの執筆者が参加し，本文17巻，図版11巻，項目数6万あまり，2万5000ページ，図版2900枚という膨大な書物になった。

　◉**知識の普及と権威の批判**　執筆者たちは多彩であり，ヴォルテールやルソーなどの思想家のほかに，多数の科学者，聖職者や，さまざまな職業にたずさわる専門職人や製造業者，技師も含まれていた。というのは『百科全書』は，学問や技術工芸に関して理論的な説明をするだけではなく，その技術的側面をも紹介することも目的としていた。技術工芸の重視は『百科全書』の重要な特徴であり，ディドロは項目「技芸」において，工芸に対する軽蔑を不当なものとして批判し，工芸が国家経済に貢献すること，職人と科学者は互いに交流を深めるべきであることなどを説いた。

　諸項目はアルファベット順に配列されており，宗教や思想に関する記述には著者たちの批判精神が表れている。「エピクロス主義」は現世における幸福や快楽を擁護することによって暗にキリスト教道徳を批判し，「アグヌス・スキティクス（スキタイの子羊）」はある植物についての伝承を例に，信用に値する証言や権威の条件を検討し，奇跡に対する攻撃となっている。その他の多くの項目（「事実」「確実性」「語源学」「明証性」など）の中に教会とその権威に対する攻撃が込められている。それは明確な批判として表現されることもあったが，皮肉などの間接的な形を取ることも多かった。よく利用された方法として有名なのは参照記号による関連づけであり，それによってある記述が対立する別の記述によって打ち消されていることがめずらしくない。

　◉**影響**　項目間で見解の不一致が見られることもあり，たとえば項目「魂」では無難な記述の後にディドロの唯物論的な補遺が付されている。しかし異なる見解の共存は理論的不統一の表れというより，『百科全書』の編集事業が啓蒙の諸理念に好意的な人々の結集する場であったことを示している。『百科全書』は発刊当初から多くの論争を巻き起こし，思想的触媒の役割を果たした。

　『百科全書』の成功と普及には読者の支持も大きく貢献した。『百科全書』の初版は4千数百部発売され，それは当時の辞典の平均的な部数の2倍以上であった。しかも革命までにいくつもの版が発売され，この流布はフランス国内だけでなく，ヨーロッパ各地やアメリカにも及んだ。

第 4 章　[18世紀]　理性と感受性の賞揚

●**知識の系譜と連鎖**　以下に紹介するのは第 1 巻冒頭に付された長い「序論」"Discours préliminaire" の初めの方の一部である。この「序論」はダランベールの筆によるもので，事典の趣旨や概要が説明されているほか，編者たちの思想も展開されている。諸学問の系統的分類の論述の名のもとに，感覚論的人間論や進歩史観などフィロゾフたちの思想の核心が集約されており，この「序論」はまさに一つの思想的宣言書といえる。

Encyclopédie

　L'ouvrage que nous commençons […] a deux objets : comme *Encyclopédie*, il doit exposer autant qu'il est possible, l'ordre et l'enchaînement des connaissances humaines ; comme *Dictionnaire raisonné des sciences, des arts et des métiers*, il doit contenir sur chaque science et sur chaque art […] des principes généraux qui
5　en sont la base, et les détails les plus essentiels qui en font le corps et la substance. […]

　Le premier pas que nous ayons à faire dans cette recherche, est d'examiner […] la généalogie et la filiation de nos connaissances […] : en un mot, de remonter jusqu'à l'origine et à la génération de nos idées. […]

10　On peut diviser toutes nos connaissances en directes et en réfléchies. Les directes sont celles que nous recevons immédiatement sans aucune opération de notre volonté […]. Les connaissances réfléchies sont celles que l'esprit acquiert en opérant sur les directes, en les unissant et en les combinant.

　Toutes nos connaissances directes se réduisent à celles que nous recevons par
15　les sens ; d'où il s'ensuit que c'est à nos sensations que nous devons toutes nos idées. […]

『百科全書』

　われわれがこれから始める書物［…］には二つの目的がある。それは「百科全書」として，人間の知識の秩序と連鎖をできる限り説明しなければならない。「学問，技芸，職能の理論的辞典」として，個々の学問と技芸について，その基盤となる全般的な諸原理や，その本体と内容となる最も重要な細部を含んでいなければならない。［…］

　この探究においてわれわれのすべき第一歩は，［…］われわれの知識の系譜とつながり［…］を検討することである。それはすなわちわれわれの観念の起源と発生

にさかのぼることである。［…］

　われわれのすべての知識は直接的なものと反省的なものとに分けることができる。直接的な知識はわれわれが意志の作用を一切介さずに受け取るものである。［…］反省的な知識は，精神が直接的な知識に作用を及ぼすことによって，つまりそれらを結合したり組み合わせたりすることによって得るものである。

　すべての直接的知識は，われわれが感覚を通して受け取る知識に還元される。それ故すべての観念はまさにわれわれの知覚に由来するのである。

ジャン＝ジャック・ルソー
Jean-Jacques Rousseau, 1712—78

●独学の思想家　ジャン＝ジャック・ルソーは時計職人の次男としてスイスのジュネーヴに生まれ，生後まもなく母を亡くし，父や親戚に育てられた。1728年にはジュネーヴから逃亡してイタリアやフランスを転々とし，42年パリに上り，ディドロと知り合い親交を深めたほか，大使の秘書などの職を経験した。50年，ディジョンのアカデミーの懸賞論文に応募して受賞した作品が『学問芸術論』*Discours sur les sciences et les arts* として出版され，ルソーは思想家としてデビューした。論題は「学問と芸術の復興は風俗の純化に貢献したか否か」というものであったが，ルソーは学問と芸術の進歩は社会の道徳的頽廃と不可分であるという主張を展開した。55年，『人間不平等起源論』*Discours sur l'origine et les fondements de l'inégalité parmi les hommes* を出版し，ルソーは社会の弊害の根源は不平等にあると主張した。彼によれば，社会が成立する以前の自然状態において人間は自由で平等であったが，社会が誤った仕方で確立されたため，人間は抑圧と不平等に苦しめられるようになり，道徳的にも堕落してしまった。

　56年，ルソーはパリ北方のモンモランシーに移り，そこで『新エロイーズ』*Julie ou la Nouvelle Héloïse*（61），『社会契約論』*Du Contrat social ou Principes du droit politique*，『エミール』*Émile ou de l'Éducation*（ともに62）などの主要著作を完成した。しかし『エミール』と『社会契約論』が発表直後にパリとジュネーヴで断罪され，ルソーは逃亡せざるをえなくなった。70年までスイス，フランス，イギリスなどを転々としながら論駁書を著したほか，自伝『告白』*Les Confessions* を書き続けた。70年にパリに戻り，自伝の続編『ルソー，ジャン＝ジャックを裁く

―対話』 *Rousseau juge de Jean-Jacques. Dialogues*（72-76執筆，80刊）と『孤独な散歩者の夢想』を残した。78年，パリ北方のエルムノンヴィルで没した。

●**人間の道徳性への信頼**　思想家としてのルソーは『学問芸術論』と『人間不平等起源論』において文明と進歩を疑問に付すことから出発したが，それは社会それ自体の否定を意味するものではない。ルソーにとって既存の人類史は失敗した文明化であり，彼の思想はより公正な原理に基づく別の人類史の可能性の探究でもある。そして不平等の糾弾は，ルソーの政治思想の核心をなしているが，それは不平等がすべての罪悪の根源とされているからである。ルソーにとっての社会の役割は有徳な市民を作ることであり，また自由なしに徳はありえないので，社会は構成員の自由で自主的な結合（「社会契約」）に基づいていなければならず，法も共同体全体の「一般意志」の表現でなければならない。さらに，ルソーは政府と主権者を明確に区別することによって主権在民の原理を確立した（『社会契約論』）。

そのような道徳優先の姿勢はルソーの人間論をも支えている。彼は同時代の唯物論者に対抗して，人間には欲求や感覚などの肉体的能力だけでなく道徳的判断を可能にする精神的能力――良心や道徳的感受性――があると主張し，理性と良心によって人間は神の存在を感知することができるとして，無神論を反駁した。また彼は進歩史観や経済的自由主義といった啓蒙思想の楽観的側面に異議を唱えた。このように，ルソーは啓蒙思想の中で独特の位置を占めている。

●**『エミール』**　「教育について」という副題がついており，一人の少年の成長を例にとっているが，内容はむしろルソーの人間論と道徳論の展開である。教育論の形を取っているのは，人間が本来なるはずの姿を示すこと，つまり人間において本性（＝自然）による部分と後天的な部分の違いを示すためである。全体は5巻に分けられ，第3巻（少年期）までは肉体，感覚器官，知力の教育に重点が置かれるのに対して，第4巻（思春期）では道徳と宗教，第5巻では結婚と政治などが主なテーマとなっている。

以下に紹介するのは第4巻の一節であるが，中でも「サヴォワ人助任司祭の信仰告白」*Profession de foi du vicaire savoyard* の中核をなす部分である。この「信仰告白」は第4巻の中央を占め，架空の登場人物が一人の少年に自分の信仰を語るという形を借りてルソーの宗教思想が体系的に論じられている。

Émile ou de l'Éducation

Il est donc au fond des âmes un principe inné de justice et de vertu, sur lequel [...] nous jugeons nos actions et celles d'autrui comme bonnes ou mauvaises, et c'est à ce principe que je donne le nom de conscience.

Mais à ce mot j'entends s'élever de toutes parts la clameur des prétendus sages :
5 erreurs de l'enfance, préjugés de l'éducation, s'écrient-ils tous de concert. Il n'y a rien dans l'esprit humain que ce qui s'y introduit par l'expérience, et nous ne jugeons d'aucune chose que sur des idées acquises. […]

　Il ne faut […] que vous faire distinguer nos idées acquises de nos sentiments naturels ; car nous sentons avant de connaître, et comme nous n'apprenons point à
10 vouloir notre bien et à fuir notre mal, mais que nous tenons cette volonté de la nature, de même l'amour du bon et la haine du mauvais nous sont aussi naturels que l'amour de nous-mêmes. Les actes de la conscience ne sont pas des jugements, mais des sentiments ; quoique toutes nos idées nous viennent du dehors, les sentiments qui les apprécient sont au-dedans de nous […]
15 　Je ne crois donc pas, mon ami, qu'il soit impossible d'expliquer par des conséquences de notre nature le principe immédiat de la conscience indépendamment de la raison même […].

◆ 注

5-7 erreurs 以下の3行はルソーの仮想論敵たちのことばで，感覚論を武器に宗教的道徳的観念を批判する思想家たちの主張をまとめたもの。**8** sentiments は感情という意味も含めて，感受性の働き全般を指す。ルソーは，肉体的な感受性とは別に，身体器官にはよらない精神的＝道徳的感受性が人間特有の能力として存在すると想定し，道徳的感情はその感受性に由来すると主張した。他方，sentiments は観念 idée や判断 jugement と対立する概念としても使われている。観念が感覚を通して後天的に獲得されるという点ではルソーは同時代の多くの思想家たちと同意見であるが，ほかの思想家たちが道徳上の意見を観念や判断，つまり理性の領域に属するものとしたのに対して，ルソーは道徳的感受性を人間にとって本質的なものとすることによって，良心や道徳的感情を普遍的なもの，つまり経験や文化的環境などに左右されないものとした。**9** naturels ここでは「人間に本来備わっていて，人間の本性に由来する」という意味で，acquis「後天的に得た」と対立する。**12** l'amour de nous-mêmes ルソーの作品では l'amour de soi の形で使われることが多く，人間の生存本能とほぼ同義で，道徳的には中立的なものとされる。

第4章　[18世紀]　理性と感受性の賞揚

『エミール』

　それ故人々の魂の奥底には正義と美徳の生得的な原理があり、われわれは［…］それに基づいてわれわれや他人の行動を善いとか悪いとか判断します。そしてまさにその原理を私は良心と呼ぶのです。
　しかしその語を口にするとたちまち、賢者と自称する人たちの叫び声がいたる所から聞こえてきます。「そんなものは子ども時代の誤った考えや教育による偏見だ」と彼らは皆声をそろえて叫ぶのです。「人間の精神には経験によって入るもの以外何もなく、われわれは何事も後天的に得た観念に基づいてのみ判断しているのだ。」［…］
　後天的に得た観念と自然な感情を区別しさえすればいいのです。というのは、われわれは知識を得るよりも先に感じるのであり、われわれにとってよいことを求め悪いことを避けることを習うのではなくその意志を自然から得ているので、同様に善への愛と悪に対する嫌悪はわれわれの自己愛と同じくらい自然なものなのです。良心の行為は判断ではなく、感情です。われわれはすべての観念を外から得ますが、その観念を評価する感情はわれわれの内にあるのです。［…］
　ですから、良心という直接的な原理を、理性そのものとは無関係に、われわれの本性の結果によって説明することが不可能だとは思いません。［…］

ドニ・ディドロ
Denis Diderot, 1713—84

●**優等生から先鋭な思想家へ**　ディドロはフランス東部の都市ラングルで刃物職人の長男として生まれ、少年期から古典語・古典文学や数学において非凡な才能を発揮した。1729年、学業を終えるためにパリに上り、40年代半ばから思想家、文筆家としての活動を始め、46年『百科全書』編集の仕事に参加した。49年の『盲人書簡』 Lettre sur les aveugles はすべての観念は感覚経験に由来するという感覚論を展開し、唯物論と無神論を示唆したため、ディドロは投獄された。51年、『百科全書』の第1巻を発表し、65年にその本文の刊行を終えたのち、ディドロは『ダランベールの夢』 Le Rêve de d'Alembert（69執筆、1831刊）で唯物論的自然観を徹底し、『ブーガンヴィル航海記補遺』Supplément au Voyage de Bougainville（73）にお

131

いて植民地主義とキリスト教道徳を批判した。

晩年はレナルの『両インド史』*Histoire des deux Indes*（81）の執筆協力と『エルヴェシウスの「人間論」に対する反論』*Réfutation suivie de l'ouvrage d'Helvétius intitulé L'Homme*（73-74執筆，83-86刊行）などの執筆に費やされ，84年パリで没した。

●唯物論と生命力　ディドロの思想の中心は唯物論的自然観である。彼によれば，運動と感受性は物質の内在的性質であり，物質だけで生命体が構成されうる。さらに，自然界はたえず生成流転するものであり，種の区別や動物界，植物界，鉱物界の境界さえも絶対的なものではないことが『ダランベールの夢』などで述べられている。この自然観は無神論と不可分であり，『盲人書簡』においては，道徳的観念をも含めた精神活動も人間の物質的・生理的側面の延長であり，自然の秩序は神の存在を証明するものではないことなどが主張されている。このような自然観は決定論的な側面をもっているが，ディドロは個人差や個性を全面的に否定したわけではなく，むしろ『エルヴェシウスの「人間論」に対する反論』に見られるように，個人差をすべて教育などの後天的要因に帰してしまう立場をも批判している。個人差の原因，特に天才の天才たるゆえんは，ディドロにとって人間論と美学に共通する重要な問題であった。ディドロは，激しい情念と鋭敏な感受性を天才の条件としており，彼の思想を人間論と自然観の両方において生命力賛美の哲学と見なすことができる（ただ，彼は晩年には感受性を統御する冷静さの重要性を強調するようになる）。

●多彩な活動　ディドロは独創的で多彩な作品を残し，その活動範囲は小説，演劇作品と演劇論にも及び，音楽や美術に関する著書（『絵画論』*Essai sur la peinture* 66執筆，95刊など）もあり，『サロン』*Salons*（59-81）によって美術批評の創始者ともなった。そして特徴的なのは，思想と芸術論との相互浸透である。それは主張のレベルにとどまらず，大胆なイメージの多用などに見られる。また，彼は対話の名手であり，小説にも思想作品にも演劇的な対話が多用され，それが思想の躍動を体現している。

●後世による評価への信頼　ディドロは生前は特に『百科全書』の編集者として知られていたが，生前の名声よりも後世に認められることを重視したこともあって，代表作は死後に出版されたものが多い。しかし，多様な分野で独創的な思想を展開しただけでなく，小説や演劇においても斬新な表現方法を創出した点は見逃せない。

●『ダランベールの夢』　この作品は「ダランベールとディドロの対話」，「ダランベールの夢」，「対話の続き」の三つの対話からなり，特にダランベールとその恋人の

第4章　[18世紀]　理性と感受性の賞揚

レスピナス嬢と当時の有名な医師ボルドゥーが登場する二つ目の対話が有名である。そこでは睡眠中のダランベールのうわごとの形でディドロの自然観が述べられ，それをめぐってほかの二人が議論するという，特異な対話が展開されている。以下に紹介するくだりはそのダランベールのうわごとの一部で，物質からさまざまな生物の種が自然に発生し，変遷していくという考えが示されている。

Le Rêve de d'Alembert

Qui sait si la fermentation et ses produits sont épuisés ? [...] Qui sait si tout ne tend pas à se réduire à un grand sédiment inerte et immobile ? Qui sait quelle sera la durée de cette inertie ? Qui sait quelle race nouvelle peut résulter derechef d'un amas aussi grand de points sensibles et vivants ? Pourquoi pas un seul animal ?
5　Qu'était l'éléphant dans son origine ? Peut-être l'animal énorme tel qu'il nous paraît, peut-être un atome, car tous les deux sont également possibles ; ils ne supposent que le mouvement et les propriétés diverses de la matière. [...] Le prodige, c'est la vie, c'est la sensibilité, et ce prodige n'en est plus un ... Lorsque j'ai vu la matière inerte passer à l'état sensible, rien ne doit plus m'étonner ... [...] Cepen-
10　dant, puisque les mêmes causes subsistent, pourquoi les effets ont-ils cessé ? [...] Laissez passer la race présente des animaux subsistants ; laissez agir le grand sédiment inerte quelques millions de siècles. Peut-être faut-il, pour renouveler les espèces, dix fois plus de temps qu'il n'est accordé à leur durée.

◆　注

1　fermentation　発酵のことであるが，ここでは無機的な物質から感受性を備えた生命体が自然に発生すること。

『ダランベールの夢』

発酵とその生成物は枯渇してしまったのだろうか。[…] すべてが不活性で不動の大いなる沈殿物に還元されようとしているのではないだろうか。その不活性の期間はどれほどだろうか。感受性を備え生きている点のかくも大きな集積から再びどのような新たな種が生まれうるだろうか。たった一種類の動物も生まれないだろうか。ゾウは初めは何だったのだろうか。もしかしたらわれわれが見ているとおりの巨大な動物かも知れないし，もしかしたら微粒子だったかも知れない。どちらも可能なのだから。どちらも運動と物質のさまざまな性質しか必要としないのだから。

133

[…] 驚異は生命であり，感受性なのだ，そしてそれはもはや驚異ではない。不活性な物質が感受性を備えた状態へと移るのを見たのだから，もう驚くべきことは何もない。[…] けれども，同じ原因が存続しているのだから，どうして結果はやんでしまったのだろうか。[…] 現存する動物の種が消え去るにまかせよう。大いなる沈殿物を何億年か不活性のままにしておこう。種が一新されるには，それらの存続期間の十倍もの時間が必要かも知れない。

――――●「サロン」（salons）●――――

> サロンは17世紀から存在していたが，18世紀においても盛んに活動した。世紀の前半では，モンテスキューやマリヴォーが出入りしたタンサン夫人（Mme de Tencin）のサロンやデュ・デファン夫人（Mme du Deffand, 1697-1780）のサロンが有名であり，半ばから後半にかけては百科全書派を支援したジョフラン夫人（Mme Geoffrin, 1699-1777），デピネ夫人（Mme d'Épinay, 1726-83）やジュリー・ド・レスピナス（Julie de Lespinasse, 1732-76）らのものが重要な役割を果たした。この時代のサロンには，貴族的なものからよりブルジョワ的なものへと変化していき，社交の場から議論による思想形成の場へと移っていくという傾向が見られる。特に世紀の後半では，ドルバックやエルヴェシウスといった唯物論的思想家がサロンを開き，そこにディドロらの文人が集った。

2　新しい演劇への模索

▷劇場と観衆　　前世紀に設立されたコメディー・フランセーズはいぜんとして演劇の殿堂としての地位を保っていたが，ほかの劇場も活発に活動した。17世紀にパリで活躍したイタリア座は1697年にルイ14世の命令で追放されたが，1716年に呼び戻され，コメディー・フランセーズと観客の人気を二分した。またパリの郊外で開かれていた定期市での大衆劇（縁日芝居 théâtre de la foire）も規則にとらわれない滑稽な作品が多かったため，人気を博した。縁日芝居はいくつかの劇団によって行なわれ，そのうちの1つはオペラ＝コミック劇団 L'Opéra-Comique と名乗り，62年にイタリア座と合体して現代のオペラ＝コミック座の起源となった。革命期に劇場の設立が自由化されたことも手伝い，世紀末になると民間の劇場が増加し，19世紀のブールヴァール劇の起源となった。

第4章 ［18世紀］ 理性と感受性の賞揚

▶古典主義演劇の衰退　前世紀に引き続いて、18世紀においても演劇は人々にとっての主要な娯楽として人気を保ち、おびただしい数の作品が創作された。しかし17世紀のラシーヌやモリエールの作品が古典としてなおも上演されているのに対して、18世紀の演劇のうちで今日上演されているのはマリヴォーとボーマルシェのいくつかの作品だけである。このように後世に残った作品が少ないのは、第一に趣味の変化にもよるが、作品数の多さにもかかわらず、質の面では演劇の停滞と模索の時代であったことにもよる。

▶悲劇作家ヴォルテール　そのような状況の中で古典悲劇の最後の大作家となったのがヴォルテールである。彼は古典主義の美学を受けついだが、彼の悲劇は思想的な宣伝の手段でもあるという点が特徴である。ヴォルテールの悲劇には宗教的寛容を主題とするものが多く、彼の反教権闘争の一部とも言える。『ザイール』 *Zaïre* (32) も『狂信または予言者マホメット』 *Le Fanatisme ou Mahomet le prophète* (41) も中近東のイスラム世界を舞台としているが、その批判の対象はもっと広く、狂信や宗教戦争など、キリスト教も含めた宗教による災いである。

　ヴォルテールの悲劇には題材、時代設定、衣装や舞台装置などの点で革新の意図が見られるが、思想的主張によって筋立てが善悪の単純な対立図式に陥り、古典悲劇の枠組みの硬直性を印象づける結果になってしまった。結局ヴォルテールは古典悲劇という形式の老化を止めることができず、現代では彼の悲劇が上演されることはまれである。

▶模索と革新　しかし世紀を通じて演劇の刷新の努力が続けられ、次第に19世紀以降の新しい演劇の萌芽が形成されていく。その全体的な傾向は古典主義の枠組みからの脱却であり、それは規則だけでなく悲劇と喜劇という分類自体にも及んだ。この時代の喜劇はよりシリアスに、より感傷的に、より教訓的になる傾向があり、世紀の半ばに流行した「お涙ちょうだい劇」 comédie larmoyante や市民劇もそのそのような流れに属する。そして18世紀の末以降の大衆演劇を代表するメロドラマ mélodrame

135

もそのような傾向から生まれた。

▶ディドロと市民劇　演劇の革新のためのこの時代の模索の代表的な例がディドロの提唱した市民劇である。彼は従来の悲劇と喜劇という2つの主要なジャンルの間に「家庭内または市民の悲劇」tragédie domestique ou bourgeoise と「まじめな喜劇」comédie sérieuse という2つの新たなジャンルを提唱し，それが今では「市民劇」drame bourgeois と総称されている。ディドロによれば，「家庭内の悲劇」は古典悲劇とは異なり，同時代の普通の人にふりかかる事件を題材にするべきである。また，従来の喜劇が性格上の欠点などを笑いの対象としたのに対して，「まじめな喜劇」はさまざまな身分や家族関係を扱うべきである。そして「市民劇」は美徳への愛を観客に吹き込むような，新しい時代の市民のための演劇であるとされる。

このようなディドロの演劇論は2組の戯曲と理論書において展開されている。「家庭内の悲劇」と形容される『私生児』Le Fils naturel と『「私生児」についての対話』Entretiens sur Le Fils naturel（ともに57）に続いて，「まじめな喜劇」と称される『一家の父』Le Père de famille と『演劇論』De la poésie dramatique（ともに58）が発表された。しかし戯曲は道徳的な目的のせいで説教臭くなってしまったため，作品としてはあまり成功していない。

それにもかかわらず，ディドロの「市民劇」の構想は18世紀における最も野心的な演劇革新の試みであり，多大な影響を及ぼした。そのジャンルに属する作品としては，スデーヌ Michel-Jean Sedaine（1719-87）の『天成の哲人』Le Philosophe sans le savoir（65）とメルシエ Louis-Sébastien Mercier（1740-1814）の『酢商人の手押し車』La Brouette du vinaigrier（75）の方がディドロの作品よりも人気を博した。これらは単に「市民劇」の典型であるだけでなく，ブルジョワの価値観を明確に主張している点でも注目される。

第4章　[18世紀]　理性と感受性の賞揚

（代表的作家と作品）

ピエール・マリヴォー
Pierre Carlet de Chamblain de Marivaux, 1688—1763

●**創作にささげた一生**　マリヴォーは18世紀前半を代表する喜劇作家であるが，その生涯はあまり知られていない。1688年にパリで生まれ，1713年頃から作家として活動し始め，20年に『恋に磨かれたアルルカン』*Arlequin poli par l'Amour* によって喜劇作家としてデビューした。その後『恋の不意打ち』*La Surprise de l'Amour*（22），『二重の不実』*La Double inconstance*（23），『愛と偶然の戯れ』*Le Jeu de l'Amour et du Hasard*（30），『愛の勝利』*Le Triomphe de l'Amour*（32），『偽りの告白』*Les Fausses Confidences*（37），『試練』*L'Épreuve*（40）など，35編の劇作品を残した。42年にはアカデミー・フランセーズの会員に選出されたが，その後の作品は少なく，63年パリで没した。

●**意識的な変革**　彼の喜劇には形式の面で顕著な特徴が見られる。まず，散文で書かれたものが多いということ，そして5幕の喜劇が主流だった時代に，彼の作品は3幕または1幕しかなく，生涯の後期になるほど1幕の喜劇が増えていくこと，さらに，イタリア座で上演されたものが多いことである。実際，マリヴォーはイタリア喜劇から強い影響を受けており，それは登場人物の名前にも表れている。

●**恋愛を通しての自己発見**　マリヴォーの劇作品の大部分は，恋愛感情の諸相を描いた喜劇である。いずれの場合も愛は率直に現れるのではなく，本人の意に反して芽生えたり，試練を経てようやく自覚されたり，という具合にさまざまな状況が設定されている。たとえば『恋の不意打ち』では，異性に対する不信感から恋はしないと決心した男女が惹かれ合いながらその気持ちを自分にも相手にも隠そうとするが，しまいには結ばれる。『二重の不実』では2組の恋人たちがそれぞれ別の相手に惹かれてゆき，めでたく新たな2組のカップルができてしまう。『愛の勝利』では，恋愛を下等な感情として軽蔑する哲学者が男装した美女に翻弄される。人物が自分の真の感情に直面させられるという設定が多く，人物は変装やウソなどの仕掛けや試練を通じて相手の本音を探ろうとし，探り合いは自己発見の過程となる。しかも，恋愛感情自体は滑稽なものとしてではなく自然なものとされ，むしろそれに抵抗しようとする姿が滑稽味を帯びる。しまいには人物たちは愛情に屈服し，それは『愛の勝利』という題名に象徴される。それゆえマリヴォーの作品の多くは明る

く幸福な雰囲気に満ちているとともに，愛情の支配力をも痛感させる。

◎**感情の機微を写す文体** マリヴォーの文体について，不自然で気取った文体だとする批判も当時から多く，彼の作風を形容するのに「マリヴォダージュ」marivaudage という新語まで生まれた。たしかに繊細で優雅な文体ではあるが，それはむしろマリヴォーが，恋愛感情の機微を描くにふさわしく，自然な会話に即した文体を求めていたからである。韻文の喜劇がまだ多かった時代に，彼が散文で創作したのもそのような意識的な選択の結果であった。

古典主義の演劇理論において，喜劇は人の欠点や流行の風俗を嘲笑して滑稽味を出すと同時に観客に教訓を与えるものとされるが，マリヴォーの喜劇はそのようなものではなく，むしろ，人物が自分の恋愛感情にとまどう様子，あるいは愛が成就するまでに出会うさまざまな障害やすれ違い，それを乗り越えるための駆け引きなどが観客の笑いを誘うのである。そのようにしてマリヴォーはフランス喜劇に新たな滑稽味をもたらした。

◎**『愛と偶然の戯れ』** 3幕散文の喜劇で，マリヴォーの代表作とされる。シルヴィアは父親によってドラントと結婚するように決められたが，ドラントを知らないので自分の女中リゼットに変装して彼の人となりを観察することにした。ドラントも同じことを思いつき，自分の召使いブルギニョンに変装してシルヴィアを観察することにする。紹介するのは二人が初めて出会う場面（第1幕第7場）である。二人は女中と召使いに変装しているので相手の素性を知らず，自分にふさわしくない人だと思い込んでしまう。ところが話しているうちに，相手の機知や上品さに驚き，意に反して互いに惹かれていく。傍白の多用によって揺れ動く二人の心理が表されている。

Le Jeu de l'Amour et du Hasard

SILVIA, à *part*. [...]ce garçon-là n'est pas sot, et je ne plains pas la soubrette qui l'aura ; il va m'en conter, laissons-le dire, pourvu qu'il m'instruise.

DORANTE, à *part*. Cette fille m'étonne ! Il n'y a point de femme au monde à qui sa physionomie ne fît honneur : lions connaissance avec elle. (*Haut*.) [...]
5 dis-moi, Lisette, ta maîtresse te vaut-elle ? Elle est bien hardie d'oser avoir une femme de chambre comme toi !

SILVIA. Bourguignon, cette question-là m'annonce que, suivant la coutume, tu arrives avec l'intention de me dire des douceurs : n'est-ce pas vrai ?

DORANTE. Ma foi, je n'étais pas venu dans ce dessein-là, je te l'avoue ; tout

第 4 章　[18世紀]　理性と感受性の賞揚

10　valet que je suis, je n'ai jamais eu de grandes liaisons avec les soubrettes, je n'aime pas l'esprit domestique ; mais à ton égard, c'est une autre affaire : comment donc ! tu me soumets, je suis presque timide [...]. Quelle espèce de suivante es-tu donc, avec ton air de princesse ?
　　SILVIA.　Tiens, tout ce que tu dis avoir senti en me voyant, est précisément l'his-
15　toire de tous les valets qui m'ont vue.
　　DORANTE.　Ma foi, je ne serais pas surpris quand ce serait aussi l'histoire de tous les maîtres.
　　SILVIA.　Le trait est joli assurément ; mais je te le répète encore, je ne suis pas faite aux cajoleries de ceux dont la garde-robe ressemble à la tienne.
20　DORANTE.　C'est-à-dire que ma parure ne te plaît pas ?
　　SILVIA.　Non, Bourguignon ; laissons là l'amour, et soyons bons amis.
　　DORANTE.　Rien que cela ? Ton petit traité n'est composé que de deux clauses impossibles.
　　SILVIA, *à part*.　Quel homme pour un valet ! (*Haut.*) Il faut pourtant qu'il s'ex-
25　écute ; on m'a prédit que je n'épouserai jamais qu'un homme de condition, et j'ai juré depuis de n'en écouter jamais d'autres.

◆ 注

19　la garde-robe　もとは洋服だんすのことであるが、ここではある人のもっている服のこと。当時の召使いは制服を着ており、身分と奉公先が一目でわかった。

『愛と偶然の戯れ』

シルヴィア（傍白）：[…] この若者はバカじゃないわ、彼と一緒になる女中はしあわせ者ね。あたしに言い寄るつもりだわ、言わせておきましょ、何かわかるように。

ドラント（傍白）：この娘には驚いた！　どんな女性だってあの魅力を誇りに思うだろうよ。彼女と知り合いになろう。（普通に）[…] ちょっと、リゼット、君のご主人様はお前と同じくらい魅力的なのかい？君のような女中をもつなんて、いい度胸だね！

シルヴィア：ブルギニョン、そんなことを聞くところを見ると、あんたは例によって、あたしに甘いことばをかけようというつもりね、そうじゃない？

ドラント：正直言うと、そんなつもりできたわけじゃないんだ。たしかにぼくは召

使いだけど，女中と深くつき合ったことがないんだ，奉公人気質が嫌いでね。だけど，君となると，話は別だ。いやまったく，君はぼくを服従させ，ぼくはほとんどおずおずしてしまう。[…] そんなふうにお姫さまみたいな様子で，君は何という女中なんだ。

シルヴィア：あら，あたしに会って感じたとあなたが言ってること，それはまさにあたしに会ったすべての召使いの話なの。

ドラント：すべての主人たちの話だとしても驚かないね。

シルヴィア：本当にお上手なおことばね。だけど，もう一度言うわ，あたしはあなたみたいな服装の人たちの甘いことばには慣れてないの。

ドラント：つまりぼくの身なりが気に入らないというわけかい？

シルヴィア：そうよ，ブルギニョン。恋はさておいて，いい友達でいましょう。

ドラント：それだけかい？君のささやかな取り決めには無理な条項が二つあるだけだ。

シルヴィア（傍白）：召使いにしては大した人だわ！（普通に）でもその通りしてもらうしかないわ。あたしは身分の高い方としか結婚しないと予言されたの。それでそれ以来ほかの殿方には一切耳を貸さないことにしたの。

ピエール＝オーギュスタン・ド・ボーマルシェ
Pierre-Augustin Caron de Beaumarchais, 1732—99

●**時計商から劇作家へ** ボーマルシェはパリの裕福な時計職人の家に生まれ，波乱の生涯を送った。はじめは家業を継ぐための修業をしたが，投機や結婚によって次第に富を築いた。革命前は政府の密使としてロンドンにおもむき，アメリカ独立戦争に際して武器の調達に奔走するなど，政治的な活動も行った。また，劇作家協会を設立して著作権の確立に貢献した点も重要である。

●**高らかな笑いの復活** ボーマルシェは若い頃から演劇好きであったが，50年代半ばから大衆的な喜劇を書いて知人の家で上演する一方で，ディドロの提唱した市民劇の理念に共鳴し，そのジャンルの作品も創作した。

しかしボーマルシェを劇作家として有名にし，今でも上演されている代表作は『セヴィリアの理髪師』 *Le Barbier de Séville*（75）と『フィガロの結婚』 *Le Mariage de Figaro*（84）である。いずれもスペインの貴族アルマヴィヴァ伯爵の

第 4 章　[18世紀]　理性と感受性の賞揚

家庭を舞台にしているが，実際の主人公はその召使のフィガロであり，気位は高いが凡庸な主人に対してフィガロが自分の能力だけを頼りに活躍する姿が際だっている。この2作品はそれぞれロッシーニとモーツァルトのオペラの原作となったことでもわかるように大人気を博したが，その主な要因はこの作品がこの世紀では忘れられがちだった高らかな笑いを復活させたことと，市民劇や大衆演劇などの要素も取り込みながらそれまでのジャンルを総合する試みだったことである。

●フィガロ登場　『セヴィリアの理髪師』ではアルマヴィヴァ伯爵はロジーヌという若い女性に恋しているが，老医師バルトロは彼女と結婚するつもりでその後見人となっており，彼女を厳しく監督している。そこでフィガロは伯爵に協力して，さまざまな策略を弄して伯爵とロジーヌを結婚させる。好色な中年男がやりこめられるという他愛のない喜劇であるが，機転がきき，陽気で策略好きというフィガロの性格がすでに重要な役割を占めている。

●身分と才覚の格闘　『フィガロの結婚』はその続編であり，フィガロはより明確に主人公として脚光を浴びるようになる。ロジーヌに飽きてしまった伯爵は，フィガロの婚約者スュザンヌを誘惑しようとして二人の結婚を妨害するが，フィガロはスュザンヌや伯爵夫人の協力を得て逆に伯爵を翻弄してしまう。この作品はフィガロとアルマヴィヴァ伯爵の駆け引きが中心となっているが，その主導権を握り，相手を翻弄するのは召使いのフィガロである。下僕という役柄自体はフランスの喜劇の伝統に属するものであるが，このように大胆に貴族を手玉に取る下僕はフィガロが初めてである。さらに，フィガロのせりふには，身分による差別に対する批判や自己の運命に対する問いかけも盛り込まれている。

　以下に紹介するのは第5幕第3場の有名なフィガロの長い独白の一部である。フィガロはスュザンヌと伯爵が通じていると思いこみ，彼女との結婚式の夜，彼女と伯爵の密会の現場を押さえようとして館の庭で見張っている。実はそれも伯爵をやりこめるための伯爵夫人とスュザンヌの策略だったが，フィガロはそうとは知らずに自分の身の上を嘆いている。

Le Mariage de Figaro

[...] Non, Monsieur le Comte, vous ne l'aurez pas ... vous ne l'aurez pas. Parce que vous êtes un grand seigneur, vous vous croyez un grand génie ! ... Noblesse, fortune, rang, des places, tout cela rend si fier ! Qu'avez-vous fait pour tant de biens ? Vous vous êtes donné la peine de naître, et rien de plus : du reste, homme assez
5　ordinaire ! tandis que moi, morbleu ! perdu dans la foule obscure, il m'a fallu dé-

ployer plus de science et de calculs pour subsister seulement qu'on n'en a mis depuis cent ans à gouverner toutes les Espagnes ; et vous voulez jouter ! [...] Est-il rien de plus bizarre que ma destinée ? [...] O bizarre suite d'événements ! Comment cela m'est-il arrivé ? Pourquoi ces choses et non pas d'autres ? Qui les a fixées sur ma tête ? Forcé de parcourir la route où je suis entré sans le savoir, comme j'en sortirai sans le vouloir, je l'ai jonchée d'autant de fleurs que ma gaieté me l'a permis ; encore je dis ma gaieté sans savoir si elle est à moi plus que le reste, ni même quel est ce *moi* dont je m'occupe : un assemblage informe de parties inconnues ; puis un chétif être imbécile ; un petit animal folâtre ; un jeune homme ardent au plaisir, ayant tous les goûts pour jouir, faisant tous les métiers pour vivre, maître ici, valet là selon qu'il plaît à la fortune ; [...] j'ai tout vu, tout fait, tout usé. Puis l'illusion s'est détruite, et, trop désabusé ... Désabusé ... !

『フィガロの結婚』

いや，伯爵閣下，彼女を渡しはしませんよ，渡しませんよ。大殿様だからといって，ご自分が大天才だとお思いだなんて。…爵位，財産，地位，職，そういったもので人はずいぶん尊大になるものですね。それだけ多くのものを手に入れるのに何をなさったんですか。わざわざお生まれになった，たったそれだけじゃないですか。しかもかなり凡庸なお方だ。それに対して，おれときたら！無名の群衆に埋もれて，ただ生きるためだけでもこの百年間スペイン全土を統治するよりも多くの知恵と策略を発揮しなきゃいけなかったんだ。なのにあんたはおれと張り合おうっていうんですか！［…］おれの運命ほど奇妙なものがあるかい？［…］ああ，奇妙なできごとの連続だ！どうしてそれがおれに起こったんだ？どうしてほかのことじゃなく，こんなことが？だれがこんなことをおれに割り当てたんだ？知らずにさしかかった道をたどるしかないし，いやでもその道から出てしまうだろうし，自分の陽気さでできる限りたくさんの花をその道にまき散らしたんだ。ただおれは自分の陽気さって言うけど，それがほかのものよりも自分のものなのか知らないし，気になっているこのおれが何なのかも知らない。未知の部分の雑然とした寄せ集め，それから弱々しく無知な存在，そして陽気な小動物。快楽に夢中で，楽しむためのあらゆる好みをもち，生きるためにあらゆる仕事をする若者。運命次第である時は主人で，別の時は召使い。［…］おれはあらゆることを見て，あらゆることをして，あらゆることを使い果たした。そして幻想は崩れ，あまりにも幻滅した。…幻滅した！…

> ●「18世紀における出版統制」●
>
> 　18世紀においてはまだ出版の自由は保証されておらず，政府の許可を得た書物だけが正規の手段で販売を許された。しかし，当時流通していた書物がすべてそのような許可を受けたものであったわけではなく，次の3種類に大別される。第1は国王の特許（privilège du roi 允許または勅許）を得たもので，これはその書物を販売する権利とともに，その販売を独占する権利でもあった。第2は正式な允許は得られなかったものの，当局の暗黙の了解（黙許 permission tacite）を得て販売されるもので，「黙認された本（livres tolérés）」とも言われる。第3の種類はそれ以外のもので，地下出版された本（livres clandestins）や無許可の複製などの海賊本（contrefaçons）などである。政府による出版統制は出版監督局（または出版統制局）長官 Directeur de la librairie によって統括され，その下に検閲官 censeurs が刊行予定の書物を閲読し，判断を下した。そのほか，教会も独自に出版物について判定を下した。

3　近代小説の胎動

▶ジャンルとしての確立へ　　18世紀以前のフランス小説は日本の一般読者にとってはあまりなじみがないが，18世紀はフランス近代小説の形成に大きく寄与した時代である。

　ただ，そのような発展は自然に生じたのではなく，多くの理論的反省によるところも大きい。18世紀の初め頃は，小説を下等なジャンルと見なす古典主義文学観が支配的であったことに加え，前世紀の小説はスキュデリー嬢 Madeleine de Scudéry（1607-1701）の作品のような長大で荒唐無稽な空想物語が多かったため，まだ小説という形式自体に対する批判が強かった。そのような美学的観点からの批判に加えて，小説は低俗な風俗や情念を描き，人心を荒廃させるものだという道徳的な観点からの批判もあり，しかも作品が写実的であればあるほどそのような批判を受けやすかった。作家たちはそのような批判に対して，小説の価値を擁護しようと努めた。この時代の多くの小説の序文で作者が小説を書くことの正当性を主張しているのもそのような事情からであり，そこでは，風俗を描き他人の経験を語る

ことが道徳的に重要な教訓を与えうること，小説の目的は有害な情念を植えつけることではなく，むしろ楽しませつつ教化することにある，といった考えが展開されている。そして，18世紀の小説では，小説についての批判的考察や小説のパロディー，道徳的問題や個人の運命などについての思索が盛り込まれていることが多いが，それも小説についての省察が小説の創作と不可分だったという事情によるところが大きい。そのようにして18世紀の末頃には，人生や社会の描写という小説観が形成される。他方，小説の出版点数は世紀を通して増加し，それとともに読者層も拡大し，小説は文学における中心的なジャンルとしての地位を築いていくことになる。

▶一人称小説の流行　　18世紀フランス小説の重要な特徴が，登場人物自身が語り手となる一人称小説 roman à la première personne が多いことである。これはさらに回想録小説 roman-mémoire と書簡体小説 roman épistolaire に分けられ，いずれも小説を実際の事件の回想や本物の書簡に見せることによって真実味を強調しようとした工夫の産物である。

▶回想録小説　　回想録小説は世紀の前半に多く見られ，**マリヴォー**や**プレヴォ**の作品がその代表的なものである。語り手と語られる行為の間の時間的・心理的な距離に応じて，さまざまな形態がありうる。ディドロの『修道女』では，語るという行為が語られる行為の直後に行われており，時間的な距離があまりない。逆に，**マリヴォー**の『マリアンヌの生涯』 La Vie de Marianne (31-41) と『成り上がり百姓』 Le Paysan parvenu (34-35) では，いずれも主人公が年老いてから若い頃を回想するという形を取っている。その中間的な形の例は，**プレヴォ**の『マノン・レスコー』であり，そこでは主人公が自分の経験を近い過去のできごととして語っている。いずれの場合も語られる過去と，語りの行われる現在の間の往復運動が物語の重要な要素となり，語り手自身の心理が探究の対象となる。

▶書簡体小説　　書簡体小説は文通する人の数によって，独唱型，二重唱型，多声型に分けることができる。独唱型は一人の人物による

第 4 章　［18世紀］　理性と感受性の賞揚

書簡しかない小説であり，それはたいてい文通者の片方の手紙だけが発見されたという設定である。それに対して，18世紀では3人以上の人物の手紙による多声型の書簡体小説が発明され，盛んになった。この形の書簡体小説の最初のものは**モンテスキュー**の『ペルシャ人の手紙』であり，その後ルソーの『新エロイーズ』とラクロの『危険な関係』の二大傑作が書簡体小説の最盛期をもたらした。この多声型の書簡体小説は一つの事柄を複数の視点から叙述するだけでなく，事件や感情を時々刻々たどり，感情の変化を描き出すのに適しており，さまざまな事柄に関する考察を盛り込むことを可能にしている。

▶**18世紀小説の多様性**　本節で紹介する人たちのほかに，多くの作家が多様な小説世界を作り上げた。**マリヴォー**は緻密な叙述によって心理分析というフランス小説の伝統の確立に寄与し，**ヴォルテール**は思想上の問題を扱った「哲学的短編」contes philosophiques（『ミクロメガス』 *Micromégas*（52），『カンディード』 *Candide*（58），『自然児』 *L'Ingénu*（67）など）を残した。さらに，世紀末には**サド侯爵** Donatien Alphonse François, marquis de Sade（1740-1814）が『閨房の哲学』 *La Philosophie dans le boudoir*（1795）などにおいて，徹底的な無神論や宗教批判と結びついた放蕩と倒錯の世界を展開した。

（代表的作家と作品）

アベ・プレヴォ
Abbé Prévost, 1697—1763

●**僧職と放浪のはざまで**　プレヴォ（本名アントワーヌ＝フランソワ・プレヴォ Antoine-François Prévost）は北フランスの町エダンで裕福なブルジョワ家庭に生まれ，修道士になったものの，逃げ出して軍隊に入ったり，またそのような往復を繰り返したりしたようである。その間，イギリスやオランダを転々とし，恋愛，借金，偽造

145

による投獄なども経験した。晩年はパリ郊外で隠居し、そこで没した。

◉**膨大な著作**　プレヴォは24年頃から小説を書き始め、膨大な著作を残し、『隠棲した貴族の回想』 *Mémoires et aventures d'un homme de qualité qui s'est retiré du monde*（28-31）、『クレヴランド』 *Histoire de Monsieur Cleveland, fils naturel de Cromwell, écrite par lui-même, ou le Philosophe anglais*（31-39）などいくつもの長い回想録小説がその中核をなしている。プレヴォの作品は『マノン・レスコー』以外はほとんど読まれなくなってしまったが、当時はマリヴォーと並ぶ代表的な小説家と見なされており、小説というジャンルの興隆に大きく貢献した。

◉**破滅的な恋の美しさ**　『マノン・レスコー』 *Manon Lescaut*（31）はもともとは『隠棲した貴族の回想』の第7巻であり、マノンとの破滅的な恋をその恋人デ・グリユーが『隠棲した貴族の回想』の主人公および語り手であるルノンクールに語るという形式を取っている。

　デ・グリユーは聖職者になるはずであったが、偶然出会ったマノンと恋に落ち、二人で出奔してしまう。マノンに何度も裏切られても、デ・グリユーは彼女と離れることができず、殺人まで犯してしまう。マノンは娼婦として捕えられてルイジアナの流刑地に送られ、デ・グリユーも彼女にしたがっていくが、そこでも二人は逃亡を余儀なくされ、マノンだけが荒野で死んでしまう。

　この作品は大成功を博し、激しい情念が自然な筆致で描かれていると当時の読者は賞賛した。そこには、若い男女の破滅的な恋愛が王侯貴族を主人公とする悲劇と同じような美的感動を与えうることに対する驚きも含まれていた。さらにこの作品の両義性もその興味を盛り上げるのに寄与している。作者は序文で作品の道徳的・教訓的な役割を強調しているが、デ・グリユーのことばの中には、神の摂理や禁欲的なキリスト教道徳に対する疑問、あるいは肉体的・世俗的な幸福の礼賛がたびたび現れ、人間にとって運命や幸福とは何かという深遠な問題が読者に突きつけられる。また、マノンという人物は「宿命の女」femme fatale のイメージの源流の一つとなった。

　以下の一節は、マノンの最初の裏切りの後の再会の場面である。親元に連れ戻されたデ・グリユーは神学の勉強のためにパリのサン＝スュルピス修道院に入り、まじめで優秀な神学生になっていた。しかしある日、大学での公開試問でマノンが彼を目にして、修道院に尋ねていき、引用部分にあるように応接室でデ・グリユーへの変わらぬ思いを打ち明ける。そしてその直後、二人は再び逃亡する。

Manon Lescaut

　Il était six heures du soir. On vint m'avertir, un moment après mon retour, qu'une dame demandait à me voir. J'allai au parloir sur-le-champ. Dieux ! quelle apparition surprenante ! j'y trouvai Manon. C'était elle, mais plus aimable et plus brillante que je ne l'avais jamais vue. Elle était dans sa dix-huitième année. Ses charmes surpassaient tout ce qu'on peut décrire. C'était un air si fin, si doux, si engageant, l'air de l'Amour même. Toute sa figure me parut un enchantement.

　Je demeurai interdit à sa vue, et ne pouvant conjecturer quel était le dessein de cette visite, j'attendais, les yeux baissés et avec tremblement, qu'elle s'expliquât. Son embarras fut, pendant quelque temps, égal au mien, mais, voyant que mon silence continuait, elle mit la main devant ses yeux, pour cacher quelques larmes. Elle me dit, d'un ton timide, qu'elle confessait que son infidélité méritait ma haine ; mais que, s'il était vrai que j'eusse jamais eu quelque tendresse pour elle, il y avait eu, aussi, bien de la dureté à laisser passer deux ans sans prendre soin de m'informer de son sort, et qu'il y en avait beaucoup encore à la voir dans l'état où elle était en ma présence, sans lui dire une parole. Le désordre de mon âme, en l'écoutant, ne saurait être exprimé.

『マノン・レスコー』

　夕方の6時でした。私が帰ってからまもなく、ある婦人が私との面会を求めていると知らされました。私はすぐに応接室に行きました。ああ、なんと驚くべき人の出現でしょう！そこにはマノンがいたのです。彼女でしたが、いまだかつて見たことのないほど魅力的で輝いていました。彼女は18歳でした。彼女の魅力は筆舌に尽くしがたいものでした。それはとても繊細で甘美で魅力的な姿で、愛の神そのものの姿でした。彼女の容姿全体が魔法のように思えました。

　私は彼女を見て茫然としていました。この訪問の意図を推し量ることができず、私はうつむいて震えながら、彼女が釈明するのを待っていました。しばらくの間、彼女は私と同じくらい困惑していましたが、私が相変わらず沈黙しているのを見ると、涙を隠すために目を手でおおいました。彼女はおずおずと次のように言いました。彼女の不実のせいで私に恨まれても仕方ないことは認めるということ。けれども、もし私が本当に彼女を少しでも愛したのなら、2年間も彼女の消息を知ろうともしなかったのはずいぶん無情だということ、そして彼女がそのように私の目の前

にいるのに一言も言わないのもずいぶん無情だというふうに。彼女のことばを聞いて私の心に生じた混乱は，言い表そうとしてもできないでしょう。

ジャン＝ジャック・ルソー
人物紹介は128頁参照

●**大ベストセラー** ルソーの唯一の小説である『新エロイーズ』*Julie ou la Nouvelle Héloïse*（61）は18世紀最大のベストセラーとなり，この時代のフランス小説の一つの頂点として，絶大な影響を及ぼした。執筆の最初の動機は『告白』に記されているように，ルソー自身の絶望的な恋である。彼は理想的な数人の人物からなる小さな世界を空想の中で作り上げ，架空の手紙のやり取りをもとに小説を創作した。

●**恋と美徳のはざまで** 主人公はスイスの小貴族の娘ジュリーとその家庭教師サン＝プルーである。二人は身分の違いのために結婚を許されず，ジュリーは父の命令にしたがって父の友人ヴォルマールと結婚した。ヴォルマールはクラランの領地（レマン湖北東岸のヴヴェー近辺とされる）にサン＝プルーを迎え入れ，三人の間の友情によってかつての恋愛を忘れさせようとした。この生活は幸福をもたらすように見えたが，ジュリーは不慮の事故で世を去り，そこで作品も結ばれる。このような設定は当時から非現実的という非難を受けたが，恋愛と道徳のはざまで揺れる感受性豊かな人物像を作り出した。

●**重層的な長編** この作品は多声型の書簡体小説であり，主要人物の数も少なく筋も比較的単純であるが，全体は6部からなり，かなり長大である。それは作中のいくつもの書簡で結婚，宗教，教育，幸福などについての作者の思想が展開されていることにもよる。実際，『新エロイーズ』は幸福についての小説でもあるが，単純な幸福の賛美ではなく，それはジュリーが幸福の絶頂にあるはずの時にもらした，「真の幸福は地上においてはありえない」という悲観的なことばによく表れている。この作品で扱われている，恋愛，結婚，幸福などの道徳的な問題に明快な答えが与えられているわけではなく，そのことがかえって作品の悲劇性を高めている。

●**時間と記憶のドラマ** さらに，この作品の長さは時間と記憶のテーマの重要性とも不可分である。『新エロイーズ』において，人間の幸福のはかなさについての嘆きがたびたび現れると同時に，時を超えて生き続ける感情や記憶によって人が結ばれうることもくり返し示唆されている。そのようなテーマを展開するためにも，約

第**4**章　［18世紀］　理性と感受性の賞揚

13年にもわたる壮大な筋が設定されている。
●**新たな小説空間**　作品の舞台というレベルでも，『新エロイーズ』はアルプス地方の風景美や農村生活の描写などによってフランス文学に新たな要素をもたらした。
●**美徳の危機**　引用部分は第4部第17の手紙の一節で，サン＝プルーが親友のエドワード卿に宛てた手紙の中で，すでにヴォルマール夫人となっているジュリーとの危機を語っている。ジュリーとサン＝プルーはヴォルマール家の召使いたちとともにレマン湖での舟遊びに出かけたが，途中で嵐に遭い，対岸に流される。そこは二人が恋人同士だった頃にサン＝プルーが一人で滞在したことのある土地で，サン＝プルーがジュリーへの思いをつづった岩などが残っており，その光景を見て消えたはずの恋心が呼び覚まされてしまう。そして二人はその気持ちを抑えて帰路につく。

Julie ou la Nouvelle Héloïse

　　Après le souper, nous fûmes nous asseoir sur la grève en attendant le moment du départ. Insensiblement la lune se leva, l'eau devint plus calme, et Julie me proposa de partir. Je lui donnai la main pour entrer dans le bateau, et en m'asseyant à côté d'elle je ne songeai plus à quitter sa main. Nous gardions un profond
5 silence. Le bruit égal et mesuré des rames m'excitait à rêver. Le chant assez gai des bécassines, me retraçant les plaisirs d'un autre âge, au lieu de m'égayer m'attristait. Peu à peu je sentis augmenter la mélancolie dont jétais accablé. [...]

　　[...] C'en est fait, disais-je en moi-même, ces temps, ces temps heureux ne sont plus ; ils ont disparu pour jamais. Hélas, ils ne reviendront plus ; et nous vivons, et
10 nous sommes ensemble, et nos cœurs sont toujours unis ! Il me semblait que j'aurais porté plus patiemment sa mort ou son absence, et que j'avais moins souffert tout le temps que j'avais passé loin d'elle. [...]. Mais se trouver auprès d'elle ; mais la voir, la toucher, lui parler, l'aimer, l'adorer, et presque en la possédant encore, la sentir perdue à jamais pour moi ; voilà ce qui me jetait dans des accès de
15 fureur et de rage qui m'agitèrent par degrés jusqu'au désespoir.

◆　注
1　Après le souper　嵐にあった際，船の一部が損傷し，召使いたちが修理している間に2人は散歩に出かけ，サン＝プルーの思い出の地を訪れる。場面はその後，家に帰るために船出するところ。

『新エロイーズ』

　夕食後,出発の時を待ちつつわれわれは岸辺に座りに行きました。少しずつ月が昇り,湖水は静まり,ジュリーは出発することを提案しました。舟に乗るために私は彼女に手を差し伸べました。そして彼女の隣りに座ると,もう彼女の手を離そうとは思いませんでした。私たちは深く沈黙したままでした。均一で規則正しいオールの音によって,私は夢想へと誘われました。シギの陽気な鳴き声によって昔の楽しいできごとを呼び覚まされ,私は楽しくなるどころか悲しくなりました。少しずつ私にのしかかっていた憂鬱が強まっていくのが感じられました。[…]

　[…]もうおしまいなんだ,と私は内心思いました。あの時,あの幸福な時はもう存在しないんだ,永遠に消え去ってしまったんだ。ああ,あの時はもう戻ってこない,なのに私たちは生きていて,一緒にいて,心は今でも結ばれているのです! 彼女の死か不在ならば私はもっと辛抱強く耐えたように思われましたし,彼女から遠く離れて過ごしたあいだ中,私はこれほど苦しまなかったように思われました。[…]けれども彼女の近くにいて,彼女を見て,彼女に触れて,彼女と話し,彼女を愛し,彼女を熱愛し,しかもほとんど彼女はまだ私のものだというのに,彼女が私にとって永遠に失われてしまったように感じること,それで私は怒りと憤激の発作へと追いやられ,次第に絶望へといたったのです。

ドニ・ディドロ
人物紹介は131頁参照

●**小説への関心**　ディドロは小説にも強い関心を示し,独創的な作品をいくつも残した。主な作品は『おしゃべり宝石』*Les Bijoux indiscrets*(48),『修道女』*La Religieuse*(60執筆,96刊),『ラモーの甥』*Le Neveu de Rameau*,『運命論者ジャックとその主人』*Jacques le fataliste et son maître*(71?,96出版)である。

●**ウソから出た小説**　『修道女』は自分の意志に反して修道女にされた女性の手記という形を取って修道院での非人間的な生活を告発しており,宗教だけでなく精神と身体,正常と異常などの問題もテーマとなっている。人物の表情や動作などが非常にリアルに描写されていて,作品に劇的な緊張感を与えていることでも有名である。この作品は,修道女がある貴族に助けを求めるために手紙を書くという設定で

あるが，実際にはディドロらが友人であるその貴族をパリに呼び戻すために書いたにせの手紙がもとになっている。

●**哲学者と寄食者** 『ラモーの甥』は哲学的対話とも形容される作品であるが，創作の経緯や時期は不明確であり，内容も難解である。「私」と「彼」つまり音楽家ラモーの甥という二人の人物の対話が作品の中心となっている。「私」は啓蒙思想を信奉する哲学者であり，「彼」は凡庸な音楽家にしてシニックな寄食者であるが，この二人が道徳，芸術，音楽などについて議論を戦わす。この対話は劇的緊張をはらんでいるだけでなく，ディドロのほかの作品で論じられている問題がいくつも扱われているが，議論には結論も勝者もなく，問題は読者に突きつけられたままである。この作品は難解さにもかかわらず，その独創性によってディドロの代表作の一つとして有名である。

●**最初の「反＝小説（アンチ＝ロマン）」？** 『運命論者ジャックとその主人』はイギリスの小説家スターンの『トリストラム・シャンディ』の影響を受けて書かれ，ジャックという下僕とその主人の旅行中の会話の途中に多数の挿話が織り込まれるという構成からなっている。小説というジャンルのパロディーを軸に，人間の自由と運命，コミュニケーションと相互理解の可能性などが主要なテーマとなっている。内容と形式は密接に関連しており，語り手が物語の中に頻繁に介入して読者を愚弄し，小説らしさが打ち壊されている。筋と挿話，物語と現実，小説の内と外といったさまざまな次元と時間が錯綜し，作品自体が小説についての問いかけになっており，意味不明の挿話，実体にそぐわない名前，善悪の判別が困難な人物や行為など，意味と表象についての問いの連続でもある。一見雑然とした作品であるが，20世紀における小説に対する批判的な考察を先取りしていると評価される。

以下に紹介するのは『運命論者ジャックとその主人』の冒頭部分であり，作品全体のテーマや雰囲気がよく表れている箇所である。

Jacques le fataliste et son maître

Comment s'étaient-ils rencontrés ? Par hasard, comme tout le monde. Comment s'appelaient-ils ? Que vous importe ? D'où venaient-ils ? Du lieu le plus prochain. Où allaient-ils ? Est-ce que l'on sait où l'on va ? Que disaient-ils ? Le maître ne disait rien ; et Jacques disait que son capitaine disait que tout ce qui nous arrive de
5 bien et de mal ici-bas était écrit là-haut.

LE MAÎTRE. C'est un grand mot que cela.

JACQUES. Mon capitaine ajoutait que chaque balle qui partait d'un fusil avait son billet.

LE MAÎTRE. Et il avait raison ...

Après une courte pause, Jacques s'écria : Que le diable emporte le cabaretier et son cabaret !

LE MAÎTRE. Pourquoi donner au diable son prochain ? Cela n'est pas chrétien.

JACQUES. C'est que, tandis que je m'enivre de son mauvais vin, j'oublie de mener nos chevaux à l'abreuvoir. Mon père s'en aperçoit ; il se fâche. Je hoche la tête ; il prend un bâton et m'en frotte un peu durement les épaules. Un régiment passait pour aller au camp devant Fontenoy ; de dépit je m'enrôle. Nous arrivons ; la bataille se donne.

LE MAÎTRE. Et tu reçois la balle à ton adresse.

JACQUES. Vous l'avez deviné ; un coup de feu au genou ; et Dieu sait les bonnes et mauvaises aventures amenées par ce coup de feu. Elles se tiennent ni plus ni moins que les chaînons d'une gourmette. Sans ce coup de feu, par exemple, je crois que je n'aurais été amoureux de ma vie, ni boiteux.

◆ 注

7 chaque balle … 類似のせりふがスターンの『トリストラム・シャンディ』第8巻第19章にある。**17** Fontenoy　ベルギーの村で，1745年，オーストリア継承戦争の最中にフランス軍はそこでイギリス，オランダ，オーストリアの連合軍を破った。

『運命論者ジャックとその主人』

彼らはどのように出会ったんですかね。偶然ですよ，みんなと同じように。彼らの名前は？それがどうしたっていうんですか。彼らはどこから来たんですか。いちばん近いところからですよ。彼らはどこに向かっていたんですか。人は自分がどこに向かっているか知るものですか。彼らは何を話していたんですか。主人は何も言っていませんでした。ジャックが言うには，この世でわれわれに起こるいいことも悪いこともみんな天上に書いてあると，彼の隊長は言っていたそうです。

主人：「大げさな言いぐさだな。」

ジャック：「隊長は，鉄砲から発射される弾(たま)には一つ一つ通行証がついているとも言っていました。」

主人:「そして彼は正しかった…」

一息ついた後で、ジャックは叫んだ。「居酒屋の主人もその店も悪魔にさらわれちまえ！」

主人:「なんで自分の同胞を悪魔に渡すんだ？それはキリスト教徒らしくないな。」

ジャック:「ていうのは、あっしがそいつの安酒で酔っぱらってる間に、うちの馬を水飲み場に連れてくのを忘れちまったんですよ。親父がそれに気づいて、怒って。あっしは首を振った、そしたら親父は棒を取ってあっしの肩をちょっときつくたたいたんですよ。その時フォントノワ前方の陣地に向かって軍隊が通っていて、あっしは悔しまぎれに入隊したんです。隊が到着して、戦いが始まりました。」

主人:「それでお前はお前あての弾をくらった、と。」

ジャック:「お察しの通り。膝に銃弾一発ですよ。そしてその銃撃が引き起こした良いことと悪いこととぎたら、それは鎖の環と同じようにつながってるんです。たとえば、その銃撃がなかったら、あっしは一生恋もしなかったでしょうし、びっこを引くこともなかったでしょうよ。」

ピエール・ショデルロ・ド・ラクロ
Pierre Choderlos de Laclos, 1741—1803

●**まじめな軍人** ラクロは北フランスの小貴族の出身で、軍の砲兵将校として生涯の大半を送り、長い兵営生活の中で小説『危険な関係』 *Les Liaisons dangereuses* (1782) を書いた。彼はその後もまじめな軍人として暮らし、自作の人物たちとは逆に良き夫であったらしい。革命中はいくつかの陣営を転々とし、一時逮捕されたがロベスピエールの失脚によって処刑を免れた。その後ナポレオン軍の将軍としてイタリア遠征中にタレントで病死した。

●**恋愛遊戯のはてに** 『危険な関係』の主人公は、ヴァルモン子爵とメルトゥユ侯爵夫人という一組の貴族である。二人はかつて愛人同士だったが、侯爵夫人はやはりかつて自分の愛人だった別の男性への復讐のためにその婚約者セシルをヴァルモンに誘惑させる。同時に、ヴァルモンは貞淑なトゥルヴェル法院長夫人をも誘惑し、両方に成功する。しかしヴァルモンは法院長夫人との真摯な愛に目ざめ、嫉妬した侯爵夫人と不和になる。メルトゥユ夫人はヴァルモンが法院長夫人と別れるように

要求し，ヴァルモンはそれに従い，トゥルヴェル夫人はショックのため死んでしまう。結局ヴァルモンは決闘で命を落とし，侯爵夫人は天然痘にかかって美貌を失い隠棲する。

●両義的な作品　この小説は「自由放蕩」libertinage の世界を知り尽くした男女が自らの罠によって自滅する過程を描いているが，自由放蕩を礼賛する作品なのか，教訓的な意図があるのか，発表当時から議論があった。作者は自作の道徳的な目的を強調しているものの，主人公たちの残虐と言えるほどの不道徳性は作者の意図を疑わせる原因となっているし，それは同時代でも非難された点であった。

●書簡体小説の最後の傑作　この作品は多声型の書簡体小説であり，綿密に組み立てられた書簡のやり取りによって，多様な人物の感情が描かれるだけでなく，人物たちが書簡を通して探り合い，駆け引きを仕掛け合うさまが浮き彫りにされている。テーマや手法だけでなく緻密で華麗な文体の面でも，『危険な関係』はこの世紀の「好色小説」roman libertin や「感情小説」roman sentimental の集大成であり，書簡体小説の最後の傑作である。

●征服の快楽　以下の引用は第6の手紙（ヴァルモン子爵からメルトゥユ侯爵夫人へ）の一節である。その前の第5の手紙ではメルトゥユ侯爵夫人がヴァルモン子爵に対して，貞淑で信心深いトゥルヴェル法院長夫人の誘惑に成功しても何の面白味も名誉も得られないと言っていさめている。それに対してヴァルモンはそのようなトゥルヴェル夫人だからこそ深い快楽が得られると反論する。自由放蕩が瀆聖と合わさって残虐な征服欲に達する箇所である。

Les Liaisons dangereuses

　J'aurai cette femme ; je l'enlèverai au mari qui la profane : j'oserai la ravir au Dieu même qu'elle adore. Quel délice d'être tour à tour l'objet et le vainqueur de ses remords ! Loin de moi l'idée de détruire les préjugés qui l'assiègent ! ils ajouteront à mon bonheur et à ma gloire. Qu'elle croie à la vertu, mais qu'elle me
5　la sacrifie ; que ses fautes l'épouvantent sans pouvoir l'arrêter ; et qu'agitée de mille terreurs, elle ne puisse les oublier, les vaincre que dans mes bras. Qu'alors, j'y consens, elle me dise : «Je t'adore» ; elle seule, entre toutes les femmes, sera digne de prononcer ce mot. Je serai vraiment le Dieu qu'elle aura préféré.

◆ 注

1　cette femme　トゥルヴェル法院長夫人のこと。　3　préjugés　この場合は，自由思想家や無神論者が伝統的な信仰や道徳的観念を指す際の用語。

第4章　[18世紀] 理性と感受性の賞揚

『危険な関係』

　私はあの人を手に入れましょう。私は，彼女をけがしている夫から彼女を奪うでしょう。彼女が崇拝している神からさえ彼女を奪ってみせましょう。かわるがわる彼女の良心の呵責の対象となったり，良心の呵責に打ち勝ったりするのは何という喜びでしょう！彼女をしばっている偏見を打破しようだなんて，とんでもありません！その偏見のおかげで私の幸福と栄光はいっそう高まるでしょう。彼女が貞節を信じるのは結構，ただしそれを私のために犠牲にすればいいのです。自分の過ちにおびえて，それでも自制できないようになればいいのです。そしてさんざん恐怖にさいなまれて，私の腕に抱かれた時にしかその恐怖を忘れることができず，それに打ち勝つことができなければいいのです。その時彼女は私に「大好きよ」と言ってくれればいいのです，それを許しましょう。すべての女性のうちで，彼女だけがそのことばを発するにふさわしくなるでしょう。私は本当に彼女が選んだ神になるのです。

●「摂政時代」（La Régence）●

　ルイ14世の死からルイ15世の親政が始まるまでの期間。14世の子と孫はともに病気で夭折したため，1715年に彼が77歳で没したときには5歳の曾孫がルイ15世として即位した。新国王は当然自ら政治を行うことはできないため，ブルボン家の傍流に属するオルレアン公フィリップ（Philippe d'Orléans, 1674-1723）が摂政 régent として統治し，それは彼の死まで続いた。フィリップは快楽好きな性格であったため，厳粛なルイ14世治世末期とは打って変わって，明るく享楽的な時代が到来した。

4　文学の領域の拡大——詩とその他のジャンル

　演劇や小説以外でも，この時代には伝統的なジャンルにおける重要な変化や新たなジャンルの誕生によって文学の領域が拡大し，中でも自伝とルポルタージュはその後，重要なジャンルに成長した。

▶詩のない世紀？　18世紀は詩が衰退した時代であるかのように思われがちであるし，啓蒙思想の合理主義がその衰退の原因とされることもある。しかしいずれも一面的な見方であり，詩は盛んに創作

され続けた。しかも，古典主義的な文学観が根強かったため，叙事詩は悲劇とともに作家にとって最も名誉あるジャンルであった。18世紀が今日のわれわれには「詩のない世紀」に見えるのは，むしろ19世紀以降の詩の概念との隔たりによるところが大きい。18世紀においては，詩はまだ韻文を創作する術という意味が強かったうえ，当時の詩は社交的な遊戯の性格をもつものも多く，「呪われた詩人」が社会から疎外されつつも独創性を発揮するという時代でもなかった。

　世紀の前半から中葉にかけて詩人として最も名声を博したのはヴォルテールであり，叙事詩「アンリ4世頌（ラ・アンリアード）」"La Henriade"（1728）において宗教的寛容を称揚して大成功を収めた。彼の詩作品は世紀前半に盛んであった思想的な詩を代表しているが，古典主義の域を出ていない。概して，ロマン主義の萌芽といえる傾向が出現するのは世紀の後半以降である。

▶描写詩　　自然科学の進歩に対する関心やヤングなどイギリスの詩人たちの影響によって世紀の後半から流行したのが「描写詩」poésie descriptive であり，その代表はサン゠ランベール Jean-François, marquis de Saint-Lambert（1716-1803）の『季節』Les Saisons（69）やジャック・ドリール Jacques Delille（1738-1813）の『庭園』Les Jardins（82）である。彼らは自然の風景や感覚的な印象を描くことによって新たな詩情を創り出し，ラマルチーヌやユゴーらのロマン主義の世代にも影響を与えた。

▶自伝文学の誕生　　18世紀以前にも回想録というジャンルがあり，この時代ではルイ14世治世末期と摂政時代の宮廷を描いたサン゠シモン公爵 Duc de Saint-Simon（1675-1755）の『回想録』Mémoires（執筆39-49，刊行1829-30）がその代表例である。しかし18世紀に出現した自伝は従来の回想録とはいくつかのちがいがある。まず，それまでの回想録がたいてい貴族など上流階級によるものだったのに対して，この時代には平民出身の作家が自らの生涯を語るようになるということ，そして従来の回想録が公的な生活（宮廷での活動など）に重点を置いていたのに対して，

第4章 [18世紀] 理性と感受性の賞揚

新たな自伝の作者たちは自分の子供時代も重要な主題としていることである。このような事態は，平民出身の知識人の増加，人の優劣の基準は出自ではなく精神的な価値であるとする信念の普及，などいくつかの社会的・文化的な条件によって生じたものである。ただ，自伝は伝統とまったく断絶しているわけではなく，回想録，回想録小説，モラリスト文学など既存のジャンルの影響を受けつつ成立した。

▷ルポルタージュ　以前は卑近な日常生活の場が文学の対象となることはまれだったが，18世紀になると，急速に発展しつつあったパリは小説などの舞台として頻繁に文学に登場するようになった。世紀末になると，パリそれ自体が描写されるに値する題材として意識されるようになり，特に民衆出身の二人の作家，メルシエ（136頁参照）とレチフ・ド・ラ・ブルトンヌ Nicolas Edme Rétif, dit Rétif de la Bretonne（1734-1806）は，パリの描写を人間と風俗の研究ととらえ，長大な作品を残した。メルシエは12巻に及ぶ『パリ情景』 *Tableau de Paris*（81-88）において，政治的な批判や改革の提言を交えつつパリの生活や風俗を描いた。一方，レチフは『パリの夜』 *Les Nuits de Paris*（88）において，夜の散歩者の目に映るパリの姿を語っているが，それはけんかなどの暴力沙汰や風変わりな人々に満ちている。「ルポルタージュ」という用語がフランス語の中に定着したのは19世紀になってからであるが，このジャンルの確立に貢献したのは革命前後の動乱期を民衆のただ中で生きたメルシエやレチフである。

(代表的作家と作品)

アンドレ・シェニエ
André Chénier, 1762—94

●悲運の詩人　18世紀を代表する詩人とされるシェニエはフランス人外交官の父とギリシャ人の母の間にコンスタンティノープル（現イスタンブール）で生まれ，3歳の時に家族とともにフランスに移り住んだ。85年頃から詩作を始め，87年には大使秘書としてロンドンにおもむいた。革命の初期にはその理想に共鳴して積極的に参加したが，ロベスピエールらと対立する穏健派の一員だったため逮捕され，ロベスピエール失脚のわずか数日前に処刑された。

●「新しい思想の上に古風な詩句を」　シェニエの詩作品は生前に発表されたものは少なく，未完の断片の形で残されているものも多い。科学の進歩を歌った描写詩「ヘルメス」"Hermès"（未完）などは同時代の詩と思想に影響されているが，シェニエの独創性は，青年期から書かれていた『牧歌』*Bucoliques* や『悲歌』*Élégies*, そして獄中で書かれた『諷刺詩』*Iambes* や「囚われの若い女」"La jeune captive"（94執筆，95刊）に見られる。彼は古代ギリシャの詩に傾倒し，その形式を自作に生かした。「創意」"L'Invention" と題された詩に含まれる有名な詩句「新しい思想の上に古風な詩句を作ろう」Sur des pensers nouveaux faisons des vers antiques もそのような理想を表している。シェニエの作品は1819年に初めて出版され，シャトーブリアンによって称賛されたが，ロマン派の詩人たちではキリスト教回帰の傾向が強いのに対して，シェニエはより異教的で啓蒙思想への親近感も強い。

●「囚われの若い女」　この作品は9節の6行詩からなり，引用したのは最初の3節である。第7節までは若い女囚の詩句の引用という設定になっており，自然の光景に神話的なイメージをまじえて，生への愛着が歌われている。男性韻の12音綴詩句と女性韻の8音綴詩句が交互に繰り返されてリズムを刻んでいる。

"La jeune captive"

L'épi naissant mûrit de la faux respecté ;
Sans crainte du pressoir, le pampre tout l'été
　Boit les doux présents de l'aurore ;
Et moi, comme lui belle, et jeune comme lui,

5　Quoique l'heure présente ait de trouble et d'ennui,
　　　Je ne veux point mourir encore.

　　Qu'un stoïque au yeux secs vole embrasser la mort,
　　Moi je pleure et j'espère ; au noir souffle du Nord
　　　Je plie et relève ma tête.
10　S'il est des jours amers, il en est de si doux !
　　Hélas ! quel miel jamais n'a laissé de dégoûts ?
　　　Quelle mer n'a point de tempête ?

　　L'illusion féconde habite dans mon sein.
　　D'une prison sur moi les murs pèsent en vain,
15　　J'ai les ailes de l'espérance :
　　Échappée aux réseaux de l'oiseleur cruel,
　　Plus vive, plus heureuse, aux campagnes du ciel
　　　Philomèle chante et s'élance.

◆ 注
18　Philomèle　ギリシャ神話の人物でアテネ王パンディオンの娘。義兄から虐待されたが，神々によってナイチンゲールに変身させられて難を逃れた。

「囚われの若い女」

生まれたての麦穂は鎌から守られて熟し，
ブドウは搾り機を恐れることなく，夏中
　夜明けの甘美な贈り物を飲む。
そして私は同じように美しく若く，
今の世にいかに不安と苦痛があろうと，
　私はまだ死にたくない。

涙を見せない禁欲主義者は勇んで死にいくがいい，
私は泣いて希望をもち続ける。北からの暗い息吹に
　私はこうべを垂れては上げる。
つらい日々はあるけれども，かくも心地よい日々もあるのだ！

ああ，けっして不快な後味を残さない蜜などあるだろうか。
　嵐のない海などあるだろうか。

私の胸のうちには実り多い夢想がある。
牢獄の壁が私にのしかかろうとかまわない，
　私には希望の翼があるのだから。
残忍な鳥刺しの網を逃れ，
より生き生きとしてより幸福に，空の広がりの中に
　フィロメレは歌って飛び立つ。

ルソーと自伝文学
人物紹介は128頁参照

●**自己の内面の告白**　自伝というジャンルの誕生に決定的な役割を果たしたのはルソーの『告白』*Les Confessions*（65-70執筆，82第1部，89第2部刊）であるが，もとは62年に『エミール』と『社会契約論』が断罪されてから激化した攻撃に対する自己弁護が目的だった。

『告白』の中でルソーは自分の生い立ちや人格形成を語るだけでなく，自分の行動や感情をありのままに知ってもらうことをめざしており，その意味ではキリスト教における自己検討の実践を受け継いでいる面もある。また，数々の過ちや奇行にもかかわらず，自分こそ人間の普遍的な本性を体現しているという確信が随所に表れている。このような特徴によって，『告白』は個人の独自性が新たな芸術的価値として重視されていく過程にも寄与した。

●**自己弁護から幸福な時間の再現へ**　しかし『告白』は単なる自己弁護の書ではなく，過去の幸福な時間を語ることによってそれを再び体験する機会ともなっており，若い頃の幸福な期間が回想される場面からは書くことの喜びが伝わってくる。ルソーの遺作となった『孤独な散歩者の夢想』*Les Rêveries du promeneur solitaire*（76-78執筆，82刊）では，書くことによる幸福の追求それ自体が創作の目的となっており，過去の幸福の回想や日々の散歩の中での瞑想などに全編が費やされている。その作品の詩情あふれる散文は自伝というジャンルの枠を超えて，ロマン主義をはじめ多方面に影響を与え，19世紀以降の散文詩の源流の一つとも見なされる。

●**記憶の詩学**　引用文は『告白』第6巻の一節で，ヴァラン夫人と親子であると同

時に恋人同士でもあるような関係にあった頃のことが述べられている。ルソー自身が生涯で最も幸福な時期の一つと形容している時期であり、『告白』における幸福な時間の回想の代表的な例として知られている。中でも以下のくだりは花によって過去の幸福が喚起されるという、いわば「無意志的記憶」の場面であり、フランス文学における記憶のテーマに関連してしばしば言及される。

Les Confessions

  Le premier jour que nous allâmes coucher aux Charmettes, Maman était en chaise à porteurs, et je la suivais à pied. Le chemin monte : elle était assez pesante, et craignant de trop fatiguer ses porteurs, elle voulut descendre à peu près à moitié chemin pour faire le reste à pied. En marchant elle vit quelque chose de
5 bleu dans la haie, et me dit : «Voilà de la pervenche encore en fleur.» Je n'avais jamais vu de la pervenche, je ne me baissai pas pour l'examiner, et j'ai la vue trop courte pour distinguer à terre les plantes de ma hauteur. Je jetai seulement en passant un coup d'œil sur celle-là, et près de trente ans se sont passés sans que j'aie revu de la pervenche ou que j'y aie fait attention. En 1764, étant à Cressier avec
10 mon ami M. du Peyrou, nous montions une petite montagne au sommet de laquelle il y a un joli salon qu'il appelle avec raison Belle-Vue. Je commençais alors d'herboriser un peu. En montant et regardant parmi les buissons, je pousse un cri de joie : *«Ah ! voilà de la pervenche !»* et c'en était en effet. Du Peyrou s'aperçut du transport, mais il en ignorait la cause ; il l'apprendra, je l'espère, lorsqu'un jour
15 il lira ceci.

◆ 注

1 Les Charmettes　シャンベリー郊外にあった土地の名前。1736年，ヴァラン夫人はそこで家を借り，ルソーとともに住んだ。**1** Maman　ルソーがヴァラン夫人を呼ぶときの愛称。**9** Cressier　ヌーシャテル近くのスイスの町。

『告白』

  私たちが初めてレ・シャルメットに泊まりに行った日，ママンは輿に乗っていて，私は徒歩で従っていた。道は上り坂で，彼女はやや体重があって担ぎ手たちが疲れすぎてしまうことを心配して，途中で降りて残りを徒歩で行くことを望んだ。歩きながら彼女は垣根の中に何か青いものを見つけて，私にこう言った。「ツルニチニ

チソウがまだ咲いているわ。」私はまだツルニチニチソウを見たことがなく，よく見るためにかがむこともせず，目の高さから地面の植物を見分けるには近眼すぎた。その花は通りすがりにちらりと見ただけで，再びツルニチニチソウを見ることもなく，あるいはそれに注意することもなく30年近くがたった。1764年，友人のデュ・ペルー氏とともにクレシエにいたとき，私たちは小さな山を登っていて，その頂上には彼がいみじくも見晴らし亭と呼んでいるきれいなあずまやがある。その頃私は植物採集をし始めていた。登りながら茂みの中を見て，私は喜びの声を上げた。「あ，ツルニチニチソウだ！」そしてそれは本当にツルニチニチソウだった。デュ・ペルーは私の感激に気づいたが，その理由は知らなかった。いつの日か，これを読んだらそれをわかってくれることを願っている。

第5章
［19世紀Ⅰ］　ロマン主義の高揚とその周辺

（朝比奈　美知子・朝比奈　弘治）

ジロデ『アタラの埋葬』

時 代 思 潮

▶激動の時代　19世紀前半は，1789年に始まって絶対王政を打破したフランス革命の余波を引きずり，近代国家の確立をめざしてさまざまな試行錯誤が繰り返された時代だった。それゆえ政治的には不安定で，この世紀の前半に限っても，革命の理念を追究し民主化をめざす動きとそれに対する反動のせめぎあいが続き，わずか50年の間にいくつもの政権が交代した。革命後の混乱の中，コルシカ島出身の軍人ナポレオンが頭角を現し，ブリュメールのクーデタ（1799）を起こして統領政府を創始する。1804年には帝政を敷き，ヨーロッパ全土に支配の手を広げようとするが，ロシア遠征をきっかけに没落。1815年に帝政が崩壊した後にはルイ18世が即位して反動的な王政が復活する。この体制に不満を持った民衆とブルジョワが1830年に七月革命を引き起こし，ルイ＝フィリップによる七月王政が始まるが，不満の火種は根絶せず，1848年には再び民衆の蜂起から二月革命が起こり，第二共和政の臨時政府が誕生した。

▶ブルジョワ社会の発展　フランスは産業革命において隣国イギリスに遅れをとっていたが，それでも1825年ごろから繊維工業を中心に産業の機械化が進み，経済の構造が変化していった。この時代に社会をリードすることになったのは，もはや王侯貴族ではなく，時流に乗ってエネルギーを蓄えたブルジョワジーであり，とりわけ銀行家による政治・経済支配の傾向が顕著になってくる。そして，フランス革命の勃発を契機に旧体制（アンシャン・レジーム）が崩壊したように，生活面にも大きな変化がもたらされる。たとえば，道路や運河の整備，蒸気機関の発明による輸送手段の拡大，それによるさまざまな地域間の移動・交流の活発化，新聞・雑誌など出版物の増加による情報量と読者層の拡大などはその例である。

▶社会問題の激化　産業構造の変化は膨大な数の農村人口を都市へと吸い寄せ，大都市の発展を促した。しかし，一握りの大ブ

第 5 章　[19世紀Ⅰ]　ロマン主義の高揚とその周辺

ルジョワジーによる搾取が強化され，金権と結びついた政治腐敗も進み，大多数の都市労働者は劣悪な生活・労働環境の中で疎外感を強めていった。そのような状況の中で，サン=シモン，フーリエの空想的社会主義に端を発する社会主義思想が，カトリック神秘主義的傾向のラムネー，私有財産を否定したプルードン，暴力的社会改革を意図したブランキへと引き継がれ発展していった。一方，労働者自身の人権や生活権に対する意識も徐々に芽生え，各地で労働争議が組織されるようになる。二月革命はこのような民衆，社会主義者，そして七月王政に批判的な共和派ブルジョワの要求が結集した形で引き起こされた。しかしながら，はじめ民主的な性格を打ち出していた臨時政府はしだいにブルジョワ色を強め，再び蜂起した労働者たちの六月暴動が武力で鎮圧されてからは，社会におけるブルジョワの支配がますます揺るぎのないものとなっていった。

▶ロマン主義運動の高まり　19世紀前半のフランスにおける最大の文芸思潮はロマン主義である。この思潮は，従来フランス文学に君臨してきた古典主義に対する一種の反動であり，その素地はすでに前世紀のルソー，ディドロらによって準備されていた。ロマン主義者たちは，唯一の基準に基づく普遍的な美の観念を斥けて趣味の相対性を主張した。彼らは個性，多様性，想像力を重視し，何よりも自由を熱烈に追い求めた。その結果，文学作品においては，個人の感情や情熱の吐露，地方色の重視，幻想的なものへの好みなどといった特徴が見られるようになる。またこの時代には，革命の余波で従来人々の精神的支柱となっていた教会への信頼が揺らぎ，フランス中が深刻な精神的混乱に陥っていたが，その中で，ロマン主義の文学者たちは，教会に代わって自らが民衆の導き手となり，理想的な社会の建設をめざすのだという使命感に燃え，社会・政治問題にも積極的に参加しようとした。

▶分野・国境を越えた文芸思潮　ロマン主義はそのスケールの大きさにおいても従来に見られなかった文芸思潮であると言える。もともとフランス文学のロマン主義は，当時翻訳などでさかんに紹介されることにな

ったイギリスのシェイクスピア，ドイツのゲーテ，シラーといった外国文学の影響下に発展したものであるし，文学者たちも国境を越えて交流を行っていた。また，ロマン主義運動は文学のみならず，音楽，芸術などにおいても進行し，異なる分野が互いに影響を与えあいながら発展した。ともに1830年に作られたベルリオーズの『幻想交響曲』，ドラクロワの絵画『民衆を導く自由の女神』はロマン主義時代を画する作品である。ショパン，リストらのような音楽家もすでに国際的な活動をしていたし，イギリスの詩人バイロンがギリシャ独立運動を支持したこともよく知られている。すなわちロマン主義は，個々の国や芸術のジャンルの枠を越え，包括的かつ国際的な文芸思潮として発展したのである。

▶社会，歴史への興味　政体の絶え間のない変化，他国との関係の増大は，結果として人々の視野を広め批判精神を発展させた。とりわけ1830年代以降には，人間を取り巻くものとしての社会，それを作り上げてきた歴史に対する興味が高まり，社会研究，歴史研究が盛んになった。そして文学の領域でも，刻々に変動する社会とそこに生きる人間の姿を描こうとする傾向が現れる。バルザック，スタンダールらの小説にはその傾向を認めることができるだろう。また歴史研究などの影響を受け，批評が近代文学のひとつのジャンルとして認知されるようになったのもこの時代の特徴である。

●「ナポレオン伝説」●

19世紀の文学をナポレオンのイメージ抜きに語ることはできない。

ナポレオンが権力の座にあったときは，多くの文学者が専制君主としての彼に批判の声をあげた。スタール夫人やコンスタンは彼が革命の理想を裏切ったことを非難し，シャトーブリアンもやがてナポレオンを恐怖政治の後継者とみなすにいたる。帝政末期には「コルシカの食人鬼」とまで呼ばれるようになり，うちつづく戦いに疲弊した国民の多くは，帝政の崩壊を安堵の気持ちで迎えた。

ナポレオン伝説が始まるのは1815年以後，王政復古に幻滅した人々が栄光にみちた帝政期を懐かしむようになってからである。とりわけ彼がセント・ヘレナ島で口述した回想録は大成功を収め，「人類のプロメテウス」「革命の申し子」といったイメージが定着する。当時絶大な人気のあったベランジェ Béranger（1780-1857）のシャンソンも，民衆のあいだにナポレオン崇拝を広めるのに大きく貢献した。

ロマン派の作家は，ユゴーをはじめとしてラマルチーヌ，ミュッセ，ヴィニー，

第**5**章　［19世紀Ⅰ］　ロマン主義の高揚とその周辺

> ネルヴァルなど，ほとんどすべてがナポレオンに賛辞を贈っている。またナポレオン軍に加わったスタンダールは，『セント・ヘレナ日記』をむさぼり読むジュリアン（『赤と黒』）や，ワーテルローの戦いに熱狂して参加するファブリス（『パルムの僧院』）の姿を小説に描き，「ペンのナポレオン」たらんとしたバルザックも，小説のなかで何度となく皇帝崇拝をとりあげた。
> 　1840年，彼の遺灰がフランスに戻ってくるとナポレオン伝説は頂点に達し，第二帝政の成立にも大きな影響を及ぼすことになる。（朝比奈弘治）

1　ロマン主義の発展

▶相対性の認識　　ロマン主義は，ともすれば画一的な趣味や美の規範に縛られてきた旧来のフランス文学に新しい息吹を吹き込んだ。その先駆者となったのが，スタール夫人 Germaine, Madame de Staël（1766-1817）とシャトーブリアンである。スタール夫人は『文学論』*De la littérature considérée dans ses rapports avec les institutions sociales*（1800）において各国の文学間の差異がそれぞれの風土，政治制度や宗教などの違いと深く関わることを示し，趣味は絶対・普遍のものではなく相対的なものであると主張した。また『ドイツ論』*De l'Allemagne*（1810発禁，13刊）では，古典主義において看過されがちであった北方外国文学のひとつであるドイツ文学を，新たな創作の霊感を提供するものとして紹介した。一方シャトーブリアンは，古典主義によって黙殺されてきた中世を再評価するとともに，文学の評価に歴史的視点を導入した。こうした先駆者たちの影響を受け，作家たちの探究の方向性は普遍性から個別性へ，単一性から多様性へと移っていった。

▶ロマン主義の闘い　　ロマン主義発展の歴史は，200年来文壇を支配してきた古典主義との闘いの歴史でもあった。両者の闘争はとりわけ演劇のジャンルにおいて顕著に繰り広げられた。主義としての最初の趣旨表明を行ったのは**スタンダール**で，評論『ラシーヌとシェイク

スピア』において古典主義が曾祖父たちの世代に最大限の快楽を与えるものであったのに対してロマン主義は現代のあらゆる国民にその習慣と信条に照らして最大限の幸福を与えるものだと述べ，相対性と現代の重視を訴えた。またユゴーは，戯曲『クロムウェル』序文において文学・芸術観が時代とともに変化することを示すと同時に，演劇を縛るさまざまな規範，とくに三単一の規則を批判して芸術における自由を主張し，一躍ロマン派の旗手となった。ロマン派の作家，芸術家たちは「セナクル」Cénacle と呼ばれるグループ（ノディエが館長を務めたアルスナル図書館のセナクル，ノートル゠ダム゠デ゠シャンのユゴー宅のセナクルが有名）を形成して互いに交流を図っていたが，1830年に上演されたユゴーの『エルナニ』が彼らの熱烈な支援のもとに成功して以来，ロマン主義の隆盛が決定的になった。

▶「私」の探究　　ロマン主義の文学作品においては普遍性より個が，理性より感情や情熱が重視された。その現れとして，詩のジャンルでは詩人の魂の叫びや深い内省を歌った抒情詩が盛んに作られるようになる。また，ルソーの『告白』を先駆けとし，この時代には作家たちによる自伝の刊行が一種の流行を形成するほど盛んになった。フィクションである小説のジャンルにおいても，作家自身の苦悩や情熱を色濃く反映した自伝的要素の強い作品が次々に書かれるようになる。代表作としてはシャトーブリアンの『ルネ』ほか，セナンクール Étienne Pivert de Sénancour（1770-1846）の『オーベルマン』Oberman（1804），バンジャマン・コンスタン Benjamin Constant（1767-1830）の『アドルフ』Adolphe（1816），ミュッセの『世紀児の告白』などが挙げられる。ロマン主義における作品創造は究極的には「自己探究」へと収斂するのだと言っても過言ではない。それぞれの作家たちは作品を書くことを通じて「私とは何か」という問いに対する答えを真剣に探し求めたのだった。

▶理想と挫折　　ロマン主義時代の作家たちは，自身の文学創作を通じて民衆を導き社会を変革するのだという高い理想と使命感を持

っていた。理念と野心を抱いて実際に政治に参加した作家も少なくない。**ユゴー**や**ラマルチーヌ**らロマン派の大詩人たちが世界の創造や人民の歩みを歌った壮大な叙事詩を書いていることは彼らの高い志と自負の一つの現れであると言えるだろう。しかしながら，ブルジョワ支配が進行する中，理想とはかけ離れた方向へと発展してゆく現実の社会を前にした彼らは，やがて深く絶望し，孤独感や焦燥感，癒しがたい倦怠に苛まれるようになる。時代が生んだこのような一連の病理を「世紀病」Mal du siècle と呼ぶ。上に挙げた自伝的作品において例外なくこの病理が取り上げられていることからも推察されるように，理想を追求する（広義の）「詩人」の現実社会における疎外は，まさに近代を象徴するテーマとなった。

▶想像力の発展と深化　ロマン主義は，作家たちの想像力を唯一不変の美の基準や硬直した規則による束縛から解放した。また交通手段の発達や情報量の増大は彼らの行動半径を広げ，視野を拡大した。こうして彼らは時空を越えてさまざまな「よそ」へと夢を馳せるようになる。さまざまな紀行文が発表されたり地方色が重視されたのはその例である。他方，作家たちはしばしば現実の外にある世界へと探究の視線を向け，ドイツ，イギリスの文学に触発される形で，夢や伝説などを題材とする幻想的な作品が多数書かれるようになった。不可視のもの，神秘的なものへの憧憬は，深刻な疎外をもたらす現実からの逃避願望の現れであると同時に，自身の真の姿を見極めようとする作家たちの探究が深化，内面化されたことで生じた一つの傾向であると言えるだろう。

▶多様な個性　ロマン派の作家として，個別に紹介する作家の他，『スマラ』 *Smarra*（1821），『トリルビー』 *Trilby*（22）などの幻想物語で知られるシャルル・ノディエ Charles Nodier（1780-1844），自身の人生における情熱や苦しみを直截な詩句で表現した女流詩人マルスリーヌ・デボルド＝ヴァルモール Marceline Desbordes-Valmore（1786-1859），中世の怪奇な幻想を綴った『夜のガスパール』 *Gaspard de la nuit*（1842死後刊）で散文詩のジャンルの先駆者となったアロイジウス・ベルトラン Aloysius

Bertrand（1807-41）の名を挙げておこう。また，ロマン派の中ではやや後の世代に属し，**ラマルチーヌ**や**ユゴー**などの大家の陰で生前は日の目を見なかったものの後になって再評価された作家たち，たとえばペトリュス・ボレル Pétrus Borel（1809-59）がいる。彼らはしばしば「小ロマン派」Petits romantiques の名で総称されるが，**ノディエ**，**ネルヴァル**，**ゴーチエ**らがそこに含めて考えられることもある。その作品は，ブルジョワ化の一途をたどる社会に対する深い失望・倦怠感と，その代償を求めるかのように先鋭化された想像力を特徴としている。

代表的作家と作品

フランソワ＝ルネ・ド・シャトーブリアン
François-René de Chateaubriand, 1768—1848

●**孤独と夢想の少年時代**　シャトーブリアンは，ブルターニュ地方の港町サン＝マロに貴族の末子として生まれた。荒波の打ち寄せる海辺，後に移り住んだ森深いコンブール城は少年期の彼に孤独な夢想癖を植えつけた。

●**冒険と政治的波瀾の人生**　青年貴族として社交界に入った頃の彼はルソーに傾倒し，勃発したフランス革命にも共感を寄せていた。しかし後にはその暴力的進行を嫌悪し，1791年アメリカへと出航する。人間の手に汚されていない雄大な自然に触れたこの旅は，後の彼の作品に多くの霊感を与えることになる。国王ルイ16世の逮捕の知らせで帰国し反革命軍に参加するが，負傷してロンドンに亡命。この頃『革命試論』*Essai sur les révolutions*（1797），アメリカを舞台にした自伝的小説『ナチェーズ族』*Les Natchez*（1826）を執筆。帰国後，独立した小説としても刊行された『アタラ』*Atala*や『ルネ』*René*を挿話の形で含む大著『キリスト教精髄』*Génie du christianisme*（1802）を発表して大成功を収め，文壇での名声を確固たるものにした。ナポレオンにも登用され，外交官となってローマに赴任するが，見解の対立から辞職。自由の身となった彼は，少年時代からの夢であった東方旅行に出かけ，紀行文『パリからエルサレムへの旅』*Itinéraire de Paris à Jérusalem et de Jérusalem à Paris*（11）などを発表した。王政復古とともに政界に返り咲き，大臣，大使職にも任ぜ

第**5**章　［19世紀Ⅰ］　ロマン主義の高揚とその周辺

られるが，一徹さゆえにルイ18世に疎まれやがて失脚する。野に下ってからも，王党派の雑誌「保守派」*Le Conservateur* を主催して政府を批判するなど，精力的な活動を続けるが，1830年の七月王政以後は政治から身を引く。その後は文筆により生活を支え，膨大な自伝『墓の彼方からの回想』*Mémoires d'Outre-Tombe*（48-50死後刊）の執筆に没頭した。

●**ロマン主義の偉大な先駆者**　膨大な彼の著作は，以後発展するロマン主義の本質的な特徴を包括的な形で含んでいる。『キリスト教精髄』においてはキリスト教を「もっとも詩的かつ人間的かつ自由で，芸術，文芸に最適」な宗教であるとして称揚するとともに，従来暗黒の時代であると考えられてきた中世の美術や文学の再評価を行った。またこのような歴史的観点を導入することで，趣味の相対性を加味した新たな批評のあり方を示唆した。小説『ルネ』は『キリスト教精髄』の一章「情熱の空漠性について」の挿話ともなっているが，そこでは過剰な情熱をもてあまし現実のいかなる場所にも安らぎを見出せない主人公の姿が描かれている。シャトーブリアン自身の思いが色濃く反映するこの作品は「私」を追究する作品群の先駆けとなり，また「ルネ」の名は世紀病に悩む同時代の青年の代名詞ともなった。さらに『墓の彼方からの回想』は自伝を，『アタラ』は異国趣味をそれぞれ流行させた。

　引用は『アタラ』の結末部分で，恋人を愛しながら誤った信仰のために命を落としてしまった少女アタラの葬式がアメリカの大自然の中で行われる。ルソーの系譜にも連なる瑞々しい自然描写は，抒情性豊かな名文とともにシャトーブリアンの魅力を十分に伝えるものである。

Atala

　Vers le soir, nous transportâmes ses précieux restes à une ouverture de la grotte, qui donnait vers le nord. L'ermite les avait roulés dans une pièce de lin d'Europe, filé par sa mère : c'était le seul bien qui lui restât de sa patrie, et depuis longtemps il le destinait à son propre tombeau. Atala était couchée sur un gazon
5　de sensitives de montagnes ; ses pieds, sa tête, ses épaules et une partie de son sein étaient découverts. On voyait dans ses cheveux une fleur de magnolia fanée... celle-là même que j'avais déposée sur le lit de la vierge, pour la rendre féconde. Ses lèvres, comme un bouton de rose cueilli depuis deux matins, semblaient languir et sourire. Dans ses joues d'une blancheur éclatante, on distinguait quelques veines
10　bleues. Ses beaux yeux étaient fermés, ses pieds modestes étaient joints, et ses mains d'albâtre pressaient sur son cœur un crucifix d'ébène ; le scapulaire de ses

vœux était passé à son cou. Elle paraissait enchantée par l'Ange de la mélancolie, et par le double sommeil de l'innocence et de la tombe. Je n'ai rien vu de plus céleste. Quiconque eût ignoré que cette jeune fille avait joui de la lumière, aurait
15 pu la prendre pour la statue de la Virginité endormie.

Le religieux ne cessa de prier toute la nuit. J'étais assis en silence au chevet du lit funèbre de mon Atala. Que de fois, durant son sommeil, j'avais supporté sur mes genoux cette tête charmante ! Que de fois je m'étais penché sur elle, pour entendre et pour respirer son souffle ! Mais à présent aucun bruit ne sortait de ce
20 sein immobile, et c'était en vain que j'attendais le réveil de la beauté !

La lune prêta son pâle flambeau à cette veillée funèbre. Elle se leva au milieu de la nuit, comme une blanche vestale qui vient pleurer sur le cercueil d'une compagne. Bientôt elle répandit dans les bois ce grand secret de mélancolie, qu'elle aime à raconter aux vieux chênes et aux rivages antiques des mers.

◆ 注

7 pour la rendre féconde 彼女を豊穣にするために，つまり彼女に子供が授かるようにという意味。**11** scapulaire 肩布〔＝スカプラリオ〕。修道服の一部で，長衣の上に肩から前後に垂らす幅広い布。**14** jouir de la lumière 光を享受する，つまり「生きる」の意。**22** vestale ローマ神話のかまどの女神 Vesta に仕える巫女。純潔を保ち，聖なる火を守ったといわれる。

『アタラ』

夕刻ごろ，わたしたちは彼女の尊いなきがらを洞窟の北のほうに向いた入口に運んだ。隠者はそれを自分の母親が織ったヨーロッパの亜麻布でくるんでいた。それは彼に残されたただ一つの故郷の財産で，ずっと前から彼はそれを自分自身の埋葬に使おうと思っていたのだった。アタラは山生のオジギ草の茂みの上に横たえられていた。彼女の両足，頭と肩，そして胸の一部が露わになっていた。髪には萎れたモクレンの花が差されていた…それは，子供を授かるようにとわたしが乙女の寝床に置いたまさにその花だった。彼女の唇は，二日前の朝に摘んだバラの蕾のごとく，萎れて微笑んでいるかのように見えた。輝くばかりに白いその頬にはいく筋かの青い血管が見分けられた。彼女はその美しい眼を閉じ，慎ましやかな足を揃え，雪のように白い両の手で黒檀の十字架を胸に押しつけていた。誓いの肩布が首に掛けら

第 5 章　[19世紀 I]　ロマン主義の高揚とその周辺

れていた。彼女は憂いの天使に，無垢と死の二重の眠りに魅入られているかのように見えた。これほど天上的なものは見たことがない。この乙女がかつて生きていたことを知らない人なら誰でも，眠り込んだ聖処女の像だと思ったことだろう。

　修道士は一晩中祈り続けた。わたしは愛するアタラの死の床の枕元に無言で座っていた。彼女が眠っている間，何度その魅力的な頭を膝の上にのせたことだろう！息づかいを聞き，吸い込もうと何度彼女の上に身をかがめたことだろう！しかし今，彼女の不動の胸からはいかなる音もしなかった。美しい女(ひと)の目覚めを待っても無駄だったのだ！

　月がこの通夜に青白い光を投げかけた。それは真夜中に，仲間の柩の上に嘆きにやってきた純白のウェスタの巫女のごとく上った。そしてまもなく，古い樫の木や海の古(いにしえ)の岸に打ち明けるのが好きな，あの大いなる憂いの秘めごとを森の中にまき広めた。

アルフォンス・ド・ラマルチーヌ
Alphonse de Lamartine, 1790—1869

●**抒情詩人の誕生**　ラマルチーヌはブルゴーニュ地方マコンの貴族の子として生まれ，豊かな自然の中で敬虔なカトリック信者の母や姉たちの愛情に包まれた少年時代を過ごした。イエズス会での学業を終えた後はナポレオンの支配を嫌って故郷の村に引きこもり，夢想と読書，キリスト教詩の創作をして過ごす。ナポレオン失脚後はルイ18世の近衛兵となるがほどなく辞職する。1816年，保養のために訪れた南仏のエクス＝レ＝バンで，結核療養中の人妻ジュリー・シャルルに出会い恋に落ちるが，再会の約束も虚しく翌年彼女は亡くなる。理想の女性を失った癒しがたい悲しみと，それを信仰によって克服しようとする気持ちの葛藤から生み出されたのが『瞑想詩集』*Méditations poétiques*（1820）である。この詩集の大成功こそはロマン主義抒情詩の誕生を告げるものであった。以後も外交官として活躍しながら『宗教諧調詩集』*Harmonies poétiques et religieuses*（30）などの詩集を発表した。

●**政治と文学**　ラマルチーヌの人生は政治的野心と文学的瞑想の交錯するものだった。1832年に出かけた東方旅行の途中で愛娘を亡くし，その痛手を埋めようとするかのように理想を掲げ精力的に政治に取り組むが，その間にも旅の体験をもとにした『東方旅行』*Voyage en Orient*（35），壮大な叙事詩『ジョスラン』*Jocelyn*

（36），七月王政を批判する『ジロンド党史』*Histoire des Girondins*（47）などを発表する。二月革命では臨時政府の首脳に選出されるが，理想を貫こうとするあまり支持者とも衝突し，大統領選挙での大敗北を機に政界から退く。晩年は多額の借財に強いられた「文筆苦行」に追われ，貧窮のうちに亡くなる。晩年の作品として，抒情詩の傑作「葡萄畑と家」"La Vigne et la Maison"（57）がある。

◉**魂の声**　ラマルチーヌの特徴は何よりも抒情性にある。その詩においては，内面から発せられた魂の叫びが音響性豊かで流麗な詩句と響き合っている。引用は，『瞑想詩集』の一編「湖」からの抜粋（最後の4詩節）で，詩人はかつて恋人と出会った湖に一人佇(たたず)み，瞑想にふける。

"Le Lac"

Ô lac ! rochers muets ! grottes ! forêt obscure !
Vous, que le temps épargne ou qu'il peut rajeunir,
Gardez de cette nuit, gardez, belle nature,
　　　Au moins le souvenir !

5　Qu'il soit dans ton repos, qu'il soit dans tes orages,
　Beau lac, et dans l'aspect de tes riants coteaux,
　Et dans ces noirs sapins, et dans ces rocs sauvages
　　　Qui pendent sur tes eaux.

　Qu'il soit dans le zéphyr qui frémit et qui passe,
10　Dans les bruits de tes bords par tes bords répétés,
　Dans l'astre au front d'argent qui blanchit ta surface
　　　De ses molles clartés.

　Que le vent qui gémit, le roseau qui soupire,
　Que les parfums légers de ton air embaumé,
15　Que tout ce qu'on entend, l'on voit ou l'on respire,
　　　Tout dise : Ils ont aimé !

◆　注
　5　Qu'il soit ...　il は souvenir を指す。接続法を用いた祈願文で第3詩節の終わりまで続く。最後の詩節も que を先立てた祈願文になっている。

第 5 章 ［19世紀Ⅰ］ ロマン主義の高揚とその周辺

「湖」

おお湖よ！物言わぬ岩よ！洞窟よ！ほの暗い森よ！
時間の作用を免れ，時間の力で若返りもするおまえたちよ，
美しい自然よ，とどめたまえ，あの夜の，
　　　　せめて思い出を！

その思い出がおまえの休息に，おまえの嵐に，
美しい湖よ，おまえの陽気な斜面の景観に，
あの黒々とした樅に，水に垂れ下がる
　　　　あの荒々しい岩に残るように。

震えつつ通り過ぎる西風に，
岸から岸へと繰り返すざわめきに，
柔らかな光で水面を白く照らす
　　　　銀のおもてを持つ天体に残るように。

唸る風，ためいきをつく葦，
おまえのかぐわしい空気の軽やかな香り，
聞こえるもの，見えるもの，吸いこむもののすべてに，
　　　　すべてに言ってほしいのだ，「彼らは愛しあったのだ」と！

ヴィクトル・ユゴー
Victor Hugo, 1802—85

●**ロマン派の旗手**　ユゴーは1802年フランス東部のブザンソンに生まれ，「シャトーブリアンとなるか，さもなくば無」と，早くから文学創作に対する野心を持っていた。1824年頃から，エミール・デシャン，ノディエ，ヴィニーらロマン派の文学者との交流を深め，1827年には史劇『クロムウェル』Cromwell の序文でロマン派の文学理念を表明した。彼は，詩には時代に対応した3つの形式，すなわち原始の時代に対応する頌歌 ode，古代の叙事詩 épopée，現代の正劇 drame があり，天上的な

ものと地上的なもの，崇高とグロテスク，悲劇と喜劇といった相反するものが調和する正劇こそが現代という時代にふさわしい真の詩である主張した。また，古典主義が奉じてきた三単一の規則を現実の表現を妨げるものとみなして否定し，芸術の自由を主張した。以来彼はロマン派の旗手と目されるようになり，多くの若い文学者たちが彼のまわりに集まるようになった。

●『エルナニ』の闘い　古典主義陣営や官憲からの圧力が未だ衰えない1830年，彼は16世紀スペインを舞台に復讐，義侠心，悲恋を盛り込んだ正劇『エルナニ』*Hernani* を書き上げ，古典派の牙城フランス劇場（＝現在のコメディー・フランセーズ）で上演する。構成においても表現においても古典派への挑発に満ちたこの作品の上演に際しては，若きロマン主義者たちが赤チョッキに水色のズボンという出で立ちのゴーチエを先頭に劇場に乗り込み，古典派の野次に対して野次で応酬し，ロマン主義の闘いを勝利へと導いた。ユゴーはその後も『リュイ・ブラース』*Ruy Blas*（38）などいくつかの戯曲を発表するが，『城主』*Les Burgraves*（43）の失敗以後は演劇から遠ざかる。

●詩人の使命に向かって　絢爛たるイメージと斬新な詩法が目を引く『東方詩集』*Les Orientales*（29）などの初期詩集を書いた後ユゴーは，1830年代から『秋の木の葉』*Les Feuilles d'Automne*（31）をはじめとする「抒情詩四部作」を発表し，七月王政下の政治・社会を問題にしつつ，詩人としての自身のあり方に関する内省を深めていく。

　人道，民主主義的立場から政治参加にも意欲を示していたユゴーは，二月革命後憲法制定議会の議員に選出され，大統領選挙の際にはルイ＝ナポレオンを支持した。しかし彼が独裁への野望を露骨に示すようになると，逆に激しい批判を展開するようになり，1851年クーデタにより帝政が敷かれたときにはブリュッセルに逃亡した。その後も迫害を避けて英仏海峡のジャージー島，ガンジー島にまで逃れ，1870年まで19年間にも及ぶ亡命生活を送る。しかしその間にも彼の信念と文学的情熱が揺らぐことはなく，専制者と堕したルイ＝ナポレオンを告発する詩集『懲罰詩集』*Les Châtiments*（53），愛娘レオポルディーヌの死をきっかけに自身の生と人類の記憶をたどり存在の意義について考察する『静観詩集』*Les Contemplations*（56），進歩へ向かう人類の歩みを描いた壮大な叙事詩『諸世紀の伝説』*La Légende des Siècles*（59-83）などといった詩の大作を書いた。

　『懲罰詩集』に収録された詩「星」"Stella" には次のような詩句がある。

　　　　　私はひとつの世界が破壊されるとき甦るもの。
　　　　　おお，諸国の民よ！私は火と燃える詩なのだ

第 **5** 章　[19世紀Ⅰ]　ロマン主義の高揚とその周辺

[...]
　　　　　私はやってきた。徳よ，勇気よ，信仰よ，起きるのだ！
ここにはまさに，民衆を導きながら理想の世界を建設しようとする「詩人」ユゴーの崇高な使命感と自負が現れていると言えるだろう。

●**想像力と理想のみなぎる小説**　小説のジャンルにおいては，イギリスのゴシック・ロマン風の創作から出発したユゴーは，初期には，死刑を目前に控えた囚人の回想と恐怖の入り交じった妄想を描いた『死刑囚最後の日』*Le Dernier Jour d'un condamné*（29），壮麗にして暗黒の中世のノートル=ダム大聖堂を舞台に，美しいジプシー娘エスメラルダ，彼女に暗い情熱をたぎらせる司教補フロロ，外見は醜いが純粋な心でエスメラルダに献身的な愛を注ぐ僂男カジモドらの登場人物の愛憎が織りなす歴史小説『ノートル=ダム・ド・パリ』*Notre-Dame de Paris*（31）などといった作品を書いていた。亡命中には，一片のパンを盗んだことから19年間牢獄に繋がれ，再び盗みを働こうとするが慈悲深い司教ミリエルに救われて貧しい者たちのために立ち上がるジャン・ヴァルジャンを中心に，社会の底辺に押しやられながらも勇気を持ち逞しく生きようとするさまざまな人間たちを描いた『レ・ミゼラブル』*Les Misérables*（62）を発表。以後も精力的な創作を続け，『海に働く人々』*Les Travailleurs de la mer*（66），『九十三年』*Quatrevingt-Treize*（74）などの長編を残している。

●**ロマン主義の巨人**　ユゴーはあらゆるジャンルにわたって創作を行ったが，彼の作品にはつねに，豊かな想像力と旺盛このうえない創作力，現実の背後にある世界までも見抜こうとする透徹した視線，そして人道主義，民主主義的立場からの社会へのメッセージが溢れている。1870年普仏戦争の敗北により第二帝政が崩壊すると，彼は人民の歓呼に迎えられて帰国し，1885年に亡くなるまで精力的に創作を続けた。彼は生涯を通し，一貫してロマン主義の理念を追究した。そのスケールの大きさから，まさにロマン主義の巨人と呼ぶにふさわしい作家であったと言えよう。

　引用は『レ・ミゼラブル』の一節，陽気で気丈なパリの浮浪児ガヴローシュが市民の反乱に加わり，バリケードの市街戦で銃弾に倒れる場面である。

Les Misérables

　Le spectacle était épouvantable et charmant. Gavroche fusillé, taquinait la fusillade. Il avait l'air de s'amuser beaucoup. C'était le moineau becquetant les chasseurs. Il répondait à chaque décharge par un couplet. On le visait sans cesse, on le manquait toujours. Les gardes nationaux et les soldats riaient en l'ajustant. Il se couchait, puis se redressait, s'effaçait dans un coin de porte, puis bondissait, disparaissait, reparaissait, se sauvait, revenait, ripostait à la mitraille par des pieds de nez, et cependant pillait les cartouches, vidait les gibernes et remplissait son panier. Les insurgés, haletants d'anxiété, le suivaient des yeux. La barricade tremblait ; lui, il chantait. Ce n'était pas un enfant, ce n'était pas un homme ; c'était un étrange gamin fée. On eût dit le nain invulnérable de la mêlée. Les balles couraient après lui, il était plus leste qu'elles. Il jouait on ne sait quel effrayant jeu de cache-cache avec la mort ; chaque fois que la face camarde du spectre s'approchait, le gamin lui donnait une pichenette.

　Une balle pourtant, mieux ajustée ou plus traître que les autres, finit par atteindre l'enfant feu follet. On vit Gavroche chanceler, puis il s'affaissa. Toute la barricade poussa un cri ; mais il y avait de l'Antée dans ce pygmée ; pour le gamin toucher le pavé, c'est comme pour le géant toucher la terre ; Gavroche n'était tombé que pour se redresser ; il resta assis sur son séant, un long filet de sang rayait son visage, il éleva ses deux bras en l'air, regarda du côté d'où était venu le coup, et se mit à chanter :

　　　　Je suis tombé par terre,
　　　　C'est la faute à Voltaire,
　　　　Le nez dans le ruisseau,
　　　　C'est la faute à ...

　Il n'acheva point. Une seconde balle du même tireur l'arrêta court. Cette fois il s'abattit la face contre le pavé, et ne remua plus. Cette petite grande âme venait de s'envoler.

◆ 注

6 pieds de nez　親指を鼻にあて他の指を開いて相手をからかい，ばかにする動作。　**16** Antée　アンタイオス。ギリシャ神話で，大地ガイアを母とする巨人。倒されても地面に触れると力を取り戻したが，ヘラクレスと闘って負かされた。

『レ・ミゼラブル』

　この光景はぞっとすると同時に魅力的なものだった。ガヴローシュは銃撃を受けながら銃撃をからかっていた。彼は大いにおもしろがっている様子だった。さながら猟師たちを嘴でつつく雀だった。彼は射撃のたびごとに歌の節で答えていた。た

第 5 章　［19世紀 I］　ロマン主義の高揚とその周辺

えず標的にされたがけっして当たらなかった。国民兵も正規兵も彼に狙いをつけながら笑っていた。彼は倒れてはまた起き上がり，戸口の隅に消えたかと思うと飛び出し，消えてはまた現れ，逃げては戻り，ふざけたからかいの身振りで射撃に応酬していた。そしてそのあいだにも薬莢を盗み，弾薬入れを空にしては自分の籠をいっぱいにするのだった。反乱者たちは心配で息を切らせながら彼を眼で追った。バリケードは震えていた。彼はといえば歌っていた。それは子供でも大人でもなく，不思議な浮浪児の妖精だった。まるで乱戦の不死身の小人だった。弾は彼の後を追いかけるが，彼は弾よりもすばしこかった。死を相手になにか恐ろしい隠れん坊遊びをしているようだった。浮浪児は，死神の鼻なし顔が近づくたびに爪はじきをくらわせるのだった。

　しかしながら，他のより狙いがよかったのか，より陰険だったのか，ひとつの弾丸がとうとう鬼火っ子に命中した。ガヴローシュはよろめいたと思うと倒れこんだ。バリケード全体が叫び声を上げた。しかしながらこの小人の中にはアンタイオスが宿っていた。この浮浪児が舗石に触れるのは，巨人が地面に触れるのと同じだった。ガヴローシュは倒れたものの再び起き上がらずにはおかなかった。上体を起こして座った姿勢を保った。顔には長い血の筋が走っていた。彼は両腕を空に差し伸べ，弾が発射された方を見据えて歌いはじめた。

　　　　俺は地面に倒れたが
　　　　そりゃ悪いのはヴォルテール
　　　　鼻を小川に突っ込んで
　　　　そりゃ悪いのは …

最後までは歌えなかった。同じ射撃手の二発めの弾が彼を唐突に遮った。今度ばかりは彼も顔を舗石に突っ伏して倒れこみ，そしてもう動かなくなった。この小さくて偉大な魂が昇天したのだった。

アルフレッド・ド・ヴィニー
Alfred de Vigny, 1797—1863

●**幻滅の軍人生活** ヴィニーは1797年，革命で没落した軍人貴族の子としてトゥーレーヌ地方のロッシュに生まれ，両親から旧体制(アンシャン・レジーム)賛美と新興階級への軽蔑を植えつけられて育った。王政復古とともに近衛騎兵となるが，武勲を立てる機会はもはやなく，低俗で単調な軍隊生活には幻滅するばかりだった。

●**ロマン派への傾倒** もともと文学に強い関心を持っていた彼は，軍隊生活の退屈を紛らわすため聖書やロマン主義文学を読み耽った。そしてユゴーら他のロマン派詩人と交わり，『古今詩集』*Poèmes antiques et modernes*（1826），歴史小説『サン゠マール』*Cinq-Mars*（26）などを書いた。

●**疎外感との闘い** 1830年の七月革命で社会への失望をさらに深めた彼は，ラムネーやサン゠シモンの思想に興味を抱き，共和主義へと傾いていく。この時期に，近代物質主義社会における詩人の疎外を扱った小説『ステロ』*Stello*（32）が書かれ，その中の『チャタトン』*Chatterton*は戯曲にもなり，35年に初演された。また，自身の軍隊経験から着想を得，理不尽な情況に黙々と耐える無名兵士の自己放棄の中に人間としての偉大さを見る小説『軍隊の屈従と偉大』*Servitude et Grandeur militaires*（35）もある。その後，母の死，文学仲間との確執，恋人の裏切りなどから引きこもりがちになる。二月革命では再び政治的野心を抱くが，代議士選挙に落選してからはさらに隠遁の度合いを深め，「象牙の塔」の詩人の伝説を生んだ。

●**絶望と克己** 彼の作品に一貫して描き出されるのは，過酷な運命に苛まれ絶望しながらも，それを潔く受け入れる者の偉大さである。死後出版された『運命』*Les Destinées*（64）こそは彼の文学的探究の結晶である。そこにおいて彼は，感情の吐露を控え，自身の内なる情熱や苦悩を，抑制を効かせ彫琢を凝らした詩句の中に昇華させようとした。

引用は『運命』所収の「狼の死」の抜粋である。ただ一人で運命と立ち向かい敢然と死を受け入れる狼は，ヴィニーの峻厳な人生観を体現するかのようだ。

"La Mort du loup"

Hélas ! ai-je pensé, malgré ce grand nom d'Hommes,
Que j'ai honte de nous, débiles que nous sommes !
Comment on doit quitter la vie et tous ses maux,

第 5 章　[19世紀 I]　ロマン主義の高揚とその周辺

C'est vous qui le savez, sublimes animaux !
5　　À voir ce que l'on fut sur terre et ce qu'on laisse,
　Seul le silence est grand ; tout le reste est faiblesse.
　— Ah ! je t'ai bien compris, sauvage voyageur,
　Et ton dernier regard m'est allé jusqu'au cœur !
　Il disait : «Si tu peux, fais que ton âme arrive,
10　À force de rester studieuse et pensive,
　Jusqu'à ce haut degré de Stoïque fierté
　Où, naissant dans les bois, j'ai tout d'abord monté.
　　Gémir, pleurer, prier est également lâche.
　— Fais énergiquement ta longue et lourde tâche
15　Dans la voie où le Sort a voulu t'appeler,
　Puis après, comme moi, Souffre et meurs sans parler.»

「狼の死」

ああ！わたしは思った，人間というこの偉大なる名にもかかわらず，
この弱々しいわれらを何と恥ずかしく思うことだろう！
いかにして命とあらゆる苦しみに別れを告げるべきか，
それはおまえたちこそが知っている，崇高なる動物たちよ！
　地上で何者だったか，何を残したかを見ても，
大いなるのは沈黙のみ，残りはただ弱さだ。
──ああ！おまえの言うことがよくわかった，野性の旅人よ，
そしておまえの最期の眼差しはわたしの心まで届いたのだ！
それはこう言っていた，「できることなら，おまえの魂が，
つねに勤勉であり思索に没頭することで，
森に生まれたこのわたしがすぐさま到達した
この禁欲的な誇りの高みにまで達するようにせよ。
　呻くのも，泣くのも，祈るのもみな等しく卑怯だ。
──運命があえておまえを呼んだ道で
おまえの長く重い仕事を精根こめて行い，
そしてその後，わたしのように，苦しみ，もの言わず死んでゆけ。」

アルフレッド・ド・ミュッセ
Alfred de Musset, 1810—57

●ロマン主義の問題児　ミュッセはパリ生まれの生粋の都会っ子である。少年の頃から文学を志し，ノディエのセナクルに出入りしてロマン主義の作家たちと交わった。処女詩集『スペインとイタリアの物語』*Contes d'Espagne et d'Italie*（1830）で文壇に華々しくデビュー。才気煥発で皮肉っぽく，ダンディで多数の女性と浮名を流した彼はまさにロマン派の寵児であり問題児だった。劇作を志すが，『ヴェネチアの夜』*La Nuit vénitienne*（30）の上演が失敗に終わると自尊心を傷つけられ，低俗な観客の前での上演を目的としない読むための戯曲を，『肘掛椅子で見る芝居』*Un Spectacle dans un fauteuil* と銘打って書くようになる。

●恋の試練による作品の彫琢　純粋な青年と放蕩者の間で揺れる娘を描いた『マリアンヌの気紛れ』*Les Caprices de Marianne*，世紀病を題材にした自伝的物語詩『ロラ』*Rolla* を発表して成功に酔い痴れていた1833年，彼は恋多き才女ジョルジュ・サンドに出会って熱烈な恋に落ちる。甘美な情熱と辛酸を同時に味わったあげく，二人の恋は35年に破局を迎えるが，この体験は彼の文学創作を深化させた。この時期に書かれた作品としては，恋のさやあてのための戯れが残酷な結果を生むという戯曲『戯れに恋はすまじ』*On ne badine pas avec l'amour*（34），16世紀のフィレンツェの権力闘争を題材にした史劇『ロレンザッチョ』*Lorenzaccio*（34），「五月の夜」や「十月の夜」で有名な連作詩「夜」"Les Nuits"，サンドとの恋や自身における世紀病を題材にした自伝的小説『世紀児の告白』*La Confession d'un enfant du siècle*（36）などがある。だが彼は，早熟なゆえに霊感の枯渇も早かった。以後もいくつかの作品を発表するが，飲酒癖と放蕩のために体を蝕まれ，1857年に不遇な死を迎える。

●『ロレンザッチョ』　引用は『ロレンザッチョ』第3幕第3場からの抜粋である。共和派貴族のロレンゾは放蕩者ロレンザッチョの仮面を被って世を欺き，暴君アレクサンドルを暗殺しようとしている。実は情勢の変化からその企ては無駄なものとなりつつあるのだが，偽りの仮面としての悪徳がいつのまにか自身の実体となりすべてを失ったロレンゾには，もはやその殺人を犯す以外に道はない。ロレンゾにおける悪徳，堕落と純粋な信念の相剋はミュッセ自身が抱えた矛盾そのものであるし，才能に溢れ高邁な理想を掲げながらも自滅してゆくロレンゾには，世紀病の幻滅を生きねばならなかったミュッセ自身の苦悩が投影されていると言えるだろう。

Lorenzaccio

LORENZO.　Il est trop tard ― je me suis fait à mon métier. Le vice a été pour moi un vêtement, maintenant il est collé à ma peau. Je suis vraiment un ruffian, et quand je plaisante sur mes pareils, je me sens sérieux comme la Mort au milieu de ma gaieté. [...] Profite de moi, Philippe, voilà ce que j'ai à te dire ― ne travaille pas pour ta patrie.

PHILIPPE.　Si je te croyais, il me semble que le ciel s'obscurcirait pour toujours, et que ma vieillesse serait condamnée à marcher à tâtons. Que tu aies pris une route dangereuse, cela peut être ; pourquoi ne pourrais-je en prendre une autre qui me mènerait au même point ? Mon intention est d'en appeler au peuple, et d'agir ouvertement.

LORENZO.　Prends garde à toi, Philippe, celui qui te le dit sait pourquoi il le dit. Prends le chemin que tu voudras, tu auras toujours affaire aux hommes.

PHILIPPE.　Je crois à l'honnêteté des républicains.

LORENZO.　Je te fais une gageure. Je vais tuer Alexandre ; une fois mon coup fait, si les républicains se comportent comme ils le doivent, il leur sera facile d'établir une république, la plus belle qui ait jamais fleuri sur la terre. Qu'ils aient pour eux le peuple, et tout est dit. ― Je te gage que ni eux ni le peuple ne feront rien. Tout ce que je te demande, c'est de ne pas t'en mêler ; parle, si tu le veux, mais prends garde à tes paroles, et encore plus à tes actions. Laisse-moi faire mon coup ― tu as les mains pures, et moi, je n'ai rien à perdre.

『ロレンザッチョ』

ロレンゾ：もう遅い――ぼくは自分の稼業に馴染んでしまったんですよ。ぼくにとって悪徳はうわべの衣だったのに、今ではそれが皮膚にぴたりと張りついてしまっている。ぼくはほんとうに与太者なんですよ。それでいながら同類の奴らのことを茶化すときには、まるで自分の陽気さの中に死がいるかのように、自分が真面目だっていうことを感じるんです。[...] フィリップ、ぼくを利用なさい、それが言いたいんです。――祖国のために骨を折るなんてことはおやめなさい。

フィリップ：きみの言うことを信じるなら、空は永久に暗闇になって、わたしのような年寄りは手探りで歩かねばならなくなってしまうだろう。なるほどきみは危険な道を選んだのかもしれないが、それならわたしの方も同じところに到達する

別の道を選べないはずがあるだろうか。わたしは人民に訴えて正々堂々と行動するつもりだよ。
ロレンゾ：用心なさい，フィリップ，訳(わけ)を承知の者がそう言うのです。思った道をお選びなさい，が，相手はいつも人間どもですよ。
フィリップ：わたしは共和派の連中はうそをつかないと信じている。
ロレンゾ：賭けてもいい。ぼくはこれからアレクサンドルを殺しに行くが，ぼくがひとたび手を下せば，もし共和派がなすべき行動をとるのなら，かつて地上に花開いたうちでもっとも美しい共和国を建設するのもたやすいことでしょう。要は人民を味方につけること，それがすべてなんです。──だが賭けてもいい，彼ら〔＝共和派〕も人民も何もしませんよ。あなたには関わりあいにならないでほしい，それだけなんです。お望みなら発言しなさい，しかし言葉には，ましてや行動にはご用心を。ぼくに手を下させてください──あなたの手は汚れていない。そしてぼくには失うものは何もないのだから。

ジェラール・ド・ネルヴァル
Gérard de Nerval, 1808—55

●**ヴァロワでの幼年時代**　ネルヴァル（本名ジェラール・ラブリュニー）はナポレオン麾下の軍医の子として1808年パリに生まれた。母は彼が2歳のとき父の遠征先のシレジア（＝現在のポーランド）で病死し，父の帰還までヴァロワ地方の母方の親戚のもとに預けられた。亡き母へのけっして満たされぬ憧憬，美しい自然と伝説の溢れる土地ヴァロワで過ごした幼年時代の思い出は，彼の文学創作の源泉となる。

●**さまざまなジャンルでの創作活動**　16歳でナポレオン叙事詩を書いて文壇にデビューした彼はやがてロマン主義に共感を寄せ，詩，戯曲，幻想物語などさまざまなジャンルを試み，ゲーテの『ファウスト』 Faust の翻訳も発表した。女優ジェニー・コロンを熱愛して雑誌「演劇界」まで創刊するが，恋は実らず雑誌も破産する。後に発表される『ボヘミアの小さな城』 Petits Châteaux de Bohême （53）はこの青年期の思い出を綴った詩的回想録である。またネルヴァルは生まれながらの放浪者で，パリの街路や旅先のさまざまな街を歩きながら夢想に耽った。代表的旅行記として，自らの精神的起源を求めて訪れた近東での体験をもとに事実とフィクションを織りまぜた『東方紀行』 Voyage en Orient （51）がある。さらに52年にはレ

第5章　[19世紀 I] ロマン主義の高揚とその周辺

チフ・ド・ラ・ブルトンヌ，カゾットら彼自身が強く引かれた奇人を題材にした伝記物語集『幻視者たち』*Les Illuminés* を発表した。

●**夢と狂気の中での自己探究**　1841年以降ネルヴァルは断続的に狂気の発作に襲われた。53年に二度目の大きな発作を起こした後は，貧困の中でまさに正気と狂気の交錯を生き，55年1月にヴィエイユ・ランテルヌ街で縊死体となって発見される。だが彼を苦しめたこの狂気は同時に，奥深く豊かな夢の世界を彼に開示した。最晩年の作品としては，過去と現在，夢と現実の間を彷徨い，村娘シルヴィと貴族の娘アドリエンヌという二人の女性への相反する憧れに引き裂かれる主人公を描いた「シルヴィ」*Sylvie*，見出しえぬ書物を探索する主人公の放浪と薄幸の女性の悲恋物語が複雑に絡み合う「アンジェリック」*Angélique* などを収録した『火の娘たち』*Les Filles du Feu*（54），狂気がもたらす絢爛たる幻影を彫琢された詩句に結晶させた『幻想詩篇』*Les Chimères*（54），そして狂気がきっかけで始まった「現実生活への夢の氾濫」のなかで主人公が失われた恋人オーレリアを探索する『オーレリア』*Aurélia*（54-55）などがあるが，そうした主要作品はいずれも，夢と狂気に導かれた彼自身の自己探究の軌跡を示している。彼の死後50年以上もの間正当な評価をなされぬままある意味で忘れられていたそれらの作品は，20世紀になってプルーストやブルトンにより，新しい文学の可能性を示唆するものとして再評価されることになった。

引用は『オーレリア』からの抜粋である。現実と夢の間の放浪を続けるうち，婚礼の支度が整った広間にやってきた主人公「わたし」は，そこで自分の分身とオーレリアの結婚式が行われるのだという妄想に取りつかれる。

Aurélia

J'étais arrivé à la plus grande salle qui était toute tendue de velours ponceau à bandes d'or tramé, formant de riches dessins. Au milieu se trouvait un sofa en forme de trône. Quelques passants s'y asseyaient pour en éprouver l'élasticité ; mais les préparatifs n'étant pas terminés, ils se dirigeaient vers d'autres salles. On
5　parlait d'un mariage et de l'époux qui, disait-on, devait arriver pour annoncer le moment de la fête. Aussitôt un transport insensé s'empara de moi. J'imaginai que celui qu'on attendait était mon *double* qui devait épouser Aurélia, et je fis un scandale qui sembla consterner l'assemblée. Je me mis à parler avec violence, expliquant mes griefs et invoquant le secours de ceux qui me connaissaient. Un
10　vieillard me dit : «Mais on ne se conduit pas ainsi, vous effrayez tout le monde.»

Alors je m'écriai : «Je sais bien qu'il m'a frappé déjà de ses armes, mais je l'attends sans crainte et je connais le signe qui doit le vaincre.»

En ce moment un des ouvriers de l'atelier que j'avais visité en entrant parut tenant une longue barre, dont l'extrémité se composait d'une boule rougie au feu.
15 Je voulus m'élancer sur lui, mais la boule qu'il tenait en arrêt menaçait toujours ma tête. On semblait autour de moi me railler de mon impuissance ... Alors je me reculai jusqu'au trône, l'âme pleine d'un indicible orgueil, et je levai le bras pour faire un signe qui me semblait avoir une puissance magique. Le cri d'une femme, distinct et vibrant, empreint d'une douleur déchirante, me réveilla en sursaut ! Les
20 syllabes d'un mot inconnu que j'allais prononcer expiraient sur mes lèvres ... Je me précipitai à terre et je me mis à prier avec ferveur en pleurant à chaudes larmes.
— Mais quelle était donc cette voix qui venait de résonner si douloureusement dans la nuit ?

Elle n'appartenait pas au rêve ; c'était la voix d'une personne vivante, et
25 pourtant c'était pour moi la voix et l'accent d'Aurélia ...

『オーレリア』

　わたしはもっとも大きな広間に来ていた。そこには豪華な模様をなす金糸の帯状飾りを施した深紅のビロードが全体に張りめぐらせてあった。真ん中には王座の形をしたソファがあった。通りかかった幾人かがそこに座って弾力を確かめていた。しかし支度がまだ終わっていなかったので，彼らは他の部屋の方へと向かっていた。ある婚礼と花婿のことが話題になっており，その花婿が祝宴の刻を告げにやってくるはずだということだった。とたんにわたしは狂気じみた興奮に襲われた。皆が待っているのはオーレリアと結婚することになっているわたしの分身なのだと思った。そしてわたしは騒ぎを起こし，集まった人々を仰天させてしまったようだった。わたしはいきりたって話しだし，深い悲しみを説明し，わたしのことを知っている人たちの助けを求めた。ある老人が言った。「だが，こんな振る舞いをするものじゃない。皆怖がっているじゃないか。」そこでわたしは叫んだ。「彼がすでに自分の武器でわたしを殴ったことはよくわかっているんです。だがわたしは恐れずに彼を待っています。彼を負かすはずの身振りを知っているんですから。」

　そのとき，入りぎわに訪れた工房の職人の一人が長い棒を持って現れた。その先は火で赤く燃えた球になっていた。彼に飛びかかろうとしたが，彼がじっと動かさずに持っている球が相変わらずわたしの頭を脅かしていた。まわりの者はわたしの

第 5 章　[19世紀Ⅰ]　ロマン主義の高揚とその周辺

無力を嘲弄しているようだった…それでわたしは，頭がいわく言いがたい自尊心で一杯になって，王座のところまで後ずさりし，そしてわたしには魔法の力を持っているように思える身振りをしようと腕を振り上げた．とある女性の，張り裂けんばかりの苦痛を湛えた，はっきり見分けのつく震える声にはっと眼を覚まされた！言いかけていた未知の言葉の音節は唇の上で消えていった…わたしは地面に身を投げ出し，熱い涙に泣きぬれながら懸命に祈り始めた．──それにしても，夜にあれほど悲痛に鳴り響いたあの声は何だったのだろう？

　それは夢ではなく生きた人間の声だった．それでもわたしにとってはオーレリアの声と抑揚だったのだ…

ジョルジュ・サンド
George Sand, 1804—76

●**奔放な生き方**　ジョルジュ・サンド，本名オロール・デュパン Aurore Dupin は1804年パリに生まれ，素朴な田園生活の残るベリー地方のノアンで子供時代を過ごす．パリの修道院で教育を受け22年に結婚するがまもなく離婚，文筆による自立を決意してパリに出る．男装の女性作家として名を馳せるとともに，ミュッセ，音楽家ショパンをはじめ多くの男性と恋をして自由奔放な生き方をした．
●**情熱的主張から田園小説へ**　『アンディアナ』*Indiana*（1832）をはじめとする初期の小説においてサンドは，恋の情熱のほとばしりを描くとともに女性の解放を掲げ，社会の偏見や差別的な結婚制度を批判した．その後，思想家ラムネーや哲学者ルルーの人道的神秘主義の影響下に大河小説『コンシュエロ』*Consuelo*（42-43），社会主義的小説『アンジボーの粉屋』*Le Meunier d'Angibault*（45）などを発表する．が，それ以降はむしろ子供時代から親しんだベリー地方の美しい自然や農民たちの生活を題材にし，『魔の沼』*La Mare au diable*（46），『プチット・ファデット』*La Petite Fadette*（49）などといった田園小説の名作を書いた．二月革命に際しては共和政確立のために奔走する．革命の瓦解後は政治の世界から身を引くが，自伝『わが生涯の歴史』*Histoire de ma vie*（55），童話，人形劇などを書き，精力的な活動を続けた．
●**理想をめざして**　ジョルジュ・サンドの作品には一貫して，共和主義，人道主義的立場からの主張が流れている．彼女は社会における文学者の使命を常に意識し，

民衆に対する強い共感を示しながら，文学を通じて理想の社会を実現させようとした。時として単調さや誇張が目につくものの，彼女の作品の共感を呼ぶ筋立てや情趣豊かな自然描写はみずみずしい魅力に満ちている。また，フロベールをはじめ多数の文学者と交わした膨大な書簡は，時代の証言であるとともに彼女の豊かな感性と鋭い洞察力を示している。思想的にも社会的にも幅広い活動をしたことから，今後も神秘思想，社会主義，人道主義，フェミニズムなどさまざまな角度からのアプローチが可能な作家である。

引用は『魔の沼』冒頭の章からで，サンドが理想主義の立場から文学創作の理念を表明している箇所である。

La Mare au diable

Certains artistes de notre temps, jetant un regard sérieux sur ce qui les entoure, s'attachent à peindre la douleur, l'abjection de la misère, le fumier de Lazare. Ceci peut être du domaine de l'art et de la philosophie ; mais, en peignant la misère si laide, si avilie, parfois si vicieuse et si criminelle, leur but est-il atteint, et l'effet en
5　est-il salutaire, comme ils le voudraient ?

　　　　[...]

Nous croyons que la mission de l'art est une mission de sentiment et d'amour, que le roman d'aujourd'hui devrait remplacer la parabole et l'apologue des temps naïfs, et que l'artiste a une tâche plus large et plus poétique que celle de proposer quelques mesures de prudence et de conciliation pour atténuer l'effroi qu'inspirent
10　ses peintures. Son but devrait être de faire aimer les objets de sa sollicitude, et au besoin, je ne lui ferais pas un reproche de les embellir un peu. L'art n'est pas une étude de la réalité positive ; c'est une recherche de la vérité idéale, [...]

◆　注
2　Lazare　新約聖書に登場する乞食ラザロ（ルカによる福音書第16章）。全身をできもので覆われ，金持ちの家の戸口で物乞いをしながら命をつないでいた。

『魔の沼』

われわれの時代の芸術家のある者は，自らを取り巻くものに真剣な視線を投げかけ，苦痛，悲惨な生活のおぞましさ，ラザロさながらの貧窮を描くことに専心する。なるほどそれも芸術と哲学の領域に入るのだろう。しかし，これほど醜くこれほど

第 5 章　[19世紀 I]　ロマン主義の高揚とその周辺

堕落し，時にひどく邪悪で罪深い悲惨を描くことで，彼らの目的は果たされるのだろうか，そして，それは彼らが望むような有益な効果を生んでいるだろうか？
　　　　［…］
　われわれは，芸術の使命とは感情と愛の使命であり，今日の小説は素朴な時代のたとえ話や教訓話に代わるものでなくてはならず，芸術家には，自分の描写が喚起するおぞましさを和らげるための用心や妥協の策をいくつか提示することよりも，もっと幅広く詩的な任務があるのだと考える。芸術家は，自分の執着するものが愛されるようにすることをめざすべきであろう。そして必要な場合には，それらを少しばかり美化してもわたしは少しも非難しないだろう。芸術とは実証的な現実の研究ではなく，理想的な真実の探究なのである［…］

2　近代小説の誕生

▶小説というジャンル　　勃興するロマン主義の陰で着実に地歩を広げ，ついには19世紀文学の王道にまで登りつめたジャンルがある。すなわち小説である。散文による物語はもちろん古くからあったが，ギリシャ・ローマ以来の伝統的な考え方では，文学の中心は詩や演劇であるとされ，小説は正統的なジャンルに数えられてはいなかった。しかし前世紀からの劇的な社会変動の中で読者層が大きく拡大するとともに文学の大衆化現象が起こり，読みやすくて面白い物語への需要が急速に高まっていった。とりわけ王政復古期に入ると，おびただしい数の通俗小説が読書の市場に氾濫するようになる。
　一方，決まった形式を持たず何でも自由に書くことのできる小説は，新たな表現形式を模索していた作家の側から見てもきわめて便利なジャンルだった。ロマン主義の詩人たちはこぞって小説に手を染めた。またイギリスの作家ウォルター・スコットの影響による歴史小説の流行などもあって，小説で描きうる世界は大きく拡大してゆく。こうして小説は，読者の側からも作者の側からも，新しい時代にふさわしいジャンルとして迎えられ，大きな可能性を手に入れることになった。

▶近代小説の夜明け　イギリスでは一足早く18世紀にデフォー，リチャードソン，フィールディングらが出て，近代市民社会の表現としての小説を確立していた。フランスでは18世紀に多様な小説形式が試みられた後，イギリス文学やドイツ文学の影響も受けて，ロマン主義の作家たちが，幻想小説，歴史小説，自伝・告白小説など，さまざまな領域に創作の手を広げてゆく。そうしたなかで，新しい社会の動きを写実的に描きだし，フランス近代小説の創始者となったのが，**スタンダール**と**バルザック**の二人だった。

▶**スタンダールとバルザック**　彼らに共通に見られるものは，まず何よりも同時代の現実への強烈な関心である。フランス革命からナポレオンの時代を経て王政復古，七月王政へとつづく19世紀前半は，あらゆる意味で激動期と呼ぶにふさわしく，社会の枠組みから風俗・人間心理にいたるまで，すべてが大きく変化した。封建的秩序は崩壊し，宗教の権威も失われて，欲望と利害にもとづく競争の原理が社会を貫徹しはじめる。そして狭い共同体から広い「社会」へと投げ出された「個人」は，厳しい戦いの中でそれぞれの欲望や理想を追い求めなければならなくなる。**スタンダール**と**バルザック**は，こうした現実を正面から見据え，その動きを写実的かつ総合的に捉えようとした。彼らの小説の中では，個性あふれる主人公が生き生きと描き出されるとともに，変貌をとげつつある同時代のフランス社会のありようがダイナミックな姿で提示されている。それはまた，個人と社会との軋轢から生じるさまざまな矛盾を見据える批判精神のあらわれでもある。彼らを先駆者として19世紀の小説は，叙事詩や悲劇に取って代わり，「細部の真実」を通してすべてを描き尽くそうとする野心を持った総合的な文学ジャンルへと成長してゆくことになるだろう。

▶**その他の作家たち**　この二人を除けば当時の有名作家の多くは小説よりも詩や演劇に力を注いだが，その中にあってメリメは彫琢された文体で散文の可能性を追求し，短編小説を中心に数々の傑作を残した。また，その後も発展をつづける大衆小説の分野では，デュマやシュ

第 **5** 章　[19世紀Ⅰ]　ロマン主義の高揚とその周辺

ーなどが活躍した（コラム「新聞小説と大衆文学の発展」参照）。

(代表的作家と作品)

スタンダール
Stendhal, 1783—1842

●「生きた，書いた，愛した」　スタンダールは本名をアンリ・ベール Henri Beyle といい，グルノーブルで生まれた。7歳で母を失い，鬱屈した少年時代を送るが，理工科学校の受験を放棄した後，ナポレオン軍に加わって17歳でミラノを訪れ，自由と情熱の国イタリアへの愛に目覚める。その後ヨーロッパ各地を転々とし，ロシア遠征にも参加するが，帝政の崩壊とともに職を失い，パリやミラノでディレッタント的な文学者生活を送る。初期の批評的作品としては，情熱恋愛とその「結晶化作用」を論じた『恋愛論』*De l'amour*（1822）や，ロマン主義演劇理論のマニフェスト『ラシーヌとシェイクスピア』*Racine et Shakespeare*（23, 25）などが有名である。1827年の『アルマンス』*Armance* から小説に転じ，1830年には代表作『赤と黒』*Le Rouge et le Noir* を発表。七月王政下で領事の職を得てイタリアのチヴィタ＝ヴェッキアに赴き，以後イタリアとパリを往復。その間に，生涯の傑作『パルムの僧院』*La Chartreuse de Parme*（39）や，未完に終わった『リュシアン・ルーヴェン』*Lucien Leuwen*（34-35執筆）『ラミエル』*Lamiel*（39-42執筆）などの長編小説，『イタリア年代記』*Chroniques italiennes* と総称される短編小説群，『エゴチスムの回想』*Souvenirs d'égotisme*（32執筆）や『アンリ・ブリュラールの生涯』*Vie de Henry Brulard*（35-36執筆）などの自伝的作品，さらには旅行記や日記など，旺盛な執筆活動を展開する。しかし「幸福な少数者」のために書いた彼の作品は，バルザックの称賛を除けば生前はほとんど認められず，その真価が広く理解されるようになったのは，みずから予言した通り19世紀も末のことだった。モンマルトルにある彼の墓石には，「アリゴ・ベーレ，ミラノの人，生きた，書いた，愛した」という，自分で選んだ墓碑銘が刻まれている。

●**幸福の追求**　スタンダールの作品は彼独特の人生哲学（「エゴチスム」あるいは「ベーリスム」）と切り離せない。愛した女性たちの名で自分の生涯を要約しようとした彼にとって，人生の目的は「幸福の追求」であり，その基本は「情熱的な快楽

191

主義」にあった。しかし自己の欲望や感動に忠実でありつづけるのは，それほど簡単なことではない。世間に広くゆきわたっている偽善や虚栄と手を切り，強い意志を持って自己の真実を探究しなければならないからだ。彼の代表作『赤と黒』や『パルムの僧院』は，そうした自己探究の物語として読むこともできるだろう。作者の分身とも言える主人公の青年ジュリアンやファブリスは，はじめ野心や冒険心に燃え，強烈なエネルギーを発揮して困難をひとつひとつ乗り越えてゆくが，最後には世間を離れた静かな牢獄のなかで，真実の愛と幸福に目覚めることになる。

●心理分析とレアリスム 「小説，それは往来に沿って持ち歩かれる鏡である」という有名なことばに示されているように，スタンダールは田舎町の風俗からワーテルローの戦場にいたるまで，同時代の社会の現実を鋭く描きだした。しかし心理分析の大家でもある彼の関心は，事実そのものよりも，「幸福」の実現をめざす個人と，それをはばむ政治や社会との葛藤に向けられており，しかもその葛藤は主人公の視線や感情を通して表現されることが多い。そのような批判的かつ主観的なレアリスムの技法は，人間の真実を探究する手段であるとともに，それ自体が時代の偏見や圧政への異議申し立てになっているとも言えるだろう。

以下に引くテクストは『赤と黒』の一節で，ジュリアンがレナール夫人の手を握ろうとする夜の庭の場面。コンプレックスのある若者の屈折した心理を，共感と皮肉をこめながら，明晰な文体で表現している。

Le Rouge et le Noir

Dans sa mortelle angoisse, tous les dangers lui eussent semblé préférables. Que de fois ne désira-t-il pas voir survenir à madame de Rênal quelque affaire qui l'obligeât de rentrer à la maison et de quitter le jardin ! La violence que Julien était obligé de se faire était trop forte pour que sa voix ne fût pas profondément
5 altérée ; bientôt la voix de madame de Rênal devint tremblante aussi, mais Julien ne s'en aperçut point. L'affreux combat que le devoir livrait à la timidité était trop pénible pour qu'il fût en état de rien observer hors lui-même. Neuf heures trois quarts venaient de sonner à l'horloge du château, sans qu'il eût encore rien osé. Julien, indigné de sa lâcheté, se dit : Au moment précis où dix heures sonneront,
10 j'exécuterai ce que, pendant toute la journée, je me suis promis de faire ce soir, ou je monterai chez moi me brûler la cervelle.

Après un dernier moment d'attente et d'anxiété, pendant lequel l'excès de l'émotion mettait Julien comme hors de lui, dix heures sonnèrent à l'horloge qui était

au-dessus de sa tête. Chaque coup de cloche fatale retentissait dans sa poitrine, et
15 y causait comme un mouvement physique.

　Enfin, comme le dernier coup de dix heures retentissait encore, il étendit la main et prit celle de madame de Rênal, qui la retira aussitôt. Julien, sans trop savoir ce qu'il faisait, la saisit de nouveau. Quoique bien ému lui-même, il fut frappé de la froideur glaciale de la main qu'il prenait ; il la serrait avec une force convulsive ;
20 on fit un dernier effort pour la lui ôter, mais enfin cette main lui resta.

　Son âme fut inondée de bonheur, non qu'il aimât madame de Rênal, mais un affreux supplice venait de cesser.

『赤と黒』

　耐えがたい苦しさに，どんな危険でもこれよりはましだと思われた。何か突発事が起こって，レナール夫人が家に戻らなければならなくなり，この庭を離れてくれればいいのにと，何度願ったことだろう！　高ぶる気持ちを必死に抑えようとするあまり，ジュリアンの声はひどく変わってしまった。やがてレナール夫人の声も震えを帯びてきたが，ジュリアンはそれに気づきもしなかった。やらねばならぬという義務感が臆病さに打ち勝とうとする戦いは，あまりに苦しいものだったので，外で起こっていることは何も見えない状態になっていたのだ。屋敷の時計が9時45分を打ったところだったが，彼はまだ何の行動も起こせずにいた。ジュリアンは自分の意気地なさに腹を立て，心につぶやいた。──10時の鐘が鳴ると同時に，今晩やると一日中自分に誓っていたことを実行するぞ。それができないなら，部屋に帰って自分の頭を撃ち抜くんだ。

　苦悩の中で時を待つあいだ，ジュリアンは興奮のあまり我を忘れたような状態だったが，その最後の時間が過ぎると，頭上の大時計が10時を鳴らした。運命を告げるこの鐘が，一打ちごとに胸のなかで鳴り響き，身体を突き動かすような動揺をもたらした。

　ついに，10時の最後の鐘がまだ響いているあいだに，彼は手を伸ばし，レナール夫人の手を握った。夫人はすぐに手を引っ込めた。ジュリアンは自分でも何をしているのかよくわからないまま，ふたたびその手をつかんだ。自分自身ひどく興奮していながら，握った手が氷のように冷たいことに驚いた。彼はぶるぶる震えるほどの力をこめて，その手を握りつづけた。相手はなおも振りほどこうとしたが，とうとうその手は委ねられたままになった。

　彼の魂は幸福で溢れんばかりだった。レナール夫人を愛しているからというので

はなく，恐ろしい責め苦が今やっと終わったからだった。

オノレ・ド・バルザック
Honoré de Balzac, 1799—1850

●**挫折を糧に**　バルザックはトゥールのブルジョワ家庭に生まれた。両親の希望で，パリ大学法学部で学びながら法律事務所に勤めるが，20歳で創作に専念することを決意。屋根裏部屋にこもって古典悲劇などを試みた後，生活のためもあって通俗小説に転じる。1822年，母親のようなベルニー夫人との関係がはじまり，その資金援助を受けて，出版業，印刷業，活字鋳造業などに乗り出した。しかし，いずれも失敗し，巨額の負債をかかえて撤退。借金をバネに，驚くべきエネルギーで創作に邁進しはじめる。コーヒーを多量に飲みつつ一日十数時間にわたって超人的なスピードで執筆する生活と，校正につぐ校正で元の原稿の何倍にも膨らませてゆく印刷屋泣かせの創作法は，文学史上の神話ともなっている。しかし，有名作家となって後も一攫千金の事業を追い求める癖はやまず，派手な浪費癖と相まって，一生借金に追いまくられた。40歳を過ぎた頃からは，ウクライナの大貴族の未亡人ハンスカ夫人と結婚する夢に取りつかれるが，その夢をようやく実現させた直後，すべての力を使い果たしたかのように病死した。

●**《人間喜劇》**　バルザックが大作家への道を歩みだしたのは，1829年に発表した歴史小説『ふくろう党』 Les Chouans，および夫婦生活に関するエッセー『結婚の生理学』 Physiologie du mariage からだろう。ここから以後20年にわたる豊穣な創作生活がはじまる。1835年には『ゴリオ爺さん』 Le Père Goriot で「人物再登場」 retour des personnages の方法を開発。同一の人物を多くの作品に登場させて人生の変転を示すことで，人物や世界には過去と未来の厚みが与えられ，さまざまな作品が同じ登場人物の活躍を通して有機的に結びつけられることになった。42年には，主要作品のすべてを《人間喜劇》 La Comédie humaine としてまとめる構想が打ち出された。同年に書かれた「総序」では，人間界と動物界の比較をもとに「社会的種」のすべてを描き出し，その原理を追究する考えが述べられている。残された《人間喜劇》の全体は「風俗研究」（大多数の作品はここに含まれる）「哲学研究」「分析研究」という3部門から成っているが，そのなかには上に挙げた作品のほか『ウジェニー・グランデ』 Eugénie Grandet（1833），『谷間のゆり』 Le Lys dans la

第**5**章　[19世紀Ⅰ]　ロマン主義の高揚とその周辺

vallée (36),『幻滅』*Illusions perdues*(37-43),『従妹ベット』*La Cousine Bette* (47-48)など約90編の傑作が含まれており，登場人物の総数は2000人を超えている（うち約600人が再登場人物）。「戸籍簿との競争」を目指したバルザックにふさわしい壮大な世界である。

●**神話的レアリスム**　バルザックの小説の中では，街並みや建物から室内調度にいたるまで，物質的な現実が詳細に描かれている。だが骨相学や神秘思想の影響を受けた彼にとって，容貌や服装は人間の内面の反映であり，目に見える現象は目に見えない原理の現れであった。したがって，王政復古期を舞台にした写実的な作品群のなかに，『セラフィタ』*Séraphîta*（1835）のような神秘的作品が混ざっているのも不思議ではない。彼によれば，物質も精神もすべては単一のエネルギーから構成されており，それが人間にあっては意志となり，情熱となる。情熱は生命の源であるが，同時に『あら皮』*La Peau de chagrin*（1831）に見られるように人を滅ぼす力にもなる。社会とは，そうしたエネルギーのぶつかり合いの場であるのだが，フランス革命以降の近代社会は歯止めを失い，欲望は肥大して自己破壊にまでいたるようになってしまった。そのような観点からバルザックは，19世紀前半のフランスにおける社会の変容，上昇するブルジョワの現実を誰よりも鋭く描きだした。彼の人物は写実的でありながら，ひとつの典型として作られており，しかも桁外れの情熱を与えられることによって神話的な高みにまで達している。

　以下のテクストは『ゴリオ爺さん』の結末部で，若き野心家ラスティニャックが，ゴリオの埋葬に立ち会うことで，感じやすい青春時代に別れを告げ，社会との闘いに歩みだす場面である。

Le Père Goriot

Cependant, au moment où le corps fut placé dans le corbillard, deux voitures armoriées, mais vides, celle du comte de Restaud et celle du baron de Nucingen, se présentèrent et suivirent le convoi jusqu'au Père-Lachaise. À six heures, le corps du père Goriot fut descendu dans sa fosse, autour de laquelle étaient les gens de
5　ses filles, qui disparurent avec le clergé aussitôt que fut dite la courte prière due au bonhomme pour l'argent de l'étudiant. Quand les deux fossoyeurs eurent jeté quelques pelletées de terre sur la bière pour la cacher, ils se relevèrent, et l'un d'eux, s'adressant à Rastignac, lui demanda leur pourboire. Eugène fouilla dans sa poche et n'y trouva rien, il fut forcé d'emprunter vingt sous à Christophe. Ce fait,
10　si léger en lui-même, détermina chez Rastignac un accès d'horrible tristesse. Le

jour tombait, un humide crépuscule agaçait les nerfs, il regarda la tombe et y ensevelit sa dernière larme de jeune homme, cette larme arrachée par les saintes émotions d'un cœur pur, une de ces larmes qui, de la terre où elles tombent, rejaillissent jusque dans les cieux. Il se croisa les bras, contempla les nuages, et le
15 voyant ainsi, Christophe le quitta.

　Rastignac, resté seul, fit quelques pas vers le haut du cimetière et vit Paris tortueusement couché le long des deux rives de la Seine, où commençaient à briller les lumières. Ses yeux s'attachèrent presque avidement entre la colonne de la place Vendôme et le dôme des Invalides, là où vivait ce beau monde dans lequel il avait
20 voulu pénétrer. Il lança sur cette ruche bourdonnant un regard qui semblait par avance en pomper le miel, et dit ces mots grandioses : «À nous deux maintenant !»

　Et pour premier acte du défi qu'il portait à la Société, Rastignac alla dîner chez Mme de Nucingen.

◆ 注
2 ... comte de Restaud ... baron de Nucingen　死んだゴリオ爺さんの2人の娘の夫たち。　**6** l'étudiant　主人公の法学生ウジェーヌ・ド・ラスティニャックのこと。　**9** Christophe　ラスティニャックやゴリオが住んでいた下宿屋の下男。

『ゴリオ爺さん』

　しかし，遺体が霊柩車のなかに納められたとき，家紋のはいった2台の馬車，といっても誰も乗っていない，レストー伯爵とニュシンゲン男爵の馬車が現れて，ペール・ラシェーズ墓地まで葬列にしたがった。6時に，ゴリオ爺さんの遺体は墓穴におろされた。まわりには2人の娘の使用人たちがいたが，学生の金で爺さんに捧げられた短い祈りが終わると，司祭といっしょに，さっさと消えてしまった。2人の墓掘り人夫は，柩が隠れるようにシャベルで何度か土をかけると，上体を起こし，一人がラスティニャックに声をかけてチップを要求した。ウジェーヌはポケットを探ったが，何も見つからなかったので，クリストフから20スー借りなければならなかった。それ自体としては些細なこの出来事のせいで，ラスティニャックは恐ろしい悲しみの発作におそわれた。日が沈みかけ，湿った黄昏の空気が神経を苛立たせた。彼は墓を見つめ，そこに青年としての最後の涙を埋めた。それは純粋な心の神聖な感動から生まれるあの涙であり，したたり落ちた地面から跳ね返って天にまで届く，そうした涙のひとつである。彼は腕を組んで，雲を見つめた。その姿を見て，

第 **5** 章　[19世紀 I]　ロマン主義の高揚とその周辺

クリストフは帰っていった。

　ただ 1 人残ったラスティニャックは，墓地の高台へと歩を進め，セーヌの両岸に沿ってくねくねと横たわっているパリを見下ろした。すでに灯がともりはじめていた。彼の目は，ヴァンドーム広場の円柱とアンヴァリッドのドームのあいだの，彼が入り込みたいと熱望していたあの上流社界が息づいている場所に，食い入るように注がれた。彼はこのぶんぶんいう蜜蜂の巣のような世界に，早くも蜜を吸い上げているかのような視線を投げ，そして次のような堂々たることばを放った。「これからは，俺とおまえの勝負だ！」

　それから，上流社会に投げつける挑戦の第一歩として，ニュシンゲン夫人の屋敷に晩餐を取りに行った。

プロスペル・メリメ
Prosper Mérimée, 1803—70

●**生涯と作品**　パリの裕福な家庭に生まれ育ったメリメは，高い教養を身につけた根っからの都会人で，はじめ法律を学んだが，1825年，スペイン語からの翻訳とみせかけた『クララ・ガスル戯曲集』*Théâtre de Clara Gazul* の発表によって文壇にデビューした。ついで歴史小説に転じ，「聖バルテルミーの大虐殺」を主題にした『シャルル 9 世年代記』*Chronique du règne de Charles IX*（1829）で好評を得た。しかし彼の本領は中短編小説にあり，「マテオ・ファルコーネ」*Mateo Falcone*，「タマンゴ」*Tamango*，「エトルリアの壺」*Le Vase étrusque*（いずれも短編集『モザイク』*Mosaïque*（33）所収）などを，次々に発表してゆく。1834年には文化財保護監督官に任命され，以後フランス国内はもとより諸外国を視察して，ヴィオレ゠ル゠デュックらとともに歴史的建造物の修復保護に力を尽くした。そうした旅の副産物として『コロンバ』*Colomba*（40）や『カルメン』*Carmen*（45）などの傑作が生まれ，また『イールのヴィーナス』*La Vénus d'Ille*（37）などの幻想小説も書かれた。ロシア文学にも関心を示し，ゴーゴリ，プーシキン，ツルゲーネフなどを翻訳している。第二帝政下には上院議員になるが，帝政の崩壊に打撃を受け，1870年に没した。

●**知性に秘められた情熱**　メリメは，地方色の重視，色彩豊かな描写，激しい情熱や幻想性といった点でロマン主義の世代に属している。しかし一方では，年長の友

197

人であったスタンダールと同じく、そうしたロマン派的感性を抑え、批評的知性と懐疑心によって、対象から冷静に距離を取ろうとした。そのことは、「こまごまとした事実」にもとづいて時代や人々の深いメンタリティーを明らかにしようとする、いわば「民族誌」的な作風にもつながるものである。またメリメは、ロマン派世代では類を見ない簡潔で正確な古典的文体を駆使し、いかに語るかという技術の問題に作家としての力量を賭けた。激しい情熱や異様な幻想性とコントラストをなすそのような文体や語り口こそが、メリメの物語に輝きを与え、ドラマチックな緊張をもたらしていると言えよう。

　カルメンの死を物語るドン・ホセのことばを「わたし」が聞き書きしているという趣向の次の場面からも、メリメの「語り」の特徴をうかがうことができるだろう。

Carmen

　— José, répondit-elle, tu me demandes l'impossible. Je ne t'aime plus ; toi, tu m'aimes encore, et c'est pour cela que tu veux me tuer. Je pourrais bien encore te faire quelque mensonge ; mais je ne veux pas m'en donner la peine. Tout est fini entre nous. Comme mon rom, tu as le droit de tuer ta romi ; mais Carmen sera
5　toujours libre. Calli elle est née, calli elle mourra.

　— Tu aimes donc Lucas ? lui demandai-je.

　— Oui, je l'ai aimé, comme toi, un instant, moins que toi peut-être. À présent, je n'aime plus rien, et je me hais pour t'avoir aimé.

　Je me jetai à ses pieds, je lui pris les mains, je les arrosai de mes larmes. Je lui
10　rappelai tous les moments de bonheur que nous avions passés ensemble. Je lui offris de rester brigand pour lui plaire. Tout, monsieur, tout ! je lui offris tout, pourvu qu'elle voulût m'aimer encore !

　Elle me dit : «T'aimer encore, c'est impossible. Vivre avec toi, je ne le veux pas.» La fureur me possédait. Je tirai mon couteau. J'aurais voulu qu'elle eût peur et me
15　demandât grâce, mais, cette femme était un démon.

　— Pour la dernière fois, m'écriai-je, veux-tu rester avec moi ?

　— Non ! non ! non !, dit-elle en frappant du pied, et elle tira de son doigt une bague que je lui avais donnée, et la jeta dans les broussailles.

　Je la frappai deux fois.

◆ 注

4 rom　ロマニー語（いわゆるジプシーのことば）で「夫」の意味。　**4** romi

同じく「妻」の意味。5 calli 同じく「ジプシーの女」の意味。

『カルメン』

「ホセ」と彼女は答えました。「あんたは，できないことを求めてる。あたしはもう，あんたを愛してないの。でも，あんたの方は，まだあたしを愛してる。だから，あたしを殺したいってわけ。嘘をつき通すことだってできるけど，もう，そんな面倒なことしたくもないわ。あたしたちの仲は，すっかりおしまい。あんたはあたしのロムなんだから，ロミを殺す権利がある。でもカルメンはいつまでも自由なのよ。カーリとして生まれたんだから，カーリとして死んでいくわ」

「じゃ，ルーカスを愛してるのか？」と，私は尋ねました。

「そう，愛してたわ。あんたのようにね。ちょっとのあいだだけ。あんたの時ほどじゃなかったかもしれない。今じゃ，もうなんにも好きじゃなくなったし，あんたを愛した自分にもうんざりよ」

私は女の足元に身を投げ，手を取って，そのうえに涙を注ぎました。いっしょに過ごした幸福な時を，ひとつひとつ思い出させようとしました。あれの気に入るように，このまま盗賊でいてもいいとさえ言いました。旦那，何もかも，何もかも，あの女に差し出したんです。ただ，この私をまだ愛してさえくれるのならば！

あれは言いました。「あんたをまだ愛するなんて，そんなことはできない相談だよ。あんたといっしょに暮らすなんて，いやなんだ」私は凶暴な怒りにとらえられて，ナイフを抜きました。あれが怖がってくれればいい，許しを求めてくれればいい，と思ったのです。でも，あの女は悪魔でした。

「最後にもう一度聞くぞ」と私は叫びました。「俺といっしょにやっていく気はないのか？」

「いや！ いや！ いや！」地団太を踏みながら，女は言いました。そして，むかし私がやった指輪を引き抜くと，藪に投げ込みました。

私は二度，あの女を刺しました。

●「新聞小説と大衆文学の発展」●

18世紀まで，書物は基本的に上流階層のものだった。識字率は低く，本の値段は高かったため，庶民が目にするものは，行商人が売り歩く薄っぺらな「青本叢書」Bibliothèque bleue 程度だった。都市部では18世紀半ばから「読書室」cabinet de lecture が発達するが，19世紀に入ると，初等教育の普及による識字率の上昇（とりわけ1833年のギゾー法以降）や，新聞の発達などによって，読書人口は飛躍的に増大する。女性，子供，労働者を含むこの新しい読者層を熱狂的に引きつけたのが，新聞小説だった。

新聞小説のはじまりは1836年，安価な大衆新聞の先駆けとなった「プレス」*la Presse*紙の創刊直後に連載されたバルザックの『老嬢』である。40年代に入ると新聞小説は大変な人気を呼び，その中からアレクサンドル・デュマ Alexandre Dumas（1802-70），ウジェーヌ・シュー Eugène Sue（1804-57）らの大衆文学の傑作が次々に生まれていった。
　デュマは『アンリ3世とその宮廷』*Henri III et sa cour*（29），『アントニー』*Antony*（31），『ネールの塔』*La Tour de Nesle*（32）などで，すでにロマン派演劇の第一人者になっていたが，マケの協力を得て，『三銃士』*Les Trois Mousquetaires*（44），『王妃マルゴ』*La Reine Margot*（45），『モンテ゠クリスト伯』*Le Comte de Monte-Cristo*（44-45）など，歴史とフィクションを混ぜ合わせた波瀾万丈の物語で人気を博した。一方シューは同時代の社会問題に関心を寄せ，『パリの秘密』*Les Mystères de Paris*（42-43），『さまよえるユダヤ人』*Le Juif errant*（44-45）などの連載で時代の寵児となった。
　大衆小説はその後も新聞連載という形式を中心にますます人気を集め，20世紀に入ると月刊誌連載のアルセーヌ・ルパンや，連続小説の形をとったファントマのような，新しいヒーローを生み出すことになる。（朝比奈弘治）

3　批評と歴史の新しい息吹き

▷相対性の意識の芽生え　19世紀以前の時代にも，モンテーニュ，マレルブ，デュ・ベレー，ヴォルテール，ディドロなど卓越した批評の才を見せる作家はいた。しかしながら文学批評は，いまだ体系的なジャンルを形成するには至っていなかった。また，古典主義以来批評は，概して普遍的かつ抽象的な「美」の観念に基きながら個々の作品がその基準に合っているかどうかを判断するという傾向を持っていた。19世紀になると，ドイツやイギリスなど外国の文学が盛んに紹介され，読者の視野が広まっていく。そして，スタール夫人やシャトーブリアンらロマン主義の先駆者たちが趣味の相対性の観念を打ち出し，文学作品を論じる際にはそれが誕生した諸条件を考慮に入れる必要があることを示唆した。そして，時代や風土の違いを考慮に入れながら文学作品の成り立ちについて考え，作品に密着し共感しつつ理解するという態度に基づく批評の姿勢が定着していった。

第 5 章　[19世紀Ⅰ]　ロマン主義の高揚とその周辺

▶近代批評の創始者
　サント゠ブーヴ
　　　このような状況のもとに文壇に登場したのがサント゠ブーヴ Charles-Augustin Sainte-Beuve（1804-69）である。ロンサールら16世紀詩人の再評価を行った『16世紀フランス詩および演劇の歴史的・批評的概観』 *Tableau historique et critique de la poésie et du théâtre français au XVIe siècle*（28）によって一躍ロマン派の批評家として注目されることになった彼は，その後も，有名な修道院の歴史を通して17世紀の時代思潮を生き生きと蘇らせた『ポール゠ロワイヤル』 *Port-Royal*（40-59）のほか，『文学批評・群像』 *Critiques et Portraits littéraires*（32-39），『月曜閑談』 *Causeries du lundi*（51-62）などといった批評の作品を残している。その手法は，作者の伝記研究を先行させながら判断よりも理解を重視して作品の解釈を行うというもので，彼において批評はひとつのジャンルとして確立し，次代のテーヌ，ルナンの実証主義批評へとつながる道が開かれることになった。

▶歴史の世紀
　　　1789年のフランス革命の勃発以来，人々はこれまでにないほど大規模でめまぐるしい社会の変動を経験し，現代という時代を作り上げる過程に存在した過去に強い興味を覚えるようになった。また，制約はあったものの，以前に比べれば社会や時代に関する意見の表明が自由になり，考古学，文献学などの分野も飛躍的に発達したことで，歴史という分野の学問としての基礎が整っていった。文学創作においても，多数のナポレオン叙事詩，ヴィニーの『サン・マール』やメリメの『シャルル9世年代記』，デュマの『三銃士』といった小説，ミュッセの戯曲『ロレンザッチョ』など，詩，小説，演劇の各ジャンルにおいて歴史を題材にした作品が多数発表された。

▶歴史の三学派
　　　19世紀前半の歴史学は概ね，事件の陳述に重点を置く「陳述的歴史学」 histoire narrative 派と，歴史の法則の解明や解釈に重点を置く「哲学的歴史学」 histoire philosophique 派に大別される。前者はチエリ Augustin Thierry（1795-1856）に，後者はギゾー François Guizot（1787-1874），トックヴィル Alexis de Tocqueville（1805-59）に代

表される。この両派を統合し発展させたのがミシュレで，彼の歴史学は，過去の生の「全体的再生」résurrection intégrale を試みようとするものであった。

(代表的作家と作品)

ジュール・ミシュレ
Jules Michelet, 1798—1874

●**歴史家への道** ミシュレは，1798年零細な印刷業者の息子としてパリに生まれた。父親の印刷所の経営が苦しかったため貧困で，10歳の頃から植字を習い父を手伝った。しかしながら学業ではつねに優秀な成績を修め，歴史学を専攻して頭角を現わし，高等師範学校，コレージュ・ド・フランスなどフランスを代表する機関で教授を務めたばかりでなく，学士院会員にも選ばれた。

●**民衆の歴史家** 学問によって社会的上昇を成し遂げる人生の見本のような成功を手にしたものの，彼は自身の出自を忘れず，つねに「民衆の歴史家」としての立場を貫いた。コレージュ・ド・フランスでの講義をもとに逐次刊行された大著『フランス史』*Histoire de France*（1833-67）の他，『民衆』*Le Peuple*（46），『フランス革命史』*Histoire de la Révolution française*（47-53）などの一連の著作において彼は，人々を弾圧し社会の発展を妨げる教会や専制政治を厳しく批判し，悲惨な状態にありながらも力強く生き，立ち上がろうとする民衆の姿を強い共感とともに描き出した。彼はつねに人類の自由と解放という理想を掲げ，48年の二月革命に期待をかけたが，第二帝政時代になると，彼の講義がナポレオン3世を批判するものでイデオロギー的に偏っているとの告発により教壇から追放された。

●**自然の中の営み** 49年に二人めの妻として迎えた30歳年下のアテナイス・ミアラレの影響で，彼の目はしだいに自然の中の生命の営みや女性といった，自身に親しいものに向けられるようになる。そして『昆虫』*L'Insecte*（57），『海』*La Mer*（61）など独自の宇宙観を情趣豊かな文章で綴った博物誌的エッセーを多数書いた。またこの時期に書かれた論考『魔女』*La Sorcière*（62）では，中世以来厳しい弾圧を受けてきた一群の女たちを力強く復権させた。

●**過去の生の全体的再生** ミシュレの方法は，ひとつひとつの出来事によって象徴

第 **5** 章　[19世紀 I]　ロマン主義の高揚とその周辺

される歴史の大きな動きを見出し，過去の生の全体を蘇らせようと試みるものだった。時として不用意な推測に走り，客観的な分析を欠くこともあるが，それは，豊かな想像力と描く対象に対するみずみずしい共感というミシュレの魅力の裏返しの一面なのである。そしてそれを支えるのが彼特有の詩的な文章である。後にテーヌも述べたように，ミシュレは歴史家であると同時に詩人であった。

　引用は『フランス史』の一部をなす『ジャンヌ・ダルク』の冒頭近くの章「ジャンヌの少女時代と天命」からで，ミシュレは，少女時代のジャンヌの中に将来歴史上の人物となる資質を探ろうとしている。

Jeanne D'Arc

[...] Son village était à deux pas des grandes forêts des Vosges. De la porte de la maison de son père, elle voyait le vieux bois *des chênes*. Les fées hantaient ce bois ; elles aimaient surtout une certaine fontaine près d'un grand hêtre qu'on nommait l'arbre des fées, des *dames*. Les petits enfants y suspendaient des couronnes,
5 　y chantaient. Ces anciennes *dames* et maîtresses des forêts ne pouvaient plus, disait-on, se rassembler à la fontaine ; elles en avaient été exclues pour leurs péchés. Cependant l'Église se défiait toujours des vieilles divinités locales ; le curé, pour les chasser, allait chaque année dire une messe à la fontaine.

　Jeanne naquit parmi ces légendes, dans ces rêveries populaires. Mais le pays
10 offrait à côté une tout autre poésie, celle-ci, sauvage, atroce, trop réelle, hélas ! la poésie de la guerre ... La guerre ! ce mot seul dit toutes les émotions ; ce n'est pas tous les jours sans doute l'assaut et le pillage, mais bien plutôt l'attente, le tocsin, le réveil en sursaut, et dans la plaine au loin le rouge sombre de l'incendie ... État terrible, mais poétique ; les plus prosaïques des hommes, les Écossais du bas pays,
15 se sont trouvés poètes parmi les hasards du *border* ; de ce désert sinistre, qui semble encore maudit, ont pourtant germé les ballades, sauvages et vivaces fleurs.

　Jeanne eut sa part dans ces romanesques aventures. Elle vit arriver les pauvres fugitifs, elle aida, la bonne fille, à les recevoir ; elle leur cédait son lit et allait coucher au grenier. Ses parents furent aussi une fois obligés de s'enfuir. Puis,
20 quand le flot des brigands fut passé, la famille revint et retrouva le village saccagé, la maison dévastée, l'église incendiée.

◆　注
　14　prosaïque　散文的な，転じて凡俗なの意。　**15**　*border*　国境地帯。ここで

はイングランドとスコットランドの間の境界地域を指す。

『ジャンヌ・ダルク』

[…] 彼女の村は深いヴォージュの森のすぐそばにあった。彼女は父親の家の戸口から古い樫の森を見ていた。この森には妖精たちが憑いていた。妖精たちはとりわけ，妖精の木，貴婦人の木と呼ばれる大きなブナの木のそばの，とある泉が好きだった。小さな子供たちはその木に冠を掛け，歌ったものだ。これら森の古(いにしえ)の女主人だった貴婦人たちは，もう泉に集うことはできないのだと言われていた。自ら犯した罪のためにそこから追放されてしまったのだ。しかしながら教会は，いつも土地の古い神々を警戒していた。その神々を追い払うため，司祭は毎年泉にミサを上げに行っていた。

　ジャンヌはこのような伝説，民衆の夢想の中から生まれたのだ。しかしながらこの土地はそのほかにまったく別の詩を提供していた。すなわち，野蛮で残虐であまりにも生々しい，ああ！戦争の詩のことだ…戦争！ただこの一言があらゆる感情を言い尽くす。おそらく，毎日攻撃と略奪があったわけではなく，それはむしろ待機，警鐘，不意の眼覚め，野原のかなたの火事の赤黒い炎だった…それは恐ろしくも詩的な状態だった。あらゆる人間のなかでもっとも凡俗な低地スコットランド人でさえ，国境地帯のさまざまな廻り合わせの中で詩人になった。今なお呪われているように思われるこの不吉な砂漠，しかしながらここから，野性の根強い花のごときバラードが芽吹いたのだった。

　ジャンヌはこの波瀾に満ちた冒険に参与した。哀れな避難民がやってくるのを見ると，善良な少女は受入れの手伝いをした。彼らに自分の寝床を譲り，自分は屋根裏に寝にいくのだった。彼女の両親もまた，一度避難を余儀なくさせられた。そして，賊の波が通り過ぎた後で一家が戻ってみると，村は略奪され，家は荒らされ，教会は焼き討ちにあっていた。

第6章
[19世紀Ⅱ] 近代の爛熟

（朝比奈　美知子・朝比奈　弘治）

マネ『草上の昼食』

時 代 思 潮

▶第二帝政期
フランスにおける政治的不安定は19世紀後半になっても続いた。第二共和政下の大統領選挙においてナポレオン１世の甥ルイ＝ナポレオンが伯父の名声を利用して当選，そして，1851年にはクーデタを起こし，翌年自らナポレオン３世となって第二帝政を敷く。以後約20年続いた帝政期はフランスの産業革命の完成期にあたる時代で，工業化や交通網の整備が進み，投資銀行の発達などにともない金融機関の力がさらに強化され，社会全体が近代資本主義社会へと変貌していった。また，セーヌ県知事オスマンがナポレオン３世の命を受けてパリの大改造を行ったのもこの時期のことである。彼は，狭い路地の入り組む街区を一掃して広い大通りを貫通させ，上下水道などの都市設備を整えるとともに，随所に広場や公園を配置し，現在のパリに近い街並を出現させていった。

▶普仏戦争敗北から第三共和政へ
この間フランスはブルジョワ社会の発展がもたらす繁栄に浸っていたが，1870年，鉄の宰相ビスマルク率いるプロイセンの挑発に乗る形で開戦された普仏戦争で手痛い敗北を喫し，帝政は脆くも崩れ去った。そして，祖国を守るという大義名分のもとに設立された国防仮政府はプロイセンとの屈辱的な密約による和平を企て，それに憤激したパリ市民は，みずから自治政府（パリ・コミューン）を樹立する。しかしプロイセンと結んだ政府軍は凄惨な市街戦の後にこれを弾圧し，チエールを首班とする第三共和政が始まった。1940年まで続くこの政体は，保守派と急進派の葛藤を繰り返しながら進んでいく。

▶発展と頽廃
この時代には科学全般がさらに飛躍的な発展を遂げた。ダーウィンの唱えた進化論は万物創造に関する従来の観念を根本的に覆したし，フランスでも，発酵や予防接種法の研究で知られるパストゥールやラジウムを発見したキュリー夫妻をはじめとして優秀な科学者が多数輩出し，社会全体において科学の進歩への期待と信頼がほとんど

第 6 章　[19世紀Ⅱ]　近代の爛熟

信仰と言えるほどに高まっていった。さまざまな産業・技術も発展を続け，社会経済は飛躍的に拡大していく。他方，そのような繁栄の裏側では物質主義や拝金主義がはびこり，社会の歪みがさらに拡大していった。第二帝政の抱える諸問題が一気に露呈したかのような普仏戦争での敗北後，人々には無力感や倦怠感が広まっていく。第三共和政下では，不安定な政治状況の中で国粋主義的ナショナリズム運動が先鋭化したのにともなって，宗教，政治問題をめぐる対立が表面化し，ブーランジェ事件やドレフュス事件が起こった。とはいえ，これを契機にそれまで分裂していた諸勢力がまとまり，世紀の終わりになってようやく共和政の基盤が固まる。またとりわけドレフュス事件により，社会問題に対する知識人の関心が高まった。

▶帝国主義と異国趣味　19世紀後半期は，イギリス，フランスなどヨーロッパの列強が帝国主義のもと先を争ってアジア，アフリカ，中南米など海外における植民地の開拓を進め，現地から搾取しながら軍事，経済の拡大を図った時代である。とはいえそれと平行する形で，それまでヨーロッパで知られていなかった異国の興味深い文化や産物が盛んに紹介されるようになったことも事実である。じっさい1851年のロンドンを皮切りに各地で開かれた万国博覧会は，それを目に見える形で示す祭典であった。パリでは1855年以来ほぼ11年ごとに開催され，1867年の万博には明治維新直前の幕府と薩摩藩がはるばる参加している。こうして人々の間には異国趣味が流行し，文学・芸術にもその影響が顕著に現れるようになった。

▶諸芸術の状況　19世紀後半のフランスには，日本でもよく知られている芸術家や音楽家が多数輩出した。すなわち美術の分野では，1850〜60年代に『オルナンの埋葬』のクールベ，『落ち穂拾い』のミレーらのレアリスムが盛んになり，『草上の昼食』，『オランピア』で物議をかもしたマネを経て，1870年代からはドガ，ルノワール，モネといった印象主義の画家たちが活躍することになった。印象主義は，音楽の分野においても発展し，ドビュッシー，ラヴェルらを生み出した。また，このよ

うな諸芸術と文学の相互の影響関係もいっそう緊密なものになっていった。詩人**マラルメ**の主催した火曜会に**ヴァレリー**，**ジッド**ら文学者のほかに音楽家**ドビュッシー**，画家**ルドン**，彫刻家**ロダン**などといった多彩なメンバーが出入りしたことはその一端を示すものである。

▷レアリスムと象徴主義　この時代の文芸思潮を概略すると，小説を中心に発展したレアリスム（写実主義）ならびに自然主義，そして詩を中心として発展した象徴主義という二つの動きに大別される。

　まず，**フロベール**に代表されるレアリスムは，ロマン主義が想像力や理想を称揚したのに対し，社会の現実や日常生活に作品の構想を求め，細部に至る徹底した観察，分析を重んじた。**ゾラ**の提唱した自然主義も同様の傾向を持つが，飛躍的に発展した科学，とりわけ遺伝と環境に関する学説を援用し，人間の生物的な側面に留意しながら，個よりも集団としての社会を描き出すことに重点を置いた。

　一方，**ゴーチエ**ならびに高踏派によってロマン主義と袂を分かったフランス詩は，**ボードレール**から**ヴェルレーヌ**，**ランボー**，**マラルメ**，そして1880年代以降の狭義の象徴派へとつながる象徴主義の系譜を生み出す。彼らは，「描写するもの」でなく「喚起するもの」としての詩の力を重視し，言語を通じて現実の彼岸にある超越的な観念の世界を探究しようとした。

1　近代小説の発展——レアリスムから自然主義へ

▷幻滅の世代　二月革命の挫折とクーデタによる第二帝政の成立は，幻滅の世代を生み出した。**バルザック**は1850年に没し，**ユゴー**は亡命し，ロマン派の熱気はすでに消えていた。ロマン主義の過剰な主観性・抒情性に反発する新しい世代は，コントの実証主義や，クールベらによる絵画の革新にも影響されつつ，平凡な現実の冷静な観察とその客観的な表現をめざすようになる。

第 **6** 章　[19世紀Ⅱ]　近代の爛熟

▶実証主義と批評　サン＝シモンの秘書として出発したオーギュスト・コント Auguste Comte（1798-1857）は，18世紀的な啓蒙主義の乗り越えをめざし，『実証哲学講義』 *Cours de philosophie positive*（1830-42）を書いて，人類の精神は「神学的」「形而上学的」「実証的」という3段階を経て発展するという説を唱えた。科学的実証精神にもとづいて人間と社会の学問を打ち立てようとした彼の企ては，近代的フランス語辞典の完成者エミール・リトレ Émile Littré（1801-81）らに引き継がれたほか，とりわけ批評の分野に科学主義と歴史性をもたらすことになった。「人種」「環境」「時代」を重視したイポリット・テーヌ Hippolyte Taine（1828-93）や，『イエス伝』 *Vie de Jésus*（63）でセンセーションを巻き起こしたエルネスト・ルナン Ernest Renan（1823-92）らの仕事は，この流れの中で考えることができるだろう。

▶レアリスム運動とフロベール　反ロマン主義の立場から，画家クールべらと呼応しつつ1850年代に「レアリスム」の運動を押し進めたのは，小説家のシャンフルーリ Champfleury（1821-89）や，デュランティ Duranty（1833-80）である。とりわけデュランティは「レアリスム」 *Réalisme*（56-57）と題した機関誌を発行して，現実を簡潔に再現することを戦闘的に主張した。しかし彼ら自身の小説はかならずしも成功したとは言えず，皮肉なことにその勝利を決定的にしたのは，主義としてのレアリスムを軽蔑していた**フロベール**の『ボヴァリー夫人』（57）だった。

▶ゴンクール兄弟の仕事　フロベールの作品は，人生の虚妄，世界の愚劣さといった主題の面ばかりでなく，語りや描写などの技法面，あるいは文体の面においても後の文学に大きな影響を与えることになるが，彼がもたらした革命の意味は当時の人々にはあまり理解されなかった。一方ゴンクール兄弟 Edmond（1822-96）et Jules（1830-70）de Goncourt は，俗悪で悲惨な人生の姿を「芸術的文章」によって描き出すという一見矛盾する課題を極端にまで押し進め，自然主義の先駆的な役割を果たした。ある女中の人生の転落と死をひとつの「臨床例」として描こうと

した『ジェルミニー・ラセルトゥ』Germinie Lacerteux（65）はその代表作である。彼らはまた，膨大な『日記』（51-96執筆）を書いて19世紀後半の文学者たちの生活を記録し，一方で18世紀研究，美術研究にも打ち込んで，日本美術の紹介などに大きな功績を残している。

▶ゾラと自然主義　普仏戦争の敗北を経て第三共和政の時代に入ると，ゾラが登場して自然主義の運動を押し進めた。これはレアリスムをいっそう方法的に徹底しようとしたものだが，ゾラはダーウィンの進化論やテーヌの決定論に影響を受け，またクロード・ベルナールの『実験医学研究序説』からヒントを得て，実験科学の方法を人間と社会の研究に適用しようとした。ゾラの文名が一挙に高まったのは，スキャンダルにも支えられた『居酒屋』（77）の大成功によってである。彼の周囲には**モーパッサン**，**ユイスマンス**をはじめ若い作家たちが結集し，共同短編集『メダンの夕べ』Les Soirées de Médan（80）を出版するなど，自然主義の運動は絶頂に達した。しかし**ユイスマンス**の離反，バルベー・ドールヴィイやブリュンチエールによる自然主義批判，さらにはゾラの『大地』（87）発表直後の若手作家の造反などにより，この運動は急速に衰退していった。

▶ヴァレス，ルナール，ドーデ　自然主義周辺の作家としては，自伝的小説《ジャック・ヴァントラス》Jacques Vingtras 3部作（79-86）の作者でパリ・コミューンの闘士としても知られるジュール・ヴァレス Jules Vallès（1832-85），『にんじん』Poil de Carotte（94）や『博物誌』Histoires naturelles（96）で有名なジュール・ルナール Jules Renard（1864-1910），そして『風車小屋だより』Les Lettres de mon moulin（69）や『月曜物語』Contes du lundi（73），あるいは「タルタラン」物3部作など，ユーモアと人情味あふれる作品で今日でも親しまれているアルフォンス・ドーデ Alphonse Daudet（1840-97）などが挙げられる。

▶19世紀後半の演劇　演劇の分野に触れておくと，第二帝政期にはアレクサンドル・デュマ・フィス Alexandre Dumas fils

第 **6** 章　[19世紀Ⅱ]　近代の爛熟

(1824-95)（小説『椿姫』 *La Dame aux camélias*（48）とその戯曲化,『金銭の問題』 *La Question d'argent*（57）),　エミール・オージエ Émile Augier（1820-89)（『ポワリエ氏の婿』 *Le Gendre de M. Poirier*（54)）らのブルジョワ風俗劇や，ウジェーヌ・ラビッシュ Eugène Labiche（1815-88)（『イタリアの麦わら帽子』 *Un chapeau de paille d'Italie*（51)）らのヴォードヴィルが大きな人気を呼び，一方ではオッフェンバックに代表されるオペレッタが熱狂的にもてはやされた。華やかな帝政期が過ぎて第三共和政下になると，写実的で辛辣なアンリ・ベック Henry Becque（1837-99）の作品（『鴉の群』 *Les Corbeaux*（77執筆, 82上演)）をモデルとして自然主義演劇の運動が起こった。「自由劇場」Théâtre-Libre を設立したアンドレ・アントワーヌ André Antoine（1858-1943）は，自然主義作家の作品をそれにふさわしい演出法で上演するとともに，トルストイ，イプセン，ハウプトマン，ストリンドベリら外国作家の紹介にも努めた。

●「絵画と文学」●

19世紀には，文学とその他の芸術とのつながりが強く意識されるようになった。とりわけ文学と絵画は多くの問題意識を共有しており，20世紀に向けて次第に加速する諸流派の変遷においても，類似した道を歩みはじめる。

すでにロマン主義の時代，画家と作家はテーマや感性において多くのものを共有しており，たとえばドラクロワ（1798-1863）は，自由への憧れや東方への情熱を豪華で荒々しい色彩のなかに描き出した。1848年以降，文学と絵画はともにレアリスムに向かうが，そもそも「レアリスム」とは，クールベ（1819-77）の写実的画風に対して投げつけられた嘲罵のことばだった。またモネ（1840-1926）やルノワール（1841-1919）など印象派の絵画は，光や色の変化，大気や水の戯れを個人的印象を通して描く点で，ヴェルレーヌやモーパッサンの世界とつながっており，ルドン（1840-1916）やモロー（1826-98）には，ユイスマンスやバルベー・ドールヴィイの作品に通じるところがある。

絵画批評の分野では，ディドロを先駆者とする文学者による「官展〔サロン〕評」の伝統があった。ボードレールはドラクロワやギースを讃えて「現代生活の画家」待望論を唱え，セザンヌの友人であったゾラはマネ（1832-83）擁護の論陣を張って新しい美学を称揚する。また『ドミニック』 *Dominique*（63）の作者で自身画家でもあったウジェーヌ・フロマンタン Eugène Fromentin（1820-76）は，『過ぎし日の巨匠たち』 *Les Maîtres d'autrefois*（76）でフランドルやオランダの画家を論じた。

一方，作家と画家とが同じ「芸術家〔アルティスト〕」であると認識されるよう

になった結果，文学作品の登場人物としても画家が活躍するようになる。バルザックの『知られざる傑作』，ゾラの『作品』などに描かれる天才画家の苦悩や絶望は，作家自身の姿とも重なるものだろう。（朝比奈弘治）

(代表的作家と作品)

ギュスターヴ・フロベール
Gustave Flaubert, 1821—80

●遅れてきたロマン派　現代文学の先駆者として今日にいたるまで大きな関心の対象となっているフロベールは，ノルマンディー地方の都市ルーアンに生まれた。父親は市立病院の外科部長で，そうした家系や環境からくる科学的観察の態度と，病気や死体に日常的に接していた子供時代の記憶は，彼の文学に深い刻印を残している。

早熟な文学少年で，ロマン主義文学に熱狂し，10代の頃から数多くの習作を書いた。両親の希望にしたがってパリで法律の勉強を始めるが，1844年，神経の発作を起こして学業を放棄。その翌々年に父と妹が死んだあとは，母や姪とともにルーアン郊外のクロワッセに隠棲して文学に専念する。『(初稿)聖アントワーヌの誘惑』の失敗後，友人マクシム・デュ・カンとの1年半におよぶ近東旅行から帰国したフロベールは，新しい主題と文体に取り組み，4年半の苦闘の末に処女作『ボヴァリー夫人』 *Madame Bovary*（57）を完成させた。

●『ボヴァリー夫人』とその他の作品　『ボヴァリー夫人』は賛否両論で迎えられ，宗教と良俗を乱すものとして告訴される一方，レアリスム文学の傑作として称賛された。しかしフロベールはレアリスムのレッテルを拒否し，平凡な「地方風俗」に背を向けて，古代カルタゴの傭兵戦争に題材をとった歴史小説『サラムボー』 *Salammbô*（62）を発表。ふたたび論争を巻き起こす。

その後も，二月革命前後のパリのブルジョワ社会を背景に青年たちの夢と挫折を描いた『感情教育』 *L'Éducation sentimentale*（69），幻覚と誘惑にさらされる孤独な苦行者の一夜を描いた「上演不可能」な戯曲『聖アントワーヌの誘惑』 *La Tentation de Saint Antoine*（74），珠玉の短編集『三つの物語』 *Trois Contes*（77）と，それぞれ作風の異なる作品を，いずれも数年におよぶペンの労働を経て刊行し，読者や批評家の安易な期待を裏切りつづける。晩年は百科全書的諷刺小説『ブヴァ

ールとペキュシェ』 *Bouvard et Pécuchet* の執筆に専念するが，完成を前に世を去った。

●**現代文学の先駆者**　文学史の流れを追えば，フロベールをレアリスムの代表者として位置づけるのは当然のことに見える。実際，鋭い観察と精密な描写によって作り上げられる小説世界は，現実の正確な再現であるように感じられる。しかし彼にとってそれは，作者の主観を排して作中人物の内面に同化する，いわゆる「没我性(アンペルソナリテ)」を実現するための手段だった。ところで「没我性」とは言語の面から考えれば「非人称性」のことであり，語り手の「今，ここ，私」を消して，言語を物質的な素材とみなすことでもある。すなわち白い紙を前にした小説家にとって，ことばは単なる自己表現の手段でもなければ，現実世界を表象＝再現する道具でもなく，無限の組み合わせが可能な「作品」創造の要素なのだ。現代の芸術すべてに共通するこの問題に初めて意識的に取り組み，「文体の苦悶」を通して「何について書かれたのでもない本」を目指したフロベールは，今もなお世界の文学に大きな影響を与えつづけている。

　引用したテクストは『ボヴァリー夫人』の第1部で，結婚したエンマの日常生活への幻滅が描かれている部分だが，視点の複合性，自由間接話法の多用，精緻でしかも象徴的な描写といった小説技法を通して，人生の貧しさへの深いペシミズムが表現されている。

Madame Bovary

Le printemps reparut. Elle eut des étouffements aux premières chaleurs, quand les poiriers fleurirent.

Dès le commencement de juillet, elle compta sur ses doigts combien de semaines lui restaient pour arriver au mois d'octobre, pensant que le marquis
5　d'Andervilliers, peut-être, donnerait encore un bal à la Vaubyessard. Mais tout septembre s'écoula sans lettres ni visites.

Après l'ennui de cette déception, son cœur de nouveau resta vide, et alors la série des mêmes journées recommença.

Elles allaient donc maintenant se suivre ainsi à la file, toujours pareilles, innom-
10　brables, et n'apportant rien ! Les autres existences, si plates qu'elles fussent, avaient du moins la chance d'un événement. Une aventure amenait parfois des péripéties à l'infini, et le décor changeait. Mais, pour elle, rien n'arrivait, Dieu l'avait voulu ! L'avenir était un corridor tout noir, et qui avait au fond sa porte bien fermée.

Elle abandonna la musique. Pourquoi jouer ? qui l'entendrait ? Puisqu'elle ne
pourrait jamais, en robe de velours à manches courtes, sur un piano d'Érard, dans
un concert, battant de ses doigts légers les touches d'ivoire, sentir, comme une
brise, circuler autour d'elle un murmure d'extase, ce n'était pas la peine de s'en-
nuyer à étudier.［…］

　Comme elle était triste, le dimanche, quand on sonnait les vêpres ! Elle écoutait,
dans un hébétement attentif, tinter un à un les coups fêlés de la cloche. Quelque
chat sur les toits, marchant lentement, bombait son dos aux rayons pâles du soleil.
Le vent, sur la grande route, soufflait des traînées de poussière. Au loin, parfois,
un chien hurlait : et la cloche, à temps égaux, continuait sa sonnerie monotone qui
se perdait dans la campagne.

◆　注

9　Elles allaient donc ...　以下は自由間接話法。時制や人称は間接話法と同じだ
が，導入部分（Elle pensait que など）を省略することで，登場人物のことばや
意識内容を「直接」表現しようとする形式。フロベールはこの形式を愛用した。
ここでは会話的な文体や感嘆符の使用などによってそれと判断できるが，地の文
と区別することが困難な場合もある。実際この段落の最後 L'avenir était ... で始
まる文などは，Emma の思いとも取れるし，語り手のことばとも取れる。起源
の異なるふたつの声を溶かし合わせてしまうところに自由間接話法の本質がある
とも言えよう。

『ボヴァリー夫人』

　また春が来た。梨の花が咲いたとき，エンマは最初の暑さの到来に息苦しさを覚
えた。
　7月が来るとすぐに，10月になるまでにあと何週間あるのかと指折り数えた。ダ
ンデルヴィリエ侯爵が多分またヴォビエサールで舞踏会を催すのではないかと思っ
たのである。しかし手紙も来ず，訪れる人もなく，9月は過ぎてしまった。
　この失望のやるせなさを味わったあと，彼女の心はまた空虚になった。そしてま
た相も変わらぬ同じ日々が始まった。
　それではこれからはこうした日々が，だらだらと続いていくのか。何の変化もな
く，際限もなく，何物ももたらさずに！　ほかの人々の生活は，どんなに単調であ
っても，少なくとも何かできごとの起こるチャンスくらいはある。ひとつの事件か

らときには無限につづく波瀾が生まれ，そして舞台が変わってゆく。しかし自分には何も起こらない。それが神様の意志なのだ！　未来は真っ暗な廊下のようなもので，その果てには扉がぴたりと閉ざされている。

　彼女は音楽を捨てた。弾いたって何になる？　誰が聞いてくれる？　音楽会で，短い袖のビロードのドレスを着て，エラールのピアノに向かい，軽やかな指で象牙の鍵盤を打ち鳴らしながら，陶酔のつぶやきがあたりに漂うのをそよ風のように感じることが，とうてい自分にはできないのだとすれば，あくせくと退屈な練習をつづけても仕方ない。［…］

　日曜に晩課の鐘が聞こえるときは，どんなに悲しかったことだろう！　ひび割れた鐘の音が，ひとつまたひとつと鳴るのを，彼女は呆然としながら一心に聞いた。どこかの猫が屋根の上をゆっくりと歩きながら，青ざめた日の光に背中を丸めていた。街道には風が吹き，ほこりの筋を巻きあげている。遠くでときおり犬が鳴いた。そして鐘は同じ間をおいて単調に鳴りつづけ，その響きは野原に消えていった。

エミール・ゾラ
Émile Zola, 1840—1902

●**自然主義の指導者**　自然主義文学を代表する小説家ゾラは，イタリア人土木技師の息子として生まれ，少年期を南仏エクサン＝プロヴァンスで過ごした。画家のセザンヌはその頃からの親友である。父親の死後は困窮生活を送るが，バカロレアに失敗した後，アシェット書店に入社。やがて広告主任に抜擢され，ジャーナリズムにも進出する。美術批評ではマネ擁護の論陣を張った。

　1867年に初めての自然主義的小説『テレーズ・ラカン』*Thérèse Raquin* で注目された後，71年からライフワークの連作長編小説《ルーゴン＝マッカール一族》*Les Rougon-Macquart* の出版を開始。全20巻をほぼ年1冊のペースで書きつづけた。その間『実験小説論』*Le Roman expérimental*（80）などの理論書も発表し，自然主義運動の指導者として第三共和政初期の文壇に君臨する。しだいに社会主義への関心を深め，ドレフュス事件に際しては「われ弾劾す！」*J'accuse!*（98）を発表してドレフュス擁護の立場で闘った。晩年の作には《三都市》*Les Trois Villes* 叢書（『ルルド』（94），『ローマ』（96），『パリ』（98）），《四福音書》*Les Quatre Évangiles* 叢書（『豊産』（99），『労働』（1901），『真理』（03）『正義』（未執筆））などがある。

●《ルーゴン゠マッカール一族》 ゾラの名を不朽のものにしたこの連作小説群は，「第二帝政下の一家族の自然的・社会的歴史」という副題を持ち，『居酒屋』*L'Assommoir*（77），『ナナ』*Nana*（80），『ジェルミナール』*Germinal*（85），『獣人』*La Bête humaine*（90）など彼の代表作のほとんどすべてを含んでいる。生理学や実験科学の方法を文学に適用することを夢見ていたゾラは，同じ一族の5世代にわたる人々をそれぞれの作品の主人公にすることで遺伝と環境の問題を追究したが，それと同時に各人物をさまざまな社会階層の多様な職業に振り分けることによって，当時のフランス社会の全体像を描き尽くそうとした。いわば19世紀的小説概念の総決算ともいうべき壮大な企てである。「現実」を描くために，ゾラは綿密な調査と観察の労を惜しまなかった。『パリの胃袋』*Le Ventre de Paris*（73）の中央市場，『居酒屋』の労働者街，『ボヌール・デ・ダーム百貨店』*Au bonheur des dames*（83）のデパート，『ジェルミナール』の炭鉱などの描写はすぐれたルポルタージュとも言えるが，そうした「写実」の中に人々を抑圧し疎外する近代社会への批判が含まれていることを見落としてはなるまい。

《ルーゴン゠マッカール一族》はまた，人類の運命を描く神話的な叙事詩としても読むことができるだろう。幻視家の資質をそなえたゾラは，『居酒屋』のアルコール蒸留器や『獣人』の機関車などを，近代が生み出した恐るべき怪物の姿で描きだした。それらは遺伝や本能によって内側から支配され，経済や社会のシステムによって外側から圧迫されている人々の，不安や息苦しさの象徴なのだ。また，圧倒的な迫力で描かれる群衆シーンは，個としての自由を奪われた人間たちが引き起こす，自然の力にも似た反乱であるようにも思われる。さらに20巻全体を巨視的に眺めれば，同時代の個人や社会を越えて，生と死と再生が無限に反復する自然の永遠回帰の世界が浮かび上がってくる。このように《ルーゴン゠マッカール一族》は，日常生活の細部から世界の意味にまでおよぶ，きわめて多面的でダイナミックな構造を持っており，それがこの連作の力と枯れることのない魅力を作り上げていると言えるだろう。

以下のテクストは『居酒屋』の一節で，恐るべき「酔っぱらい製造器」に魅入られた労働者たちの悦楽と不安が，彼ら自身のことばづかいを通して描きだされている。

L'Assommoir

L'alambic, avec ses récipients de forme étrange, ses enroulements sans fin de tuyaux, gardait une mine sombre ; pas une fumée ne s'échappait ; à peine enten-

dait-on un souffle intérieur, un ronflement souterrain ; c'était comme une besogne de nuit faite en plein jour, par un travailleur morne, puissant et muet. Cependant,
5　Mes-Bottes, accompagné de ses deux camarades, était venu s'accouder sur la barrière, en attendant qu'un coin du comptoir fût libre. Il avait un rire de poulie mal graissée, hochant la tête, les yeux attendris, fixés sur la machine à soûler. Tonnerre de Dieu ! elle était bien gentille ! Il y avait, dans ce gros bedon de cuivre, de quoi se tenir le gosier au frais pendant huit jours. Lui, aurait voulu qu'on lui soudât le
10　bout du serpentin entre les dents, pour sentir le vitriol encore chaud, l'emplir, lui descendre jusqu'aux talons, toujours, toujours, comme un petit ruisseau. Dame ! il ne se serait plus dérangé, ça aurait joliment remplacé les dés à coudre de ce roussin de père Colombe ! Et les camarades ricanaient, disaient que cet animal de Mes-Bottes avait un fichu grelot, tout de même. L'alambic, sourdement, sans une
15　flamme, sans une gaieté dans les reflets éteints de ses cuivres, continuait, laissait couler sa sueur d'alcool, pareil à une source lente et entêtée, qui à la longue devait envahir la salle, se répandre sur les boulevards extérieurs, inonder le trou immense de Paris. Alors, Gervaise, prise d'un frisson, recula ; et elle tâchait de sourire, en murmurant :
20　«C'est bête, ça me fait froid, cette machine ... la boisson me fait froid ...»

◆ 注

7　Tonnerre de Dieu !　以下，パリの場末の酒場に集まる労働者のことばづかいが自由間接文体で描かれている。

『居酒屋』

　奇妙な形の容器がいくつも付いて，管が果てしなく巻きついたアルコール蒸留器は，陰気な顔つきをしていた。一筋の蒸気も上がっていない。内部の息吹や地下の唸りも，ほとんど聞こえないくらいだ。それはまるで陰鬱で，力強く，むっつりした労働者が，夜の仕事を真っ昼間におこなっているようだった。そのあいだにメ＝ボットが，二人の仲間といっしょにやって来て，カウンターの隅があくのを待ちながら，柵に肘をついた。彼は頭を振り，この酔っ払い製造機械をいとしげな目で見つめながら，油の切れた滑車のような笑い声をあげていた。こんちくしょう！　しゃれた恰好をしてるじゃないか！　こいつの膨れた銅の腹のなかには，一週間も喉を湿らせておけるだけのものが入ってるんだ。こいつの管の先を，俺の歯のあいだ

にハンダ付けしてくれりゃなあ。そうすりゃ，まだ温かい安ブランデーが腹をいっぱいにして，踵の先まで降り，いつまでもいつまでも，小川のように流れ落ちるのを感じていられるんだがなあ。いや，まったく！　そうなったらもう動きゃしないさ。そいつがタレコミ屋のコロンブ親爺の，指貫みたいにちっぽけなグラスの代わりになってくれるんだからな！　仲間たちはにやにや笑い，それにしてもこのメ＝ボットの奴は口の減らねえ野郎だと言っていた。蒸留器はむっつりと，炎もあげず，銅の鈍い照り返しのなかに陽気さの影さえ見せずに仕事をつづけ，アルコールの汗を流していたが，それはあたかも緩慢ながら執拗にあふれつづける泉のように，やがてはきっとこの店を満たし，外の大通りに溢れ出て，ついにはパリというこの巨大な穴に氾濫するはずのものだった。ジェルヴェーズは震えに襲われて，後ずさりした。そして無理に微笑を浮かべようとしながら，つぶやいた。

「馬鹿みたい。何だかぞっとするのよ，この機械…お酒って怖いわ…」

ギ・ド・モーパッサン
Guy de Maupassant, 1850—93

●**栄光から狂気へ**　短編小説の名手モーパッサンは，1850年ノルマンディー地方に生まれた。幼少期は自然に親しみ，普仏戦争に従軍した後，1871年以降は下級役人の生活を送る。ボート漕ぎに熱中し，酒場にも通う一方で，母親の幼なじみだったフロベールの薫陶を受けて，現実観察と文体訓練を中心とした文学修行に励む。ゾラ宅にも通い，1880年短編集『メダンの夕べ』に「脂肪の塊」 *Boule de suif* を載せて一躍有名になった。以後わずか10年ほどのあいだに，およそ300の短編と6つの長編小説を発表。社交界へも出入りするようになり，ヨット「ベラミ号」で地中海を航行して『水の上』 *Sur l'eau*（88）など3冊の旅行記も残した。若い頃から神経障害に悩まされていたが，次第に悪化。何者かに脅かされる幻覚や死の想念に付きまとわれた末に発狂し，2年近い入院生活の後に世を去った。

●**短編小説の名手**　鋭い観察にもとづいて人生のささやかな真実を描きだすモーパッサンの作品には，弱者への同情や哀れみが感じられるものが多い。しかしその底に流れているものは，この世の惨めさに対する深い絶望である。当時の作家の中には，ショーペンハウエルなどの影響で悲観的な人生観を抱いていた者が多いが，彼ほど深くペシミズムの毒に冒されていた作家はいないかもしれない。

　作家としての彼の本領は何といっても短編で，ストーリー・テラーの才能がいか

んなく発揮されている。日常生活の中のドラマをすくい上げ皮肉なユーモアを漂わせる農村物や小市民物，自分の体験にもとづいて不条理で残酷な現実を描きだす戦争物，さらには恐怖と幻想にみちた傑作「オルラ」*Le Horla* を含む怪奇物など，その主題は多岐にわたっている。長編小説としては，不幸な結婚生活によってヒロインが人生への夢を次々に打ち砕かれてゆく『女の一生』*Une vie* (83)，美貌と手管で引きつけた女性たちを利用して出世の階段を登ってゆく男の物語『ベラミ』*Bel-Ami* (85)，初老の有名画家が不可能な恋にのめりこんで破滅する『死のごとく強し』*Fort comme la mort* (89) などのすぐれた作品があるが，それらも印象的な場面の積み重ねのような形で構成されており，短編の技法を発展させたものと見ることができるだろう。文体は的確にして簡潔，古典的な明晰さをそなえ，今なお多くの人々に愛読されつづけている。

　以下のテクストは『女の一生』の結末部分。夫にも息子にも裏切られ人生に絶望していたジャンヌが，乳姉妹でもある忠実な女中ロザリーの助けによって，生まれたばかりの孫と対面する場面である。

Une vie

Jeanne la reçut machinalement et elles sortirent de la gare, puis montèrent dans la voiture.

Rosalie reprit : «M. Paul viendra dès l'enterrement fini. Demain à la même heure, faut croire.»

5　Jeanne murmura «Paul ...» et n'ajouta rien.

Le soleil baissait vers l'horizon, inondant de clarté les plaines verdoyantes, tachées de place en place par l'or des colzas en fleur, et par le sang des coquelicots. Une quiétude infinie planait sur la terre tranquille où germaient les sèves. La carriole allait grand train, le paysan claquant de la langue pour exciter son cheval.

10　Et Jeanne regardait droit devant elle en l'air, dans le ciel que coupait, comme des fusées, le vol cintré des hirondelles. Et soudain une tiédeur douce, une chaleur de vie traversant ses robes, gagna ses jambes, pénétra sa chair ; c'était la chaleur du petit être qui dormait sur ses genoux.

Alors une émotion infinie l'envahit. Elle découvrit brusquement la figure de l'enfant qu'elle n'avait pas encore vue : la fille de son fils. Et comme la frêle créature, frappée par la lumière vive, ouvrait ses yeux bleus en remuant la bouche, Jeanne se mit à l'embrasser furieusement, la soulevant dans ses bras, la criblant de baisers.

　Mais Rosalie, contente et bourrue, l'arrêta. «Voyons, voyons, madame Jeanne, finissez ; vous allez la faire crier.»

　Puis elle ajouta, répondant sans doute à sa propre pensée : «La vie, voyez-vous, ça n'est jamais si bon ni si mauvais qu'on croit.»

◆ 注

3 l'enterrement fini　放蕩息子ポールは行方をくらまして素性のわからぬ女とパリで暮らしていたが、女は難産の末に死亡し、残された赤ん坊を女中のロザリーが引き取りに行っていた。

『女の一生』

　ジャンヌは機械的に赤ん坊を受け取り、それから二人は駅を出て、馬車に乗った。
　ロザリーはことばを続けた。「ポール様は、お葬式が済んだらすぐにいらっしゃいます。明日の同じ時刻に、きっと」
　ジャンヌは「ポール…」とつぶやいただけで、何も言わなかった。
　太陽は地平線に向かって落ちてゆきながら、花盛りの菜種の金色やヒナゲシの血のような赤でところどころ染まった緑の野原を、明るい光で満たしていた。生命が芽ぐみかけている静かな大地のうえに、限りない平安が漂っていた。農夫は舌を打って馬を急がせ、二輪馬車は勢いよく走りつづける。
　ジャンヌは目の前の空間をまっすぐ見つめていた。その空を横切って、まるで火矢のように、ツバメが弓なりに飛んでゆく。すると突然、甘い温かさ、生命の熱が、服を通して脚に伝わり、彼女の肉にしみ通った。それは膝のうえで眠っている小さな赤ん坊の熱だった。
　そのとき果てしない感動が彼女の中いっぱいに広がった。彼女はいきなり、まだ見ていなかった子供の顔をむき出しにした。自分の息子の娘の顔だ。そして、この弱々しい生き物が、強い光に打たれて、口を動かしながら青い目をあけると、ジャンヌはその子を両手で抱き上げ、キスを浴びせかけながら、激しく抱きしめた。
　けれどもロザリーが、嬉しいくせに気難しい顔をして、彼女を止めた。「ほら、ほら、ジャンヌ奥様、おやめなさい。赤ちゃんを泣かせてしまいますよ」
　それから、おそらく自分自身の内心の思いに答えるように、こう付け加えた。「人生ってものは、ね、人が思うほどいいものでもないし、悪いものでもないんですよ」

2　近代詩の発展

▶ゴーチエと
　芸術至上主義

隆盛を誇ったロマン主義は19世紀の後半になると往時の新鮮な力を失っていく。そのような状況の中で，**ゴーチエ**は，「芸術のための芸術」の観念を主張して芸術を他の目的のために利用しようとする風潮を批判するとともに，形式の彫琢の重要性を唱え，高踏派など次世代の詩人たちに大きな影響を与えた。

▶近代詩の始祖
　ボードレール

とはいえ，フランス近代詩はボードレールのもたらした衝撃をもって始まると言えるだろう。彼は，純粋で観念的な美を追究する一方，現実，とりわけ首都パリに霊感を求め，この大都市にはびこる醜悪，貧困，悲惨，偽善などといった諸相を透徹した視線で暴き出した。そして，自身をも蝕むそれら現代の病理を研ぎすまされた詩句に結晶させた。そこにおいては，ロマン主義とレアリスムの相剋を越えたところに，「悪の華」，すなわち従来の詩には存在しなかった戦慄の美が生み出されている。また，「万物照応」correspondance の観念を示して喚起することに詩の本質を見た点において，ボードレールは近代フランス象徴詩の創始者と見なすことができるのである。

▶高踏派

1850年代以降，高踏派 les Parnassiens と呼ばれる詩人の一群が現れ，共同で『現代高踏詩集』 *Le Parnasse contemporain*（66）を編んだ。彼らはロマン主義の詩を安易で感情過多なものとして批判し，自らの欠点であるとされた「無感動性」 impassibilité をあえて標榜した。またゴーチエの提唱した芸術至上主義に賛同し，完璧な形式美を求めて詩句の彫琢に執着した。高踏派は，心情の吐露を控えて対象を忠実に再現しようとする点や，詩に描く世界の実証的な調査研究を重んじて表現の正確を期したという点において，小説が追究したレアリスムと呼応するものを持っているとも考えられる。代表的詩人としては『古代詩集』*Poèmes antiques*（1852），『夷狄詩集』*Poèmes barbares*（1862）などを書いたルコント・

ド・リール Charles-Marie-René Leconte de Lisle（1818-94）を挙げておこう。

▶フランス象徴詩の冒険　1860年代から90年代にかけて，ヴェルレーヌ，ランボー，マラルメらフランス象徴詩を代表する詩人たちが次々に登場する。これらの詩人たちに共通するのは，ボードレールを先駆とし，詩とは具体的なものを描写するのでなく暗示するものであると考えて，その音楽性や喚起的な力を重視したことである。また彼らは詩的言語を，日常使用する言葉とは異なる次元にあるものと想定し，それに到達するためにあくことなき探究を行った。彼らは未知なる抽象的な「美」を求めて言葉の世界における想像力の冒険に乗り出したが，あまりに観念的なその試みはつねに不可能との闘いに直面していたとも言える。評論『呪われた詩人たち』を連載してランボー，マラルメらを紹介したヴェルレーヌ自身がまさに破滅そのものと言えるような人生を送ったことは象徴的であるが，これらの詩人たちにおける詩の探究は，創作における深刻な危機意識をともなうものだったにちがいない。しかし，それとひきかえに彼らは，フランスの詩言語の豊かな可能性を開示し，これまでにない濃密な詩空間を作り上げたのだった。

●「東方旅行」（Le Voyage en Orient）●

　19世紀，フランスをはじめ西ヨーロッパにおいて「東方」と言えば，ギリシャ，トルコ，聖地エルサレムを含むシリア・パレスチナ地域，そしてエジプトといった地中海東部の諸地域を指した。この地域への旅の歴史は古いが，その形態や意味は，19世紀，とくに中葉以降になって大きく変化した。そのきっかけとなったのが産業革命の進行で，1830年代から蒸気船や鉄道が導入されたことで移動がより速く容易になり，定期船の航行も開始されて，かつては孤独で危険を伴い莫大な費用を必要とした旅が，かなり手軽なものとなっていった。またさまざまな書物や旅行ガイドもさかんに出版されて，異国の風物が簡単に人々の目に触れるようになる。作家たちにとっても「東方」は魅惑の土地となり，シャトーブリアンやラマルチーヌから始まり，ネルヴァル，ゴーチエ，フロベール，フロマンタン，そして世紀末のロチまで多数の作家たちが実際に旅をしてその記録をもとにした作品を残し，「東方旅行」がひとつのジャンルを形成するまでになった。

　彼らにとって「東方」とは，ヨーロッパ文明をもキリスト教をも包括する精神的根源の地であり，太古の建造物や文化が現代生活の風景のなかに生きたまま残っている土地，ヨーロッパで失われつつある生の喜びや活力を秘めると同時に放縦な官能の夢に答えてくれる土地であった。

第6章　[19世紀Ⅱ]　近代の爛熟

彼らの「東方」像はもっぱらヨーロッパ人の視点によるもので，帝国主義を推進するかたわらで生じたノスタルジックな幻影にすぎないという批判があるのも事実だが，現代におけるそうした批判も踏まえた上で，いま一度19世紀の作家たちの夢を自身の眼で検証してみることは決して無駄ではないだろう。さらに「東方旅行記」群は語りの技法の点においても興味深い材料を提供していることを付け加えておこう。（朝比奈美知子）

代表的作家と作品

テオフィル・ゴーチエ
Théophile Gautier, 1811—72

●**ロマン派としての出発**　ゴーチエは1811年フランス南西部のタルブで生まれ，パリで勉学を積んだ。当初はロマン主義を信奉し，『エルナニ』の闘いの際にはネルヴァルら若い仲間たちとともにユゴーを援護した。

●**芸術のための芸術**　しかしながら彼は，1833年に刊行された幻想と諧謔味の入り混じる短編集『若きフランス』*Les Jeunes-France* においてすでに，当時隆盛を極めていたロマン主義に対して距離を置いていた。彼は，当時文学や芸術がしばしば政治や社会教化の目的のために利用され，美を追究するという本来の目的から遠ざかりがちになっていたことに批判の眼を向けたのであり，35年に発表した長編小説『モーパン嬢』*Mademoiselle de Maupin* の序文において，「ほんとうに美しいものは役に立たないものだけだ。有用なものはすべて醜い」と言明した。下で引用する「芸術」の詩（抜粋）は，彼の代表的詩集『螺鈿と七宝』*Émaux et Camées*（52）の一編で，詩作を精巧な彫刻にたとえ，美の追究こそが文学・芸術の唯一の目的であり，その目的を達成するためには，完璧な詩形式のあくことなき探究が必要だとうたっている。この主張は高踏派や象徴主義の詩人たちに大きな影響を与えることになった。

●**多彩な活動**　彼は『フラカス隊長』*Le Capitaine Fracasse*（63）などの長編小説や『恋する死女』（『死霊の恋』の邦題あり）*La Morte amoureuse*（39）をはじめとする多数の幻想物語を書いている。また，文学・美術批評の分野でもさまざまな新聞雑誌に執筆し，多彩な活動をした。

"L'Art"

Tout passe. — L'art robuste
Seul a l'éternité.
　Le buste
Survit à la cité.

　[...]

5　Les dieux eux-mêmes meurent.
Mais les vers souverains
　Demeurent
Plus forts que les airains.

Sculpte, lime, cisèle ;
10　Que ton rêve flottant
　Se scelle
Dans le bloc résistant !

「芸術」

すべては移ろう。——ただ堅牢な芸術だけが
永遠に残る。
都市が滅んでも
胸像は残る。
　[…]
神々もまた死す。
だが崇高な詩句は
青銅よりも強く
生き残る。

彫り，磨き，刻むのだ，
おまえのはかない夢が
堅固な塊に
刻印されるように！

第 **6** 章　［19世紀Ⅱ］　近代の爛熟

シャルル・ボードレール
Charles Baudelaire, 1821—67

●**ダンディ生活**　ボードレールは1821年パリの裕福な家に生まれた。母親の再婚相手を嫌って家を出、青年期にはカルティエ・ラタンでボヘミアン生活を送る。息子の将来を案じた両親は社会勉強のためにと彼をインド行きの船に乗せるが、目的地に到着しないうちに旅を中断し帰国してしまう。とはいえこの南国の旅の体験で培われた感性は、後の作品における豊かな異国趣味となって表現されることになる。帰国後実父の遺産を要求し、パリの中心サン゠ルイ島のピモダン館に居を構え、「黒いヴィーナス」と呼んだ混血の女優ジャンヌ・デュヴァルを愛人として豪奢な生活を送る。服装、調度品その他趣味全般に最高の洗練を求めたこの生活は、イギリスのジョージ・ブランメルが唱えたダンディスムの影響によるものだが、とりわけ精神の洗練を追究しようとしたボードレールの実践には、禁欲的な求道のごとき側面があった。が、まもなく彼の浪費ぶりを懸念した両親によって準禁治産処分にされ、以後の生活は貧窮を極めることになる。

●**戦慄の美——『悪の華』**　彼は美術批評から文筆をはじめ、官展評(サロン)などを担当していた。1857年、それまで書きためた詩をまとめた『悪の華』 *Les Fleurs du Mal* を出版するが、風俗壊乱の理由で裁判にかけられ、一部の削除と罰金刑が言い渡される。その後61年に、削除を行うと同時に新たに多くの詩を加えた第2版が出版された。詩集は「憂鬱と理想」、「パリ風景」、「酒」、「悪の華」、「反逆」、「死」という6部構成で、誕生から死に至るまでの「詩人」の道程を象徴的に語るものとなっている。『悪の華』においては、詩人の本来の住処であったはずの美と理想の世界と、彼を現に取り巻く醜いが確かな重みを持った現実が対置され、「前世」、「旅への誘い」、「万物照応」など夢想的、観念的な世界を開示する作品がある一方、多くの詩において、現世の街パリにおける貧困、老残、腐死、偽善など、人間世界に存在する醜悪さが鋭く暴き出される。そして対立する二世界の存在を認識するゆえに、詩人は深刻な倦怠 Ennui に毒され、憂鬱 Spleen に陥ってゆく。

　ボードレールは、理想と現実、美と醜という対立する二項を透徹した視線で見据えている。そしてそれらを彫琢された詩句に結晶させることにより、現代にふさわしい新たな戦慄の美を生み出そうとした。彼は、自身をも根底から蝕む倦怠と憂鬱こそは、現代に生きる詩人に特有の病理と考えた。彼の鋭い感性とこうした時代の病理の意識はロマン派の影響を汲むものであると言えるが、彼が対象に対して保持

する客観的距離はロマン派とは質を異にするもので，さらにそれを序にあたる冒頭の詩において「偽善の読者よ，私の同類よ，私の兄弟よ！」と，読者をまきこむ形で提示したことにも彼の詩の新しさがある。

●**現代性の探究**　58年ごろから貧困，飲酒，阿片中毒に蝕まれ，彼の健康は衰える。そして66年，旅行先のベルギーで倒れて失語症と半身不随に陥り，67年に亡くなった。晩年の作品としては麻薬による無限感覚への参入を語った『人工の天国』*Les Paradis artificiels*（60）がある。また，死後出版された散文詩集『パリの憂鬱』*Le Spleen de Paris*（69）においては，「夢想のうねりや意識の急激な飛躍に適応しうる柔軟にして硬質な」形式としての散文詩を探究している。評論の分野でも見るべきものは多く，とくに，63年に発表された『現代生活の画家』*Le Peintre de la vie moderne*では，美が永遠に不変の部分と移ろいやすい部分から成っていることを指摘し，刻々に移ろう現代に創造の霊感を求める姿勢を表明した。さらに，アメリカのエドガー・ポーに傾倒し，翻訳・評論を発表していることも付け加えておこう。こうした多様な試みを通じ，自身が生きる時代を表現しうる文学や芸術形式をあくことなく探究しつづけた点において，彼はまさに「現代性」の探究者であったと言える。

　引用は『悪の華』所収「万物照応」"Correspondance"である。ボードレールは，神秘思想家スウェーデンボリに影響を受け，大宇宙と小宇宙（＝人間）の間，精神界と物質界の間には呼応関係があり，また人間の感じる色，におい，音などの諸感覚も谺(こだま)のごとく響きあいながら互いを，あるいは見えない大宇宙や精神界を暗示しているのだと考えた。詩言語の暗示的な機能を示唆したこの詩はフランス象徴詩の先駆けとなった。

"Correspondances"

La Nature est un temple où de vivants piliers
Laissent parfois sortir de confuses paroles ;
L'homme y passe à travers des forêts de symboles
Qui l'observent avec des regards familiers.

5　Comme de longs échos qui de loin se confondent
Dans une ténébreuse et profonde unité,
Vaste comme la nuit et comme la clarté,
Les parfums, les couleurs et les sons se répondent.

第6章　[19世紀Ⅱ]　近代の爛熟

　　Il est des parfums frais comme des chairs d'enfants,
10　Doux comme les hautbois, verts comme les prairies,
　　— Et d'autres, corrompus, riches et triomphants,

　　Ayant l'expansion des choses infinies,
　　Comme l'ambre, le musc, le benjoin et l'encens,
　　Qui chantent les transports de l'esprit et des sens.

「万物照応」

自然はひとつの神殿，そこでは生きた柱たちが
時に漠たる言葉をもらす。
人はそこを通り過ぎる
親しげな視線で見守る象徴の森をよぎりながら。

夜のごとく光のごとく広大な
暗く深い統一のなか，
遠くから混じりあう長い谺(こだま)のように，
香り，色，音は応え合う。

こんな香りがある，子供の肉のように瑞々しく，
オーボエのように優しく，牧場のように緑の。
——また別の香りは，腐敗し，豊かで，勝ち誇り，

無限の物象の広がりを持ち，
琥珀や，麝香や，安息香や薫香のごとく，
精神と諸感覚の高揚を謳う。

ロートレアモン

Comte de Lautréamont, 1846—70

●謎の生涯　ロートレアモン（本名イジドール・デュカス Isidore Ducasse）は，決まりきった分類になじまない型破りの詩人である。その生涯についても不明な点が多い。1846年，父親がフランス領事館員として勤務していた南米のモンテビデオで生まれ，1歳の時に母を亡くす。13歳のときに単身でフランスに渡り，南西フランスのタルブとポーで中等教育を受けた。一時モンテビデオに戻った後パリに現れ，1868年『マルドロールの歌』 *Les Chants de Maldoror* の第1の歌を匿名で出版，69年には第6の歌まで収めた完全版の単行本が「ロートレアモン伯爵」の筆名で刊行される運びになっていたが，あまりに激しく暗澹たる内容のために直前になって配本を拒否された。70年には警句とパロディ的引用から成る断章『ポエジー』 *Poésies* を刊行するが注目されず，同年11月パリ，フォブール・モンマルトル街のアパルトマンで24歳の若さで亡くなった。死因についても諸説があり，詳しいことはわかっていない。

●『マルドロールの歌』　ロートレアモンはこの作品で，残酷で悪魔的なマルドロールを主人公として，ホメロスやミルトン，あるいは聖書に匹敵するような一大叙事詩の創作に挑んだ。そこには主人公マルドロールとともに，詩人の想像力によって生み出されたおぞましい動物たちが登場して残虐のかぎりを尽くす。残酷，悪，怒り，反逆，絶望が渦巻くこの作品は，愛と救済を説く叙事詩である聖書の対極に位置する，いわば憎悪の叙事詩である。そして作品で展開される残虐行為は究極的にはマルドロール自身に向かっていく。つまりこの憎悪の叙事詩は，強烈な自己破壊の力につき動かされているのだ。また一方で，マルドロールは時として，自己を受難者＝救済者キリストと同一視するのであり，壮大な破壊劇の背後には救済への渇望が潜んでいるとも考えられる。さらにこの作品全体には，聖書をはじめとする古今の大著の剽窃やパロディが散りばめられているということもつけ加えておこう。サド＝マゾヒズムが交錯する悪夢のような世界に，皮肉で嘲笑的，かつ高度に知的な遊びが隠されているのだ。

●瓦解と創造　『マルドロールの歌』は，テーマにおいても語りの構造や形式においてもさまざまな要素が矛盾を孕みながら混在する作品である。それゆえ，内部においては絶え間ない瓦解が繰り返されるのだが，とりもなおさずその瓦解こそが新たな原動力となって作品の創造を促しているのである。作者の生前ほとんど注目さ

れなかったこの作品は，20世紀になって再評価される。すなわち，アルトーは，狂気と死に彩られたこの作品の残酷な想像力に引かれ，ブルトンらシュルレアリストたちは，瓦解と創造を繰り返しながら奇抜なイメージを生むマルドロールの物語の中に，夢の力を引き出す自動記述の原型を見たのであった。

引用は，第1の歌-9の冒頭である。

Le Chant de Maldoror

Je me propose, sans être ému, de déclamer à grande voix la strophe sérieuse et froide que vous allez entendre. Vous, faites attention à ce qu'elle contient, et gardez-vous de l'impression pénible qu'elle ne manquera pas de laisser, comme une flétrissure, dans vos imaginations troublées. Ne croyez pas que je sois sur le
5 point de mourir, car je ne suis pas encore un squelette, et la vieillesse n'est pas collée à mon front. Écartons en conséquence toute idée de comparaison avec le cygne, au moment où son existence s'envole, et ne voyez devant vous qu'un monstre, dont je suis heureux que vous ne puissiez pas apercevoir la figure ; mais, moins horrible est-elle que son âme. Cependant, je ne suis pas un criminel ... Assez
10 sur ce sujet. Il n'y a pas longtemps que j'ai revu la mer et foulé le pont des vaisseaux, et mes souvenirs sont vivaces comme si je l'avais quittée la veille. Soyez néanmoins, si vous le pouvez, aussi calmes que moi, dans cette lecture que je me repens déjà de vous offrir, et ne rougissez pas à la pensée de ce qu'est le cœur humain. Ô poulpe, au regard de soie ! toi, dont l'âme est inséparable de la
15 mienne ; toi, le plus beau des habitants du globe terrestre, et qui commandes à un sérail de quatre cents ventouses ; toi, en qui siègent noblement, comme dans leur résidence naturelle, par un commun accord, d'un lien indestructible, la douce vertu communicative et les grâces divines, pourquoi n'es-tu pas avec moi, ton ventre de mercure contre ma poitrine d'aluminium, assis tous les deux sur quelque rocher du
20 rivage, pour contempler ce spectacle que j'adore !

◆ 注
6 comparaison avec le cygne　瀕死の白鳥は美しい鳴き声を聞かせると言われることから，芸術家の最後の傑作＝絶筆を「白鳥の歌」le chant du cygne と呼ぶ。

『マルドロールの歌』

　感情におぼれることなく，この真面目で冷徹な詩節を声高らかに朗誦し，あなたがたにお聞かせしようと思う。どうか，それが含むものに注意し，あなたがたのかき乱された想像の中にあたかも刻印のようにそれが残さずにはおかない苦痛の印象に用心されるように。わたしが今にも死にそうだなどとは思わないでほしい。なぜなら，わたしはまだ骸骨になったわけではないし，額に老いが染みついてしまったわけでもないからだ。それゆえ，命が飛び去るときの白鳥と比較するなどという考えはいっさいやめにしよう。目の前には怪物しかいないのだと思っていただきたい。その姿をご覧になれないのは幸いだ。だが，姿のおぞましさも魂ほどではない。しかしながら，わたしは犯罪者ではない…この話題はもうたくさんだ。再び海を見，船の甲板を踏みしめたのはそう前のことではない。わたしの記憶はあたかも昨日そこを去ったかのように生々しい。それでも，できれば，あなたがたにするのをすでに後悔しているこの朗誦に際して，わたしと同じように平静でいてほしい。そして人間の心がいかなるものであるかを考えて顔を赤らめたりはしないでいただきたい。おお，絹の眼差しを持つ蛸よ！　魂がわたしの魂と不可分のおまえよ！　地球の住人のなかで最も美しいおまえ，四百もの吸盤の後宮を意のままにするおまえ，容易に伝わるやさしい徳と神々しい優雅さが，自然の住処にあるごとく，みな一致して断ち切れぬ絆で結ばれ気高く宿っているおまえよ，なぜおまえはわたしとともに，その水銀の腹をわたしのアルミニウムの胸に押しつけ，二人して海岸のどこかの岩に座り，わが熱愛するこの光景を見つめていないのだろう！

ポール・ヴェルレーヌ
Paul Verlaine, 1844—96

●繊細さと弱さ　ヴェルレーヌはロレーヌ地方の中心都市メスの上流中産階級の家に生まれ，両親に溺愛されて何不自由なく育った。多感だがひ弱な面を持つ青年に成長した彼は，大学入学資格を得て法学部に在籍するが，この頃から飲酒癖に浸り，学業も放棄する。父の計らいで保険会社，市役所に職を得るが，暇をみては文学カフェに出入りし，『現代高踏詩集』に寄稿した。1866年に「秋の日のヴィオロンのためいきの…」の冒頭で有名な「秋の歌」"Chanson d'automne"などを含む処女詩集

『土星びとの歌』Poèmes saturniens，69年にはワトーなど18世紀の絵画に着想を得て優雅でメランコリックな夢想を歌いあげたとされる『雅びなる宴』Fêtes galantes を発表する。これらの詩にはすでに繊細な感受性，不安，官能，暗示的音楽性といった彼の特徴が十分に現れている。

◉マチルドそしてランボー　彼は69年に親友の妹でまだ16歳だったマチルド・モーテと出会い翌年に結婚する。束の間の幸せと生活の建て直しの希望を得たこの時期に『よき歌』La Bonne Chanson（70）が書かれる。パリ・コミューンには理想を抱いて参加したものの，乱の鎮圧後は密告の恐怖にかられていたという。

　そして71年9月，彼を慕ってパリに出てきた少年詩人ランボーとの出会いが彼の人生を狂わせる。美しく悪魔的な天才少年の虜となった彼は放逸な生活に走り，家族も捨てて二人でイギリス，ベルギーへと放浪する。しかし，逃避行は1873年7月，ブリュッセルで彼がランボーに発砲したことで終わる。たしかにランボーとの出会いは彼の人生を破壊したと言える。しかし若き天才詩人との出会いが彼の詩作に大きな霊感を与えたのも事実で，『言葉なき恋歌』Romances sans paroles（74）には彼独特のやるせなくも美しい詩情が，彫琢された詩句の中に結実している。発砲の末投獄され，マチルドからも離婚されたヴェルレーヌは，衝撃の中でカトリックに回心する。以後の作品としては，信仰の回復と現実生活回帰の傾向がうかがわれる『かしこさ』Sagesse（81），初期以来の未完の詩を収録した『昔と今』Jadis et Naguère（84）がある。

◉呪われた詩人　彼の飲酒癖は止まず，運良く得た教師の職も失い，生活は貧窮を極めていく。とはいえこの時期彼は，ランボー，マラルメらの先駆的詩人を紹介した『呪われた詩人たち』Les Poètes maudits（84）を「リュテス」Lutèce 誌に連載して反響を呼び，彼自身の詩の評価もようやく高まって詩人を志す者たちの尊敬を集めるようになる。晩年は施療院を転々とし，96年悲惨のきわみで死を迎えた。鋭い感受性と才能を持ちながら自らの弱さで自滅していったとも言えるヴェルレーヌの生涯はまさに，禍の星である土星のもとに生まれた「呪われた詩人」のものだったとも言えるが，彼の埋葬には大勢の詩人が集まった。

◉何よりも音楽を　平易で優雅に見える彼の詩は，実はたぐいまれな詩的言語の探究によって作り出されている。彼が何よりも重んじたのは詩の音楽性であり，奇数韻の使用，波打つ感情の表現にふさわしい区切れのリズム，母音，子音の効果的繰り返しなど繊細な技巧を用いて詩句そのものから音楽が立ちのぼるようにした。彼は詩句における音楽性こそが，甘美な夢，漠たる不安，やるせなさといった彼の内面の詩情を暗示的に立ちのぼらせるのだと考えたのである。

引用は『言葉なき恋歌』の無題の一編。冒頭に付された引用句により，ランボーから影響を受けて作られたと推測される。日本でも多くの翻訳が試みられた音楽性豊かな詩である。

        Il pleut doucement sur la ville.（ARTHUR RIMBAUD.）

 Il pleure dans mon cœur
 Comme il pleut sur la ville ;
 Quelle est cette langueur
 Qui pénètre mon cœur ?

5 Ô bruit doux de la pluie
 Par terre et sur les toits !
 Pour un cœur qui s'ennuie
 Ô le chant de la pluie !

 Il pleure sans raison
10 Dans ce cœur qui s'écœure.
 Quoi ! nulle trahison ? ...
 Ce deuil est sans raison.

 C'est bien la pire peine
 De ne savoir pourquoi
15 Sans amour et sans haine
 Mon cœur a tant de peine !

      街に静かに雨が降る。（アルチュール・ランボー）

街に雨が降るように
ぼくの心に涙降る。
心の中にしみ通る
この気ふさぎは何だろう？

地面に，屋根に降りそそぐ
ああやさしい雨音よ！
倦み沈むひとつの心に
ああ雨の歌！

第 6 章　[19世紀Ⅱ]　近代の爛熟

嫌気のさしたこの心
わけもないのに涙降る。
なんと！裏切りがあったわけもなく？…
この弔いはわけもなく。

恋も憎みもしないのに，
心がこれほど痛むのが
なぜかわからぬそのことが
すべてにまさる苦しみだ！

アルチュール・ランボー
Arthur Rimbaud, 1854—91

●**脱出，そして「見者の手紙」**　ランボーは1854年フランス北東部の田舎町シャルルヴィルで生まれ，敬虔なカトリック信者で「鉄の女」と言われた母親の厳しい教育を受けて育った。学業では抜群の成績を収めていたが，因習に囚われた田舎町に嫌悪を抱き，たえず脱出を夢見ていた。1870年のパリ・コミューンに強い共感を寄せ，3度にわたって家出を繰り返す。彼の才能を見抜いた修辞学教師のイザンバールは彼に詩作の道を勧めていたが，じっさい彼は早くから詩人となる野心を抱き，1871年にイザンバールと友人ドメニーに宛てた「見者の手紙」と称される2通の書簡では，「あらゆる感覚の長期にわたる大がかりな，そして理路整然とした壊乱によって」不可視で未知なるものを摑む「見者」Voyantになるのだという決意を表明した。また，従来の詩が「主観的」な詩の域にとどまっているのに対し，自らは「客観的」な詩をめざすのだと宣言し，「ぼくは一個の他者です」Je est un autre と述べて，詩語を発する者の自己認識についてまったく新しいあり方を示した。この時期の作で，海原を疾走する舟が色とりどりのヴィジョンに参入する「酔い痴れた船」"Le Bateau ivre"は，純粋詩を求める青年詩人の超越的な冒険を語る詩である。

●**『地獄の一季節』**　パリに出て詩人となることを夢見ていた彼は，この作品をはじめ何編かの詩を当時すでに詩人として知られていたヴェルレーヌに送る。かくして二人の愛憎のドラマは始まり，ヴェルレーヌの発砲による訣別まで交際が続く。別離の後まとめられた『地獄の一季節』Une saison en enfer (73) は，至高の詩を求

めて内的冒険を重ねる詩人の，詩と散文で綴られた精神的遍歴の書である。詩人＝「ぼく」は，「見者」となるべく錯乱を企てて「言葉の錬金術」を実践するうち，煩瑣な生も主観的自己同一性も超越し，一個の「驚異的なオペラ」となって束の間「超自然的な力」を獲得する。しかし，「酔い痴れた船」の難破も象徴するごとく，ランボーは自らの企てが挫折を運命づけられたものであることを認識している。彼がこの作品で物語るのはまさに，自己破壊＝狂気と紙一重の限界の詩的体験なのだ。

●**放浪，そして『イリュミナシオン』**　『地獄の一季節』以後，彼はヨーロッパや東方を転々とする。73年から75年にかけては，放浪した諸都市の印象や麻薬による幻影，さらに少年時代の印象を盛りこんだ散文詩『イリュミナシオン』*Illuminations*（86）の創作に取り組んでいたとも思われるが，この作品の制作年代については現在なお諸説がある。やがてキプロス，アフリカへと移り住み，商取引と探険に明け暮れるが，91年，膝に悪性の腫瘍を得てマルセイユに戻り，37歳の若さで亡くなった。

●**清冽な衝撃の詩**　強烈な個性を持って全力疾走で駆け抜けたかのようなランボーの人生は，まさにひとつの神話となって多くの人々を引きつけた。だが彼の真価は何よりもその詩にある。斬新で鮮やかなイメージに彩られた彼の詩句は，純粋詩をめざす強い意志から生み出されたものだ。しかしながら，その詩の言葉は時に真摯に，時に嘲笑的に響き，詩人の真意は容易に解き明かせない。しかしまたその謎ゆえにランボーの詩は人々を引きつけるのだろう。

　引用は『イリュミナシオン』の一編，放浪する「ぼく」がつかんだ大胆でかつ潑剌としたヴィジョンを語る「夜明け」である。

"Aube"

J'ai embrassé l'aube d'été.

Rien ne bougeait encore au front des palais. L'eau était morte. Les camps d'ombres ne quittaient pas la route du bois. J'ai marché, réveillant les haleines vives et tièdes, et les pierreries regardèrent, et les ailes se levèrent sans bruit.

5　La première entreprise fut, dans le sentier déjà empli de frais et blêmes éclats, une fleur qui me dit son nom.

Je ris au wasserfall blond qui s'échevela à travers les sapins : à la cime argentée je reconnus la déesse.

Alors je levai un à un les voiles. Dans l'allée, en agitant les bras. Par la plaine,
10　où je l'ai dénoncée au coq. À la grand'ville elle fuyait parmi les clochers et les

dômes, et courant comme un mendiant sur les quais de marbre, je la chassais.

En haut de la route, près d'un bois de lauriers, je l'ai entourée avec ses voiles amassés, et j'ai senti un peu son immense corps. L'aube et l'enfant tombèrent au bas du bois.

15　Au réveil il était midi.

◆ 注 ─────

3 ne quittaient pas　まだ離れなかった，転じて居すわっていた。　**5** entreprise＝ce qu'on propose d'entreprendre ; mise à l'exécution d'un dessein.　やってみようとすること，意図を実行に移すこと。　**7** wasserfall　ドイツ語。水の落下，すなわち滝のこと。

「夜明け」

　ぼくは夏の夜明けを抱いた。
　宮殿の正面ではまだなにひとつ動くものはなかった。水は淀んでいた。闇の部隊は林の道に居すわっていた。生き生きとした生暖かな息づかいを目覚めさせながらぼくは歩いた。すると宝石たちが目を凝らし，翼が音もなく舞い上がった。
　最初に手をつけたのは，すでに冷たく青白い光のあふれる小径のひとつの花，それはぼくに名を告げた。
　金髪の滝に微笑みかけると，樅の木々の間で髪を振り乱した。ぼくは銀色の頂に女神の姿をみとめた。
　それからぼくは，一枚また一枚とヴェールを外した。小道で腕を振り動かしながら。野をよぎりつつ彼女のことを雄鳥に密告した。大きな街では彼女は鐘楼や丸屋根の間に逃げこむのだった。そしてぼくは，大理石の河岸を物乞いのように駆けながら彼女を追いかけた。
　道を登ったところ，ある月桂樹の林のそばで，ぼくは拾い集めたヴェールで彼女を包みこみ，その広大な体を少し感じた。夜明けと子供は林の下に倒れこんだ。
　目が覚めると正午だった。

ステファヌ・マラルメ
Stéphane Mallarmé, 1842—98

●**詩に捧げた人生** マラルメは1842年パリに生まれた。高校の頃から詩を書きはじめ，ボードレール，ポーに心酔した。英語修行のため共にイギリスに渡った女教師マリーア・ゲーアハルトと結婚，帰国後は英語教師となり各地で教鞭を取った。社会的栄達には関心を示さず，98年に亡くなるまでひたすら詩作に捧げた慎ましい人生を送るが，彼の詩と創作の姿勢はしだいに詩人仲間や弟子たちの尊敬を集めるようになる。とくにヴェルレーヌの『呪われた詩人たち』，ユイスマンスの小説『さかしま』で紹介されて以来，彼は象徴派の師と考えられるようになり，毎週火曜日には自宅に多数の詩人たちが集まった。

●**「書物」の創造をめざして** ボードレール，ポーの影響下に「窓」"Les Fenêtres"，「蒼空」"L'Azur" などの初期の詩を書いた後，彼は詩的言語の探究をさらに進め，「世界は一冊の書物に達するために存在する」と述べて，もはや断片的な詩ではなく，自らの詩的経験のすべてを包含しうるような「書物」の創造を夢見るようになる。この探究の途上で創作された作品として，聖書の挿話を題材に氷のような近づき難い「美」を追究して1864年から断続的に試みられた『エロディヤッド』*Hérodiade* 詩群，官能の躍動と夢想を描き，ドビュッシーの音楽でも有名な『半獣神の午後』*L'Après-midi d'un faune*（76）がある。

●**詩的言語探究の闘い** 彼は詩的言語を，日常の言葉とは異次元にある伝達不可能な一種の聖域として想定した。それは抽象的な観念やさまざまな感覚を音楽的に立ちのぼらせることのできるものであらねばならず，そのため彼は，型にはまった文脈を打破してひとつひとつの言葉を再生させ，多面体のような多様さを取り戻したそれらの言葉が互いに響き合うような詩を創造しようと試みた。しかし言葉の限界に挑もうとするその探究は，俗人を拒むばかりでなく，詩人自身にも不可能との格闘を強いた。未完の作品『イジチュール』*Igitur*（69執筆）では，不毛の危機との遭遇が語られる。また『骰子一擲』*Un coup de dés jamais n'abolira le hasard*（97）は，宇宙の混沌，詩的言語の神秘を求めて格闘する思考を視覚的にも表現しようと試みたぐいまれな書物である。この他にも，散文詩や評論などを収録した『ディヴァガシオン』*Divagations*（97）を残している。

マラルメの詩はあまりに難解で，その探究は破綻を運命づけられた苦行のようにも見える。しかしながら彼の試みは，詩的言語の可能性を妥協することなく探究し

たという点においてまさに革新的だった。「火曜会」のメンバーにクローデル, ジッド, ヴァレリーなど次代を担う錚々（そうそう）たる文学者が連なっていたことからも, 彼が後代に与えた影響がいかに大きなものであったかが理解できるだろう。

　引用した「海の微風」"Brise marine" は初期の詩であるが, ここで表現される白い紙を前にした詩人の無力感と焦燥, そして未知の世界への旅立ちの願いは, 詩の探究者マラルメの永遠の感覚だったはずである。

"Brise marine"

La chair est triste, hélas ! et j'ai lu tous les livres.
Fuir ! là-bas fuir ! Je sens que des oiseaux sont ivres
D'être parmi l'écume inconnue et les cieux !
Rien, ni les vieux jardins reflétés par les yeux
5　Ne retiendra ce cœur qui dans la mer se trempe
Ô nuits ! ni la clarté déserte de ma lampe
Sur le vide papier que la blancheur défend
Et ni la jeune femme allaitant son enfant.
Je partirai ! Steamer balançant ta mâture,
10　Lève l'ancre pour une exotique nature !

Un Ennui, désolé par les cruels espoirs,
Croit encore à l'adieu suprême des mouchoirs !
Et, peut-être, les mâts, invitant les orages
Sont-ils de ceux qu'un vent penche sur les naufrages
15　Perdus, sans mâts, sans mâts, ni fertiles îlots ...
Mais, ô mon cœur, entends le chant des matelots !

◆ 注
3 écume　泡が転じて海の意。　**14** Sont-ils (= les mâts) de ceux (= les mâts) なお de は une partie de の意。

「海の微風」

肉体は悲しい, ああ！　ありとある本は読んだ。
逃げる！　彼方へ逃げる！　ぼくは感じる, 鳥たちが

見知らぬ海と大空のただ中にいることに酔い痴れているのを！
何ものも，海に浸るこの心を引き止めはしないだろう
両眼に映る古い庭も
おお，夜よ！　白さに守られた空白の紙の上の
ぼくのランプの寒々とした明るさも
そして子供に乳をやる若妻も。
ぼくは行く！　マストを揺らす蒸気船よ，
異国の自然に向かって錨を上げよ！

倦怠は，残酷な希望に苛まれながら，
いまだハンカチの最期の別れを信じている！
そしておそらく，嵐を呼ぶそのマストは，
一陣の風に傾き難破してゆく，そんなマストなのだ
マストもなく，マストもなく，肥沃な小島もなく，行方知れずになって…
だが，おおわが心よ，水夫の歌を聞け！

3　爛熟と頽廃——世紀末へ

▶科学技術の発展と夢　　さまざまな発見や発明が相次ぎ産業も発展して経済が拡大した19世紀の後半には，人類は常に進歩していくものであり，科学技術の発展により自身の限界を限りなく越えていくことができるのだという，信仰にも似た一種楽天的な考え方が人々の間に広まりはじめる。そして文学の分野においても，科学がさまざまな形で人々の想像力を刺激するようになった。ヴェルヌの書いた空想科学小説の爆発的な成功はその一端を示すものである。

▶デカダンスと象徴派　　他方，物質主義や拝金主義がはびこり貧富の差の拡大などさまざまな矛盾を抱えた近代に，かつてのローマ帝国末期のような衰退と凋落の徴候，すなわちデカダンス décadence を見る作家たちもいた。彼らはボードレール，ヴェルレーヌ，マラルメの美学に傾倒し，俗悪な現実を嫌ってひたすら感覚の洗練と新奇な表現効果

を追求しようとした。シャルル・クロ Charles Cros（1842-88），トリスタン・コルビエール Tristan Corbière（1845-75）らを先駆けとするこれらの作家・詩人たちは必ずしもまとまった流派を形成していたわけではないが，1886年になると雑誌「デカダン」*le Décadent* が創刊され，同じ年に，詩人ジャン・モレアス Jean Moréas（1856-1910）が，「フィガロ」紙に象徴派の「宣言」を発表し，多くの詩人たちを糾合した。この動きもまとまった文学運動を形成するまでには至らなかったが，象徴主義という名称は，この狭義の象徴派の枠を越え，近代詩を中心として，ボードレール以来の，言葉の喚起的な力を重視する文学思潮を総括するものとして用いられるようになった。『なげきぶし』*Les Complaintes*（1885），『聖母「月」のまねび』*L'Imitation de Notre-Dame la Lune*（86）を書いたジュール・ラフォルグ Jules Laforgue（1860-87）はこの流れに位置づけることができる詩人である。演劇のジャンルでは，アルフレッド・ジャリ Alfred Jarry（1873-1907）が現れ，残酷にして滑稽，支離滅裂でありながら後のダダ，シュルレアリスムをも予感させる『ユビュ王』*Ubu roi*（1896初演）で既成の演劇の概念を打ち破った。

▶超自然主義の作家たち　　また主として小説の分野において，現実嫌悪に根ざす精神性の追究に，カトリック信仰のテーマと幻想性を結びつけた作家たちもいた。後述のユイスマンスの他，『悪魔のような女たち』*Les Diaboliques*（74）などの小説で知られるバルベー・ドールヴィイ Jules-Amédée Barbey D'Aurevilly（1808-89），幻想的な短編集『残酷物語』*Contes cruels*（1883）や死後出版の詩劇『アクセル』*Axël*（90）で知られるヴィリエ・ド・リラダン Auguste de Villiers de l'Isle-Adam（1838-89）らである。

▶ベルギーの象徴派　　この時期には，隣国ベルギーでも文学革新の運動がおこった。後述のメーテルランクは象徴主義演劇の第一人者とされるが，この他，小説『死都ブリュージュ』*Bruges-la-Morte*（1892）で知られるロデンバック Georges Rodenbach（1855-98），『フランド

239

ル風物詩』 Les Flamandes（1883）を書いた詩人ヴェラーレン Émile Verhaeren（1855-1916）らが輩出した。

▶世紀末へ　その他19世紀の後半から世紀末にかけて活躍した作家としては，優れた短編を書いたマルセル・シュウォブ Marcel Schwob（1867-1905），膨大な『日記』Journal intime（死後刊）を残したアミエル Henri-Frédéric Amiel（1821-81），『お菊さん』Madame Chrysanthème（1887）など異国趣味溢れる作品を残したロチ Pierre Loti（1850-1923）らの名が挙げられる。

　文芸批評においては，作家の置かれた環境を調べ実証的手続きを踏みながら作品を解明しようとする講壇批評，作品に向き合った感興を重んじる印象批評などの動きが現れたが，その中で，文学史についての体系的な概念を示したランソン Gustave Lanson（1857-1934）の名を挙げておこう。

●「子供と文学」●

　フランスでは何世紀ものあいだ，子供は「小さな大人」にすぎず，特別の注意を向けられる固有の存在とはみなされていなかった。したがって，ラ・フォンテーヌ，ペロー，フェヌロンらの先駆者を例外とすれば，読者としても登場人物としても，文学のなかで子供が問題にされることはあまりなかった。

　しかし19世紀に入ると，幼児死亡率の低下やルソーの『エミール』の影響などによって，子供への関心が高まってくる。子供の労働を制限する法律や，教育を義務化する法律などが制定されるとともに，子供のための文学も続々と生み出され，世紀後半には児童文学の黄金時代が訪れる。「教育と娯楽の雑誌」を発刊したエッツェル Jules Hetzel（1814-86）や，旅行者のための「鉄道文庫」を創設して「ばら色叢書」の基を作ったアシェット Louis Hachette（1800-64）は，多くの児童文学を世に送り出した炯眼の編集者だった。

　ジョルジュ・サンドやジュール・ヴェルヌについては別項にゆずることにして，19世紀後半のその他の有名な児童文学作家を挙げておこう。「ばら色叢書」のスター作家だったセギュール夫人 comtesse de Ségur（1799-1874）は，『ソフィーの災難』Les malheurs de Sophie（1864）など少女向きの小説で大評判をとった。G. ブリュノ G. Bruno（1833-1923）の『ふたりの子供のフランス一周』Le tour de la France par deux enfants（1877）は，愛国心を刺激する物語と教育的配慮を組み合わせることによって，刊行後10年で300万部を売り尽くした。またエクトル・マロ Hector Malot（1830-1907）は『家なき子』Sans famille（1878）『家なき娘』En famille（1893）などの本格的な児童小説のなかで，現実の社会問題や家族愛のテーマを取り上げ，今日でも世界中で愛読されている。（朝比奈弘治）

第 **6** 章　[19世紀Ⅱ]　近代の爛熟

(代表的作家と作品)

ジュール・ヴェルヌ
Jules Verne, 1828—1905

●**冒険を夢見る少年**　ヴェルヌは，異国情緒豊かな貿易港ナントの豊かな家庭に生まれた。11歳のとき，淡い恋心を抱いていた同い年の従妹に珊瑚の首飾りを贈ろうと少年水夫のふりをしてインド行きの船に乗り込むが，連れ戻されて厳しく叱られ，「もうこれからは空想の中でしか旅をしません」と誓ったというエピソードがある。

●**《驚異の旅》シリーズ**　父親の意志に従って法律を修めたものの，彼は文学を志した。1857年に結婚した後は，生計を立てるため株式仲買人の仕事を始め，日々めまぐるしく変貌する産業・技術の発展ぶりや社会の動向に直接触れる。彼の生活を劇的に変えることになったのは，新しい時代の動きを的確にとらえた革新的出版者エッツェルとの出会いだった。キリスト教会主導の旧態依然とした教育に飽き足らず，次代を担う少年少女に夢と知識を提供しうる図書の出版に意欲を抱いていたエッツェルは，ヴェルヌの持ち込んだ原稿（『気球に乗って五週間』）を高く評価し，ただちに長期契約を結ぶ。かくして，《驚異の旅》 *Voyages extraordinaires* という総題のもとに『地底旅行』 *Voyage au centre de la terre* (64)，『海底二万里』 *Vingt Mille Lieues sous les mers* (69-70)，『八十日間世界一周』 *Le Tour du Monde en quatre-vingts jours* (73)，『二年間の休暇』 *Deux Ans de vacances* (88)（『十五少年漂流記』の邦題でも知られる）などの冒険小説が次々に発表されていった。現実のあるいは空想のさまざまな場所へと主人公が企てるスリルに富んだ冒険旅行のなかに，当時めざましい発展を遂げつつあった科学技術がもたらす最新の情報や各地の地理，歴史などを盛り込んだ彼の作品は，いずれも爆発的な売れ行きを示した。

●**ペシミズムと疑念**　晩年が近づくと彼は，甥の発砲による負傷，盟友エッツェルや母の死などの不幸に見舞われ，しだいに隠遁を好むようになる。その間にもアミアンの市会議員に当選して議員の仕事をこなし，しかも休みなく作品を書きつづけた。『カルパチアの城』 *Le Château des Carpathes* (92)，『氷のスフィンクス』 *Le Sphinx des glaces* (97) など晩年の作品には，科学の進歩への疑念，人間不信といったペシミズムが漂うようになる。

　ヴェルヌの作品はランボーをはじめコクトー，サルトル，レーモン・ルーセルな

どさまざまな作家たちの夢を誘ってきた。また，科学と人間について，現代に生きるわれわれにも多くの夢と問題意識を提供し続けている。

引用は，『海底二万里』の一節で，主人公アロナクス，ネモ船長らノーチラス号の乗員たちが巨大タコとの闘いを繰り広げる場面である。

Vingt Mille Lieues sous les mers

Aussitôt un de ces longs bras se glissa comme un serpent par l'ouverture, et vingt autres s'agitèrent au-dessus. D'un coup de hache, le capitaine Nemo coupa ce formidable tentacule, qui glissa sur les échelons en se tordant.

Au moment où nous nous pressions les uns sur les autres pour atteindre la
5 plate-forme, deux autres bras, cinglant l'air, s'abattirent sur le marin placé devant le capitaine Nemo et l'enlevèrent avec une violence irrésistible.

Le capitaine Nemo poussa un cri et s'élança au-dehors. Nous nous étions précipités à sa suite.

Quelle scène ! Le malheureux, saisi par le tentacule et collé à ses ventouses,
10 était balancé dans l'air au caprice de cette énorme trompe. Il râlait, il étouffait, il criait : À moi ! À moi ! Ces mots, *prononcés en français*, me causèrent une profonde stupeur ! J'avais donc un compariote à bord, plusieurs, peut-être ! Cet appel déchirant, je l'entendrai toute ma vie !

L'infortuné était perdu. Qui pouvait l'arracher à cette puissante étreinte ?
15 Cependant le capitaine Nemo s'était précipité sur le poulpe, et, d'un coup de hache, il lui avait encore abattu un bras. Son second luttait avec rage contre d'autres monstres qui rampaient sur les flancs du *Nautilus*. L'équipage se battait à coups de hache. Le Canadien, Conseil et moi, nous enfoncions nos armes dans ces masses charnues. Une violente odeur de musc pénétrait l'atmosphère. C'était
20 horrible.

『海底二万里』

すぐさま長い腕の一本が隙間から蛇のようにすべりこんできた。そして上では他の20本もの腕がうごめいていた。ネモ船長は斧の一撃でそのものすごい触手を切り落とした。それはのたうちながら梯子の上をすべり落ちていった。

わたしたちが甲板に出ようと押し合っているとき，別の2本の腕が空を打ってネモ船長の前にいた水夫に襲いかかり，抗いようもないものすごい力でさらっていっ

第 **6** 章　[19世紀Ⅱ]　近代の爛熟

た。

　ネモ船長は叫び声を上げて外に飛び出した。わたしたちも彼に続いて飛び出していた。

　何という光景だ！　哀れな男は，触手に捕まり，吸盤に吸いつかれ，その巨大な管の意のままに空中で揺すられていた。彼は喘ぎ，息を詰まらせ，叫んでいた。「助けて！助けて！」フランス語で言われたこの言葉に私は心底仰天した！　ということは，この船にわたしの同国人が一人いるのだ，もしかして何人もいるかもしれない！　あの痛切な叫びは一生耳から離れないだろう。

　不運な男はもう終わりだった。いったい誰があのすごい締めつけから彼を救い出せただろう。それでもネモ船長は，タコに飛びかかり，斧の一撃でさらにもう一本の腕を落としていた。副官はノーチラス号の側面に這い上がってくる別の怪物どもと猛然と格闘していた。乗組員たちも斧を振るって戦っていた。カナダ人とコンセーユとわたしも各々の武器を肉厚の塊にぶち込んだ。ジャコウの強烈な匂いが空中にたちこめた。おぞましい光景だった。

ジョリス＝カルル・ユイスマンス
Joris-Karl Huysmans, 1848—1907

●**自然主義を超えて**　ユイスマンスは1848年パリで，先祖に何人かの画家がいるフランドル系の家に生まれた。はじめはゾラの自然主義に傾倒して『メダンの夕べ』に参加したが，84年に発表した『さかしま』*À rebours* 以後は，細部の正確な描写，充実した表現力という自然主義的資質は保持しつつも，現実を越えた精神的な理想の探究という独自の境地を開いていく。

●**『さかしま』**　この作品はデカダンスの時代の病理ともいうべき「頽廃」を主題としている。主人公デ・ゼサントは没落しつつある古い家柄の貴族の嫡子，ひ弱で神経質な青年である。俗悪な現実を嫌悪する彼は，贅を尽くして自身の趣味どおりに飾りたてた館に閉じこもり，昼夜を逆転させて人工的かつ耽美的な生活を送る。彼の企ては現実には求め得ない理想に対する憧憬の現れにほかならないのだが，異常な生活はしだいに彼の健康を蝕み，精神を狂気へと導いていく。「味覚のオルガン」，「黄金の甲羅の亀」の挿話などはまさにユイスマンスが追究した頽廃の美学の結晶と言える。また作品中では，ユイスマンスが深く探究したボードレール，ヴェルレーヌ，マラルメらの文学，オディロン・ルドン，ギュスタヴ・モローらの芸術に関

243

する考察がデ・ゼサントの見解という体裁で盛り込まれており，文学・芸術論としても興味深い。

●キリスト教回帰　彼は『彼方』 *Là-bas*（91）において悪魔主義と黒魔術への関心を示すが，やがてカトリックに回心する。『出発』 *En route*（95），『大聖堂』 *La Cathédrale*（98）などの作品は，困難な信仰の道程を描いた自伝的作品だが，同時にキリスト教美術の精緻な紹介にもなっている。

　引用は『さかしま』第8章の抜粋で，デ・ゼサントが人工の楽園を作り上げるために注文したさまざまな珍しい植物が運び込まれた場面である。

À rebours

　Une fois seul, il regarda cette marée de végétaux qui déferlait dans son vestibule ; ils se mêlaient, les uns aux autres, croisaient leurs épées, leurs kriss, leurs fers de lances, dessinaient un faisceau d'armes vertes, au dessus duquel flottaient, ainsi que des fanions barbares, des fleurs aux tons aveuglants et durs.

5　L'air de la pièce se raréfiait ; bientôt, dans l'obscurité d'une encoignure, près du parquet, une lumière rampa, blanche et douce.

　Il l'atteignit et s'aperçut que c'étaient des Rhizomorphes qui jetaient en respirant ces lueurs de veilleuse.

　Ces plantes sont tout de même stupéfiantes, se dit-il ; puis il se recula et en
10　couvrit d'un coup d'œil l'amas ; son but était atteint ; aucune ne semblait réelle ; l'étoffe, le papier, la porcelaine, le métal, paraissaient avoir été prêtés par l'homme à la nature pour lui permettre de créer ses monstres. Quand elle n'avait pu imiter l'œuvre humaine, elle avait été réduite à recopier les membranes intérieures des animaux, à emprunter les vivaces teintes de leurs chairs en pourriture, les magni-
15　fiques hideurs de leurs gangrènes.

◆　注

2　kriss　マレー人の用いる刀身が波形の短剣。　7　Rhizomorphe　木の裂け目や地中に繁殖する菌類で，燐光を発することで知られる。　10　son but était atteint　以下段落の終わりまで自由間接話法の文が続く。

『さかしま』

　いったん一人になると，彼〔＝デ・ゼサント〕は玄関に溢れかえる植物の大群を

見つめた。それらはたがいに混じり合い，みずからの剣や波形短剣や槍の穂先を交差させながら緑の武器の束を形作っていた。その上では野蛮人の小旗のごとく，目の眩むきつい色調の花々が揺れていた。

部屋の空気が薄くなってきた。そしてまもなく，寄木張りの床に近い，とある隅の暗がりに，一筋の明かりが白く静かに這った。

彼はそこまで行ってみて，リゾモルフが呼吸をするときにこの終夜灯さながらの光を投げているのだとわかった。

それにしてもこの植物たちには仰天だ，と彼はつぶやいた。それから後ろに下がり，全体をさっと見渡した。目的は達成されたのだ。どれひとつとして現実のものとは思えない。まるでこれらの怪物を創造できるようにと，人間から自然に対して布や紙，陶器や金属が貸し与えられたかのようだ。人間の業を真似ることができなかった場合には，動物の内膜を引き写しにしたり，その腐乱しつつある肉の生々しい色あいや壊疽の壮大な醜悪さを借用するはめになっているのだった。

モーリス・メーテルランク
Maurice Maeterlinck, 1862—1949

●**象徴主義** メーテルランクは，中世の雰囲気の色濃く残るベルギーのガンに生まれた。ヴェラーレンやロデンバックも学んだイエズス会系の高等中学で学び，在学中から詩の投稿をする。ガン大学で法律を修め弁護士となるが，むしろ文学創作に情熱を傾け，1889年象徴主義の詩集『温室』*Les Serres chaudes* を発表する。そして同年の終わりに発表した戯曲『マレーヌ姫』*La Princesse Maleine* が絶賛され，以来象徴派演劇の旗手と目されるようになった。その後も『群盲』*Les Aveugles*（90），『ペレアスとメリザンド』*Pelléas et Mélisande*（92）などの戯曲を次々と発表し，不条理で絶対的な運命と人間との対峙を描いた。彼の戯曲においては，伝統的な性格描写や心理分析ではなく，断片的な台詞や風の音，鳥の声などによってドラマの動きを暗示的に喚起するという手法が取られているのが特徴である。

●**思索の深まりと『青い鳥』** 彼は1896年にエッセー集『貧者の宝』*Le Trésor des humbles* を発表して以来，人間の運命，死，幸福についての思索を深めていく。この時期の作品でよく知られた『青い鳥』*L'Oiseau bleu*（1909）は，チルチルとミチルの兄妹が妖精に導かれ，幸福の青い鳥を求めて思い出の国，夜の宮殿，死の国

などを巡る夢幻劇で，彼らの求めていた青い鳥はじつは自分の家にいたのだという結末になっている。この他にも多数の作品を発表し，1911年にはノーベル文学賞を受賞。晩年には地中海沿岸の豪奢な館で思索に没頭し，1949年に亡くなった。

　ここで紹介する『ペレアスとメリザンド』は中世の森深い城を舞台とし，王子ゴローが妻とした神秘的な娘メリザンドとゴローの弟ペレアスの宿命的な愛と死を描いている。ドビュッシーによってオペラ化されたことでも知られる。引用は第3幕第2場，ペレアスが窓辺にたたずむメリザンドに呼びかける，作品中もっとも官能的な場面である。

Pelléas et Mélisande

MÉLISANDE. Je ne puis pas me pencher davantage ... Je suis sur le point de tomber ... — Oh! oh! mes cheveux descendent de la tour! ...

　Sa chevelure se révulse tout à coup, tandis qu'elle se penche ainsi et inonde Pelléas.

5　PELLÉAS. Oh! oh! qu'est-ce que c'est? ... Tes cheveux, tes cheveux descendent vers moi! ... Toute ta chevelure, Mélisande, toute ta chevelure est tombée de la tour! ... Je la tiens dans les mains, je la touche des lèvres ... Je la tiens dans les bras, je la mets autour de mon cou ... Je n'ouvrirai plus les mains cette nuit ...

MÉLISANDE. Laisse-moi! laisse-moi! ... Tu vas me faire tomber! ...

10　PELLÉAS. Non, non, non; ... Je n'ai jamais vu de cheveux comme les tiens, Mélisande! ... Vois, vois; ils viennent de si haut et m'inondent jusqu'au cœur ... Ils sont tièdes et doux comme s'ils tombaient du ciel! ... Je ne vois plus le ciel à travers tes cheveux et leur belle lumière me cache sa lumière! ... Regarde, regarde donc, mes mains ne peuvent plus les contenir ... Ils me fuient, ils me

15　fuient jusqu'aux branches du saule ... Ils s'échappent de toutes parts ... Ils tressaillent, ils s'agitent, ils palpitent dans mes mains comme des oiseaux d'or; et ils m'aiment, ils m'aiment mille fois mieux que toi! ...

MÉLISANDE. Laisse-moi, laisse-moi ... quelqu'un pourrait venir ...

PELLÉAS. Non, non, non; je ne te délivre pas cette nuit ... Tu es ma prisonnière

20　cette nuit; toute la nuit, toute la nuit ...

MÉLISANDE. Pelléas! Pelléas! ...

第6章 ［19世紀Ⅱ］ 近代の爛熟

『ペレアスとメリザンド』

メリザンド：これ以上かがめないわ…落ちてしまいそう… ──ああ！　ああ！　髪が塔から降りていく！…

　（このように彼女が身を屈めているあいだに突然髪がなだれ落ち，ペレアスを包みこんでしまう。）

ペレアス：おお！　おお！　これは何だ？…　きみの髪だ，きみの髪がぼくの方へと降りてくる！…　きみの髪がすっかり，メリザンド，きみの髪がすっかり塔から落ちてきたよ！…　ぼくはそれを手に取り口づけする…腕に抱きしめ，首に巻きつける…今夜はもう，手を握りしめたまま開かないよ…

メリザンド：放して！　放して！…　落ちてしまいそう！…

ペレアス：いやだ，いやだ，いやだ…きみのような髪は見たことがないよ，メリザンド！…　見て，見てごらん，あんなに高いところからやってきてぼくの胸のところまで包んでしまう…まるで天国から来たみたいに温かくて柔らかだ！…　きみの髪でもう空が見えない，髪の美しい輝きが空の輝きを隠してしまう！…　見て，見てごらんよ，もう手に入りきらない…ぼくから逃げて，ぼくから逃げて柳の枝まで行ってしまう…いたるところから逃れ去って…震え，乱れ，ぼくの手の中で金の小鳥のようにぴくぴく動いている。そしてぼくを愛してくれる，きみの千倍もぼくを愛してくれる！…

メリザンド：放して，放して…誰か来るかもしれない…

ペレアス：いやだ，いやだ，いやだ。今夜は放さないよ…今夜きみはぼくの虜だ，一晩中，一晩中…

メリザンド：ペレアス！　ペレアス！…

第7章

［20世紀Ⅰ］　第二次世界大戦前の文学

（永井　敦子・今井　勉）

ピカソ『アトリエ』

時代思潮

▷ベル・エポック　20世紀初頭のフランスには，後に「ベル・エポック（よき時代）」と懐古的に称された楽観的雰囲気があった。夏目漱石は1900年，英国留学の往路パリに立ち寄り，地下鉄が走るその町の繁栄と盛大な万国博覧会に度肝を抜かれている。プルーストの作品に登場するような上流社交界の人々やその取り巻きが，パリの目抜き通りや郊外の競馬場を彩ったこの頃は，映像技術や情報メディアの発達，交通手段の加速化，スポーツの普及など，現代の生活や娯楽の基礎が成立した時代でもあった。またパリはピカソやシャガール，ディアギレフ率いるロシア・バレエ団といった異国の人々のエネルギーを取り込み，彼らの挑戦や交流の場となり，その才能を育んだのである。

▷帝国主義体制への歩み　しかしそうした繁栄と並行して，国の内外では不穏な情勢が進行していた。保守的な共和政のもと，工業や金融の資本集中と植民地主義の中で帝国主義的性格を強めていったフランスは，1894年のドレフュス事件，1905年の政教分離を経て，さまざまな対立と緊張を抱えていた。また農民や労働者の生活は厳しく，社会主義勢力と労働者による労働運動は次第に組織化され，激化し，06年に成立した急進派クレマンソー内閣はこれを厳しく弾圧した。さらに国際的に帝国主義的対立が強まる中で，モロッコの植民地化問題をめぐって独仏の敵対関係が再び鮮明になり，帝国主義列強諸国に二大陣営が形成されていった。そしてモロッコの反仏民族蜂起を武力制圧したフランスはこれを保護領とし，社会にも広く国家主義的風潮が高まっていったのである。

▷戦争の世紀への突入　1912-13年のバルカン戦争を経て14年に激化したオーストリアとセルビアの対立は，未曾有の被害をもたらした第一次世界大戦へと拡大し，実質上ここに，戦争と革命の世紀である20世紀が始まった。開戦当初には短期戦を予想し，祖国防衛のもと

第 **7** 章　[20世紀Ⅰ]　第二次世界大戦前の文学

に団結が図られたフランスでも，戦争の長期化と悲惨な塹壕戦の中，ロシア革命が勃発した17年には兵士や市民の間にも戦争への不満が高まり，労働者のストライキも活発化した。その後戦況はアメリカ合衆国の参戦によって終結へ向かい，18年に休戦協定が結ばれた。この戦争によってフランスは戦勝国になり，アルザス，ロレーヌ地方を再び領土としたものの，150万もの死者を出し，東北部を中心に国土は荒廃し，膨大な借り入れ金が戦後の財政危機やインフレを招いただけでなく，国民全体に深い喪失感や失意を残すことになった。

▶世代間の断絶　第一次世界大戦は，ヨーロッパの影響力の低下とアメリカの繁栄を加速した。ポール・ヴァレリーは1919年の「精神の危機」のなかで，ヨーロッパ文化への幻滅を表している。そうした没落と危機の意識がフランスの知識人たちに広まったなかで，とりわけ甚大な精神的影響を被ったのは，戦争にかり出された若い世代である。最新兵器による大量殺戮を目の当たりにした復員兵たちは，虚無感とともに，仲間の多くを無惨な死に追いやった世代に対する断絶の意識を強めた。アンドレ・ブルトンを中心としたシュルレアリスムも，そうした若者たちの社会への反抗や既成秩序転覆の欲求と結びついた運動であった。ヨーロッパの正統的伝統とブルジョワ的な価値観からの解放をめざしたこの運動は，前の世代からは破壊的な馬鹿騒ぎに見られたが，芸術と社会をともに変革する方法を模索していたのである。また20年に社会党から分裂して創立されたフランス共産党には，労働者とともに，多くの若い知識人が入党した。

▶高まる危機を前に　戦勝と復興の浮かれた雰囲気は長くは続かず，大戦間のフランスは相次ぐ経済的課題や，モロッコのリフ戦争など植民地での反抗をはじめとする外交問題への対処に追われながら，表面的な平和主義の下で右翼と左翼の対立を強めていった。経済はつかの間の繁栄を見たものの，30年代には世界恐慌の影響を受け衰退した。ドイツではヒトラー内閣が成立し，フランスでも危機感が高まり，アクシオン・フランセーズなどの極右団体の活動が活発化した。一方警戒を強めた

左翼勢力にも団結の動きが生まれ，35年に人民戦線が結成され，翌年社会党のレオン・ブルム内閣が成立した。しかし人民戦線政府はスペイン内戦について不干渉協定を結び，ファシズムに抗して戦おうとしていた人々に深い失望と挫折感を与えた。そして38年のミュンヘン協定における対独政策をめぐる対立によって，弱体化した人民戦線は完全に解体することになるのである。

▶「人間」の死　アンドレ・マルローは『西欧の誘惑』（1926）の中で，ヨーロッパ人にとって「絶対的実在とは神であり，ついで人間でした。しかし神に続いて人間は死んだのです」と書いた。両大戦間のヨーロッパでは，ニーチェや**マラルメ**やフロイトらが先鋭的に認識していた「人間」の死が，社会的な現実性を帯びて広く実感されるようになった。フランスの作家たちにとっても，ヨーロッパの伝統的ヒューマニズムや産業資本主義的な経済発展の有効性の根本的な問い直しが不可避となり，行き詰まった価値観の建て直しがあらゆる方向に求められた。カトリシズムの視点から人間の悪の問題に取り組む者がいる一方で，神なきあとの人間の友愛や連帯に価値を見出そうとする者がいた。多くの若者がコミュニズムに傾倒するなか，ピエール・ドリュ・ラ・ロシェル Pierre Drieu La Rochelle（1893-1945）のようにファシズムに期待する者も出た。さらにアフリカ横断民族学調査に参加したミシェル・レリス Michel Leiris（1901-90）やアジアへ向かった**マルロー**，メキシコへ行った**アルトー**のように，ヨーロッパの外に出てゆく作家もあった。またレリス，**バタイユ**らの「社会学研究会」の活動や，社会学，民族学などの学問の発展は，ヨーロッパを相対化する視点を促してゆくことになったのである。

1　20世紀文学の誕生

▶転換期　ベル・エポックは，古い文学の担い手から新しい文学の担い手へ，文学の勢力地図が塗り替わる転換期であった。文学の覇権

第 **7** 章　[20世紀Ⅰ]　第二次世界大戦前の文学

は，アナトール・フランス Anatole France（1844-1924），ポール・ブールジェ Paul Bourget（1852-1935），モーリス・バレス Maurice Barrès（1862-1923）といった旧世代の作家から，**クローデル，ジッド，プルースト，ヴァレリー**といった，いずれも1870年前後生まれの新世代の作家へと移行する。20世紀前半を代表する四人の巨匠の初期作品『黄金の頭』(1895)，『地の糧』(97)，『楽しみと日々』(96)，『テスト氏との一夜』(96)を並べ，続いてそれぞれの代表作『繻子の靴』(1929)，『贋金つくり』(25)，『失われた時を求めて』(13-27)，『若きパルク』(17)を並べると，フランス第三共和政における文学的達成の稜線が浮かび上がる。

▷**象徴主義を超えて**　　新しい文学を担ったのはもちろん彼らだけではない。ジョルジュ・デュアメル Georges Duhamel（1884-1966）やジュール・ロマン Jules Romains（1885-1972）らのより若い世代の作家たちは1906年，パリ近郊の旧僧院に集団生活を送りながら生命讃歌の詩を書いた。「僧院」派の「一体主義」運動は短命だったとはいえ，個人主義的象徴主義に対する批判の意味を持ち，やがて，第一次世界大戦後の彼らの活躍の下地となる運動であった。この他，ブルターニュに隠棲した詩人サン＝ポル・ルー Saint-Pol Roux（1861-1940）やピレネー山麓に生涯を送った詩人フランシス・ジャム Francis Jammes（1868-1938）も，象徴主義を超える道を探った詩人たちの系列に属する。

▷**ジャーナリズムの力**　　新時代の文学の推進には，卓越した個人の力と共に，集団を結集する雑誌が大きな力を発揮する。1899年創刊の「アクシオン・フランセーズ」が右翼作家の拠点ならばシャルル・ペギー Charles Péguy（1873-1914）が1900年に創刊した「半月手帖」は左翼作家の拠点であった。そして09年，ジッドを中心に不偏不党の立場に立つ雑誌「N.R.F.（ヌーヴェル・ルヴュ・フランセーズ）」が創刊される。ジャック・リヴィエール Jacques Rivière（1886-1925）らを代々の編集長としたこの雑誌は，四巨匠の傑作をはじめ，中堅から若手まで，常に新鮮な作品の発表の場となり，20世紀前半のフランス文学に大きな影響力を持った。

(代表的作家と作品)

ポール・クローデル

Paul Claudel, 1868—1955

●**20世紀最大の劇詩人** 同世代のジッド，プルースト，ヴァレリーに比べると，同じ象徴主義の風土に育ちながらも，クローデルはより神秘的であり，さらには宇宙論的な広がりを持つ点で独自の位置にある。その出発点には，18歳の特権的体験すなわちランボーを読んで受けた**衝撃**とパリのノートル゠ダム寺院で受けた啓示があるだろう。マラルメの火曜会に参加する傍ら，シェイクスピアとギリシャ悲劇を熱心に読んだクローデルは最初の詩劇『黄金の頭』*Tête d'or*（1895）を発表後，数多くの作品を創造し，詩人，とりわけ劇詩人としての地位を揺るぎないものとした。カトリック作家であるだけでなく，米国，中国，日本など世界各地に赴いた外交官作家でもある（1921年から数年間，駐日フランス大使を務めている）クローデルは，人間を神・世界・宇宙との関係性の中で劇的に捉えるその作品の壮大なスケールによって，20世紀現代演劇の展開に大きな影響を与え，現在でも頻繁に上演される劇作家の一人である。

●**詩句の強度** 詩集では，中国の印象を綴った散文詩集『東方所観』*Connaissance de l'Est*（1900），内面の生のリズムを言語化する「クローデル風ヴェルセ（verset は聖書の詩篇の節を朗唱するようにひと息で発音される自由律詩句の意）」を確立した『五大讃歌』*Cinq Grandes Odes*（10）や『三声の詠唱』*La Cantate à trois voix*（13）などがある。一方，詩劇では，みずから経験した危機的恋愛を昇華した傑作『真昼に分かつ』*Partage de Midi*（06），中世を舞台とした受難劇『マリアへのお告げ』*L'Annonce faite à Marie*（12），そして，上演に11時間以上を要する大叙事詩劇『繻子の靴』*Le Soulier de satin*（29）などが代表的である。クローデルの詩句は，ランボーの詩の言語が持つ生々しい強度とマラルメの詩の言語が持つ思想性と音楽性とを，クローデル独自のカトリック的宇宙論的詩学の内に統合したダイナミックな詩句であり，読む側の全的な参加，肉体的な参加を要求せずにはいない詩句である。このように象徴主義の意識的な詩作態度を独自に継承発展させたという意味で，クローデルは，ヴァレリーと並ぶポスト象徴主義時代の代表的な詩人であると言えるだろう。

引用は『真昼に分かつ』第三幕から「メザの頌歌」として有名な台詞の一部。満

第 **7** 章　[20世紀Ⅰ]　第二次世界大戦前の文学

天の星の夜，息を吹き返した主人公メザが，運命の女イゼへの呪詛と愛を，神に向かって独白するシーン。信仰と愛に揺れたクローデルの青春の危機が力強い詩句のうちに凝縮されている（テクストは1906年版による）。

Partage de midi

　　Ah ! je sais maintenant
　　Ce que c'est que l'amour ! et je sais ce que Vous avez enduré sur votre croix, dans ton Cœur,
　　Si vous avez aimé chacun de nous
5　　Terriblement comme j'ai aimé cette femme, et le râle, et l'asphyxie, et l'étau !
　　Mais je l'aimais, ô mon Dieu, et elle m'a fait cela ! Je l'aimais et je n'ai point peur de Vous,
　　Et au-dessus de l'amour
　　Il n'y a rien, et pas Vous-même ! et Vous avez vu de quelle soif, ô Dieu, et
10　grincement des dents,
　　Et sécheresse, et horreur et extraction,
　　Je m'étais saisi d'elle ! Et elle m'a fait cela !
　　Ah, Vous Vous y connaissez, Vous savez, Vous,
　　Ce que c'est que l'amour trahi ! Ah, je n'ai point peur de Vous !
15　Mon crime est grand et mon amour est plus grand, et votre mort seule, ô mon Père,
　　La mort que Vous m'accordez, la mort seule est à la mesure de tous deux !

『真昼に分かつ』

　ああ！　今にして，わかる
　愛とは何か！　私にはわかる，あなたが十字架の上で，御心のうちで，耐え忍ばれたものが何であったか，
　あなたが私たちひとりひとりを愛されたように，私もまた狂おしいほど烈しくあの女を愛したのです。あの喘ぎ，息の詰まる思い，万力で締めつけられる苦しみ！
　それでも私は彼女を愛していた！ところが，神よ，そんな私にあの女はこういうことをしたのです！　私は彼女を愛していました，私はあなたを恐れてはいません，そう，愛の上には，

255

何物もない，あなた御自身すらもない！　おお，神よ，あなたは御覧になったはずです，何というあの咽喉の渇き，あの歯ぎしり，
渇き果てた苦しみ，逆毛立つ戦慄，身を搾り取られるような痛み，
私はあの女をしっかりと捉えていた！　その私にあの女はこんなことをした！
ああ，それはあなたの領分，あなたこそ，よく御存知のはず，
裏切られた愛とはどんなものかということを！　ああ，私はあなたを恐れません！
私の罪は大きく，私の愛はさらに大きいのです，そして，あなたの死だけが，おお，父なる神よ，
あなたが私にお与え下さる死，それだけが，私の罪と愛の大きさにふさわしいのです！

アンドレ・ジッド
Andre Gide, 1869—1951

●**生きかたの問題**　プロテスタントの家庭に生まれ，肉欲は罪であると教え込まれて育ったジッドにとって，霊と肉，人間的道徳と自然的欲望の二項対立をめぐる精神の対話は生涯のテーマであった。『アンドレ・ワルテルの手記』 *Les Cahiers d'André Walter* (1891) によって象徴主義から出発したものの，いかに生きるかという問題を最重要視するジッド自身の個人的な問題意識から，やがて象徴派を離れ，常に自己の生きかたの問題を誠実に問う作品を発表し続けることになる。官能の快楽への讃歌『地の糧』 *Les Nourritures terrestres* (97) の直後に，官能への耽溺によって破滅する王の劇『サユール』 *Saül* (98) を書く振幅運動は，自伝的要素の濃い『背徳者』 *L'Immoraliste* (1902) と『狭き門』 *La Porte étroite* (09) の関係においても見られ，霊肉二極間の緊張関係と内面の対話を存在理由とするジッドの基本線が明瞭である。こうしたジッド特有の振幅は，社会思想のレベルで，後年の西欧批判に連続し，西欧植民地主義を告発した『コンゴ紀行』 *Voyage au Congo* (27) や共産主義社会に対する共感を示した『ソ連から帰って』 *Retour de l'U. R. S. S.* (36) においても一貫している。

●**前衛小説家ジッド**　小説家ジッドは，風俗描写に偏りがちな写実主義と狭い内面風景に閉じこもりがちな象徴主義に対する批判を経て，小説が小説であることを自己主張する20世紀的な小説の開拓へと向かう。何を書くかではなく，いかに書くか

第7章 ［20世紀Ⅰ］　第二次世界大戦前の文学

が問題となる点では，後のヌーヴォー・ロマンの先駆者とも言える。ドストエフスキーに啓示を受け，小説の方法論に強い問題意識を持つジッドは，まず『法王庁の抜穴』 *Les Caves du Vatican*（14）を，そして，みずから唯一の「小説（ロマン）」と銘打った『贋金つくり』 *Les Faux-monnayeurs*（25）を発表する。『贋金つくり』は，ジッドの内面の対話を多様な人物群を通して発展させ，複合的な視点から，小説の現実性を追求した前衛小説である。中でも登場人物の小説家エドゥワールが展開する小説論は，小説の小説という20世紀的な方法意識を示す点で，この作品をプルーストの『失われた時を求めて』と並ぶ20世紀小説の重要なマニフェストたらしめていると言えるだろう。

　引用は『贋金つくり』の「エドゥワールの日記」から「純粋小説論」の片鱗が窺える部分。写実主義小説批判は明らかだが，エドゥワール自身は「純粋小説」となるはずの『贋金つくり』と題する作品を「まだ一行も書いていない」。

Les Faux-monnayeurs

«Dépouiller le roman de tous les éléments qui n'appartiennent pas spécifiquement au roman. De même que la photographie, naguère, débarrassa la peinture du souci de certaines exactitudes, le phonographe nettoiera sans doute demain le roman de ses dialogues rapportés, dont le réaliste souvent se fait gloire. Les événe-
5 ments extérieurs, les accidents, les traumatismes, appartiennent au cinéma ; il sied que le roman les lui laisse. Même la description des personnages, ne me paraît point appartenir proprement au genre. Oui vraiment, il ne me paraît pas que le roman *pur* (et en art, comme partout, la pureté seule m'importe) ait à s'en occuper. Non plus que ne fait le drame. Et qu'on ne vienne point dire que le dramaturge ne
10 décrit pas ses personnages parce que le spectateur est appelé à les voir portés tout vivants sur la scène ; car combien de fois n'avons-nous pas été gênés au théâtre, par l'acteur, et souffert de ce qu'il ressemblât si mal à celui que, sans lui, nous nous représentions si bien. — Le romancier, d'ordinaire, ne fait point suffisamment crédit à l'imagination du lecteur.»

『贋金つくり』

　「小説から，小説に特に属するものではない要素をすべて取り去ること。最近，写真技術が，絵画から，精密描写の苦労を解放したように，録音技術はおそらく近い将来，小説から，写実主義の作家がしばしばそれを誇りにする会話描写の部分を

一掃するだろう。外的な出来事，偶発的な事件，外傷性疾患は，映画の領域に属し，小説はこれらを映画に任せておけばよい。人物描写でさえ，小説というジャンルに特有のものだとは私には少しも思えない。そう，まったく，純粋な小説というのは（芸術においては，他のすべてのことと同様，純粋であるということだけが私にとって大事なのだが），そんなことにかかずらわってはいけないように思う。その点では劇と同じことだ。劇作家が登場人物を描写しないのは，舞台の上で登場人物たちの生き生きと動く様子を見ることが観客たちには約束されているからだ，などと言わないで欲しい。なぜといって，私たちは劇場で，いったい幾たび，俳優のせいで，困惑させられたことか。その俳優さえいなければ実によく思い描けるはずの人物像に俳優がいかに似ていないか，そんな苦い思いをしたことは何度でもあるからだ。——小説家は，通常，読者の想像力というものを必ずしも十分には信用していないのである」

マルセル・プルースト
Marcel Proust, 1871—1922

●畢生の大作に至るまで　プルーストは唯一の作品『失われた時を求めて』 *À la Recherche du temps perdu* (1913-27) を書いた作家である。パリ近郊の富裕な家庭に生まれ，華やかな社交生活を送った青年時代から，両親の死を経て，やがて『失われた時を求めて』執筆に至るまでの仕事——処女文集『楽しみと日々』 *Les Plaisirs et les Jours* (1896)，未完小説『ジャン・サントゥイユ』 *Jean Santeuil* (1952)，イギリスの批評家ラスキンの著作の翻訳と註解（『アミアンの聖書』 *La Bible d'Amiens* (04)，『胡麻と百合』 *Sésame et les Lys* (06))，バルザックやフロベールなど19世紀大作家たちの文体の『模写』 *Pastiches* (08)，物語体評論『サント＝ブーヴに反対する』 *Contre Sainte-Beuve* (54) など——これらすべての実践は，20世紀最大の総合小説『失われた時を求めて』へと有機的に収斂する準備作業だったと言える。

●真の生とは文学である　モンテーニュ以来のモラリスト的批評精神，ラ・ファイエット夫人以来の心理分析小説，そして，スタンダール，バルザック，フロベールら19世紀物語小説の技法，さらにネルヴァル，ボードレール，マラルメ以来の象徴主義的美学，これら先行するフランス文学の遺産を総合し，主人公でもあり話者でもある「私」が文学へと至る道のりを厳密な構成によって提示した一人称回想小説

全7篇3000頁から成るこの『失われた時を求めて』はしかし，いかなる図式的還元にも収まらない，魅力的な隠喩の数々，深い詩情を誘う細部描写と迫力ある分析の数々に満ち満ちている。「作家にとっての文体は，画家にとっての色彩同様，テクニックの問題ではなくヴィジョンの問題なのだ」と言い，「真の生，ついに発見され明らかにされる生，したがって十全に生きられる唯一の生，それは文学である」と言うプルーストの芸術観は，『失われた時を求めて』という稀有なテクストにおいて最大限の効果を伴って実現されている。マルクスの下部構造，フロイトの無意識が20世紀諸学の基礎を開拓したとすれば，プルーストはその唯一の作品によって，時間・記憶・意識・感覚・イメージといった人間存在の根本的な問題系列を小説世界に取り込み，20世紀の文学に新たな地平を開示したのである。

引用は「無意志的記憶」を引き出す最初の特権的体験として名高い「マドレーヌ体験」の一節。このあとしばらくして，主人公の精神に，幼時を過ごした全コンブレーの記憶が「水中花のように」一気に形をとってよみがえる。

À la Recherche du temps perdu

Il y avait déjà bien des années que, de Combray, tout ce qui n'était pas le théâtre et le drame de mon coucher, n'existait plus pour moi, quand un jour d'hiver, comme je rentrais à la maison, ma mère, voyant que j'avais froid, me proposa de me faire prendre, contre mon habitude, un peu de thé. Je refusai d'abord et, je
5 ne sais pourquoi, me ravisai. Elle envoya chercher un de ces gâteaux courts et dodus appelés Petites Madeleines qui semblent avoir été moulés dans la valve rainurée d'une coquille de Saint-Jacques. Et bientôt, machinalement, accablé par la morne journée et la perspective d'un triste lendemain, je portai à mes lèvres une cuillerée du thé où j'avais laissé s'amollir un morceau de madeleine. Mais à
10 l'instant même où la gorgée mêlée des miettes du gâteau toucha mon palais, je tressaillis, attentif à ce qui se passait d'extraordinaire en moi. Un plaisir délicieux m'avait envahi, isolé, sans la notion de sa cause. Il m'avait aussitôt rendu les vicissitudes de la vie indifférentes, ses désastres inoffensifs, sa brièveté illusoire, de la même façon qu'opère l'amour, en me remplissant d'une essence précieuse : ou
15 plutôt cette essence n'était pas en moi, elle était moi. J'avais cessé de me sentir médiocre, contingent, mortel. D'où avait pu me venir cette puissante joie ? Je sentais qu'elle était liée au goût du thé et du gâteau, mais qu'elle le dépassait infiniment, ne devait pas être de même nature. D'où venait-elle ? Que signifiait-elle ? Où l'appréhender ?

『失われた時を求めて』

　コンブレーについて，私の就寝の舞台と悲劇以外のすべてがもはや存在しなくなって既に長い月日が経った或る冬の日，帰宅して寒がっている私を見て母が，私の習慣に反して，お茶を少し飲みなさいと言った。最初は断ったが，なぜか思い直して飲むことにした。母は，プチット・マドレーヌという，帆立貝の溝のある貝殻を鋳型にして焼いたようなあの小さくてふっくらしたお菓子を取りにやらせた。やがて，陰鬱な今日の一日とぱっとしない明日の見通しで暗い気持ちに沈んでいた私は，マドレーヌ菓子のかけらの柔らかくなるがまま放っておいたスプーン一杯のお茶に，機械的に，唇を持っていった。ところが，菓子片の混じったその一杯を口に入れたその瞬間，私の内部で何か異常な事態が起きていることにはっとなって，からだが慄えた。えもいわれぬ喜びが，その依って来たる原因の観念もないまま，私をいっぱいに満たし，他の一切から私を切り離した。その喜びはたちまちのうちに人生の紆余曲折などどうでもいいことに，人生の災厄など無害なものに，人生の短さなど見せかけだけのものに帰してしまっていた。それは愛の作用と同じく，あるかけがえのないエッセンスで私を満たしていた。いやむしろ，そのエッセンスは私の内部にあるのではなくて，私そのものだった。私は自分が凡庸でつまらない死すべき人間であるとは感じなくなっていた。この力強い喜びはいったいどこから私のところへやってくることが出来たのだろうか？　それがお茶と菓子の味に関係しているとは感じるが，しかし，その力強い喜びは味覚を無限に超えていて，同じ性質のものであるはずがないとも感じられる。この喜びはいったいどこから来ているのだろうか？　何を意味しているのだろうか？　どこで把握すればよいのだろうか？

ポール・ヴァレリー

Paul Valéry, 1871—1945

●「作品」のヴァレリー　南仏の港町セートに生まれ，モンペリエで学生生活を送った後，パリに移った青年詩人ヴァレリーは，マラルメに才能を認められ，火曜会の有力メンバーの一人になるが，1892年頃を境に詩作から離れ，自然科学系の書物一般に親しみ，思考のメカニズムに強い関心を寄せるようになる。青年期の二つのマニフェスト，すなわち，「万能の天才」が世界を認識するメカニズムを独自の切り口

で論じた白熱のデビュー論文『レオナルド・ダ・ヴィンチ方法序説』*Introduction à la méthode de Léonard de Vinci*（1895）と多元的な意味が重層する象徴主義的短編小説『テスト氏との一夜』*La Soirée avec Monsieur Teste*（96）を発表した後，いわゆる「沈黙」の20年を経て，長詩『若きパルク』*La Jeune Parque*（1917）と詩集『魅惑』*Charmes*（22）の成功によって，フランス第三共和政を代表する知性の人に祭り上げられる。以後，アカデミー・フランセーズ会員，また，コレージュ・ド・フランス教授として，注文原稿の執筆と講演旅行に追われる身となり，国葬の礼をもって遇される死の年に至るまで，公的栄光の道を駆け抜ける。『ユーパリノスまたは建築家』*Eupalinos ou l'architecte*（23）や『我がファウスト』*Mon Faust*（46）などの対話作品，評論集『ヴァリエテ』*Variétés*（24-44）など，発表された「作品」は数多く，テーマも文芸論から文明論に至るまでまさに多様である。いわゆる「名文句」は数知れず，現在でも最もよく引用される作家の一人である。

●『カイエ』のヴァレリー　ところで，20世紀作家の中で，ヴァレリーほど，没後の新資料の紹介によって作家像が大きく変貌したケースも珍しいだろう。写真版全29巻の『カイエ』*Cahiers*（1957-61）の刊行によって，ヴァレリーが1894年から1945年の死に至るまで半世紀以上の間，毎朝営々と書き続けた260冊にのぼる思考ノートが白日の下に晒されたのである。これ以後『カイエ』抜きにヴァレリーを語ることはできなくなった。作家がその生涯を賭けて取り組み，みずから「唯一の作品」と呼ぶ『カイエ』は，公的な「作品」群の背後にある孤独な思考訓練のドキュメントであり，フランス国立図書館所蔵の膨大な草稿資料と合わせて，新しいヴァレリー像の構築のために不可欠な基礎資料となっている。

引用は『テスト氏との一夜』からオペラ座での一シーン。語り手の「私」とテスト氏はスペクタクルを見る人々をスペクタクルとして見ている。詩的なものと形而上的なものが共存した文体の内に，近代を見る人（証言者）としてのテスト氏像が浮かび上がる。

La Soirée avec Monsieur Teste

Il fixa longuement un jeune homme placé en face de nous, puis une dame, puis tout un groupe dans les galeries supérieures, — qui débordait du balcon par cinq ou six visages brûlants, — et puis tout le monde, tout le théâtre, plein comme les cieux, ardent, fasciné par la scène que nous ne voyions pas. La stupidité de tous
5　les autres nous révélait qu'il se passait n'importe quoi de sublime. Nous regardions se mourir le jour que faisaient toutes les figures dans la salle. Et quand il fut très

bas, quand la lumière ne rayonna plus, il ne resta que la vaste phosphorescence de ces mille figures. J'éprouvais que ce crépuscule faisait tous ces êtres passifs. Leur attention et l'obscurité croissantes formaient un équilibre continu. J'étais moi-
10 même attentif *forcément*, — à toute cette attention.

M. Teste dit : «Le suprême *les* simplifie. Je parie qu'ils pensent tous, de plus en plus, *vers* la même chose. Ils seront égaux devant la crise ou limite commune. Du reste, la loi n'est pas si simple ... puisqu'elle me néglige, — et — je suis ici.»

Il ajouta : «L'éclairage les tient.»

15 Je dis en riant : «Vous aussi ?»

Il répondit : «Vous aussi.»

『テスト氏との一夜』

テスト氏は長いことじっと見つめた。私たちの前に座った若者，それから婦人，それから上の桟敷席のグループの一団——5つ6つ，焼け付くように火照った顔がバルコニーから突き出ていた——そして，天空のように満ち，激しく熱を帯びた，すべての人々，劇場全体をテスト氏は見つめた。彼らは一様に舞台に魅惑されていたが，その舞台を私たちは見ていなかった。他のすべての人たちの呆然自失した様子に，何か知らないが崇高なことが起こっているのだということがわかった。劇場内ですべての顔が作り出していた光が弱まっていく様を私たちは眺めていた。陽がすっかり落ちて，光の輝きも消えた時，残ったのは，それら無数の顔たちが放つ広漠とした燐光だけだった。この黄昏がこれらの人々全員を受け身の状態にしていると私は感じていた。彼らの注意力と闇の濃さは共に増大して行き，或る連続した平衡を形成していた。私自身はと言えば，どうしても注意深くならざるをえなかった——そうした人々の示す注意力のすべてに対して。

テスト氏は言った。「至高のものが彼らを単純化しています。賭けてもいいですが，彼らは皆，ますます，同じことのほうに向かって思考しますよ。クライマックスあるいは共通の極限の前では，彼らは皆，イコールの存在になるでしょう。ところが，法則はそれほど単純じゃない……だって，その法則は私を度外視しているし，——それに——私はここにこうしているのですから」

彼は付け加えた。「照明が彼らの存在を支えているのです」

私は笑って言った。「あなたもでしょう？」

彼は答えた。「あなたもです」

2 伝統打破の渇望

▶新しい時代の詩と言語　科学や技術の発展にともない，社会や人々の暮らしが急速に変化した20世紀初頭には，詩にも，時代に即した精神と表現様式が求められた。**アポリネール**は伝統的な抒情とそうした現代性を，ともにその詩にもり込もうとした。**マックス・ジャコブ** Max Jacob（1876-1944）や**ピエール・ルヴェルディ** Pierre Reverdy（1889-1960）も，新しい感性を表現する言語やイメージを追求した。スイス出身の**ブレーズ・サンドラール** Blaise Cendrars（1887-1961），またジュール・シュペルヴィエル Jules Supervielle（1884-1960），ヴィクトル・セガレン Victor Ségalen（1878-1919）らは，異文化体験をもとに，フランス語やヨーロッパを外側から対象化した。また『アフリカの印象』 *Impressions d'Afrique*（1910）のレーモン・ルーセル Raymond Roussel（1877-1933）は，アルフレッド・ジャリ Alfred Jarry（1873-1907）とともに，20世紀を横断する言語的実験の先駆者であり，多様なジャンルの前衛芸術家や文化人と交流を持った**コクトー**は，その後の芸術家のひとつのありかたを体現していた。

▶ダダとシュルレアリスム　「ダダイスム」dadaïsme はルーマニアの若い詩人トリスタン・ツァラ Tristan Tzara（1896-1963）を中心に，1916年にスイスのチューリッヒで起こった前衛運動で，伝統的な価値や美学いっさいの否定と白紙化をめざしてスキャンダルを起こした。ツァラは19年にパリに移り，**ブルトン**，ルイ・アラゴン Louis Aragon（1897-1982），フィリップ・スーポー Philippe Soupault（1897-1990）らの雑誌「文学」*Littérature*に参加したが，**ブルトン**らとは22年に決別した。その後ブルトンはシュルレアリスム（surréalisme，超現実主義）運動を展開し，24年に『シュルレアリスム宣言』を発表した。人間と社会の全面的な変革をめざしたこの運動は，20世紀の思想や芸術に大きな跡を残すことになった。

▶新しいメディア　両大戦間は，19世紀末に発明された映画が前衛的，戦闘的な表現手段として利用され，同時に大衆的な娯楽としても発展した時代であり，ラジオが普及した時代でもあった。フランシス・ピカビア Francis Picabia（1879-1953）やスペイン出身のルイス・ブニュエル Luis Buñuel（1900-83）らはパリにおいて，シュルレアリスムの影響の下に前衛映画を制作した。またアルトーもサイレント映画に出演したし，コクトーは戦後まで長く映画に携わった。29年の「シュルレアリスム第二宣言」でジャーナリズム活動を批判され，ブルトンと決裂したロベール・デスノス Robert Desnos（1900-45）は，以後ラジオ番組を制作した。20世紀芸術の特徴のひとつである多様なメディアの活用には，すでにこの時代の前衛芸術家からも大きな関心が寄せられていたのである。

(代表的作家と作品)

ギヨーム・アポリネール
Guillaume Apollinaire, 1880—1918

●実らぬ恋　アポリネールは1880年，ポーランド貴族の娘の私生児としてローマに生まれた。父親はイタリアのある将校とされている。99年に母とともにモナコからパリに移った。1901年からの一年を子爵家の家庭教師としてドイツで過ごした彼は，イギリス人教師アニー・プレイデンに失恋，以後の度重なる失恋も，彼の詩に悲痛なメランコリーと自虐的色彩をもたらすこととなる。職業を転々としながらもこの前後から執筆を始め，作家のジャリやジャコブ，さらに画家のピカソ，ブラック，マチスなど多くの芸術家と親交を持った彼は，07年にはピカソの紹介でマリー・ローランサンを知り夢中になるが，12年には完全に破綻。09年に初の著書，中世のメルラン神話に取材した諧謔的小説『腐って行く魔術師』 *L'Enchanteur pourrissant* を出版。翌年には奇想と皮肉に満ちた短編集，『異端教祖株式会社』 *L'Hérésiarque et Cie* がゴンクール賞候補となる。13年に詩集『アルコール』 *Alcools* を刊行。第一次世界大戦が勃発した14年に従軍した。ルー，マドレーヌというふたりの女性への

短い恋もあった。16年に念願のフランス国籍を取得し，その直後に砲弾により頭部を負傷する。18年にシュルレアリスム的戯曲『ティレジアスの乳房』*Les Mamelles de Tirésias*，詩集『カリグラム』*Calligrammes* が出版され，5月にジャクリーヌ・コルプと結婚するが，11月にスペイン風邪にかかり死亡した。

●「新精神(エスプリ・ヌーヴォー)」の擁護者　アポリネールは自らの創作活動と並行して，キュビスムなど前衛芸術の紹介や擁護を精力的に行った。視覚芸術と言語芸術といったジャンルの別を問題にしない，創作に対する彼の柔軟な姿勢は，詩句をその主題などの形象に配した彼の「カリグラム」にもあらわれている。彼は「新しい」ことに価値を見出し，身辺の風物や時代の姿，さらにそれらがもたらす新しいものの見方や様式をいち早く作品に取り込んだ。知的で分析的な精神活動と野生的なエネルギーの双方に期待を寄せる彼の芸術的態度は，まさに20世紀を横断した美学となったのである。

●方法の探求　アポリネールの作品には，『アルコール』の冒頭を飾る作品「地帯」"Zone"，あるいは『カリグラム』に見られる「会話詩」など，詩の形式と主題の大胆な革新を試みた詩のほかに，内面的な喪失感を，流れるような諧調にのせて歌うヴェルレーヌ風の詩も多い。しかしそうした嘆きぶしにおいても，外界の風景の大胆な切り取りと重ね合わせの中で独自の感性と音楽性とが追求されている点が，アポリネールの詩の魅力のひとつとなっている。

"Les Colchiques"

Le pré est vénéneux mais joli en automne
Les vaches y paissant
Lentement s'empoisonnent
Le colchique couleur de cerne et de lilas
5　Y fleurit tes yeux sont comme cette fleur-là
Violâtres comme leur cerne et comme cet automne
Et ma vie pour tes yeux lentement s'empoisonne

Les enfants de l'école viennent avec fracas
Vêtus de hoquetons et jouant de l'harmonica
10　Ils cueillent les colchiques qui sont comme des mères
Filles de leurs filles et sont couleur de tes paupières
Qui battent comme les fleurs battent au vent dément

Le gardien du troupeau chante tout doucement
Tandis que lentes et meuglant les vaches abandonnent
15　Pour toujours ce grand pré mal fleuri par l'automne

◆ 注

おそらくアニーへの片恋に焦燥と憂いを募らせていた1902年に書かれた。『アルコール』に所収。句読点は完全に排されている。

「犬サフラン」

毒のある牧場も秋はすてきで
その草を食む雌牛たちには
ゆっくり毒がまわる
目のくまとリラの色した犬サフランが
そこに咲いたら君の瞳はその花のよう
目のくまのようにこの秋のようにすみれ色
そして僕の命にも君の瞳のおかげでゆっくり毒がまわる

学校の子供らがにぎやかにやってくるよ
上っ張り着てハモニカふいて
子供らは犬サフランを摘む　母たちのような
その娘たちのそのまた娘たちのような犬サフランは君の瞼の色
強風にあおられる花たちのごとくまばたく

群の番人がそっと静かな声で歌えば
のんびり鳴いている雌牛たちは置き去りにする
花もまばらな秋のこの広い牧場を永遠に

ピカソ『アポリネールの戯画的肖像』

第 **7** 章　［20世紀 I］　第二次世界大戦前の文学

ジャン・コクトー
Jean Cocteau, 1889—1963

●**社交界の寵児からの「脱皮」**　コクトーは1889年に裕福なブルジョワの家庭に生まれたが，9歳で父親が自殺した。大学進学失敗の頃から高名なサロンや詩壇に出入りしてダンディな青年詩人として名を馳せるが，後にこの頃の作品を否定し，「脱皮」の書『ポトマック』 *Le Potomak*（19）を処女作とみなすようになる。ロシア・バレエに協力していたコクトーは，1915年頃からピカソ，ブラック，アポリネールら前衛芸術家とも親交を持ち，強い影響を受ける。ブルトンを筆頭に，ダダ・シュルレアリストたちとは緊張関係にあった。19年に16歳のラディゲと出会うが，ラディゲは23年に死亡。前年に執筆し，同年に発表された二小説，『大股びらき』*Le Grand écart* と『山師トマ』*Thomas l'Imposteur* には，当時の社会の享楽と不安が色濃くあらわれている。重い阿片中毒や幻覚症状，自殺願望を経て一時的なカトリシズムへの帰依を経験した25年に，オルフェウス神話を独自に展開した戯曲『オルフェ』*Orphée* が書かれた。

●**演劇の「詩」，映画の「詩」**　コクトーは詩や小説，評論のみならず，演劇や映画，絵画など多岐に渡るジャンルの創作を行ったが，それらは彼にとって，すべて優劣のない「詩」の媒介であった。最初の映画は30年制作の『詩人の血』*Le Sang d'un poète*。オイディプス神話に材をとり，大成功した戯曲『地獄の機械』*La Machine infernale* の初演は34年であった。43年にジュネと出会い，「犯罪」と同性愛を生きるこの異端の作家を擁護してゆくことになる。47年に『存在困難』*La Difficulté d'être*，52年に『知られざる者の日記』*Le Journal d'un inconnu* という省察の書を出版。55年にアカデミー・フランセーズ会員となり，63年に74歳にて病没。『定過去』*Le Passé défini* と題された日記が83年から出版され始めた。

●**「軽み」の純度**　『ポトマック』は13年から翌年にかけて執筆された，寓話や詩，デッサンなどからなる作品。前半の主人公はある日突然「僕」のペンから生まれたウジェーヌたち，後半の主人公は地下水族館で飼われている怪物ポトマックである。『ポトマック』以降詩人は，死という「鏡」の上に張られた「詩」の綱を絶えず軽業師のように渡っていった。時に古典的にも見える抑制が彼の「詩」にもたらす「軽み」は，おそらく人生と社会に対する苦渋や悲しみ，危機感という濾過装置を経ていたからこそ，青春期を過ぎてもなおその純度を失わなかったのだろう。

Le Potomak

Je réclame pour équilibre à ce volume un équilibre successivement momentané de
la phrase et du mot.
    L'acrobate, en somme, et dessous le vide.
    Si nul trouble —— et sous le pied après le pied la corde, vers l'autre paroi ——
5 on arrive.
    Il y a toujours sur le vide une corde raide.
    L'adresse consiste à marcher, comme sur des œufs, sur la mort.
    Un mot d'écrit : un pas d'ôté à la chute

        une petite écume,
10   une petite foule,
            un petit murmure.

    On n'est pas plus léger d'être en l'air.
    Cybèle dépêche loin, comme un fruit sa fraîcheur autour du péricarpe, un ordre
au fugitif de revenir à la maison.
15   Je veux marcher libre entre les bras ouverts du monde,
au-dessus
des muettes sirènes du vertige.

『ポトマック』

僕がこの本に求めるバランスとは，文や語が瞬間ごとにバランスをとり，
    それが続いてゆくこと。
        要は軽業師，下は虚空。
    もしも障害が全然なかったら ———— 一歩一歩綱を踏んで，
向こうの壁まで ———— たどり着ける。
    虚空の上にはいつでも硬い綱が一本張られている。
    腕が立てば，卵の上を歩くがごとく，死の上を歩いてゆける。
    ひとこと書けば，一歩ぶん墜落をまぬがれる

        ちいさな泡ひとつ,

第 7 章　[20世紀 I]　第二次世界大戦前の文学

　　ちいさな人ごみひとつ，
　　　　ちいさなつぶやきひとつ。

　でも空中にいればそれだけ，軽くなれるというわけでもない。
　地母神(キベレ)があわてて遠くまで命令を下す，果物が果皮の周りにその水気を送りこむように，逃亡者に家に戻れと。
　僕は世間が拡げる腕の中を自由に歩き回っていたい，
眩暈をおこす，もの言わぬ人魚たちには

つかまらず。

アンドレ・ブルトン
André Breton, 1896—1966

●**自動記述**　シュルレアリスムとともに生きたブルトンは，1896年にノルマンディー地方に生まれた。青年期には医学生としてフロイトを発見する一方，マラルメやヴァレリーを読み，象徴派的な詩を書いていた。1919年に，最初の自動記述のテクスト『磁場』*Les Champs magnétiques* をスーポーと共作する。一時的にダダに参加した後，24年に『シュルレアリスム宣言・溶ける魚』*Manifeste du surréalisme / Poisson soluble* を出版。引用部は『シュルレアリスム宣言』のなかの，自分が自動記述の試みにいたった経緯を語る箇所であるが，自動記述はこのように純粋な受動性に身を置くことを志向する一方で，記述速度の設定や書き直しなど，意識的な試みや実践をともなってもいた。

●**客観的偶然**　ブルトンの関心は人間の内部と外部の両方を往復するものであったから，シュルレアリスム運動は造形作品と密接な関わりを持ったほか，必然的に社会的，政治的色彩を帯びた。ブルトンも27年から35年まで共産党活動に加わったが，アナキスト的なブルトンが党の方針と折り合うのは困難であった。29年の「シュルレアリスム第二宣言」"Second Manifeste du surréalisme" では，自らの生きかたに合わないかつての盟友たちを激しく非難した。一方『ナジャ』*Nadja*（28），『通底器』*Les Vases communicants*（32），『狂気の愛』*L'Amour fou*（37）などの自伝的散文では，日常の中に謎や驚異を発見したときの精神的高揚と，絶望に見舞われたときの沈痛な挫折感とが共に語られており，「客観的偶然」と称される人や事物と

の決定的な出会いの体験を理論化し，さらなる現実を可視化しようとする試みの中に，特異な詩が生まれている。

●**新しい神話**　ドイツ軍の占領にともないパリからマルセイユに逃れたブルトンは，そこからマルチニック経由でアメリカに亡命した。新大陸では画家エルンストをはじめ亡命したシュルレアリストたちと活動した。また『秘法十七』*Arcane 17*（45）に見られるように，神話や秘教的なものへの関心を深めた。46年に帰国し，翌年国際シュルレアリスム展を開催，その後も雑誌の発行や会合を通じてシュルレアリスム運動を継続し，57年には魔術的力を持つ造型作品を論じる美術史的著作，『魔術的芸術』*L'Art magique* を出版。晩年までシュルレアリストの中心であり続け，一時的にその活動に接近したのち離脱していった芸術家たちを含め，フランス内外の思想や芸術に大きな影響を与えることとなった。

Manifeste du surréalisme

Un soir donc, avant de m'endormir, je perçus, nettement articulée au point qu'il était impossible d'y changer un mot, mais distraite cependant du bruit de toute voix, une assez bizarre phrase qui me parvenait sans porter trace des événements auxquels, de l'aveu de ma conscience, je me trouvais mêlé à cet instant-là, phrase
5　qui me parut insistante, phrase oserai-je dire *qui cognait à la vitre*. J'en pris rapidement notion et me disposais à passer outre quand son caractère organique me retint. En vérité cette phrase m'étonnait ; je ne l'ai malheureusement pas retenue jusqu'à ce jour, c'était quelque chose comme : «Il y a un homme coupé en deux par la fenêtre», mais elle ne pouvait souffrir d'équivoque, accompagnée qu'
10　elle était de la faible représentation visuelle d'un homme marchant et tronçonné à mi-hauteur par une fenêtre perpendiculaire à l'axe de son corps. À n'en pas douter il s'agissait du simple redressement dans l'espace d'un homme qui se tient penché à la fenêtre. Mais cette fenêtre ayant suivi le déplacement de l'homme, je me rendis compte que j'avais affaire à une image d'un type assez rare et je n'eus vite
15　d'autre idée que de l'incorporer à mon matériel de construction poétique. Je ne lui eus pas plus tôt accordé ce crédit que d'ailleurs elle fit place à une succession à peine intermittente de phrases qui ne me surprirent guère moins et me laissèrent sous l'impression d'une gratuité telle que l'empire que j'avais pris jusque-là sur moi-même me parut illusoire et que je ne songeai plus qu'à mettre fin à l'intermi-
20　nable querelle qui a lieu en moi.

『シュルレアリスム宣言』

　すなわちある晩のこと，眠りに落ちる前に私は，一語も変えることができないほど明瞭に発音され，しかしながらいろいろな声のざわめきから出てきた，ひとつのかなり奇妙な文を知覚した。その文は私の意識の認める限り，私がその時巻き込まれていたもろもろの出来事の痕跡を持ち込むことなく私に届いていて，私には押しつけてくるような感じのした文，あえて言うなら窓ガラスをたたくような文だった。私がそれを急いで頭に入れて，やり過ごしてしまおうとしたその時，その文の有機的な性格が私をひきとめた。本当に，その文は私をびっくりさせた。残念ながら今日まで記憶にとどめておくことはできなかったけれども，それは何か，「窓でふたつに切られた男がいる」というようなものだった。しかしそれは，体の軸と直角をなす窓によって，真ん中のところで輪切りにされて歩いている男のかすかな視覚的表象を伴っていたので，曖昧さによって損なわれることはありえなかった。疑いなく，これは窓からのりだしている男の身を，空中にまっすぐ立てただけのことだった。しかし，その窓が男の移動についてきたわけで，私は自分がかなりまれなタイプのイメージを相手にしているのだと悟り，すぐさまそれを私の詩的構築の素材に取り込むことだけを考えた。しかも私がそのイメージにこうした信用を与えるとすぐに，それに代わって，いくつもの文がほとんど途切れることなく続いてきた。それらも私をやはり同じように驚かせたし，無動機という印象をあまりに与えたものだから，それまで自分自身に対して行使してきた支配力などむなしいものに思えてきて，私はもはや，自分の中で起きている果てしない論争にけりをつけることしか考えなくなった。

3　ヨーロッパと「人間」の危機

▶第一次世界大戦の経験　　第一次世界大戦の傷痕は，さまざまな側面から両大戦間の作品に描き出された。レーモン・ラディゲ Raymond Radiguet（1903-23）の『肉体の悪魔』 Le Diable au corps（23）には，銃後の青年の虚無感が流れている。小説『ジャン＝クリストフ』 Jean-Christophe（04-12）や『魅せられた魂』 L'Âme enchantée（22-33）で知られるロマン・ロラン Romain Rolland（1866-1944）の評論や，ロジェ・マ

ルタン・デュ・ガール Roger Martin du Gard（1896-1958）の『チボー家の人々』 *Les Thibault*（22-40），ジュール・ロマン Jules Romains（1885-1972）の『善意の人々』 *Les Hommes de bonne volonté*（32-47），ジョルジュ・デュアメル Georges Duhamel（1884-1966）の『パスキエ家年代記』 *Chronique des Pasquier*（33-45）などの大河小説は，戦乱と社会の動揺を体験した知識人たちの苦悩の証言である。

▶**霊性と恩寵を問う作家たち** 政治の混迷と伝統的価値観の危機に揺らいだこの時期には，惰性的に旧習を温存しようとする社会を批判し，カトリシズムの立場から神と人間の関係や，人間の救いの問題を問い直す作家もいた。ベルナノスのほか，フランソワ・モーリヤック François Mauriac（1885-1970）は『テレーズ・デスケイルー』 *Thérèse Desqueyroux*（27）などにおいて，ブルジョワ社会の偽善の中で魂の幸福を見出す困難を描いた。またパリで育ったアメリカ人で，少年時代にカトリックに改宗したジュリアン・グリーン Julien Green（1900-98）も，人間の内面の孤独や絶望，抑えがたい欲望がもたらす苦悩を見つめた。

▶**「人間」への疑問符** 30年代にはまた，第一次世界大戦中や戦後に青年期を迎えた作家たちによって，人間存在の価値と意味を問う，エネルギーに満ちた小説が相次いで書かれた。セリーヌは激烈な文体で，同時代社会の人間疎外を容赦なく暴き出した。またサン＝テグジュペリやマルローは，行動する人間の勇気や連帯に新しいヒロイズムの可能性を見た。ジャン・ジオノ Jean Giono（1895-1970）は悲惨な従軍の体験から強い平和主義を心に刻み，故郷の南仏を舞台に，自然の力に結ばれた人間の精神性を描き，時代の技術至上主義的な傾向を批判した。

▶**新しい演劇** 両大戦間には娯楽的要素の強い演劇が人気を博す一方で，演劇の刷新の動きも生まれた。アルトーは西洋演劇を根本から問い直し，以後の演劇に影響を与えた。コクトーは古代神話を用いた演劇の先駆けとなった。ジャン・ジロドゥー Jean Giraudoux（1882-1944）も『トロイ戦争は起こらない』 *La guerre de Troie n'aura pas lieu*（35）など

神話に題材をとった戯曲を多く書き，人間や社会をめぐる考察を機知に富んだせりふにのせて，演劇の刷新を図った。

(代表的作家と作品)

ジョルジュ・ベルナノス
Georges Bernanos, 1888—1948

●**遅かった小説家としての出発**　裕福な室内装飾業者の息子として生まれたベルナノスは，カトリックの学校で教育を受け，王政復古を唱える政治団体アクシオン・フランセーズの一員として，若いうちから政治的，ジャーナリズム的活動を行った。第一次世界大戦から復員後保険会社に勤め，出張のかたわら書き上げたのが実質上の処女作『悪魔の陽の下に』 *Sous le Soleil de Satan*（26）であった。この小説の成功を経て文筆生活に入る一方，1932年にはアクシオン・フランセーズの代表シャルル・モーラスと決定的に断絶した。その後交通事故に遭い，生活苦からスペインのマジョルカ島に移住，『田舎司祭の日記』 *Journal d'un curé de campagne*（36）など多くの作品を執筆し，そこでスペイン内戦を体験することになる。

●**全体主義に抗して**　内戦当初，カトリック勢力に対立する共和政府に反発していたベルナノスは，その後立場をかえ，独裁制に抵抗しない聖職者を批判するようになり，帰国後に評論『月下の大墓地』 *Les Grands Cimetières sous la lune*（38）を出版した。38年，ミュンヘン協定に先立ってフランスを離れたベルナノスはブラジルに滞在し，40年に最後の小説『ウイーヌ氏』 *Monsieur Ouine*（43）を書き上げた他，戦争下の祖国フランスに向けファシズムに対する徹底抗戦を呼びかける。45年6月に帰国，熱烈に迎えられるも，全体主義的，物質主義的で自由を喪失した社会に失望，チュニジアに向かい，そこで病に蝕まれつつ遺作となった戯曲『カルメル会修道女の対話』 *Dialogues des Carmélites*（48）を書き上げ，同年移送されたパリで死亡した。

●**愚直な聖者**　処女作『悪魔の陽の下に』では，ベルナノスが創作を通して求め続けた聖性がすでに探求されている。それは，作者が同時代の知識人やキリスト教会に見た事なかれ主義や偽善とは相いれない，他人の痛みを引き受け，自らの弱さに苦悩して神に祈る者の，素朴で無垢な聖性である。この小説の「序」では，16歳に

して愛人の侯爵を射殺したムーシェットの目から，閉塞的な田舎町の拝金主義や欺瞞が描かれる。第1部の後半で，主人公ドニサン神父は自分の分身たる悪魔と対峙した後，田舎道でムーシェットに出会う。その時彼女が誰に対しても示したことのない素直さを示したのは，ドニサンの苦悩が彼女の苦悩と通じあったからであろう。この邂逅の後彼女は自殺し，その亡骸を聖堂に運んだドニサンは非難されることになる。

Sous le Soleil de Satan

　Ils se trouvèrent de nouveau face à face, comme au premier moment de leur rencontre. La triste aurore errait dans le ciel, et la haute silhouette du vicaire parut à Mlle Malorthy plus haute encore, lorsque, d'un geste souverain, d'une force et d'une douceur inexprimables, il s'avança vers elle et, tenant levée sur sa tête sa
5　manche noire :
　«Ne vous étonnez pas de ce que je vais dire : n'y voyez surtout rien de capable d'exciter l'étonnement ou la curiosité de personne. Je ne suis moi-même qu'un pauvre homme. Mais, quand l'esprit de révolte était en vous, j'ai vu le nom de Dieu écrit dans votre cœur.»
10　Et, baissant le bras, il traça du pouce, sur la poitrine de Mouchette, une double croix.
　Elle fit un bond léger en arrière, sans trouver une parole, avec un étonnement stupide. Et quand elle n'entendit plus en elle-même l'écho de cette voix dont la douceur l'avait transpercée, le regard paternel acheva de la confondre.
15　Si paternel ! ... (Car il avait lui-même goûté le poison et savouré sa longue amertume.)

◆　注
　14　paternel　草稿には fraternel（兄弟のような）とある。

『悪魔の陽の下に』

　彼らはふたたび，最初に出会った時のように向かい合った。物悲しい夜明けの光が空を漂い，助任司祭の大きな体の輪郭は，マロルティの娘にはさらに大きく感じられた，彼が威厳に満ちた仕草と何とも言えない力と優しさで彼女のほうに歩み寄り，その頭の上に黒い袖をかざしたときに。

274

第 **7** 章　[20世紀 I]　第二次世界大戦前の文学

「これから言うことに驚かないで。特に私がそれで人を驚かせたり，好奇心をそそろうとしているなどとは，思わないでくださいね。私自身はただのみじめな人間でしかありません。でも反虐の悪霊があなたのなかにいたときこそ，私はあなたの心のなかに刻まれている神の名を見たのです。」

それから腕を下げると，彼はムーシェットの胸の上に親指で2回，十字のしるしをした。

彼女は呆気にとられて言葉も出ず，後ろにぴょんと飛びのいた。そして優しさが彼女にしみ渡ったその声の残響が彼女のなかでもう聞こえなくなった時，今度は父親のようなそのまなざしが，彼女をどぎまぎさせた。

本当に父親のような！……（それは彼自身が毒を口にし，長い間その苦さを味わってきたからこそであった。）

ルイ＝フェルディナン・セリーヌ
Louis-Ferdinand Céline, 1894—1961

●**自伝的小説**　セリーヌは1894年，パリ郊外に生まれた。母親はパリで古物商などを営んだ。学生時代にドイツとイギリスで語学を学ぶ。第一次世界大戦で負傷後，ロンドンやカメルーンに滞在。帰国後医学博士となる。北米・中米視察旅行などを経て，1926年頃から本格的に執筆を始めた。29年にクリシーの町営無料診療所の職員となり，32年に『夜の果ての旅』 *Voyage au bout de la nuit* を，36年に『なしくずしの死』 *Mort à crédit* を出版する。これら初期の二作品には，セリーヌ自身の幼少年期（『なしくずしの死』）や志願入隊以降（『夜の果ての旅』）の体験や見聞が多く利用されている。

●**国外逃亡と帰国**　36年頃からセリーヌは政治的著作を執筆するようになり，特に『皆殺しのための戯言』 *Bagatelles pour un massacre*（37刊，39に発行停止）など，反ユダヤ主義を前面に押し出した，痛烈な社会批判の文書を書いたり，反ユダヤ主義集会に参加したりした。そのため44年の連合軍のノルマンディ上陸後，ドイツを経て翌年コペンハーゲンに逃れるが，そこで拘禁された。51年に特赦となった後フランスに戻る。帰国後はパリ郊外のムードンに住み，自宅で診療所を開いた。『城から城』 *D'un château l'autre*（57），『北』 *Nord*（60），『リゴドン』 *Rigodon*（69 死後刊）は戦争末期からの作家自身の体験に材を得た小説である。文壇から黙殺さ

275

れていたセリーヌは，プレイヤッド版作品集が準備されるなど，再評価の気運が高まりつつあった61年に死亡した。

●悲惨とユーモア　『夜の果ての旅』の主人公，医学部学生フェルディナン・バルダミュは，衝動的な従軍，アフリカでの商売，アメリカでの見聞，パリ郊外での診療所開業や貧しい人々との出会い，いくつもの恋愛を通じて，軍国主義や植民地主義，人間を物化する工業生産，経済発展から取り残された人々の心身のすさみなど，同時代の腐敗や悲惨を極限まで体験し，同時にどん底まで落ちたかに見える人間のしたたかさやユーモアに出会う。そして隠語や俗語が多用され，見せかけの安定や秩序が内側から崩され，混乱した知覚や疲弊した精神のうめきが溢れ出したかのようなセリーヌの文体が，読者にそうした世界を体感させるのである。

　小説の終わり近く，フェルディナンの行く先々に分身のごとく姿を現していたロバンソンが，彼の目前で恋人の銃に倒れる場面を読んでみよう。ここでは救いや慰めの授受がもはや問題にならないほど共にぼろぼろになったふたりの人間のあいだに，それでも愛が存在したことが感じられる。ロバンソンは彼の逃げ去る人生を完遂させて死ぬ。ロバンソンの死をもって，フェルディナンは自らの旅の終わりを感じる。

Voyage au bout de la nuit

Il devait chercher un autre Ferdinand, bien plus grand que moi, bien sûr, pour mourir, pour l'aider à mourir plutôt, plus doucement. Il faisait des efforts pour se rendre compte si des fois le monde aurait pas fait des progrès. Il faisait l'inventaire, le grand malheureux, dans sa conscience ...　S'ils avaient pas changé un peu
5　les hommes, en mieux, pendant qu'il avait vécu lui, s'il avait pas été des fois injuste sans le vouloir envers eux ... Mais il n'y avait que moi, bien moi, moi tout seul, à côté de lui, un Ferdinand bien véritable auquel il manquait ce qui ferait un homme plus grand que sa simple vie, l'amour de la vie des autres. De ça, j'en avais pas, ou vraiment si peu que c'était pas la peine de le montrer. J'étais pas grand
10　comme la mort moi. J'étais bien plus petit. J'avais pas la grande idée humaine moi. J'aurais même je crois senti plus facilement du chagrin pour un chien en train de crever que pour lui Robinson, parce qu'un chien c'est pas malin, tandis que lui il était un peu malin malgré tout Léon. Moi aussi j'étais malin, on était des malins ... Tout le reste était parti au cours de la route et ces grimaces mêmes qui peuvent
15　encore servir auprès des mourants, je les avais perdues, j'avais tout perdu décidé-

ment au cours de la route, je ne retrouvais rien de ce qu'on a besoin pour crever, rien que des malices. Mon sentiment c'était comme une maison où on ne va qu'aux vacances. C'est à peine habitable.

◆ 注

16　qu'　文法的には dont が正しい。

『夜の果ての旅』

　死んでゆくために，ていうかもっと安らかに死なせてもらおうと，きっとあいつはもうひとりのフェルディナン，もちろん俺よりもっと偉大なやつを，探していたにちがいない。ひょっとして世界が進歩しちゃいないか確かめようとしていたんだ。可哀想にあいつは，頭の中に明細を書き出していたんだ……。自分が生きた間に，ちょっとはみんなをいいほうに変えたのではないか，その気はなくても彼らに対して公正を欠いたことはなかったか……。しかしあいつのそばには俺しかいなかった，まぎれもないこの俺，俺だけだ，ひとりの人間をそのしがない命より偉大にするもの，つまり他人の命への愛なんて持っちゃいない，正真正銘のフェルディナンしか。そんなもの俺は持っちゃいなかった，ていうかほんのちょっとだけだったから見せるまでもなかった。俺は死ほどに偉大でもなかった。もっとずっとちっぽけだった。人としての高邁な理念なんて俺にはなかった。あいつ，ロバンソンに対してよりも，くたばりかけてる犬のほうにもっとすんなり心を痛めたかもしれない，だって犬はずるくはない，だけどあいつは，レオンはやっぱりちょっとずるかった。俺だってずるかった，みんなずるかったんだ……。残りはみんな，途中でどこかにいってしまった，死にかけている人たちを前にすればまだ使いものになりそうな神妙な顔つきすらも，俺はなくしてしまっていた，途中で何もかもすっかりなくしてしまったんだ，くたばるために必要なものも何も，ずるさのほかには何も見つけなかった。俺の気持ち，そんなものはヴァカンスにしか出かけない家みたいなものだった。ほとんど住めたものじゃない。

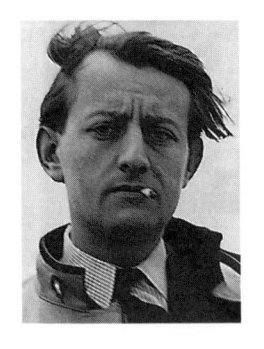

アンドレ・マルロー
André Malraux, 1901—76

●**西欧の外へ**　マルローはバカロレアを取得しなかったが，早くから独学で文学や芸術の知識を蓄え，作家たちとも交流を持った。1923年に当時の妻とともにカンボジアの密林に向かい，遺跡から運び出した石像を押収され，執行猶予つき禁固の判決を受ける。帰国後さらに25年にサイゴンに向かい，植民地支配の現状や極東の政治状況に触れ，帰国途上で執筆したのが『西欧の誘惑』 *Tentation de l'Occident*（26）であった。「アジア三部作」と呼ばれる『征服者』 *Les Conquérants*（28），『王道』 *La Voie royale*（30），『人間の条件』 *La Condition humaine*（33）は彼のこうした極東体験から生まれており，革命下の社会や密林での冒険で危機的状況に置かれた人間の決断や勇気，同志との連帯のありかたが問われている。

●**行動と小説**　36年，スペイン内戦勃発とともに，マルローはスペインに行き国際航空隊を組織し，その戦いの中で『希望』 *L'Espoir*（37）が書かれた。この小説には，マルロー自身がモデルとされるマニャンをはじめ，スペイン内戦下で多様な立場からフランコ勢に抵抗する人々が登場する。ルポルタージュ風の断片的な場面の積み重ねが描き出すのは，特にアナキストとコミュニストなど，共通の目的を確信しながらも行動に一致を見出せない人々の煩悶，組織の中の個人のありかた，友愛の力，情熱に駆られた行動と有用性との不一致などである。引用した箇所は，国際飛行小隊の隊員スカリが，戦闘で視力を失った戦友の父で美術史家のアルベアルにマドリードを離れるようすすめ，拒まれる場面である。

●**美術の普遍的価値**　マルローは第二次世界大戦中に書かれた『アルテンブルクのくるみの木』 *Les Noyers de l'Altenburg*（43）を最後に小説の執筆をやめ，早くから行っていた美術書の編纂，美術研究に専念した。こうして彼の人間への問いは「空想の美術館」のための仕事に，すなわち多様かつ普遍的な価値を有する古今東西の美術作品の発見と評価に向けられることとなった。59年，政権に復帰したド・ゴールの下で文化大臣に任命されたマルローは，精力的に文化事業を立ち上げ，69年にド・ゴールの退陣とともに引退した。自伝的エッセー『反回想録』 *Anti-mémoires* の第1巻は67年に出版された。76年に没し，その棺はシラク大統領の決定によって，96年にパンテオンに移葬された。

第 **7** 章　［20世紀Ⅰ］　第二次世界大戦前の文学

L'Espoir

　　Une mitrailleuse se mit à tirer par courtes rafales, rageuse et seule dans le silence plein de grattements.
　　«Vous entendez ? demanda distraitement Alvear. Mais la part de lui-même qu'engage l'homme qui tire en ce moment n'est pas la part importante ... Le gain que vous apporterait la libération économique, qui me dit qu'il sera plus grand que les pertes apportées par la société nouvelle, menacée de toutes parts, obligée par son angoisse à la contrainte, à la violence, peut-être à la délation ? La servitude économique est lourde ; mais si pour la détruire, on est obligé de renforcer la servitude politique, ou militaire, ou religieuse, ou policière, alors que m'importe ?»
　　Alvear touchait en Scali un ordre d'expériences qu'il ignorait, et qui devenait tragique chez le petit Italien frisé. Pour Scali, ce qui menaçait la révolution n'était pas le futur, mais bien le présent : depuis le jour où Karlitch l'avait étonné, il voyait l'élément physiologique de la guerre se développer chez beaucoup de ses meilleurs camarades, et il en était atterré. Et la séance dont il sortait n'était pas pour le rassurer. Il ne savait pas trop où il en était.

『希望』

　一挺の機関銃が短い連続射撃を繰り返し始めた。それだけが猛り狂ったようで，ひっかくような音が静けさの中に満ちた。
　アルベアルが放心したようにたずねた。「聞こえますか。でも，今銃を撃っている男が賭けている彼自身の部分は，重要な部分ではありません……。経済的な解放があなたに利益をもたらすとしても，それが新しい社会がもたらす損失に勝ると誰が断言できますか？新しい社会が四方八方から脅かされ，不安に駆られるあまり，拘束や暴力や，おそらく密告すら余儀なくされるとしたら。確かに経済的な桎梏は重い，しかしそれを打破するために，政治とか，軍隊とか，宗教とか，警察などによる締め付けを強めざるをえないのであれば，何にもならないじゃありませんか？」
　アルベアルはそうとは知らずに，スカリの中の，この小柄で縮れ毛のイタリア人にとっては悲劇になりつつあったある経験に言及していた。スカリにとっては，革命を脅かしていたのは未来ではなく，まさに現在だったのだ。カルリッチが彼を驚かせた日以来，彼は戦争の持つ生理的な要素が，彼の最もすぐれた同志たちの多く

279

にも広がりつつあるのを見ており，そのことに愕然としていた。そして終えようとしていた対話も，彼を安心させるものではなかった。彼には何が何だかわからなくなっていた。

アントワーヌ・ド・サン＝テグジュペリ
Antoine de Saint-Exupéry, 1900—44

◉**飛行士として作家として**　1900年生まれのサン＝テグジュペリは幼くして父を亡くしたが，母方の親族の下で比較的恵まれた幼年期を過ごした。海軍兵学校の入学には失敗するが兵役で空軍を志望し，その後事情が許さなかった期間を除き，44年のパリ解放直前に偵察飛行に出かけ行方不明になるまで，空軍や民間航空輸送のパイロットを続けた。29年にダカール・カサブランカ路線の郵便飛行の中継基地，キャップ・ジュビーの所長をしながら執筆した『南方郵便機』*Courrier Sud* を出版。31年に，ヨーロッパ・アメリカ航空郵便路線で働く男たちを描いた『夜間飛行』*Vol de nuit* を出版し，ジッドが序文を寄せたこの本で，作家として広く認められることとなった。

◉**「人間」の尊厳を求めて**　36年には，未完に終わることになる『城砦』*Citadelle* の原稿が書き始められた。39年に出版された『人間の大地』*Terre des Hommes* は物語形式をとらず，自身の体験とそれに基づく省察が非連続的に綴られている。その後第二次世界大戦のため召集され偵察部隊に所属，動員解除後アメリカに渡り，42年に『戦う操縦士』*Pilote de guerre* の英語版とフランス語版とを同時に出版した。サン＝テグジュペリは終始その著作を通して，孤独を強いられた，あるいは仲間と連帯した「人間」の勇気，精神力，社会や自然をめぐる思索の深化に価値を見出し，自己犠牲をもいとわぬその営みの中に，生きることの意味を問うた。ただ，飛行士という時代の草分け的職業を通じて行われた彼の思索には，体験に根ざすゆえの真摯さが感じられる一方で，彼の言う「人間」が，与えられた使命の遂行に建設的な意義を認める欧米人の成年男子と無反省に同一視される傾向があることも――リビア砂漠での遭難の体験などがその傾向を修正する機会となったにせよ――否定できない。

◉**『星の王子さま』**　著者の挿し絵入りのこの童話的書物は，原題を『小さな王子』*Le Petit Prince* といい，43年，彼が自らアルジェリアに渡って偵察部隊に復帰す

る直前にアメリカで英語版とフランス語版とを同時出版した、生前最後の著書である。私たちの社会を支配する価値観が奇異なものに映る王子のまなざしには、作者の悲観的な思いが感じられる。『人間の大地』の中の、サン゠テグジュペリ自身の遭難の思い出と比べながら読んでみると、この物語をまた違った角度から味わえるだろう。

Le Petit Prince

— Oui, dis-je au petit prince, qu'il s'agisse de la maison, des étoiles ou du désert, ce qui fait leur beauté est invisible !

— Je suis content, dit-il, que tu sois d'accord avec mon renard.

Comme le petit prince s'endormait, je le pris dans mes bras, et me remis en
5 route. J'étais ému. Il me semblait porter un trésor fragile. Il me semblait même qu'il n'y eût rien de plus fragile sur la Terre. Je regardais, à la lumière de la lune, ce front pâle, ces yeux clos, ces mèches de cheveux qui tremblaient au vent, et je me disais : ce que je vois là n'est qu'une écorce. Le plus important est invisible ...

Comme ses lèvres entr'ouvertes ébauchaient un demi-sourire je me dis encore :
10 "Ce qui m'émeut si fort de ce petit prince endormi, c'est sa fidélité pour une fleur, c'est l'image d'une rose qui rayonne en lui comme la flamme d'une lampe, même quand il dort ..." Et je le devinai plus fragile encore. Il faut bien protéger les lampes : un coup de vent peut les éteindre ...

Et, marchant ainsi, je découvris le puits au lever du jour.

『星の王子さま』

「そうだとも、家でも星たちでも砂漠でも、その美しいところは目には見えないのさ！」と、僕は王子さまに言いました。

「君が僕のきつねと同じ考えでうれしいよ」と彼は言いました。

王子さまが眠りかけたので、僕は彼を腕に抱いて、また歩きはじめました。僕は感激していました。壊れやすい宝物を抱えているような気がしました。地球上にはこれ以上壊れやすいものは何もないような気さえしました。僕は月あかりで、その青白いおでこや、閉じた目や、風にふるえる髪の房をながめていました。そしてこう考えていました、ここで見ているのは、見かけのものでしかない。一番大切なものは、目には見えないんだ……。

うっすらと開いた彼の唇にかすかなほほえみが浮かんだとき、僕はまたこうも思

いました。「この眠っている王子さまのなかで僕をこんなに強く感動させるのは，花に対する彼の誠実さだ。眠っているときでさえ，ランプの炎のように彼のなかで輝きを放っている，ひとつのバラの花のすがただ……」すると僕には彼がいっそう壊れやすいもののように思えてきました。ランプの炎は，ちゃんと守ってあげなくてはいけません。風がひと吹きしただけで，消えてしまうかもしれないのですから……。

そしてこんなふうに歩いているうちに，僕は夜明けに井戸を見つけたのです。

ジョルジュ・バタイユ
Georges Bataille, 1897—1962

●「アセファル」から「クリティック」へ　バタイユは1897年にピュイ・ド・ドーム県ビヨンに生まれた。1917年に神学校に入るが翌年に辞め，パリの古文書学校に入学し，卒業後国立図書館司書となる。29年，美術・考古学雑誌「ドキュマン」*Documents* の編集責任者となる。同年「シュルレアリスム第二宣言」の中でバタイユを非難したブルトンとは緊張関係にあったが，35年には一時的に和解して反ファシズム運動を組織した。36年に雑誌「アセファル」*Acéphale* を創刊。翌年レリス，カイヨワらと「社会学研究会」を設立し，39年まで活動した。肺結核を病み，43年にヴェズレーに引越し，その後カルパントラやオルレアンの図書館司書となる。46年，雑誌「クリティック」*Critique* を創刊。同誌に多くの論文を発表してゆくこととなる。62年にパリに転居し，7月死亡。主著に『内的体験』*L'Expérience intérieure* (43)，『呪われた部分』*La Part maudite*（49）などがある。

●限界の経験　ニーチェの大きな影響の下にあるバタイユにとって，思考することと生きることは切り離せることではなく，その思想を要約して語ることは困難である。しかしあえて言うならば，バタイユが読者に立ち会わせようとする経験とは，エロティスムや笑い，蕩尽，悪，死によって，可能なるものの限界，近代的な思考や社会を支えていた主体が破裂して溶解する場を生きることであろう。そしてバタイユはそうした経験のあらわれを個人の次元のみならず，未開社会や，現代の経済構造にも求めるのである。

●号泣と哄笑　バタイユは『眼球譚』*Histoire de l'œil*（28），『エドワルダ夫人』*Madame Edwarda*（41）など，エロティスムや死を主題とする小説の多くを，はじめ偽名を使って出版した。『空の青』*Le Bleu du ciel* は35年に執筆を終え，57年

第 **7** 章　[20世紀Ⅰ]　第二次世界大戦前の文学

に出版された。執筆当時のバタイユを彷彿とさせる主人公トロップマンは痛飲と放蕩の限りを尽くし，パリからバルセロナにやって来て，ここでもカタロニア分離独立運動の蜂起を見物しながらゲイバーや飲み屋をうろつく。革命の組織を図る醜女ラザールを見るにつけても，自分をぼろ屑のような人間だと思うトロップマンは，所構わず号泣し，哄笑する。

　引用した箇所は，愛人ドロテアのバルセロナ到着を待つ彼が，自分が周囲の状況からも，自然からも異質なことを実感するところである。フランクフルトでドロテアと別れる結末では，ナチの少年たちの合奏の「猥褻な光景」を目にしたトロップマンが，「黒いイロニー」を感じる。

Le Bleu du ciel

　　La journée commençait dans un enchantement. J'éprouvai la fraîcheur du matin, en plein soleil. Mais j'avais mauvaise bouche, je n'en pouvais plus. Je n'avais nul souci de réponse, mais je me demandais pourquoi ce flot de soleil, ce flot d'air et ce flot de vie m'avaient jeté sur la Rambla. J'étais étranger à tout, et,
5　définitivement, j'étais flétri. Je pensai aux bulles de sang qui se forment à l'issue d'un trou ouvert par un boucher dans la gorge d'un cochon. J'avais un souci immédiat : avaler ce qui mettrait fin à mon écœurement physique, ensuite me raser, me laver, me peigner, enfin descendre dans la rue, boire du vin frais et marcher dans des rues ensoleillées. J'avalai un verre de café au lait. Je n'eus pas le
10　courage de rentrer. Je me fis raser par un coiffeur. Encore une fois, je fis semblant d'ignorer l'espagnol. Je m'exprimai par signes. En sortant des mains du coiffeur, je repris goût à l'existence. Je rentrai me laver les dents le plus vite possible. Je voulais me baigner à Badalona. Je pris la voiture : j'arrivai vers neuf heures à Badalona. La plage était déserte. Je me déshabillai dans la voiture et je ne
15　m'étendis pas sur le sable : j' entrai en courant dans la mer. Je cessai de nager et je regardai le ciel bleu. Dans la direction du nord-est : du côté où l'avion de Dorothea apparaîtrait. Debout, j'avais de l'eau jusqu'à l'estomac. Je voyais mes jambes jaunâtres dans l'eau, les deux pieds dans le sable, le tronc, les bras et la tête au-dessus de l'eau. J'avais la curiosité ironique de me voir, de voir ce qu'était, à la
20　surface de la terre （ou de la mer）, ce personnage à peu près nu, attendant qu'après quelques heures l'avion sortît du fond du ciel. Je recommençai à nager. Le ciel était immense, il était pur, et j'aurais voulu rire dans l'eau.

283

『空の青』

　その日は魔法にかけられたような感じで始まった。ふり注ぐ日ざしのなかで，僕は朝の爽やかさを感じた。でも口の中がむかむかして，どうしようもなかった。答えを探そうとは微塵も思わなかったが，なんでこの日ざしの大波，大気の大波，生命の大波が僕をランブラ通りに打ち上げたのかと，自問した。あらゆるものが僕とは無関係で，僕は完全にしなびていた。豚の喉元に肉屋が開ける穴の外にできる，血のあぶくのことを思った。すぐにしたいことがあった。生理的なむかつきを止めそうなものをあおり，それから髭を剃り，体を洗い，髪に櫛を入れ，そして通りに下りて冷たいワインを飲み，日のあたる通りを歩くこと。僕はカフェオレを一杯飲み干した。戻る元気はなかった。床屋に髭を剃らせた。またしても，スペイン語がわからないふりをした。言いたいことは身ぶりで伝えた。床屋の手から離れると，生への意欲を取り戻した。大急ぎで戻って歯を磨いた。バダロナで海水浴がしたくなった。車に乗って，9時頃にはバダロナに着いた。浜辺には人影がなかった。車の中で服を脱ぐと，砂浜には寝そべらず，走って海に入った。泳ぐのを止め，青い空をながめた。北東の方，ドロテアの飛行機が現れるはずの方角。立つと水は胃のところまであった。水中の，黄色っぽい自分の足を見ていた。砂にめりこむ両足首，水の上に出た胴体，両腕，頭。僕は自分をながめることに皮肉な好奇心をおぼえた。大地の（もしくは海の）表面にいて，ほとんど裸で，何時間か後に飛行機が空の奥から出てくるのを待っている人物というのがどんなかを見ることに。僕はまた泳ぎはじめた。空はだだっ広く，澄んでいた。水の中で僕は笑い出したくなった。

アントナン・アルトー
Antonin Artaud, 1896—1948

●シュルレアリスムへの接近　アルトーは1896年にマルセイユで生まれた。父は海運業者で，母はギリシャ人だった。早くから精神の発作に見舞われ，精神の苦痛と青年期からの麻薬による中毒の中で生きた。1920年に演劇を志しパリに出る。舞台出演のかたわら24年にはブルトンらシュルレアリストたちと出会い，翌年，雑誌「シュルレアリスム革命」 La Révolution surréaliste に参加。同年『神経の秤』 Le Pèse-Nerfs，『冥府の臍』 L'Ombilic des limbes を出版，思考することの不可能性，身体

の調和喪失を自覚する苦しみを書き記す。26年にはシュルレアリスム・グループから離れた。

●残酷演劇　アルトーは20年代半ばからの10年間に21本の映画に出演し，実験的なシナリオや映画論も執筆した。27年にヴィトラックらとともに設立したアルフレッド・ジャリ劇場第1回公演を行い，30年春まで活動を続けるほか，演劇論を発表，観客が「本物の手術」を受けにくるような演劇をめざす。31年植民地博覧会で上演されたバリ島の演劇の，心理劇を排した役者の動きに感動する。翌年「残酷演劇」宣言を発表。35年の『チェンチー族』 Les Cenci 以後演劇活動からは離れるが，後に演劇論を『演劇とその分身』 Le Théâtre et son double（38）にまとめ，観客への働きかけ，演劇と現実との関わりなどをめぐる革新的演劇観は，後の芸術に広く影響を及ぼした。

●メキシコの体験　『ヘリオガバルスまたは戴冠せるアナーキスト』 Héliogabale ou l'Anarchiste couronné（34）はローマの少年皇帝の物語で，アルトーの著作のうち唯一まとまった長さをもつ作品である。アルトーは36年，メキシコに1年近く滞在し，講演を行った他，インディオの儀式のなかで幻覚症状をもたらすペヨトルを体験した。翌年「聖パトリックの杖を返しに」アイルランドに向かい，騒ぎを起こしたため本国に送還され，精神病院に収容された。

●療養所生活　精神病院への監禁は46年まで続いた。43年には非占領地域のロデーズの精神病院に移送され，『ロデーズからの手紙』 Lettres écrites de Rodez（43-46）としてまとめられている手紙のほか，多くのデッサンも描いた。46年にパリに戻り，幻覚を起こしながらもさかんに執筆し，『ヴァン・ゴッホ　社会が自殺させた者』 Van Gogh, le suicidé de la société（47）など，熱と力に満ちた文章を社会に向かってたたきつけた。48年に大腸癌のため死亡。

"Théâtre oriental et Théâtre occidental"

La révélation du Théâtre Balinais a été de nous fournir du théâtre une idée physique et non verbale, où le théâtre est contenu dans les limites de tout ce qui peut se passer sur une scène, indépendamment du texte écrit, au lieu que le théâtre tel que nous le concevons en Occident a partie liée avec le texte et se trouve limité par lui. Pour nous, au théâtre la Parole est tout et il n'y a pas de possibilité en dehors d'elle ; le théâtre est une branche de la littérature, une sorte de variété sonore du langage, et si nous admettons une différence entre le texte parlé sur la scène et le texte lu par les yeux, si nous enfermons le théâtre dans les

limites de ce qui apparaît entre les répliques, nous ne parvenons pas à séparer le
théâtre de l'idée du texte réalisé.

Cette idée de la suprématie de la parole au théâtre est si enracinée en nous et le théâtre nous apparaît tellement comme le simple reflet matériel du texte que tout ce qui au théâtre dépasse le texte, n'est pas contenu dans ses limites et strictement conditionné par lui, nous paraît faire partie du domaine de la mise en scène considéré comme quelque chose d'inférieur par rapport au texte.

Étant donné cet assujettissement du théâtre à la parole on peut se demander si le théâtre ne posséderait pas par hasard son langage propre, s'il serait absolument chimérique de le considérer comme un art indépendant et autonome, au même titre que la musique, la peinture, la danse, etc., etc.

On trouve en tout cas que ce langage s'il existe se confond nécessairement avec la mise en scène considérée :

1° D'une part, comme la matérialisation visuelle et plastique de la parole.

2° Comme le langage de tout ce qui peut se dire et se signifier sur une scène indépendamment de la parole, de tout ce qui trouve son expression dans l'espace, ou qui peut être atteint ou désagrégé par lui.

◆ 注
『演劇とその分身』に収められている。

「東洋演劇と西洋演劇」

　バリ島演劇の啓示は，演劇が言葉ではなく，身体にまつわるものだということを我々に教えてくれたところにあった。そこでは演劇は，舞台上で起こりうるすべてのことの隅々にまで含まれているのであって，書かれた台本とは別物である。一方我々が西洋において考える演劇とは，台本と固く結ばれ，台本によって制限されている。我々から見れば，演劇では「言葉」がすべてであり，言葉の外に可能性はない。演劇は文学の一支流であり，いわば言語を音によって変奏したものなのである。そして，たとえ舞台で話される台本と目で読まれる台本との間に違いを認めるとしても，演劇をせりふのやりとりに現れるものの範囲に閉じこめてしまっているかぎり，それを舞台化された台本という観念から引き離すには，いたらない。

　演劇では言葉が支配的地位を占めるというこの考えは，我々の中にとても根強くあるし，また我々は，演劇を台本のただの物質的反映のように見てしまっているの

第 7 章 ［20世紀 I］ 第二次世界大戦前の文学

で，演劇において台本を超えた，その枠におさまらず，それによって厳密に条件づけられていないすべてのものは，演出の領域に属すると思われており，それは台本より劣るものとされているのである。

このように演劇が言葉に従属しているなかで，演劇にもひょっとするとそれ固有の言語があるのではないか，それを音楽や絵画や舞踊などと同じ資格を持つ，ひとつの独立した自律的な芸術とみなすことは，まったく非現実的なことなのかと考えることもできる。

いずれにせよ，もしもそうした言語が存在するとしたら，それは必然的に次のようにみなされた演出と不可分であろう。すなわち，
1 一方では言葉の視覚的，造形的物質化としての演出
2 言葉とは無関係に，舞台上で言われ，意味されうるすべてのもの，空間の中におのれの表現を見出すか，もしくは空間によって損なわれ，もしくは解体されうるすべてのものの言語としての演出。

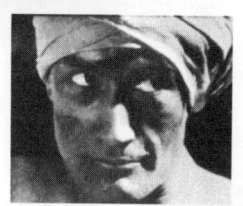

アベル・ガンス『ナポレオン』（1927）において，マラを演じるアルトー

●「1941年3月」●

　1941年3月24日，文化人類学者レヴィ＝ストロースは，マルセイユから貨客船ポール・ルメルル大尉号に乗り込んだ。亡命知識人を受け入れるためにニューヨークに創設された，新・社会研究院に招かれたのである。船室が二つしかない小さな蒸気船に350人もの人間を詰め込んだ，この不衛生でつらいマルチニックまでの旅の思い出を，彼は『悲しき熱帯』（55）の中で語っている。

　彼自身は船長と知り合いであったため船室に入れたが，ほとんどの「ユダヤ人，外国人，無政府主義者」たちは，暗い船倉に押し込められた。その中には，アンドレ・ブルトンとその妻子もいた。彼は甲板の狭い隙間を歩き回り，その「熊のような」シュルレアリストと知り合いになり，こうしてふたりの友情が始まったのである。またこの出会いもあって，レヴィ＝ストロースはエルンストをはじめとするシュルレアリストたちとも交流することになった。

　アメリカへの亡命は，多くの心痛や苦労と同時に，彼らに重要な出会いと大きな転機をもたらすことになった。ニューヨークには，ヨーロッパからの多くの亡命知識人が集まっていた。レヴィ＝ストロースは，同じ研究院で教えていた言語学者ローマン・ヤコブソンと知り合いになり，構造言語学を学びとり，またアメリカの人類学に接した。一方ブルトンは，英語力の不足がその行動を狭めたにせよ，亡命していたシュルレアリストたちと活動し，アメリカの先住民や彼らの仮面や彫刻と出会い，神話に関する考察を展開していった。またこうした邂逅は亡命者たちばかりでなく，彼らを迎えた人々にとっても大きな意味を持つことになった。「詩を嗅ぎわける」ブルトンとの出会いは，寄港地マルチニックの詩人，エメ・セゼールにとって決定的な出来事となった。またシュルレアリストたちの造型作品は，アメリカの若い抽象表現主義の画家たちを触発し，戦後のアメリカにおける芸術的実践と理論の中で，肯定的にも否定的にも，乗り越えるべき対象と見なされたのである。

（永井）

1943年1月，マルセイユの旧市街から強制退去を命じられた住民たち

第8章

［20世紀Ⅱ］ 現代世界のなかの文学

（永井　敦子・今井　勉）

イヴ・タンギー『弧の増殖』

時　代　思　潮

▶レジスタンスから　39年に始まった第二次世界大戦では，戦況の停滞した
　植民地戦争へ　「奇妙な戦争」の後，40年にパリが陥落し，政府がヴィシーに移転した。その後44年，連合軍の上陸によってパリは解放され，ド・ゴールを中心に，レジスタンス勢力による臨時政府が成立した。しかし左翼諸派の間には緊張関係が続き，46年の第四共和政の成立を待たずにド・ゴールは辞職，さらにこの頃からの東西冷戦が，不安定な政局の中で，レジスタンスの高揚した連帯感を過去のものにしていった。一方46年に始まったインドシナ戦争では54年にフランス軍が決定的に敗北し，停戦協定が結ばれた。またアルジェリアでも同年民族解放運動が始まり，アルジェリア植民者と現地軍が起こしたクーデターによる混乱の収拾を期待されたド・ゴールの政権復帰によって，58年に第五共和政が誕生した。ド・ゴール政権下ではアフリカ諸国の独立が進み，アルジェリアも62年に独立する。こうして植民地戦争は，第二次世界大戦の記憶も褪めやらぬ人々にさらなる苦悩をもたらすと同時に，戦後のフランスに，植民地経済からの脱却という社会構造変革を求めたのである。

▶1968年5月　ド・ゴールはフランスの威信の復活につとめ，60年代のフランスは，先端産業をになう先進国として急激な経済成長を果たした。また外交面でも西ヨーロッパ諸国と一定の連携をとりつつ，アメリカとソ連に対抗するべく積極的な政策を展開した。そうした経済的繁栄に支えられた消費社会の到来するなか，パリ大学ナンテール校における教育改革案反対ストライキに端を発した学生運動は，68年5月のソルボンヌでの集会を経て全国に広がり，労働者にも拡大して，一時フランス全土が麻痺状態に陥った。短期間で終息したものの，この運動は，ド・ゴールが象徴する国家主義，家父長制的な権威主義に対する戦後世代の異議申し立てと，知や感性に関わる既成の枠組みからの解放の欲求とが発火した

第8章　[20世紀Ⅱ]　現代世界のなかの文学

事件だったのであり，現在もその発生要因と余波の再検討が続けられている。

▶「実存」から「構造」へ　両大戦間に顕在化した「人間」への問いは，ナチスによるユダヤ人の大量虐殺や原子爆弾の脅威の現実化を経て，人々をますます深刻な懐疑に向かわせた。そうしたなかサルトルは，個人の主体性を出発点として，選択することに自由な人間の本質を見る実存主義を説き，その存在論的人間学が戦後の世界に広まった。しかし実存主義に基づく社会参加論が，戦後のフランス内外の混迷した政治状況のもとで説得力を維持し続けるのは困難であった。さらに60年代になると，主体性に基礎を置くサルトルの人間主義は，人間の主体の自律性そのものを疑い，主体を超えた体系における関係性を重視する構造主義によって，批判されることになった。

▶構造主義の展開　構造主義は，スイスの言語学者フェルディナン・ド・ソシュール Ferdinand de Saussure（1857-1913）が説いた，言語を差異の体系としてとらえる関係論をモデルとした認識方法であり，それを実践した者には文化人類学のクロード・レヴィ＝ストロース Claude Lévi-Strauss（1908-2009），精神分析のジャック・ラカン Jacques Lacan（1901-81），哲学のミシェル・フーコー Michel Foucault（1926-84），記号学や文学批評のバルトらがいる。構造主義を代表する書物と言われるフーコーの『言葉と物』Les Mots et les Choses が出版されたのは，その隆盛期の66年である。この中でフーコーは，ヨーロッパの人間諸科学の歴史をたどり，18世紀末から19世紀初頭におけるその発展の過程に，逆説的に人間主義の破産を見ている。構造主義は60年代のブームの後も，さまざまな学問分野に影響を与え続けている。

▶経済の危機と社会主義政権の誕生　ド・ゴールは69年に退陣し，続くポンピドゥー政権と，74年からのジスカール・デスタン政権では，ド・ゴール時代の国家主義を後退させる政治改革が図られた。一方73年の第一次石油ショックをきっかけに経済成長は翳りをみせ，インフレなどの問題が増

291

大し，経済危機が続くことになった。また70年代後半には重大な環境問題も起こり，特に80年代後半以降，エコロジー運動が活発化することとなった。81年に誕生した社会党のミッテランによる左翼政権は，2期14年に及ぶ長期政権となり，大企業の国有化などの政策が取られたが，経済不況や失業率の増加の解消は困難であった。その一方で社会党政権は労働者の権利拡大，移民などを対象とする人権問題への配慮，文化活動支援などをその政策に導入した。

▶揺らぐ国家の枠組み　フランスでは70年代以降，近代社会が基礎においてきた国家という枠組み自体の揺らぎが進んでいる。外交面では，ポスト冷戦時代の到来や，ヨーロッパの通貨・政治統合などが，従来の国家主権の政策からの脱却を求めると同時に，産業や文化の国際的な流通も一層活発化している。一方国内においては，さまざまな地域が政治活動やエコロジー運動，言語・文化活動の形をとって自分たちのアイデンティティを主張している。また特に60年代の経済成長期に労働力として求められた移民やその子孫などによって，フランスの社会にアフリカ，イスラム，アジアの生活や文化が以前にも増して持ちこまれることとなり，社会や文化に摩擦や融合の多様な現象が生まれている。

　そうしたなか，「フランス文学」という枠組みも当然揺らぎを見せており，その担い手の地域や国籍や人種や言語による定義づけは，――読者の皆さんは本章を読み終わったとき，いかに多くの「外国人」が20世紀の「フランス文学」を育てたかを実感されることと思うが――これまで以上に意味をなさなくなってきている。私たちはむしろ，従来の国家主義やヨーロッパ中心主義的な思考の枠組みを突き崩す，そうした多様な生の営みの闘いと交換の中に生まれる文学を，「フランス文学」の現在と考えることができるだろう。

第 **8** 章　［20世紀Ⅱ］　現代世界のなかの文学

1　人文科学のなかの文学

▷**文学と人文諸科学**　20世紀，特に第二次世界大戦後には，心理学，社会学，言語学などの人文諸科学が発展し，そうした分野の書物が広く大衆の関心をも引きつけるようになり，レヴィ＝ストロースやフーコー，**バルト**などの著作が同時代の読者に知的興奮を与えた。読者にとってはある意味で，小説を読むことと人文科学書を読むこととの間に境がなくなってきたのである。また文学作品や文学をめぐる事象は，人文諸科学の重要な分析対象となり，さまざまな角度から「テクスト」に接近する文学批評も誕生した。その結果文学は，同時代の思想及び人文諸科学の動向とますます不可分になり，過去の作品を含め，そうした動向の中に置いて読まれる傾向も強まった。こうした現象は，作家のロマン主義的な自律性神話の後退や，文化の中で文学が占める地位の相対的な低下と並行しているが，これによって文学が，より広い可能性に向かって開かれるようになったとも，考えられるだろう。

▷**前衛劇**　戦後の演劇は，国家による補助もあって，地方への演劇センターの設置やフェスティバルの開催，外国人の作品の上演などにより活性化した。一方パリの小劇場では，**アルトー**とブレヒトの影響の下，伝統的な演劇の真実らしい筋立てや登場人物の性格づけを廃棄し，脈絡のないやりとりや悪夢的な光景によって，人間の生の不条理を残酷に見せつける前衛劇が行われた。その代表的作者は，ジャン・ジュネ Jean Genet (1910-86) の他，アイルランド生まれのサミュエル・ベケット Samuel Beckett (1906-89)，ルーマニア生まれのウジェーヌ・イヨネスコ Eugène Ionesco (1912-94) らであった。

▷**戦後の詩人たち**　戦後に活躍した詩人としては，すでに戦前から作品を発表し，内的空間の踏査の辛さにユーモアの混じる詩や，幻覚剤を使用して描いたデッサンでも知られるベルギー生まれのアン

293

リ・ミショー Henri Michaux（1899-1984），シュルレアリスムとレジスタンスの経験の後，戦後は故郷の南仏で，自然に対する純朴な崇敬と難解な哲学的思索とが融合する作品を書いたルネ・シャール René Char（1907-88），言語の物質性に創作の重要な源泉を見たポンジュらがいる。また続く世代の詩人としては，イヴ・ボンヌフォワ Yves Bonnefoy（1923-）やスイス生まれのフィリップ・ジャコテ Philippe Jaccottet（1925-），さらにジャック・レダ Jacques Réda（1929-），ミシェル・ドゥギー Michel Deguy（1930-）ほか多くの名をあげることができる。

▶小説の展開　　実存主義が席巻したかに見えた戦後のフランスの文化状況下においても，多様な小説が書かれた。音楽活動も行ったボリス・ヴィアン Boris Vian（1920-59）の『うたかたの日々』*L'Écume des jours*（47）は，実存主義流行への揶揄を含んだ青春小説で，闊達な文体で綴られた，悲哀を含んだ恋愛物語が若者の支持を得た。フランソワーズ・サガン Françoise Sagan（1935-2004）は父娘の心の葛藤を軸にした恋愛心理小説『悲しみよ今日は』*Bonjour tristesse*（54）によって，若くして名を知られた。発音をなぞった綴りを用いる点でセリーヌの『夜の果ての旅』の系譜に連なるとも言える『地下鉄のザジ』*Zazie dans le métro*（59）のレーモン・クノー Raymond Queneau（1903-76）は，数学者フランソワ・ル・リオネとともに，60年に「潜在文学工房」（ウリポ l'OuLiPo）をつくった。これは霊感ではなく，数学的な規則などでテクストを操作することにより，新しいテクストを生む可能性を探る実験グループで，メンバーの中にはジョルジュ・ペレック Georges Perec（1936-82）がいた。また，実存主義の流行や同時代の政治状況からは一線を画したところで独自の創作行為を追求した作家に，『ハドリアヌス帝の回想』*Mémoires d'Hadrien*（51）のマルグリット・ユルスナール Marguerite Yourcenar（1903-87）やジュリアン・グラック Julien Gracq（1910-2007），アンドレ・ピエール・ド・マンディアルグ André Pieyre de Mandiargues（1909-91）らがいる。

第8章　[20世紀Ⅱ]　現代世界のなかの文学

(代表的作家と作品)

ジャン゠ポール・サルトル
Jean-Paul Sartre, 1905—80

●早い文学への目覚め　1905年に生まれたサルトルは父を幼児期に亡くし，シュヴァイツアー博士の叔父にあたる母方の祖父のもとで早くから文学に触れた。高等師範学校に入学し，29年に哲学の教授資格を主席で取得，この時出会ったシモーヌ・ド・ボーヴォワールは生涯のパートナーとなった。心理学及びフッサールをはじめとするドイツ現象学や，フォークナー，ドス・パソスなどアメリカ文学の影響も受けたサルトルは，38年に発表した処女小説『嘔吐』 La Nausée で成功。第二次世界大戦期には従軍中も執筆した。40年に意識の非現実化の働きを扱う『想像力の問題』 L'Imaginaire を発表し，43年には，意識の自由を問う存在論で，前期を代表する哲学的著作となった『存在と無』 L'Être et le Néant が出版され，この本は「実存主義」という言葉とともに，戦後ひとつのブームにもなった。

●知識人の社会参加（アンガジュマン）　自由の問題は大戦の体験を経て，社会に対する個人の責任など道徳的次元からも考察されるようになり，他者への働きかけ，すなわち社会参加（アンガジュマン）の手段としての文学の役割が強調された。またサルトルは社会参加（アンガジュマン）の具体的実践として，メディアを利用した政治的な発言や行動も活発に行った。45年にボーヴォワール，メルロ゠ポンティらとともに雑誌「レ・タン・モデルヌ」 Les Temps modernes を創刊。50年代前半には共産党に「批判的同伴」し，アルジェリア独立運動ではフランスの植民地主義を批判した。後期を代表する哲学的著作『弁証法的理性批判』 Critique de la raison dialectique（60）では，社会行動としての個人の実践に基礎を置く実存主義的な人間学を，マルクス主義に活かそうとした。60年代に入ってサルトルの思想的，社会的影響力は弱まったが，68年の五月革命では積極的に活動家を支援した。80年に死亡し，群衆が葬列をなした。没後も『倫理学ノート』 Cahiers pour une morale（83）をはじめとして多くの原稿が出版され，その仕事と影響力の再検討，再評価が多方面で続いている。

●ジャンルの多様さ　サルトルの著作はジュネ論をはじめとする伝記や自伝を含め，あらゆるジャンルに及ぶ。なかでも戯曲は戦前・戦後を通じて発表され，その時々の彼の問題意識を反映している。後期の代表作『アルトナの幽閉者』 Les Séquestrés d'Altona（60）では，ナチスの支配下にあったドイツ人エリートの苦悩を通し

て，当時のフランスのアルジェリア植民地戦争を批判しているが，それは同時に，集団や歴史における個人の責任についての私たちへの問題提起でもある。造船王の父親が売った土地に作られたユダヤ人強制収容所のユダヤ人を助けようとして失敗し，さらにロシア国境で不本意ながらパルチザンを拷問したフランツは，殺人未遂の容疑による逮捕から逃れたことがきっかけで，13年間密室にこもっていた。彼はドイツの復興を目の当たりにすることを拒んだのである。

引用した箇所は，癌のため死の宣告を受けた父親とフランツが，13年ぶりに対面した場面である。父親が自分そっくりに育てようとした息子は，自分自身が何者かであろうとすれば自らの罪を認めざるをえないというジレンマに苦しむ。この後フランツと父親は自動車事故を装って心中する。

Les Séquestrés d'Altona

LE PÈRE. Tu n'y resteras plus un instant.

FRANTZ. C'est ce qui vous trompe : je nierai ce pays qui me renie.

LE PÈRE. Tu l'as tenté treize ans sans grand succès. À présent, tu sais tout : comment pourrais-tu te reprendre à tes comédies ?

5 FRANTZ. Et comment pourrais-je m'en déprendre ? Il faut que l'Allemagne crève ou que je sois un criminel de droit commun.

LE PÈRE. Exact.

FRANTZ. Alors ? (*Il regarde le Père, brusquement.*) Je ne veux pas mourir.

LE PÈRE, *tranquillement*. Pourquoi pas ?

10 FRANTZ. C'est bien à vous de le demander. Vous avez écrit votre nom.

LE PÈRE. Si tu savais comme je m'en fous !

FRANTZ. Vous mentez, Père : vous vouliez faire des bateaux et vous les avez faits.

LE PÈRE. Je les faisais pour toi.

FRANTZ. Tiens ! Je croyais que vous m'aviez fait pour eux. De toute façon, ils sont
15 là. Mort, vous serez une flotte. Et moi ? Qu'est-ce que je laisserai ?

LE PÈRE. Rien.

FRANTZ, *avec égarement*. Voilà pourquoi je vivrai cent ans. Je n'ai que ma vie, moi. (*Hagard.*) Je n'ai qu'elle ! On ne me la prendra pas. Croyez que je la déteste, mais je la préfère à *rien*.

20 LE PÈRE. Ta vie, ta mort, de toute façon, c'est *rien*. Tu n'es rien, tu ne fais rien, tu n'as rien fait, tu ne peux rien faire. (*Un long temps. Le Père s'approche*

lentement de l'escalier. Il se place contre la lampe au-dessous de Frantz et lui parle en levant la tête.) Je te demande pardon.

『アルトナの幽閉者』

父親：あそこにはもう，一瞬たりともいるんじゃない。

フランツ：あなたが思い違いしているのはそこです。ぼくは，ぼくを認めないこの国を否定しますよ。

父親：おまえは13年間そうしようとしてきたが，大してうまくゆかなかったじゃないか。何もかもわかっている今，どうやってまた茶番が続けられるんだ？

フランツ：どうやってそれを断ち切ればいいんです？　ドイツが破滅するか，ぼくが普通法の罪人になるか，どっちかなんです。

父親：その通りだ。

フランツ：それじゃあ？（彼は父親を見つめ，だしぬけに）死にたくなんかない。

父親：（落ちついて）　なぜ死にたくないのか？

フランツ：あなたにこそ，それを聞きたいですね。あなたは自分の名前を残したじゃないですか。

父親：そんなことわしがどうでもいいと思っていることが，わからんかなあ！

フランツ：嘘おっしゃい，父さん，あなたは船を作りたくて，それを作ったじゃないですか。

父親：わしはおまえのために作っていたんだ。

フランツ：おやまあ！　ぼくはあなたが船のためにぼくを作ったんだと思っていましたよ。いずれにせよ，船は存在している。たとえ死んでも，あなたはひとつの船団だ。でもぼくは？　何が残せるんだ？

父親：何もないな。

フランツ：（逆上して）　だからぼくは百まで生きるんです。ぼくにはぼくの人生しかない。（取り乱して）それしかないんですよ！　だれにも奪われるものか。考えてもみてください。ぼくは自分の人生に我慢できないけど，無よりはましですよ。

父親：おまえの人生，おまえの死，どっちにしろ，無だ。おまえは何でもないし，何もしてないし，何もしなかったし，何もできやしない。（長い間。父親はゆっくり階段に近づく。フランツの下のランプのそばまで来て，顔を上げて彼に話しかける。）すまないことをしたね。

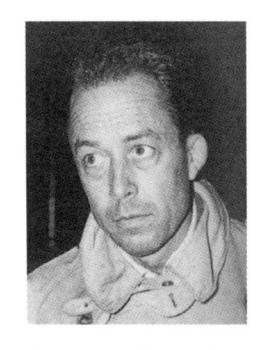

アルベール・カミュ
Albert Camus, 1913—60

●**太陽と結核** カミュは1913年に，地中海の強い日ざしが注ぐ仏領アルジェリアで，フランスからの入植者の家系で労働者の父と，スペイン系の母との間に生まれた。父は翌年戦死，アルジェの母方の祖母のアパートで貧しく暮らした。奨学金で進学。17歳で結核を発病し，持病となる。アルジェ大学で哲学を学ぶ。在学中より演劇活動を始め，終生演劇と関わりを持った。37年にエッセー集『裏と表』*L'Envers et l'Endroit* を出版。

●**ジャーナリズムとレジスタンス** 38年にアルジェで新聞記者となり，40年には「パリ・ソワール」に技術者として就職した。戦争や健康状態の悪化などにより各地を転々としたこの時期に，『異邦人』*L'Étranger*（42）や『シーシュポスの神話』*Le Mythe de Sisyphe*（42）などが書かれた。43年にガリマールに就職してパリに移り，レジスタンス紙「コンバ」*Combat* に参加，翌年のパリ解放とともに編集長となり，活発な政治的発言を行う。47年に「コンバ」を退き，ジャーナリズムから遠ざかる。同年『ペスト』*La Peste* を発表，たちまちベストセラーとなる。51年の『反抗的人間』*L'Homme révolté* ではマルクス主義の問題点を指摘し，翌年カミュ＝サルトル論争に発展した。56年にはアルジェリア戦争休戦のアピールを行うも，効果はなかった。同年『転落』*La Chute*，翌年『追放と王国』*L'Exil et le Royaume* を発表，ノーベル賞を受賞。60年，自動車事故により急死した。

●**不条理への反抗** カミュが『異邦人』や『シーシュポスの神話』などで描き出した不条理とは，要約すれば，人間が日々の生活の慣習や惰性に流されず，明晰な意識で世界と向き合おうとする時に抱かれる，非合理な世界との断絶の意識であると言えよう。そしてカミュにおける反抗とは，この不条理を自殺や宗教によって回避せず，自身で受け止めて生きる姿勢と行為を意味する。さらにこの反抗は，大戦とレジスタンスの経験を経て，『ペスト』において他者との連帯と共感や，ヒロイズムとは無縁の人間が持ちうる勇気や誠実さなど，社会的倫理の問題へと発展したのである。

●**『ペスト』の現代性** 『ペスト』は，アルジェリアの都市オランを襲ったペストの記録の形をとった小説で，誠実な医師リウーやたまたま居合わせた男タルーを中心に，封鎖された町という極限状況の中で死に囲まれて生きる人々の苦悩や決断を描いている。戦後間もない出版当時，多くの読者はペストをナチズムに，組織された

民間の救護班をレジスタンスに重ね合わせたが，ペストは戦争やナチズムなどの歴史的状況の寓意であるばかりではない。引用箇所などを読むと，ペストに汚染された町と人々の様子は，現代の私たちの日常とも重なってきはしないだろうか。カミュの言う「反抗」は，私たちにも問われ続けているのであろう。

La Peste

  Nos concitoyens s'étaient mis au pas, ils s'étaient adaptés, comme on dit, parce qu'il n'y avait pas moyen de faire autrement. Ils avaient encore, naturellement, l'attitude du malheur et de la souffrance, mais ils n'en ressentaient plus la pointe. Du reste, le docteur Rieux, par exemple, considérait que c'était cela le malheur,
5 justement, et que l'habitude du désespoir est pire que le désespoir lui-même. Auparavant, les séparés n'étaient pas réellement malheureux, il y avait dans leur souffrance une illumination qui venait de s'éteindre. À présent, on les voyait au coin des rues, dans les cafés ou chez leurs amis, placides et distraits, et l'œil si ennuyé que, grâce à eux, toute la ville ressemblait à une salle d'attente. Pour ceux
10 qui avaient un métier, ils le faisaient à l'allure même de la peste, méticuleusement et sans éclat. Tout le monde était modeste. Pour la première fois, les séparés n'avaient pas de répugnance à parler de l'absent, à prendre le langage de tous, à examiner leur séparation sous le même angle que les statistiques de l'épidémie. Alors que, jusque-là, ils avaient soustrait farouchement leur souffrance au malheur
15 collectif, ils acceptaient maintenant la confusion. Sans mémoire et sans espoir, ils s'installaient dans le présent. À la vérité, tout leur devenait présent. Il faut bien le dire, la peste avait enlevé à tous le pouvoir de l'amour et même de l'amitié. Car l'amour demande un peu d'avenir, et il n'y avait plus pour nous que des instants.

『ペスト』

  ここの市民たちは足並みをそろえてしまっていた。彼らはいわゆる適応というものをしてしまっていたのだ。なぜなら他にやりようがなかったから。もちろん彼らは，依然として不幸な様子や苦しんでいる様子はしていたが，その突き刺すような痛みはもう感じていなかった。それに，たとえばリウー医師などはそう思っていたのだが，不幸とはまさにこういうことに他ならず，絶望に慣れることは，絶望それ自体よりも始末が悪いのである。前は，引き離された人たちが本当に不幸なわけでもなかった。彼らの苦しみには明かりがともっていたのだ。しかしここへきてそれ

も消えてしまった。今では街角やカフェや友人の家に，もの静かでぼんやりした彼らの姿があった。そしてひどくうんざりたような目つきをしているものだから，彼らのおかげで，町中が待合室の様相を呈してきていたのだった。仕事を持っている人たちは，まさにペストのような具合に，こせこせと精彩なくそれをこなすのだった。すべての人が控え目になっていた。引き離された人たちも，いない人のことを話題にし，みんなと同じ言葉を使い，自分たちの別離を流行病の統計と同じ角度から考えることに，とうとう嫌悪をもよおさなくなってしまっていた。それまでの彼らなら，自分たちの苦しみを集団的な不幸から執拗に区別しようとしたのに，今ではそれらがいっしょにされることを容認していた。記憶もなく，希望もなく，彼らは現在の中に身を落ちつけていた。実のところ，彼らにとってはすべてが現在になっていた。これは言っておかなくてはならないが，ペストはすべての人から，愛や友情の能力さえも奪ってしまっていたのである。というのも，愛には少しの未来が必要だからだ。そしてぼくたちにとってはもう，その時その時しかなかったのだ。

フランシス・ポンジュ

Francis Ponge, 1899—1988

●**サラリーマン詩人** モンペリエ生まれのポンジュの家庭は恵まれたプロテスタントで，父親は銀行員だった。高等師範学校の入学に失敗。「N. R. F.」誌に詩が掲載されたことからジャン・ポーラン Jean Paulhan（1884-1968）と長く友好関係を持った。1930年頃にはシュルレアリストたちと交流した。31年から，組合活動により解雇される37年まで，出版社で発送業務を行う。帰宅と就寝の間の詩作により，42年に散文詩集『物の味方』 Le Parti pris des choses を出版。戦争中はレジスタンスに参加した。37年に入党した共産党からは，47年に静かに離党。52年から65年までアリアンス・フランセーズの教師を務め，以後国外での講演等も多く行った。88年に南仏の自宅で没。主な著作に『物の味方』のほか『前詩』 Proêmes（48），「詩的日記」と呼ばれる作品を集めた『やむにやまれぬ表現の欲求』 La Rage de l'expression（52），『牧場の制作』 La Fabrique du pré（71）など。また詩人たちだけでなくフォートリエはじめ多くの画家とも親交を持ち，画家，芸術に関するエッセー集，『習作中の画家』 Le Peintre à l'étude（48），『同時代のアトリエ』 L'Atelier contemporain（77）もある。

第8章 ［20世紀Ⅱ］ 現代世界のなかの文学

●散文詩による博物誌　『物の味方』においてポンジュは,「煙草」,「オレンジ」,「雨」などの題名の下に, 日常生活でよく目にする, しかし大抵の人がとりたてて気にもとめないささやかな生物や物, 自然や町の風景や人の動作を語り出す。ポンジュは語る対象を虫眼鏡を通すように拡大してみたり, 時間の流れを極度に緩慢にしてその動きを凝視したりすることによって, それらの物を実用性に縛られた視線から解放し, 物自体として立ち上がらせ, そこにユーモアやエロティスム, さらに精神性や道徳性を見出す。また時には人間の無機質性を明るみにする。ポンジュはこうした対象のありかたを, 言語に対して通常の言語行為とは異なる, その「物質性」を重んじる働きかけをすることによって探ってゆく。すなわち単語の綴りや文字のひとつひとつを凝視し, そこから喚起されるイメージを活用したり, 語呂合わせをしたり, 語源を想起したりして, それらと対象の観察とを突き合わせてゆくのである。こうしてポンジュは物と語の両方に, 有用性の過度の追求によってすり減った厚みを取り戻させ, それらと人間との関係を改めようとするのである。「蝸牛」の最後の部分を読んでみよう。

"Escargots"

Mais c'est ici que je touche à l'un des points principaux de leur leçon, qui d'ailleurs ne leur est pas particulière mais qu'ils possèdent en commun avec tous les êtres à coquilles : cette coquille, partie de leur être est en même temps œuvre d'art, monument. Elle, demeure plus longtemps qu'eux.

5　Et voilà l'exemple qu'ils nous donnent. Saints, ils font œuvre d'art de leur vie, — œuvre d'art de leur perfectionnement. Leur sécrétion même se produit de telle manière qu'elle se met en forme. Rien d'extérieur à eux, à leur nécessité, à leur besoin n'est leur œuvre. Rien de disproportionné — d'autre part — à leur être physique. Rien qui ne lui soit nécessaire, obligatoire.

10　Ainsi tracent-ils aux hommes leur devoir. Les grandes pensées viennent du cœur. Perfectionne-toi moralement et tu feras de beaux vers. La morale et la rhétorique se rejoignent dans l'ambition et le désir du sage.

Mais saints en quoi : en obéissant précisément à leur nature. Connais-toi donc d'abord toi-même. Et accepte-toi tel que tu es. En accord avec tes vices. En
15　proportion avec ta mesure.

Mais quelle est la notion propre da l'homme : la parole et la morale. L'humanisme.

301

「蝸牛」

しかしここで私は，彼らの教訓の主要な点のひとつに行き着く。もっともそれは彼らに固有なわけではなく，彼らが殻を持つすべての生物たちと共有している教訓である。すなわち彼らの存在の一部をなすこの殻は，同時に芸術作品，記念建造物でもあるということだ。それは，彼らよりも長く残る。

そしてここに，彼らがわれわれに示す模範がある。聖人たる彼らは，彼らの生をもって芸術作品とする，——彼らの陶冶をもって芸術作品とするのである。彼らの分泌自体が，形をなすように行われる。彼ら自身の，彼らの必要の，彼らの欲求の外にあるものは，どれも彼らの作品ではない。彼らの——その上——物質的存在と不釣り合いな何ものも。その存在にとって不可欠，必須でないものは何もない。

このように，彼らは人間たちにその義務を示す。偉大なる思想は心根より来る。道徳的に陶冶せよ，そうすれば美しい詩句をものすることができよう。道徳と修辞学とは，賢者の野心と欲望において一体となる。

しかしいかにして聖人たるや。まさしくおのれの本性に従うことによって。ゆえにまず汝自身を知れ。そしてあるがままの汝を受け入れよ。汝の悪癖とも折り合いをつけよ。汝の度量に見合うよう。

しかし人間に固有の概念とは何か。それは言葉(パロル)と道徳(モラル)。人間主義(ユマニスム)。

ロラン・バルト
Roland Barthes, 1915—80

●**構造論的記号学** バルトは1915年に生まれ，父親は間もなく戦死した。幼少期をフランス南西部のバスク地方で過ごした後パリに移り，ソルボンヌでギリシャ古典学を学ぶ。結核のため兵役を免除された。ミシュレのほか，サルトルや言語学者ソシュールの著作を読む。53年の『零度のエクリチュール』 *Le Degré zéro de l'écriture* では作品の形式面への注目の必要を説き，57年の『神話作用』 *Mythologies* では社会事象を記号学的に分析して脱神話化することで，ともにブルジョワイデオロギーを批判した。60年に高等研究院の研究主任になり，62年には研究指導教授となる。63年にソレルスとの交流が始まる。67年の『モードの体系』 *Système de la Mode* ではモード雑誌の記述の批判的分析に，ソシュールの構造主義的言語学の原理を利用

した。

●**生成するテクスト**　60年代後半から，バルトは読まれることで意味が重層的に生成する「テクスト」に関心を持つようになり，70年の『S／Z』では，バルザックの中編小説『サラジーヌ』における複数的な意味の生成過程をたどった。『テクストの快楽』 Le Plaisir du texte（73）ではタイトルをアルファベット順に並べた断章形式を用い，テクストの意味内容の流動性と，それを書く者，読む者の快楽を実践的に評価した。『ロラン・バルトによるロラン・バルト』 Roland Barthes par Roland Barthes（75）と『恋愛のディスクール・断章』 Fragments d'un discours amoureux（77）にも断章形式が使われ，それぞれ自伝や恋愛小説というジャンルに寄り添いながら，それらに対する固定観念を裏切る楽しみが追求された。引用したのは『恋愛のディスクール・断章』の中の，「あるがまま」という章の一節である。

●**突然の死**　バルトは76年にコレージュ・ド・フランスの正教授になった。77年に長年同居してきた母親を亡くし，自身も80年3月，前月の交通事故がもとで死亡した。遺著となったのは同年1月に出版された『明るい部屋』 La Chambre claire であった。「写真についての覚書」という副題を持つこの書物でバルトは，写真を見る者が，教養文化を通して写真に抱く共感「ストゥディウム」と，写真の細部から突如やってくる，見る者を突き刺すような感動「プンクトゥム」とを区別し，亡き母親の一枚の幼少期の写真がもたらした特異な動揺から，過去の実在と未来の死の写真上での共存に，傷痕と言うべき「プンクトゥム」を認めた。

Fragments d'un discours amoureux

4．J'accède alors (fugitivement) à un langage sans adjectifs. J'aime l'autre non selon ses qualités (comptabilisées), mais selon son existence ; par un mouvement que vous pouvez bien dire mystique, j'aime, non ce qu'il est, mais : *qu'il est*. Le langage dont le sujet amoureux proteste alors (contre tous les langages déliés du monde) est un langage *obtus* : tout jugement est suspendu, la terreur du sens est abolie. Ce que je liquide, dans ce mouvement, c'est la catégorie même du mérite : de même que le mystique se rend indifférent à la sainteté (qui serait encore un attribut), de même, accédant au *tel* de l'autre, je n'oppose plus l'oblation au désir : il me semble que je puis obtenir de moi de désirer l'autre moins et d'en jouir plus.

(L'ennemi noir du *tel*, c'est le Potin, fabrique immonde d'adjectifs. Et ce qui ressemblerait le mieux à l'être aimé *tel qu'il est*, ce serait le Texte, sur lequel je ne puis apposer aucun adjectif : dont je jouis sans avoir à le déchiffrer.)

『恋愛のディスクール・断章』

4．そのとき私は，（つかの間）形容詞を持たない言語に到達する。私は他者を，その（数え上げられる）長所ゆえに愛するのではなく，その存在ゆえに愛するのである。神秘的とも言えるような心の動きによって，私は愛する，彼がそうであるものではなく，彼がいるということを。恋する主体がその時（世間のありとあらゆる饒舌な言語に抗議して）主張する言語とは，鈍い言語である。あらゆる判断が中断され，意味の圧政が廃絶されるような。私がこの心の動きの中で清算するのは，長所という範疇そのものである。神秘主義者が聖性（これもまたひとつの属性であろう）に無関心になるのと同様に，他者のあるがままに到達することによって，私はもう，欲望に奉献を対置しなくなる。つまり他者を欲する気持ちを減ずることによって，その人をよりいっそう享受することが，自分にもできそうな気がするのだ。

（あるがままにとっての黒い敵は，「うわさ話」という下劣な形容詞製造所である。そしてあるがままの愛する人に一番よく似ていそうなのは，「テクスト」であろう。それには私はどんな形容詞もつけ足すことができないのである。私はそれを解読する必要は感じずに，ただ享受する。）

2　文学の可能性への問い

▶ヌーヴォー・ロマン　　1950年代から60年代にかけては，伝統的な小説形式を成り立たせていた世界認識に疑義を呈し，秩序立った物語内容や説明的な描出を否定して，言語と形式に関する実験を試みた作品が多く書かれた。それらは特定の流派を形成したわけではないが，「ヌーヴォー・ロマン」nouveau roman または「アンチ゠ロマン」anti-roman と総称され，主な作家に，ロシア生まれで39年に先駆的な『トロピスム』*Tropismes* を出版したナタリー・サロート Nathalie Sarraute（1900-99），

第8章　[20世紀Ⅱ]　現代世界のなかの文学

ロブ゠グリエ，『時間割』 *L'Emploi du temps*（56）や『心変り』 *La Modification*（57）のミシェル・ビュトール Michel Butor（1926-），『フランドルの道』 *La Route des Flandres*（60）のクロード・シモン Claude Simon（1913-2005）らがいた。彼らの作品に見られる匿名的な登場人物の分裂的な意識，さらに分断や反復，無秩序な遡行によって混乱した時間の流れは，それら自体が，近代的な自我と社会の行きづまりや，安定した価値観の喪失に対する，作家たちの意識の反映と言えよう。

▶文学を問う文学　1968年5月の学生運動が象徴したように，既成の秩序の問い直しが求められたこの時期には，「文学」を成り立たせるもの自体を問う動きも生まれた。モーリス・ブランショ Maurice Blanchot（1907-2003）は文学の存在可能性そのものを問う評論や小説などを書いた。またフィリップ・ソレルス Philippe Sollers（1936-）を中心とした60年発刊の雑誌「テル・ケル」 *Tel Quel* の同人は，特に65年以降マルクス主義の影響の下で，ブルジョワ的な文学や制度を解体することをめざす文学理論と作品を発表した。

▶女性たちの声　60年代末から70年代には，社会の中で抑圧されてきたさまざまな立場からの権利要求の動きと並行して，女性たちによるフェミニズム運動も活発化し，エレーヌ・シクスー Hélène Cixous（1937-）など，自分たちの言葉を持つことを意識的に求める女性作家たちが登場した。シモーヌ・ド・ボーヴォワール Simone de Beauvoir（1908-86）の『第二の性』 *Le Deuxième Sexe*（49）は20世紀フェミニズムの先駆的著作である。ブルガリア生まれで，「テル・ケル」の同人としてテクスト理論の構築を試みたジュリア・クリステヴァ Julia Kristeva（1941-）は，精神分析の視点からフェミニズムの問題にも取り組んでいる。フェミニズムなどの政治的意識と，作品におけるエクリチュールの革新的な実践とが相互に作用しあっている戦後の代表的女性作家は，デュラスであろう。

▶今，書くこと　ヌーヴォー・ロマンの潮流の後，登場人物の匿名性や意味内容の追いつかない言葉の氾濫によって，小説空間の

崩壊がいっそう進んだかと言えば、必ずしもそうではない。たとえば1980年代になると自伝的小説や歴史小説が目立って書かれるようになった。そのなかにはモデル小説的性格を持つソレルスの作品や、サロートの『幼年期』 Enfance（83）やロブ゠グリエの『戻ってきた鏡』など、ヌーヴォー・ロマンの代表的作家の作品も含まれる。また60年代後半から作品を発表し始めたトゥルニエの、神話や伝説を下敷きにした小説は、古典性への回帰とも受け取れるような物語内容と象徴性を備えながら、同時に現代社会への問題提起を含んでいる。第二次世界大戦期に生まれた J.=M. G. ル・クレジオ Jean-Marie Gustave Le Clézio（1940-）の『黄金探索者』 Le Chercheur d'or（85）などの近年の作品やモディアノの作品では、しばしば記憶の遡行や彷徨による探求が主題となる。しかしその探求は近代社会の再構築に向かうのではなく、読者はその外側へ、ル・クレジオの作品では宇宙的広がりと深みを体感させるような自然の中へ、モディアノの作品では、都心の繁栄からはじき出された人々の巣くう場末へ、打ち上げられてゆくのである。

（代表的作家と作品）

アラン・ロブ゠グリエ
Alain Robbe-Grillet, 1922—2008

●エディシオン・ド・ミニュイ　1922年ブレストの近郊で生まれたロブ゠グリエは、パリの国立農学院を卒業後、植民地果実柑橘類研究所の監督官としてギニアやマルチニック、グアドループなどを回った。53年に、オイディプス神話を下敷きにした小説『消しゴム』 Les Gommes を出版、偏執狂的に精密な描写などの手法が賛否両論を巻き起こした。55年に出版され、やはり論争を起こし、バルトやブランショに支持された『覗く人』 Le Voyeur は、その年の批評家賞を受賞。次いでエディシオン・ド・ミニュイの文芸顧問となり、同出版社は「ヌーヴォー・ロマン」の拠点となっ

た。57年に，妻と隣家の男の様子を嫉妬に悶えながら観察する夫の視点から描かれた『嫉妬』*La Jalousie* を出版。60年代以降も，多様な実験的要素を盛り込んだ作品を発表し続けている。85年の『戻ってきた鏡』*Le Miroir qui revient* から，自伝的な作品を発表し始めた。

●**映画制作** ロブ＝グリエは映画を，想像的なものの表現可能性を映像と音の両面から探求する手段とみなし，60年代からは小説と並行して映画制作にも乗り出し，10本余りの作品に携わっている。アラン＝レネ監督の『去年マリエンバードで』*L'Année dernière à Marienbad*（61）では脚本を担当，63年公開の『不滅の女』*L'Immortelle* からは自らが監督した。他に『快楽の漸進的横滑り』*Glissements progressifs du plaisir*（74）などがある。

●**反人間中心主義** 「ヌーヴォー・ロマン（新しい小説）」とは指導者や綱領の下に集う流派や文学運動ではなく，プルースト，ジョイス，カフカからを先駆者とし，50年代より伝統的な小説とは隔絶した小説を発表していったロブ＝グリエをはじめ，サロート，ビュトール，シモンらの作品に対して，批評やジャーナリズムが使い始めた表現である。したがってロブ＝グリエが63年に出版した『新しい小説のために』*Pour un nouveau roman* も運動の宣言文ではなく，折々に書かれた評論の集成であるが，ここに「ヌーヴォー・ロマン」の総括と理論化に対する作家の意志を見ることはできる。引用したのは61年に雑誌発表されたエッセー，「新しい小説・新しい人間」の一節である。話者の鳥瞰的，客観的視点を否定するロブ＝グリエの小説ではしばしば，執拗に精密な描写，複雑な時間構成，人称の謎めいた使用に出会う。読者には，話者の意識にのぼる映像を刻々とたどることが求められ，それが時に読者の意識に不思議な動揺を引き起こす。読者を巻き込むこうした技法的革新は，人間が世界の中心に安住しているわけではないことを自覚した時代にふさわしい表現を求める，一種の小説の進化論に裏打ちされているのである。

Pour un nouveau roman

Le Nouveau Roman ne propose pas de signification toute faite.

Et l'on arrive à la grande question : notre vie a-t-elle un sens ? Quel est-il ? Quelle est la place de l'homme sur la terre ? On voit tout de suite pourquoi les objets balzaciens étaient si rassurants : ils appartenaient à un monde dont l'homme était le maître ; ces objets étaient des biens, des propriétés, qu'il ne s'agissait que de
5　posséder, de conserver ou d'acquérir. Il y avait une constante identité entre ces

objets et leur propriétaire : un simple gilet, c'était déjà un caractère, et une position sociale en même temps. L'homme était la raison de toute chose, la clef de l'univers, et son maître naturel, de droit divin …

　Il ne reste plus grand-chose, aujourd'hui, de tout cela. Pendant que la classe bourgeoise perdait peu à peu ses justifications et ses prérogatives, la pensée abandonnait ses fondements essentialistes, la phénoménologie occupait progressivement tout le champ des recherches philosophiques, les sciences physiques découvraient le règne du discontinu, la psychologie elle-même subissait de façon parallèle une transformation aussi totale.

　Les significations du monde, autour de nous, ne sont plus que partielles, provisoires, contradictoires même, et toujours contestées. Comment l'œuvre d'art pourrait-elle prétendre illustrer une signification connue d'avance, quelle qu'elle soit ? Le roman moderne, comme nous le disions en commençant, est une recherche, mais une recherche qui crée elle-même ses propres significations, au fur et à mesure. La réalité a-t-elle un sens ? L'artiste contemporain ne peut répondre à cette question : il n'en sait rien. Tout ce qu'il peut dire, c'est que cette réalité aura peut-être un sens après son passage, c'est-à-dire l'œuvre une fois menée à son terme.

『新しい小説(ヌーヴォー・ロマン)のために』

新しい小説は出来合いの意味を提供しはしない。

　ここで大問題にいたる。われわれの人生には意味があるのか？その意味とは？人間は地上でどんな位置を占めているのか？こう考えるとすぐに，なぜバルザック的事物があれほど人を安堵させていたのかがわかる。つまりそれらは人間が主人であるような世界に属していたのである。それらの事物は財産であり所有物であって，それらを所有したり，保存したり，獲得したりすることだけが問題だったのである。それらの事物とその所有者との間には，安定した同一性があった。つまり一着のただのチョッキがすでにひとつの性格であり，同時にひとつの社会的地位でもあったのである。人間は万物の根拠，宇宙を解く鍵であり，生まれながらにして，その神授権的な主人であった……

　今日そうしたことのすべては，もうあまり残っていない。ブルジョワ階級が自己正当化の根拠や特権を少しずつ失っていった間に，思想はその本質主義的な基盤を

放棄し、現象学が哲学的探求の領域全体を次第に占拠してゆき、自然科学が不連続の領域を発見し、心理学自体もそれと並行して、やはり全面的な変革を被ったのだった。

　私たちの周りの世界が持つ意味は、もはや部分的で、一時的で、相互に矛盾すらし、いつでも異議を申し立てられるものでしかなくなった。それなのにどうして芸術作品が、何であれ、前もって認知されたひとつの意味をわかりやすく説明するのだなどと主張できようか？はじめに私たちが言ったように、現代小説はひとつの探求なのであるが、それ自体が徐々に固有の意味を創り出してゆくような探求なのである。現実には意味があるのか？現代の芸術家はこの問いに答えることはできない。そんなことは彼にはわからない。彼が言いうるすべてのこと、それはこの現実は彼が通過した後に、つまりひとたび作品が完成にいたったときに、ひとつの意味を持つかもしれないということである。

マルグリット・デュラス
Marguerite Duras, 1914—96

●仏領インドシナ　1914年にサイゴン郊外で生まれたデュラスは、ヴェトナム語を話し、仏領インドシナの社会と風土の中で育った。両親は教師をしていたが、父親は娘が7歳の時に病死。生活は困窮し、その上母親が植民地管理局から購入した払い下げ地は耕作不能で、一家は破産に追い込まれた。サイゴンでの寄宿生活の後、32年に学業のためパリに行き、39年にロベール・アンテルムと結婚。43年に『厚かましい人々』 *Les Impudents* を出版。戦時中は夫やその親友で、後に再婚相手となったディオニス・マスコロらとともにレジスタンス運動に参加。夫はダハウの強制収容所から奇跡的に生還した。戦後、40年代終わりまで共産党活動をした。50年に出版した『太平洋の防波堤』 *Un barrage contre le Pacifique* の成功以降、旺盛な作家活動を展開した。

●エクリチュールの冒険　ヌーヴォー・ロマンの影響は、『モデラート・カンタービレ』 *Moderato Cantabile*（58）等の作品に見られる。さらにデュラスは59年に発表されたアラン・レネ監督の『ヒロシマ私の恋人』 *Hiroshima mon amour* で初めて映画脚本を手がけ、その後自身の脚本により監督も行った他、戯曲も手がけた。64年の小説『ロル・V・シュタインの歓喜』 *Le Ravissement de Lol V. Stein* から、

75年公開の映画『インディア・ソング』 *India Song* を含む十年以上にわたる連作が始まる。68年の五月革命では，学生による抗議行動に積極的に参加した。69年の『破壊しに，と彼女は言う』 *Détruire, dit-elle* には，小説的な要素を書き込まず，演劇や映画の台本のように登場人物の言動を記す暗示的なエクリチュールへの革新と，保守的で硬直した生き方や社会を批判する政治的色彩とが共に顕著である。80年からは当時学生だったヤン・アンドレアをパートナーとする。デュラスの作品が得た反響の大きさは，84年の『愛人』 *L'Amant* において社会現象にまでなり，同作品はその年のゴンクール賞を受賞した。95年にヤンの協力により『これで，おしまい』 *C'est tout* を書き上げ，96年没。

●『太平洋の防波堤』と『愛人』 30年以上の隔たりを置いて書かれた二作品は，91年の『北中国の愛人』 *L'Amant de la Chine du Nord* とともに，インドシナでの娘時代に経験した実業家の息子との関係と，母を中心とする当時の家族状況を題材とした作品である。しかし『太平洋の防波堤』では相手の青年が中国人であることが明確には示されていなかったことをはじめとして筋立てに違いもあり，文体や形式も著しく異なっているため，二作品の単純な比較は不可能である。読者としてはむしろ，それぞれの魅力を別個に味わうべきだろう。引用した箇所は，実業家の息子ムッシュ・ジョーが愛の証として持参したダイヤモンドを少女が巻き上げる場面である。作品の後半は，このダイヤモンドの売却をめぐって展開してゆく。

Un barrage contre le Pacifique

— Combien elle vaut ?

M. Jo sourit comme quelqu'un qui s'y attendait.

— Je ne sais pas, peut-être vingt mille francs.

Instinctivement Suzanne regarda la chevalière de M. Jo : le diamant était trois
5 fois plus gros que celui-ci. Mais alors l'imagination se perdait ... C'était une chose d'une réalité à part, le diamant ; son importance n'était ni dans son éclat, ni dans sa beauté mais dans son prix, dans ses possibilités, inimaginables jusque-là pour elle, d'échange. C'était un objet, un intermédiaire entre le passé et l'avenir. C'était une clef qui ouvrait l'avenir et scellait définitivement le passé. À travers l'eau pure
10 du diamant l'avenir s'étalait en effet, étincelant. On y entrait, un peu aveuglé, étourdi. La mère devait quinze mille francs à la banque. Avant d'acheter la concession elle avait donné des leçons à quinze francs l'heure, elle avait travaillé à l'Éden chaque soir pendant dix ans à raison de quarante francs par soirée. Au bout

15 de dix ans, avec ses économies faites chaque jour sur ces quarante francs, elle avait réussi à acheter la concession. Suzanne connaissait tous ces chiffres : le montant des dettes à la banque, le prix de l'essence, le prix d'un mètre carré de barrage, celui d'une leçon de piano, d'une paire de souliers. Ce qu'elle ne savait pas jusque-là c'était le prix du diamant. Il lui avait dit, avant de le lui montrer,
20 qu'il valait à lui seul le bungalow entier. Mais cette comparaison ne lui avait pas été aussi sensible qu'en ce moment où elle venait de l'enfiler, minuscule, à l'un de ses doigts. Elle pensa à tous les prix qu'elle connaissait en comparaison de celui-ci et tout à coup, elle fut découragée. Elle se renversa sur le talus et ferma les yeux sur ce qu'elle venait d'apprendre. M. Jo s'étonna. Mais il devait commencer à en
25 avoir l'habitude, de s'étonner, car il ne lui dit rien.

— C'est celle-là qui vous plairait le plus ? demanda-t-il doucement au bout d'un moment.

— Je ne sais pas, c'est la plus chère que je voudrais, dit Suzanne.

『太平洋の防波堤』

「それいくらするの？」

ムッシュ・ジョーは、それを期待していたかのように、微笑んだ。

「よくわからないけど、2万フランくらいじゃないかなあ」

とっさにシュザンヌは、ムッシュ・ジョーの印章つき指輪に目をやった。そのダイヤモンドはこちらのものの3倍はあった。しかし想像力がはたらくのはそこまでだった……。ダイヤモンドというのは、特別の現実感を持ったものだった。その価値は輝きや美しさにあるのではなく、その値段に、それまでの彼女には思いつきもしなかったその交換可能性にあるのだった。それはひとつの道具であり、過去と未来の間に立つものだった。それは未来を開き、過去を決定的に封印する鍵だった。ダイヤモンドのまじりけのない透明さの向こうには、きらめく未来が確実に広がっていて、少し目がくらむような夢見心地で、まさにそこに入ってゆこうとしていたのだ。母親は銀行から1万5千フラン借りていた。払い下げ地を買う前は、時給15フランで教師をやり、一晩40フランずつ稼ぐために10年間毎晩エデン座で働いた。10年たって、その40フランから毎日貯めていったお金でもって、彼女はようやく払い下げ地を買うことができたのだ。シュザンヌはいろいろな数字を知り尽くしていた。銀行への借金の総額、ガソリンの値段、防波堤1メートル四方の経費、ピアノのレッスン1回や靴1足の代金など。彼女がそれまで知らなかったもの、それはダ

イヤモンドの値段だった。彼女にそれを見せる前に，彼は彼女にダイヤモンドひとつでバンガローまるまるひとつ分はすると言っていた。しかしそんな比較も，ほんの小さなそれを自分の指のひとつにはめた今ほどには，ピンと来るものではなかった。彼女はそれと比べてみるために，自分の知っているいろいろなものの値段をあげてみたが，すぐにあきらめた。彼女は土手に仰向けになって，今知ったばかりのことに対して目を閉じた。ムッシュ・ジョーは驚いた。しかし彼は慣れてきたようだ，驚くことに。というのも彼女に何も言わなかったから。

「それが一番気にいったの？」しばらくして彼は静かにたずねた。
「よくわからないけど，一番高いのが欲しいの」シュザンヌは言った。

ミシェル・トゥルニエ
Michel Tournier, 1924—

●**ゲルマン文化と哲学**　トゥルニエは1924年にパリで，カトリックの恵まれた家庭に生まれた。両親や親族の影響で幼い頃からドイツ文化に親しみ，ドイツに何度も滞在したため，ナチズムの脅威にも間近に触れることになった。バシュラールの書物と出会い哲学を志し，ソルボンヌで学ぶ。仲間にはビュトール，フーコー，ドゥルーズらがいた。46年に学士号を得た後，チュービンゲンで4年間ドイツ哲学を学ぶ。48年と49年にはパリの人類博物館で，レヴィ＝ストロースの民族誌学の講義も受けた。49年教授資格試験に失敗し，大学人となることを断念する。

●**作家への道**　その後ドイツ語の翻訳やマス・メディアの仕事などに携わりながら小説を書くことを学び，67年に『フライデーあるいは太平洋の冥界』 *Vendredi ou les Limbes du Pacifique* を発表，高い評価を得る。ゲーテの同名の詩から着想を得た，北方の深い森の神話的世界にナチズムの脅威が影を落とす2作目の『魔王』 *Le Roi des aulnes*（70）の成功をもって，専業作家となる。以後の主な作品に『気象』 *Les Météores*（75），『聖霊の風』 *Le Vent Paraclet*（77）など。象徴性と想像力に富むトゥルニエの物語は，物質性と哲学とが出会うところであり，自然界の諸要素が人間に及ぼす力を読者に思い出させ，世界における人間のありかたや自己の他者との関係の問い直しへと読者を誘う。

●**フライデーに導かれるロビンソン**　『フライデーあるいは太平洋の冥界』において，ダニエル・デフォーの『ロビンソン漂流記』におけるロビンソンとフライデー

の主従関係は覆されてゆく。ここでは漂着した島に文明社会の生産システムと秩序を構築しようと躍起になるロビンソンの支配を，野生人フライデーが意表をつく行動と高らかな笑いによってすり抜けてゆく。彼はロビンソンがその実在を信じる世界とは別の世界に生きているのである。ロビンソンはこうしてフライデーによって，ささやかではあるが，自然と結びついた存在に書きかえられてゆく。

　引用した箇所は，漂着した船からロビンソンが運び出した火薬の側で，フライデーが禁じられていた喫煙をして大爆発を起こし，犬のテンもろとも，大切に保存されていた文明の残滓をことごとく破壊してしまったところである。この爆発はロビンソンを彼の生きてきた社会や秩序から完全に引き離したが，この断絶を，ロビンソン自身も心のどこかで望み始めていたのである。

Vendredi ou les Limbes du Pacifique

　Ainsi Vendredi avait eu raison finalement d'un état de choses qu'il détestait de toutes ses forces. Certes il n'avait pas provoqué *volontairement* la catastrophe. Robinson savait depuis longtemps combien cette notion de volonté s'appliquait mal à la conduite de son compagnon. Moins qu'une volonté libre et lucide prenant
5 ses décisions de propos délibéré, Vendredi était une *nature* dont découlaient des actes, et les conséquences de ceux-ci lui ressemblaient comme des enfants ressemblent à leur mère. Rien apparemment n'avait pu jusqu'ici influencer le cours de cette génération spontanée. Sur ce point particulièrement profond, il se rendait compte que son influence sur l'Araucan avait été nulle. Vendredi avait imperturbablement
10 — et inconsciemment — préparé puis provoqué le cataclysme qui préluderait à l'avènement d'une ère nouvelle. Quant à savoir ce que serait cette ère nouvelle, c'était sans doute dans la nature même de Vendredi qu'il fallait chercher à en lire l'annonce. Robinson était encore trop prisonnier du vieil homme pour pouvoir prévoir quoi que ce fût. Car ce qui les opposait l'un à l'autre dépassait —
15 et englobait en même temps — l'antagonisme souvent décrit entre l'Anglais méthodique, avare et mélancolique, et le «natif» primesautier, prodigue et rieur. Vendredi répugnait par nature à cet ordre terrestre que Robinson en paysan et en administrateur avait instauré sur l'île, et auquel il avait dû de survivre. Il semblait que l'Araucan appartînt à un autre règne, en opposition avec le règne tellurique de son
20 maître sur lequel il avait des effets dévastateurs pour peu qu'on tentât de l'y emprisonner.

『フライデーあるいは太平洋の冥界』

　かくしてフライデーは，彼が全身全霊をこめて嫌ってきた状態にとうとう打ち勝った。たしかに彼はその破局を自分の意志で引き起こしたのではなかった。ロビンソンはずっと前から，この意志という概念がどれほど彼の相棒の行動にそぐわないかを知っていた。故意に決定を下す自由で明晰な意志というよりも，フライデーはひとつの本性であり，行為はそこから生じ，その行為の結果は，子供がその母親に似るように彼に似ていた。これまでにその自然発生の流れに影響を与えることができたものは，見たところ何もなかった。このとりわけ深遠な点において，彼は自分がそのアロカニア族の男に与えた影響など無に等しかったことを理解した。フライデーは新しい時代の到来の前ぶれとなる災厄を平然と——しかも無意識に——準備し，そして引き起こしたわけだ。新しい時代がどんなものか知りたいなら，おそらくフライデーの本性そのものの中にこそ，その兆しを読もうとするべきだった。しかしロビンソンはまだ古い人間の虜でありすぎて，何であれ，それを予見するにはいたらなかった。というのもふたりを対立させていた原因は，理路整然とし，けちで憂鬱なイギリス人と，衝動的で気前がよく，よく笑う「生まれたままの人間」とのあいだのしばしば言われる対立関係を超えた——と同時にそれをも含んだ——ものだったからである。フライデーは，ロビンソンが農民として，また管理者として島に打ち立て，彼がそれに耐えて生きなければならなかったそうした地上的な秩序を生来嫌悪していた。まるでそのアロカニア族の男は，主人の地上的な世界とは対立する別の世界に属していて，彼を少しでもそこに閉じこめようとすれば，その世界に破壊的な結果をもたらすかのようだった。

パトリック・モディアノ
Patrick Modiano, 1945—

●占領時代への遡行　モディアノは1945年7月，パリ郊外に生まれた。父親はユダヤ人で，母親はベルギー出身の女優。2歳下の弟は10歳で病死した。アンリ4世校を卒業後すぐに作家となり，占領下のパリのユダヤ人を描いた処女作『エトワール広場』*La Place de l'Étoile*（68）で高く評価される。『家族手帳』*Livret de famille*（77）など自伝的要素の強い作品のみならず，『パリ環状通り』*Les Boulevards de*

第**8**章　[20世紀Ⅱ]　現代世界のなかの文学

ceinture（72）をはじめとするモディアノの作品には，占領時代に身元を隠して闇の商売をしていた謎の多い父親がしばしば濃い影を落としており，父親探しが主要なテーマのひとつとなっている。強い喪失感と不安につきまとわれ，自己同一性の揺らいだ語り手にとって，父親を探し，父親との関係を問うことは，完結することのない自己回復の試みでもある。

◉**街路の詩学**　モディアノの作品では街路や駅やカフェが重要な舞台となっており，そうした場所と人々の描出が独特の詩情をもたらしている。観光地や地方都市のほか，繰り返し描かれるのは占領下や60年代の薄暗く，欺瞞や悲しみを帯びたパリである。時間軸をさまよいながら断片的にたぐり寄せられてゆく場末での失踪や事件，犯罪，素性のわからぬ怪しげな人物たちの徘徊，昔の新聞や電話帳を手がかりにした過去の再構成などは，推理小説の手法を思わせもする。しかし暗い出来事を取り巻く謎は完全に明かされるわけではなく，それによって人間の不可解さや苦しみが一層浮き彫りになるのである。

◉**みつからない答え**　ゴンクール賞受賞作『暗いブティック通り』*Rue des boutiques obscures*（78）は，探偵事務所に勤める記憶喪失の「私」が失われた過去をさかのぼり，自分が誰なのかを探してゆく物語である。名前も国籍も職業も二転三転するこの探索において，つかみかけるとすりぬけてゆく「私」の実体は，結局鮮明な像を結ぶことがなく，確固とした自己同一性の存在自体が疑われてゆく。こうした探求は，97年の『ドラ・ブリュデール』*Dora Bruder* では，実在したユダヤ人少女の家出から収容所での死までの道筋を埋めて行く作業に向けられる。しかしここでも少女の行動の秘密は秘密のまま残されることによって，かえって歴史の中に生きた個人の意志や自由，生の重みを読者に感じさせるのである。

Rue des boutiques obscures

Une impression m'a traversé, comme ces lambeaux de rêve fugitifs que vous essayez de saisir au réveil pour reconstituer le rêve entier. Je me voyais, marchant dans un Paris obscur, et poussant la porte de cet immeuble de la rue Cambacérès. Alors mes yeux étaient brusquement éblouis et pendant quelques secondes je ne
5　voyais plus rien, tant cette lumière blanche de l'entrée contrastait avec la nuit du dehors.

　À quelle époque cela remontait-il ? Du temps où je m'appelais Pedro McEvoy et où je rentrais ici chaque soir ? Est-ce que je reconnaissais l'entrée, le grand paillasson rectangulaire, les murs gris, le globe au plafond, cerné d'un anneau de cuivre ?

10　Derrière les carreaux vitrés de la porte, je voyais le départ de l'escalier que j'ai eu envie de monter lentement pour refaire les gestes que je faisais et suivre mes anciens itinéraires.

　　Je crois qu'on entend encore dans les entrées d'immeubles l'écho des pas de ceux qui avaient l'habitude de les traverser et qui, depuis, ont disparu. Quelque
15　chose continue de vibrer après leur passage, des ondes de plus en plus faibles, mais que l'on capte si l'on est attentif. Au fond, je n'avais peut-être jamais été ce Pedro McEvoy, je n'étais rien, mais des ondes me traversaient, tantôt lointaines, tantôt plus fortes et tous ces échos épars qui flottaient dans l'air se cristallisaient et c'était moi.

『暗いブティック通り』

　ひとつの印象が私をよぎった。夢全体を復元したくて目覚めたときにつかまえようとする，はかない夢の断片のような印象。暗いパリの中を歩き，カンバセレス通りのこの建物のドアを押す自分の姿が目に浮かんだ。その時突然目がくらみ，何秒間か何も見えなくなった。それほど入り口のその白い光は，外の夜の闇と対照をなしていた。

　それはどの時期にさかのぼったのか？　私がペドロ・マッケヴォイという名で，ここに毎晩帰ってきていた時か？入り口や，大きな長方形の靴拭きや，灰色の壁や，真鍮の輪に縁取られた天井の丸い明りに見覚えがあったか？ドアの格子のついたガラスの向こうに，階段の取っ付きが見えた。それをゆっくり上っていって自分のしていた動作をやり直し，かつての自分の道筋をたどりたいと思った。

　建物の入り口というところには，そこを通りつけていて，その後いなくなってしまった人たちの足音のこだまが，ずっと聞こえているような気がする。彼らが通った後も，何かが振動し続ける。徐々に弱まってゆく，しかし注意すればつかまえることのできる波動。結局のところ，私はそのペドロ・マッケヴォイだったことなどなかったのかもしれない。私は何でもなかった。しかし時にははるかな，時にはもっとはっきりしたいくつもの波動が私をよぎり，空中を漂っていたそうした散り散りのこだまが集まって結晶となる，それが私だった。

●「フランスの文学賞」●

　日々出版される幾多の本の中で，どうして私がこの本を手に取ったのか。今日新刊書とのこうした出会いを，出版社の市場分析と販促戦略，公的機関や財団による出版助成，文芸誌や新聞の書評欄，テレビ番組やシンポジウムへの作家や翻訳者の

登場など，出版業界を横断する多くの力学の介在なしに考えることは，ほとんど不可能だ。そして文学賞も間違いなく，読者を特定の出版物に誘導する役目を果たしているのである。

　現在フランスで小説に与えられる代表的な文学賞は，アカデミー・フランセーズ小説賞，ゴンクール賞，ルノドー賞，アンテラリエ賞，フェミナ賞，メディシス賞の6つで，毎年秋になると，新聞の文芸欄は主要文学賞の候補の話題で賑わう。そして受賞作は帯を巻かれて，クリスマス・プレゼントを選ぶ季節に，書店に平積みされるのである。受賞すれば売り上げが伸びる。中でも1903年に始まったゴンクール賞の近年の受賞作の売り上げは，平均30万部を超えている。したがって出版社の多くは，しばしばあの手この手で自社の作品に賞をもたらそうとするし，嫉妬と羨望交じりに「ガリグラスイユ（大手出版社のガリマール，グラッセ，スイユ）は談合で賞と売れ行きを分け合っている」などと言われるのである。

　文学作品と読者との関係のありかたを考えるとき，文学賞の功罪を断定するのは難しい。ただ確かなのは，受賞作の年表は，1932年のセリーヌの『夜の果ての旅』のような，画期的でありながら賞から外れた作品の記憶とともに，それぞれの時代の社会と文学に関する一級の資料であるということだ。

　今後文学賞はどうなってゆくだろうか。インターネットの普及によって小さなメディアが成立しやすくなり，双方向的な発信が進むことで，文学賞の選考形態や出版業界と読者との関係に，どのような変化が生まれるだろうか。（永井）

3　国境を越える文学

▶フランス語圏文学　　現在，フランス語はおよそ50カ国・地域で日常的に使われ，フランス語を話す人口は優に3億人を超える。「フランス文学」をフランス語で書かれた文学と解釈すれば，その地理的範囲は当然フランス本土の国境を越え，ベルギーやスイスなど近隣のフランス語圏をも越えて，絶対王政以来の植民地政策によってフランス語圏となったカナダのケベック，北アフリカのマグレブ諸国（モロッコ，アルジェリア，チュニジア），ブラック・アフリカ，中南米（ハイチ，アンチル諸島），インド洋西部（レユニオン島，モーリシャス島）を含むグローバルな規模へと大きく広がる。とりわけ，非ヨーロッパの旧植民地では，独立後長い時間を経るにつれて，フランス語そのものが，かつての支配者の言語から，それぞれの地域に固有の言語と文化に根差した独自の表現に道

を開く文化的な国際語へと，積極的な質転換を遂げつつある。フランス語が多様性を受け入れる言語へと変貌する中で，現代フランス語圏文学は，今後の世界文学に占める「フランス文学」の広大な沃野を予兆する豊饒な展開を見せている。

　1992年はコロンブスによる新大陸「発見」500周年の年だった。この年，カリブ海の英語圏の島，セント＝リュシア島の詩人デレク・ウォルコット Derek Walcott がノーベル文学賞を受賞し，やはりカリブ海のフランス海外県マルチニック島の作家パトリック・シャモワゾー Patrick Chamoiseau がフランスで最も重要な文学賞であるゴンクール賞を受賞した。植民地主義と黒人奴隷制度の長い歴史の中で醸成された複合型の特異な文化を持つカリブ海は，東西新旧両世界の間に位置すると同時に南北対立の中間にも位置する。近代世界のシステムの交差するこの場所から発信された文学が現代世界に対して普遍的な訴求力を持っていることは21世紀の文学の方向性を考えるうえで注目すべきことと言えるだろう。

▶亡命作家たち　言語帝国主義の歴史がフランス語圏文学を産んだ一方で，移民や亡命者を受け入れる人権尊重主義の歴史がフランス語で執筆する外国人の優れた文学活動を産んでいる事実も忘れてはなるまい。ハンガリー動乱でスイスに亡命したアゴタ・クリストフ Agota Kristof や「プラハの春」の挫折後フランスに亡命したミラン・クンデラ Milan Kundera をはじめ，文学理論家のジュリア・クリステヴァ Julia Kristeva やツヴェタン・トドロフ Tzvetan Todorov といった東欧出身の亡命知識人たちは皆，彼らにとって母語ではないフランス語によって発信し，現代フランス文学の中に確固たる位置を占めているのである。1989年はフランス革命200周年の年であったが，同時に，「ベルリンの壁」が崩壊し，近代世界のシステムが再編成された年でもあった。人間の移動が世界的な規模で一段と活発化する中，「フランス文学」は今後さらに，「周縁」や「外部」や「他者」によるダイナミックな活性化作用を受け続けていくことだろう。

第**8**章 ［20世紀Ⅱ］ 現代世界のなかの文学

代表的作家と作品

クレオール文学

●「ネグリチュード」から「クレオール性」へ　フランスの旧植民地からフランス語で発信した作家たちと言えば，セネガルの詩人サンゴール Léopold Sédar Senghor やマルチニックの詩人エメ・セゼール Aimé Césaire が有名である。彼らの提唱した「ネグリチュード」négritude 運動は，白人優位の植民地主義に対するアンチテーゼであり，抑圧された「アフリカ性」や「黒人性」の回復のためのイデオロギー運動であった。それに対して，「クレオール」créole（語源的には植民地の黒人奴隷，後に植民地生まれの白人を指すなど，時代と場所によって語義の変化が著しいが，最近では土着語と西欧語の混成語という言語学的な意味を基本に，多様な根を持つ複合型文化の美学一般を指す場合が多い）の文学運動は，フランス本国の同化政策に対する抵抗というイデオロギー性を持ちつつも，みずからの歴史的現実と独自な文化的想像界の直視に重点を置く点で，本質的に個別的な運動でありながら普遍性を持った運動の様相を呈している。実際，「クレオール性」créolité は，民族的文化的言語的な「混成性」を指す言葉として，より広い意味で用いられる傾向にある。したがって，クレオールの文学は，フランス語圏に限ったものではなく英語圏，スペイン語圏，ドイツ語圏，中国語圏，さらには日本語圏においてすら十分適用できる意味の広がりを持っており，今後21世紀の世界文学におけるキーワードとなることは間違いないだろう。

●カリブ海の風　現代フランス文学の世界で，ここ十数年来，めざましい活躍をしているのが，カリブ海のフランス海外県マルチニック島の作家たち，とりわけ，フランス語での小説第一作『ニグロと提督』*Le Nègre et l'Amiral*（1988）以来『コーヒーの水』*Eau de Café*（91）などクレオールの想像界を描き続けるラファエル・コンフィアン Raphaël Confiant（51-）や1992年に『テキサコ』*Texaco* でゴンクール賞を受けたパトリック・シャモワゾー（53-　左上の写真）たちである。ネグリチュードのセゼールを第一世代，「アンチル性」を唱えクレオールの言語表現に道を開いたエドゥワール・グリッサン Édouard Glissant（28-）を第二世代とすれば，第三世代の彼らは，宣言書『クレオール性礼賛』*Éloge de la Créolité*（89）によって，「われわれ」によるフランス語の「征服」，単一性志向に対する「ディヴ

319

ェルサリテ」を提唱する。彼らの遠い祖先がアフリカから強制移住させられた1635年はアカデミー・フランセーズ創設による国語統一政策の年でもあった。2000年を超えた今,「フランス文学」はクレオール性による豊饒な揺さ振りを受けている。

引用は, コンフィアン, シャモワゾーと言語学者のジャン・ベルナベ Jean Bernabé (42-) が起草したクレオール文学宣言とも呼ぶべき『クレオール性礼賛』のラスト部分。語源的には「ひとつにすること」を意味する universalité に対して,「多にすること」を意味する新しい概念 diversalité を力強く提唱している。

Éloge de la Créolité

Notre créolité devra s'acquérir, se structurer, se préserver, tout en se modifiant et tout en avalant. *Subsister dans la diversité*. L'application de ce double mouvement favorisera notre vitalité créatrice en toute authenticité. Cela nous évitera aussi un retour à l'ordre totalitaire de l'ancien monde, rigidifié par la tentation de
5　l'Un et du définitif. Au cœur de notre créolité, nous maintiendrons la modulation de lois nouvelles, de mélanges illicites. Car nous savons que chaque culture n'est jamais un achèvement mais une dynamique constante chercheuse de questions inédites, de possibilités neuves, qui ne domine pas mais qui entre en relation, qui ne pille pas mais qui échange. Qui respecte. C'est une folie occidentale qui a brisé ce
10　naturel. Signe clinique : les colonisations. La culture vivante, et la Créolité encore plus, est une excitation permanente de désir convivial. Et si nous recommandons à nos créateurs cette exploration de nos particularités c'est parce qu'elle ramène au naturel du monde, hors du *Même* et de *l'Un*, et qu'elle oppose à l'Universalité, la chance du monde diffracté mais recomposé, l'harmonisation consciente des diver-
15　sités préservées : la DIVERSALITÉ.

『クレオール性礼賛』

われわれのクレオール性は, 一方で自らを変容し, 養分を惜しみなく吸収しながらも, 他方で自らを獲得し, 自らを構造化し, 自らを保存しなければならない。多様性のうちに在り続けること。この二重の運動の実践が, われわれの創造の活力を全面的な真正さのうちに保つだろう。それはまた,「一なるもの」と決定的なものの誘惑によって硬直化した旧世界の全体主義的な秩序への回帰を防いでくれるはずだ。われわれのクレオール性の中心で, われわれは新しい法と違法の混交との調整を図り続けよう。というのも, われわれは, 各々の文化がひとつの完成では決して

なく，これまでになかった問題や新しい可能性を求める恒常的な力学であり，支配するのではなく関係をつけ，略奪するのではなく交換する，そういう恒常的な力学なのだということを知っているからだ。この力学は他者を尊重するのである。このような自然性を破壊したのが西欧の狂気であり，その臨床所見が植民地化である。生きた文化とは，そしてさらに言えばクレオール性とは，共生願望の絶え間ない刺激である。われわれが，われわれの作家たちに，われわれ自身の個別性を探索するように薦めるのは，その探索が同一なるものや一なるものの外へ，世界の自然性へと連れ戻してくれるからであり，その探索が目指すのは，「ユニヴェルサリテ」に対立して，迂折してはいるが再構成された世界の僥倖，保存された諸々の多様性を意識的に調和させるものとしての「ディヴェルサリテ」に他ならないからである。

ミラン・クンデラ
Milan Kundera, 1929—

●亡命作家クンデラ　チェコ出身のクンデラは，幼時からピアノと作曲を学ぶ傍ら，早くから詩作を始め，やがて小説に専念するようになる。1967年，小説『冗談』 *La Plaisanterie* が出版・映画化されて脚光を浴び，「プラハの春」の代表的な作家として活躍するが，68年，ワルシャワ条約機構軍のチェコ侵入によって「プラハの春」は挫折。以降，共産党を除名され，プラハ映画学院の職も追われ，作品はすべて発禁となる。75年，フランスに亡命し，作家活動を継続。やがてフランスの市民権を取得した後，85年から自作小説のフランス語訳を全面的に見直して「チェコ語のテクストと同じ価値の真正さ」を与え，さらに，評論『裏切られた遺言』*Les Testaments trahis*（93）以後，作品はすべて最初からフランス語で書いて発表するようになった。

●ユーモアと皮肉と　クンデラの小説の多くは七章構成で，各章は番号を打った節に細分され，個々の文章には小気味良いリズムと反復があり，全体がひとつの楽曲的空間となっている。『冗談』以降，『微笑を誘う愛の物語』*Risibles amours*（1970），『生は彼方に』*La Vie est ailleurs*（73），『別れのワルツ』*La Valse aux adieux*（76），『笑いと忘却の書』*Le Livre du rire et de l'oubli*（79），『存在の耐えられない軽さ』*L'Insoutenable légèreté de l'être*（84）など一連の小説でクンデラは，共産主義体制下の時代を背景に，愛と性のすれちがい，歴史や現代に対する

批判といったテーマを繰り返し変奏する一方，評論『小説の技法』*L'Art du roman*（86）や『裏切られた遺言』で，ヨーロッパ文学の再評価を試みつつ，みずからの小説哲学と方法論を語っている。小説でも評論でも常にユーモアと皮肉に満ちたクンデラの文体は，みずからが生きた，そして生きつつある現代世界の歴史に対する，また，表現形式としての小説の可能性に対する鋭い問題意識に裏打ちされたものである。1989年の「ベルリンの壁」崩壊直後に発表された傑作『不滅』*L'Immortalité*（90）は，ポリフォニックな恋愛小説を枠組としながら，小説論，文明論，哲学的省察などクンデラの多面的な思想を統合した大作であり，小説家クンデラのひとつの頂点をなす作品である。

　引用は，クンデラ得意の「キッチュ（俗悪なもの・画一的なもの・無思考的なもの）」批判が，ユーモラスかつ哀切に描かれた散文詩的な部分。羞恥の個人主義に立脚した現代文明批判の辛味も感じられる。

L'Immortalité

　Le trottoir grouillait de monde et l'on avançait difficilement. Devant elle, deux longues silhouettes de Nordiques aux joues blêmes, aux cheveux jaunes, se frayaient un chemin dans la foule : un homme et une femme, dominant de deux bonnes têtes la masse mouvante des Français et des Arabes. L'un et l'autre
5　portaient un sac rose sur le dos, et sur le ventre, dans un harnais, un nourrisson. Bientôt ils disparurent, remplacés par une femme vêtue d'une large culotte qui s'arrêtait au genou, suivant la mode de l'année. Son derrière, dans une telle tenue, paraissait encore plus gros et plus proche du sol ; ses mollets, nus et blancs, ressemblaient à une cruche rustique ornée d'un relief de varices bleu pervenche,
10　enchevêtrées comme un nœud de petits serpents. Agnès songea : cette femme aurait pu trouver vingt autres manières de s'habiller pour rendre son derrière moins monstrueux et dissimuler ses varices. Pourquoi ne le fait-elle pas ? Non seulement les gens ne cherchent plus à être beaux quand ils se trouvent parmi les autres, mais ils ne cherchent même pas à éviter d'être laids !
15　Elle se dit : un jour, quand l'assaut de la laideur sera devenu tout à fait insupportable, elle achètera chez une fleuriste un brin de myosotis, un seul brin de myosotis, mince tige surmontée d'une fleur miniature, elle sortira avec lui dans la rue en le tenant devant son visage, le regard rivé sur lui afin de ne rien voir d'autre que ce beau point bleu, ultime image qu'elle veut conserver d'un monde

20 qu'elle a cessé d'aimer. Elle ira ainsi par les rues de Paris, les gens sauront bientôt la reconnaître, les enfants courront à ses trousses, se moqueront d'elle, lui lanceront des projectiles, et tout Paris l'appellera : *la folle au myosotis…*

『不滅』

　歩道は人でごったがえしていて，なかなか前に進めなかった。彼女の前では，青白い頬と黄色い髪をした北欧人カップルの長いシルエットが群集をかきわけて進んでいた。男と女は，フランス人とアラブ人の動く塊から優に頭二つ分抜き出ていた。二人とも，背中にピンク色のバッグを背負い，前のベルト袋に赤ん坊を入れていた。まもなくカップルが消えると今度は，その年の流行に従って，膝までのゆったりしたキュロットを身につけた女に代わった。その女のお尻は，そんな恰好だと，いっそう大きく，いっそう垂れ下がって見えた。そのむきだしの白いふくらはぎは，小さい蛇がとぐろを巻いたように絡まり合った薄青い静脈瘤の浮き彫りで飾った田舎風の壺に似ていた。アニエスは思った。この女は，そのお尻をもっと小さく見せたり，静脈瘤を隠したりするような服装をしようと思えば，二十通りもやり方が見つけられたはずなのに。どうしてそれをしないのかしら。人々はもはや，他人の中にいる時に美しくあろうとしないばかりでなく，醜くあることを避けもしないのだわ！

　彼女は思った。いつか，醜さの襲撃にまったく耐えられなくなったら，花屋さんで忘れな草を一本，小さな花を乗せた細い茎の忘れな草を一本だけ買って，それを持って街に出よう。彼女が愛することをやめた世界から保存しておきたい最後のイメージであるこの青く美しい点以外のものは何も見えないようにするために，眼の前にそれを掲げて，視線をそれにじっと注いだまま。彼女はそうやってパリの街という街に出てゆくだろう。やがて，人々は彼女を見覚えるようになり，子供たちは彼女の尻について歩き，彼女をからかい，いろんなものを雨あられと

カンディンスキー『青い環』

投げつけるだろう。そしてパリじゅうが彼女をこう呼ぶだろう。忘れな草の気狂い女、と……

参 考 文 献

　ここでは，1）フランス文学・文化全体に関する文献，2）各世紀ごとの全体に関する文献，3）各作家の作品の翻訳を，ピックアップして掲載する。翻訳については，「代表的作家と作品」で引用したものに限定し，他に全集，選集その他補うべきものがある場合は，適宜紹介してある。なるべく入手しやすい年代の新しい文献を掲載するように努めているが古い文献もある。また，ごく少数ではあるが，翻訳で読むことのできない作品もあることをお断りしておく。

フランス文学・文化全体に関するもの

『フランス文学講座』（全6巻：第1巻「小説1」，第2巻「小説2」，第3巻「詩」，第4巻「演劇」，第5巻「思想」，第6巻「批評」）大修館書店，1976～80

田村毅・塩川徹也編『フランス文学史』東京大学出版会，1995

渡辺守章・塩川徹也編『フランスの文学　17世紀から現代まで』放送大学教育振興会，1998

饗庭孝男・朝比奈誼・加藤民男編『新版　フランス文学史』白水社，1992

篠沢秀夫『篠沢フランス文学講義』（全5巻）大修館書店，1979～1988（2000）

渡辺一夫・鈴木力衛『増補　フランス文学案内』岩波文庫，1990

新倉俊一他編『事典　現代のフランス』（増補版）大修館書店，1997

菅野昭正他編『読む事典　フランス』三省堂，1990

清水徹・根本長兵衛監修『フランス』《読んで旅する世界の歴史と文化》，新潮社，1993

渡辺守章・山口昌男・蓮見重彦『フランス』岩波書店，1983

窪田般彌責任編集『フランス詩体系』青土社，1989

安藤元雄・入沢康夫・渋沢孝輔編『フランス名詩選』岩波文庫，1998

安藤元雄『フランス詩の散歩道〈新版〉』白水社，1996

渡辺守章『劇場の思考』岩波書店，1984

野崎歓『フランス小説の扉』白水社，2001

E. R. クルティウス『フランス文化論』大野俊一訳，みすず書房，1977

ミシェル・フーコー『言葉と物』渡辺一民・佐々木明訳，新潮社，1972

ロラン・バルト『零度のエクリチュール』渡辺淳・沢村昂一訳，みすず書房，1971

『世界文学大事典』（全6巻）集英社，1996～97
〈フランス語で書かれた文学史の参考書〉
ボルダス Bordas 社刊の A. Lagarde, L. Michard,《Collection Littéraire Lagarde et Michard》シリーズ（中世～20世紀，世紀別巻）が便利．

第1章　中世

〈全体に関するもの〉
マルク・ブロック『封建社会』（全2巻）新村猛他訳，みすず書房，1973～77
ピエール=イヴ・バデル『フランス中世の文学生活』原野昇訳，白水社，1993
新倉俊一『ヨーロッパ中世人の世界』ちくま学芸文庫，1998
ストリューベル，ブーテ『中世フランス文学入門』神沢栄三訳，《文庫クセジュ》白水社，1983
ジャン・フラピエ『聖杯の神話』天沢退二郎訳，筑摩書房，1990
〈翻　訳〉
新倉俊一・神沢栄三・天沢退二郎編訳『フランス中世文学集』（全4巻）白水社，1990～1996（『ロランの歌』，クレチアン・ド・トロワ「ペルスヴァルまたは聖杯の物語」，ベルール『トリスタン物語』，ベルナルト・デ・ヴェンタドルン「陽の光を浴びて雲雀が」，ヴィヨン『遺言詩集』を含む）
ギヨーム・ド・ロリス，ジャン・ド・マン『薔薇物語』篠田勝英訳，平凡社，1996
鈴木覚・福本直之・原野昇編訳『狐物語』白水社，1994
沓掛良彦編訳『トルバドゥール恋愛詩選』平凡社，1996
ヴィヨン『ヴィヨン詩集成』天沢退二郎訳，白水社，2000

第2章　16世紀

〈全体に関するもの〉
ヴェルダン=ルイ・ソーニエ『十六世紀フランス文学』二宮敬・荒木昭太郎・山崎庸一郎訳，《文庫クセジュ》白水社，1990
平川祐弘『ルネサンスの詩』《講談社学術文庫》1987
マドレーヌ・ラザール『ラブレーとルネサンス』篠田勝英・宮下志朗訳，《文庫クセジュ》白水社，1981
二宮敬『フランス・ルネサンスの世界』筑摩書房，2000
〈翻　訳〉
ラブレー『ガルガンチュワとパンタグリュエル物語』渡辺一夫訳（全5巻），岩波

書店，1973〜1975
マルグリット・ド・ナヴァール『エプタメロン』平野威馬雄訳，筑摩書房，1995
ロンサール『ロンサール詩集』井上究一郎訳，岩波文庫，1974
モンテーニュ『新選モンテーニュ随想録』（新装版）関根秀雄訳，白水社，1998
なお，ドービニエ，マロ，セーヴ，デュ・ベレーの4詩人の作品については，二宮敬編『ルネサンス文学集』《世界文学大系》74（筑摩書房，1964）の中に収められた「フランス・ルネサンス名詩選」に抄訳がある。

第3章　17世紀

〈全体に関するもの〉
ポール・ベニシュー『偉大な世紀のモラル──フランス古典主義文学における英雄的世界像とその解体』朝倉剛・羽賀賢二訳，法政大学出版局，1993
ノルベルト・エリアス『宮廷社会』波田節夫他訳，法政大学出版局，1981
ポール・アザール『ヨーロッパ精神の危機』野沢協訳，法政大学出版局，1990
〈翻　訳〉
デカルト『方法序説』谷川多佳子訳，岩波文庫，1997
　　　　『デカルト著作集』三宅徳嘉他訳，白水社，2001
コルネイユ『コルネイユ名作集』岩瀬孝他訳，白水社，1975
パスカル『パンセ』由木康訳，白水社，1990
　　　　『パスカル著作集』田辺保訳，教文館，1980
ラ・ロシュフコー『ラ・ロシュフコー箴言集』二宮フサ訳，岩波文庫，1989
ラ・フォンテーヌ『寓話』今野一雄訳，岩波書店，1972
セヴィニエ夫人『セヴィニエ夫人手紙抄』井上究一郎訳，岩波文庫，1943
モリエール『町人貴族』鈴木力衛訳，岩波文庫，1955
　　　　　『モリエール全集』鈴木力衛訳，中央公論社，1973
ラシーヌ『フェードル・アンドロマック』渡辺守章訳，岩波文庫，1993
　　　　『ラシーヌ戯曲全集』渡辺守章訳，白水社，1979
ラ・ファイエット夫人『クレーヴの奥方』生島遼一訳，岩波文庫，1976
ラ・ブリュイエール『カラクテール：当世風俗誌』関根秀雄訳，岩波文庫，1977
ペロー『完訳ペロー童話集』新倉朗子訳，岩波文庫，1982

第4章　18世紀

〈全体に関するもの〉

エルンスト・カッシーラー『啓蒙主義の哲学』中野好之訳，紀伊國屋書店，1962

ピーター・ゲイ『自由の科学——ヨーロッパ啓蒙思想の社会史』中川久定他訳，ミネルヴァ書房，Ⅰ：1982，Ⅱ：1986

ロジェ・シャルチエ『フランス革命の文化的起源』松浦義弘訳，岩波書店，1999

ジャン・スタロビンスキー『自由の創出——十八世紀の芸術と思想』小西嘉幸訳，白水社，1982

ウルリヒ・イム・ホーフ『啓蒙のヨーロッパ』成瀬治訳，平凡社，1998

〈翻　訳〉

モンテスキュー『法の精神』野田良之他訳（全3巻），岩波文庫，1989

ヴォルテール『哲学書簡』林達夫訳，岩波文庫，1980

ディドロ，ダランベール編『百科全書——序論および代表項目』桑原武夫訳編，岩波文庫，1971

ダランベール「『百科全書』序論」（『ヴォルテール　ディドロ　ダランベール』佐々木康之訳《世界の名著》35，中央公論社，1992所収）

ルソー『エミール』今野一雄訳（全3巻），岩波文庫，1962〜64
　　　『新エロイーズ』安士正夫訳（全4巻），岩波文庫，1960〜61
　　　『告白』桑原武夫訳（全3巻），岩波文庫，1965〜66
　　　『社会契約論』桑原武夫・前川貞次郎訳，岩波文庫，1954
　　　『ルソー全集』（全14巻+別巻2）白水社，1978〜84（主要著作を新書版に編集した『ルソー選集』もある）

ディドロ『ダランベールの夢　他四篇』新村猛訳，岩波文庫，1958
　　　『ラモーの甥』本田喜代治・平岡昇訳，岩波文庫，1964
　　　『ディドロ著作集』小場瀬卓三・平岡昇監修（全3巻），法政大学出版局，1976〜89

マリヴォー『新マリヴォー戯曲集』井村順一・佐藤美枝・鈴木康司訳，大修館書店，1989〜刊行中
　　　『マリヴォー／ボーマルシェ名作集』白水社，1977

ボーマルシェ『フィガロの結婚』辰野隆訳，岩波文庫，1976
　　　『マリヴォー／ボーマルシェ名作集』白水社，1977

プレヴォー『マノン・レスコー』河盛好蔵訳，岩波文庫，1957
　　　『マノン・レスコー』青柳瑞穂訳，新潮文庫，1972

ラクロ『危険な関係』伊吹武彦訳（全2巻），岩波文庫，1965

第5・6章　19世紀

〈全体に関するもの〉

平島正郎・菅野昭正・高階秀爾『徹底討議　19世紀の文学・芸術』（新装版）青土社，2000

ドミニック・ランセ『十九世紀フランス文学の展望』加藤民男訳，《文庫クセジュ》白水社，1980

マリオ・プラーツ『肉体と死と悪魔』倉智恒夫他訳，国書刊行会，1986

古屋健三・小潟昭夫編『19世紀フランス文学事典』慶応義塾大学出版会，2000

ヴァルター・ベンヤミン『パサージュ論』（全5巻）今村仁司・三島憲一他訳，岩波書店，1993〜95

宇佐美斎編『フランス・ロマン主義と現代』筑摩書房，1991

〈翻　訳〉

シャトーブリアン『アタラ・ルネ』畠中敏郎訳，岩波文庫，1938

ラマルチーヌ『ラマルチーヌ詩集』窪田般彌訳，ほるぷ出版，1983

ヴィニー『運命』平岡昇訳《世界名詩集大成》2，平凡社，1960

ユゴー『レ・ミゼラブル』辻昶訳（全5巻），講談社文庫，1975〜76
　　　『ヴィクトル・ユゴー文学館』辻昶・松下和則他訳（全10巻），潮出版社，2000〜2001

ミュッセ『ロレンザッチョ』渡辺守章訳，朝日出版社，1993

ネルヴァル『ネルヴァル全集』（全6巻）田村毅・丸山義博編，筑摩書房，1997〜2003

サンド『魔の沼』杉捷夫訳，岩波文庫，1952

ミシュレ『ジャンヌ・ダルク』森井真・田代葆訳，中公文庫，1987

スタンダール『赤と黒』小林正訳（上下），新潮文庫，1958
　　　　　『スタンダール全集』（新装版，全12巻）人文書院，1977〜78

バルザック『ゴリオ爺さん』高山鉄男訳（上下），岩波文庫，1997
　　　　『バルザック全集』（全26巻）東京創元社，1973〜76
　　　　『バルザック「人間喜劇」セレクション』（全13巻＋別巻2）藤原書店，1999〜刊行中

メリメ『カルメン』工藤庸子訳，新書館，1997
　　　『メリメ全集』（全7巻）河出書房新社，1977〜79（ただし第7巻は未刊）

フロベール『ボヴァリー夫人』伊吹武彦訳（上下）岩波文庫，1971
　　　　『フローベール全集』（全10巻＋別巻1）筑摩書房，1965～70
ゾラ『居酒屋』古賀照一訳，新潮文庫，1970
　　『居酒屋』清水徹訳（『フランスII』《集英社ギャラリー　世界の文学》7，集英社，1990所収）
モーパッサン『女の一生』斎藤昌三訳，集英社文庫，1978
　　　　『モーパッサン全集』（全3巻）春陽堂，1965～66
ゴーチエ「芸術」安藤俊次訳（前掲『フランス詩大系』青土社に所収）
　　　　『死霊の恋・ポンペイ夜話』田辺貞之助訳（他3編），岩波文庫，1982
ボードレール『悪の華』安藤元雄訳，集英社文庫，1991
　　　　『ボードレール全集』阿部良雄訳（全6巻），筑摩書房，1983～93
ヴェルレーヌ『ヴェルレーヌ詩集』野村喜和夫訳編，思潮社，1995
ランボー『ランボー全詩集』宇佐美斉訳，ちくま文庫，1996
　　　　『ランボー全詩集』平井啓之他訳，青土社，1994
マラルメ『マラルメ詩集』鈴木信太郎訳，岩波文庫，1963
　　　　『マラルメ全集』松室・菅野・清水・阿部・渡辺編（全6巻），筑摩書房，1981～刊行中
ロートレアモン『マルドロールの歌』藤井寛訳，福武文庫，1991
　　　　『ロートレアモン全集』石井洋二郎訳，筑摩書房，2001
ヴェルヌ『海底二万里』朝比奈美知子訳（上下）岩波文庫，2007
ユイスマンス『さかしま』澁澤龍彦訳，河出文庫，2002
メーテルランク『ペレアスとメリザンド』杉本秀太郎訳（対訳），岩波文庫，1988

第7・8章　20世紀

〈全体に関するもの〉
ジャン＝イヴ・タディエ『二十世紀の小説』牛場暁夫・鈴木順二・比留川彰訳，大修館書店，1995
――『二十世紀の文学批評』西永良成・山本伸一・朝倉文博訳，大修館書店，1993
ジャクリーヌ・シェニウー＝ジャンドロン『シュルレアリスム』星埜守之・鈴木雅雄訳，人文書院，1997
桜井哲夫『戦争の世紀――第一次世界大戦と精神の危機』平凡社新書，1999
〈翻　訳〉
クローデル『真昼に分かつ』鈴木力衛・渡辺守章訳（『クローデル，ヴァレリー』

参考文献

《筑摩世界文学大系》56，筑摩書房，1976所収）
ジッド『贋金つくり』川口篤訳（上下），岩波文庫，1962
プルースト『失われた時を求めて』井上究一郎他訳，新潮社，1974
　　　　　『失われた時を求めて』鈴木道彦訳，集英社，2001
ヴァレリー『テスト氏との一夜』小林秀雄訳（『クローデル，ヴァレリー』《筑摩世界文学大系》56，筑摩書房，1976所収）
　　　　　『ヴァレリー全集』筑摩書房，1967〜83
アポリネール『アポリネール全集』堀口大學他訳，青土社，1979
　　　　　　『アポリネール詩集』窪田般彌編訳，小沢書店，1992
コクトー『ポトマック』澁澤龍彦訳（新装版），河出文庫，2000
ブルトン『シュルレアリスム宣言・溶ける魚』巖谷國士訳，岩波文庫，1992
ベルナノス『悪魔の陽のもとに』山崎庸一郎訳（新装版），春秋社，1999
セリーヌ『夜の果ての旅』生田耕作訳（上下），中公文庫，1978
　　　　『セリーヌの作品』生田耕作編集，国書刊行会，1980〜
マルロー『マルロー』滝田文彦他訳，《新潮世界文学》45，新潮社，1970
サン゠テグジュペリ『星の王子さま』内藤濯訳，岩波少年文庫，1953
バタイユ『青空』天沢退二郎訳，晶文社，1968
　　　　『死者／空の青み』伊東守男訳，二見書房，1971
アルトー『アントナン・アルトー著作集　演劇とその分身』安堂信也訳，白水社，1996
サルトル『サルトル全集第24巻　アルトナの幽閉者』永戸多喜雄訳，人文書院，1961
カミュ『ペスト』宮崎嶺雄訳，新潮文庫，1969
ポンジュ『フランシス・ポンジュ詩集』阿部良雄編訳，小沢書店，1996
バルト『恋愛のディスクール・断章』三好郁朗訳，みすず書房，1980
ロブ゠グリエ『新しい小説のために　付―スナップ・ショット』平岡篤頼訳，新潮社，1967
デュラス『太平洋の防波堤』田中倫郎訳，河出文庫，1992
トゥルニエ『フライデーあるいは太平洋の冥界』榊原晃三訳，岩波書店，1996
モディアノ『暗いブティック通り』平岡篤頼訳，講談社，1979
ベルナベ，コンフィアン，シャモワゾー『クレオール礼賛』恒川邦夫訳，平凡社，1997
『現代思想』クレオール特集，1997年1月号，青土社

クンデラ『不滅』菅野昭正訳，集英社，1999
西永良成『ミラン・クンデラの思想』平凡社，1998

フランス文学史　略年表

西　暦	主　要　事　項
800	シャルルマーニュの戴冠
842	『ストラスブールの誓約』
843	ヴェルダン条約（フランク王国三分）
987	カペー朝成立
1040頃	『聖アレクシス伝』
1096	第1回十字軍
1100頃	『ロランの歌』
1170頃	パリ大学成立
	ベルナルト・デ・ヴェンタドルン詩作
1175頃	『狐物語』初期枝篇
	マリ・ド・フランス『短詩』
1180頃	クレチアン・ド・トロワ『ランスロまたは荷車の騎士』
1185頃	クレチアン・ド・トロワ『ペルスヴァルまたは聖杯の物語』
1190頃	ベルール『トリスタン物語』
1230頃	ギヨーム・ド・ロリス『薔薇物語』
1270頃	ジャン・ド・マン『薔薇物語』
1302	三部会招集
1309	ジョワンヴィル『聖ルイ王伝』
1328	ヴァロワ朝成立
1339	英仏百年戦争（-1453）
1347	ペストの大流行（-1348）
1378	教会大分裂(-1417)
1392	ユスターシュ・デシャン『作詩の法』
1431	ジャンヌ・ダルク火刑
1445頃	グーテンベルク印刷術を発明
1461	ヴィヨン『遺言詩集』
1462	『新百物語』
1492	コロンブスが西インド諸島に到達
1494	イタリア戦争
1517	ルター「95カ条の提題」

西暦	主要事項
1530	王立教授団設立
1532	ラブレー『パンタグリュエル物語』
	マロ『クレマンの若き日』
1534	ラブレー『ガルガンチュア物語』
	檄文事件
1539	ヴィレール゠コトレの勅令
1541	カルヴァンの宗教改革
1544	セーヴ『デリー』
1545	トリエント公会議（-1563）
1549	デュ・ベレー『フランス語の擁護と顕揚』
1550	ロンサール『オード集』（-1552）
1558	デュ・ベレー『哀惜詩集』
1559	マルグリット・ド・ナヴァール『エプタメロン』
1562	ユグノー戦争（-98）
1572	聖バルテルミーの大虐殺
1580	モンテーニュ『エセー』
1589	ブルボン朝成立
1598	ナントの勅令
1607	デュルフェ『アストレ』（-27）
1616	ドービニエ『悲愴歌』
1618	三十年戦争（-48）
1635	アカデミー・フランセーズ創設
1637	デカルト『方法序説』
	コルネイユ『ル・シッド』
1648	ウェストファリア条約
	フロンドの乱（-53）
1661	ルイ14世親政開始
1664	ラ・ロシュフコー『箴言集』
1666	モリエール『人間嫌い』
1668	ラ・フォンテーヌ『寓話詩』
1670	パスカル『パンセ』
	モリエール『町人貴族』
1674	ボワロー『詩法』
1677	ラシーヌ『フェードル』

西暦	主要事項
1678	ラ・ファイエット夫人『クレーヴの奥方』
1685	ナントの勅令廃止
1688	ラ・ブリュイエール『人さまざま』
1696	ベール『歴史批評辞典』
1697	ペロー『コント』
1699	フェヌロン『テレマックの冒険』
1715	摂政時代 (-23)
1726	セヴィニエ夫人『書簡』（死後刊）
1730	マリヴォー『愛と偶然の戯れ』
1731	プレヴォー『マノン・レスコー』
1734	ヴォルテール『哲学書簡』
1748	モンテスキュー『法の精神』
1751	ディドロ／ダランベール『百科全書』第1巻
1757	ディドロ『私生児』『「私生児」についての対話』
1759	ヴォルテール『カンディード』
1761	ルソー『新エロイーズ』
1762	カラス事件
	ルソー『社会契約論』『エミール』
1769	ディドロ『ダランベールの夢』
1776	アメリカ13州独立宣言
1782	ラクロ『危険な関係』
	ルソー『告白』
1784	ボーマルシェ『フィガロの結婚』
1789	フランス革命
1792	第一共和政成立
1795	シェニエ「囚われの若い女」
1796	ディドロ『運命論者ジャックとその主人』
1800	スタール夫人『文学論』
1802	シャトーブリアン『キリスト教精髄』
1804	ナポレオンが皇帝に即位，第一帝政
	セナンクール『オーベルマン』
1814	王政復古，ウィーン会議
1815	ワーテルローの戦い
1816	コンスタン『アドルフ』

西暦	主　要　事　項
1820	ラマルチーヌ『瞑想詩集』
1822	ノディエ『トリルビー』
1827	ユゴー『クロムウェル』序文
1830	七月革命，ルイ＝フィリップ王政
	ユゴー『エルナニ』
	スタンダール『赤と黒』
1834	ミュッセ『戯れに恋はすまじ』『ロレンザッチョ』
1835	ヴィニー『軍隊の屈従と偉大』
	バルザック『ゴリオ爺さん』
1839	スタンダール『パルムの僧院』
1842	シュー『パリの秘密』
1844	デュマ『三銃士』
1845	メリメ『カルメン』
	デュマ『モンテ＝クリスト伯』
1846	ジョルジュ・サンド『魔の沼』
1848	二月革命，第二共和政成立
	シャトーブリアン『墓の彼方からの回想』（-50）
	デュマ・フィス『椿姫』
1851	サント＝ブーヴ『月曜閑談』（-62）
1852	ナポレオン3世即位，第二帝政成立
	ルコント・ド・リール『古代詩集』
	ゴーチエ『螺鈿と七宝』
1853	ユゴー『懲罰詩集』
1854	ネルヴァル『オーレリア』（-55）
1857	フロベール『ボヴァリー夫人』
	ボードレール『悪の華』
1860	ボードレール『人工の天国』
1862	ユゴー『レ・ミゼラブル』
1864	ヴィニー『運命』
	マラルメ『エロディヤッド』
1865	ゴンクール兄弟『ジェルミニー・ラセルトゥ』
1867	ミシュレ『フランス史』（完成）
1868	ロートレアモン『マルドロールの歌』
1869	ドーデ『風車小屋だより』

フランス文学史　略年表

西　暦	主　要　事　項
1870	フロベール『感情教育』 第三共和政成立 普仏戦争（-71）
1871	ヴェルヌ『海底二万里』 パリ・コミューン ゾラ『ルーゴン・マッカール一族』（-93）
1873	ランボー『地獄の一季節』
1874	ヴェルレーヌ『言葉なき恋歌』
1877	ゾラ『居酒屋』
1880	ベック『鴉の群』 ゾラ『実験小説論』
1881	ヴェルレーヌ『かしこさ』
1883	モーパッサン『女の一生』
1884	ヴィリエ・ド・リラダン『残酷物語』 ユイスマンス『さかしま』
1885	ラフォルグ『なげきぶし』
1886	ランボー『イリュミナシオン』
1887	仏領インドシナ連邦成立
1889	ロチ『お菊さん』 エッフェル塔建設
1891	露仏同盟
1892	メーテルランク『ペレアスとメリザンド』
1894	ドレフュス事件
1895	ルナール『にんじん』 クローデル『黄金の頭』
1896	ヴァレリー『テスト氏との一夜』
1897	ジャリ『ユビュ王』 マラルメ『骰子一擲』 ジッド『地の糧』
1906	クローデル『真昼に分かつ』
1909	「N. R. F.」創刊
1910	ルーセル『アフリカの印象』
1913	プルースト『失われた時を求めて』（-27） アポリネール『アルコール』

337

西暦	主要事項
1914	第一次世界大戦（-18）
1916	バルビュス『砲火』
1917	ロシア革命，ソヴィエト成立
	ヴァレリー『若きパルク』
1919	コクトー『ポトマック』
1920	国際連盟成立
1922	マルタン・デュ・ガール『チボー家の人々』（-40）
1923	ラディゲ『肉体の悪魔』
1924	ブルトン『シュルレアリスム宣言』
1925	ジッド『贋金つくり』
1926	マルロー『西欧の誘惑』
	アラゴン『パリの農夫』
	ベルナノス『悪魔の陽の下に』
1927	モーリアック『テレーズ・デスケイルー』
1928	ブルトン『ナジャ』
1930	ブルトン／エリュアール『無原罪懐胎』
1932	ロマン『善意の人々』（-47）
	セリーヌ『夜の果ての旅』
1933	デュアメル『パスキエ家年代記』（-45）
	マルロー『人間の条件』
1935	フランス人民戦線成立
	ジロドゥー『トロイ戦争は起こらない』
1937	マルロー『希望』
1938	ベルナノス『月下の大墓地』
	アルトー『演劇とその分身』
1939	第二次世界大戦（-45）
	サン゠テグジュペリ『人間の大地』
	サロート『トロピスム』
1940	ドイツ軍パリ占領，ヴィシー政府成立
1942	ポンジュ『物の味方』
1943	レジスタンス全国評議会設立
	サン゠テグジュペリ『星の王子さま』
	バタイユ『内的体験』
	サルトル『存在と無』

フランス文学史　略年表

西　暦	主　要　事　項
1944	連合軍のノルマンディー上陸，パリ解放
	アヌーイ『アンチゴーヌ』
1945	国際連合成立
1946	第四共和政成立，インドシナ戦争開始
1947	ヴィアン『うたかたの日々』
	カミュ『ペスト』
1949	ボーヴォワール『第二の性』
1950	デュラス『太平洋の防波堤』
1951	グラック『シルトの岸辺』
1953	バルト『零度のエクリチュール』
1954	アルジェリア戦争（-62）
1957	ヨーロッパ経済共同体（EEC）
	バタイユ『空の青』
	ビュトール『心変り』
1958	第五共和政成立
1959	クノー『地下鉄のザジ』
1960	サルトル『アルトナの幽閉者』
	シモン『フランドルの道』
	「テル・ケル」創刊
1961	ソレルス『公園』
1962	アルジェリア独立
1963	ロブ＝グリエ『新しい小説のために』
1966	フーコー『言葉と物』
1967	ヨーロッパ共同体（EC）発足
	トゥルニエ『フライデーあるいは太平洋の冥界』
1968	五月革命
1969	ド・ゴール退陣，ポンピドゥーの大統領就任
1973	拡大EC発足
1974	ジスカール・デスタン政権
1977	バルト『恋愛のディスクール・断章』
1978	モディアノ『暗いブティック通り』
1981	社会党ミッテラン政権
1984	デュラス『愛人』
1985	ル・クレジオ『黄金探索者』

339

西暦	主要事項
1989	コンフィアン他『クレオール性礼賛』
1990	経済通貨同盟（EMU）第一段階開始
	クンデラ『不滅』
	ギベール『ぼくの命を救ってくれなかった友へ』
1992	シャモワゾー『テキサコ』
1993	ヨーロッパ連合（EU）条約発効
1995	シラク政権
1998	ウエルベック『素粒子』
1999	アムステルダム条約発効
2002	ユーロ紙幣流通開始

＊本書における各作品の年代は，中世を除き，原則として刊行年であるが，執筆，雑誌等への発表，初演などが文学史的に意味をもつ場合は，その年代を記している。

写真・図版出典一覧

1，163ページ　Jean-Pierre Cuzin, *Le Louvre— La peinture française*, Scala, 1989.
7 ページ　The Museum of Modern Art, New York.
9 ページ　*La Tapisserie de Bayeux ; Reprouduction intégrale au 1/7*, Ville de Bayeux.
15ページ　Castex & Surer, *Manuel des études littéraires françaises : Moyen Âge*, Hachette, 1967.
17ページ　P. D. Nogare, *Tristan et Iseut*, Lebaud, 1991.
20，27，34ページ　*Moyen Âge*, collection littéraire Lagarde et Michard, Bordas, 1997.
24ページ　Jean Molinet, *Le roman de la Rose*, Num. BNF de l'éd. de Lyon, 1503, fol. XI.
32ページ　新倉俊一・神沢栄三・天沢退二郎編訳『フランス中世文学集1』白水社，1990年。
36ページ　Valentin Dufour, *La Dance macabre*, L. Willem, 1875.
37，56，59，68，71ページ　*XVIe siècle*, collection littéraire Lagarde et Michard, Bordas, 1969.
43ページ　François Rabelais, *Œuvres complètes*, tome 1, Garnier, 1980.
46ページ　Marguerite de Navarre, *L'Heptaméron*, Garnier, 1981.
51，54ページ　*Littérature textes et documents, Moyen Âge et XVIe siècle*, collection Henri Mitterand, Nathan, 1990.
65 ページ　Agrippa d'Aubigné, *Œuvres*, Gallimard, Bibliothèque de la Pléiade, couverture, 1994.
73ページ　Marie-Françoise Christout, *Le Ballet de cour au XVIIe siècle*, Minkoff, 1987.
80～111ページ　Dictionnaire HACHETTE Multimédia encyclopédique, Hachette Livre, 1997.
115～160ページ　*Littérature textes et documents XVIIIe siècle*, collection Henri Mitterand, Nathan, 1987.
170，191，197，212，236ページ　*Littérature textes et documents XIXe siècle*, collection Henri Mitterand, Nathan, 1998.
173～180，215，218，241ページ　*Nadar Photographies*, Arthur Hubschmid, tome 1, 1979.
182，228，243ページ　*Itinéraires littéraires*, ouvrage réalisé sous la direction de G. Décote et J. Dubosclard, Hatier, 1997.
184，187，194，202，223，225ページ　*Nadar Les années créatrices : 1854-1860*, Éditions de la Réunion des musées nationaux, 1994.
205ページ　*La peinture à Orsay*, Scala, 1986.
230ページ　*XIXe siècle*, collection littéraire Lagarde et Michard, Bordas, 1969.
233ページ　Arthur Rimbaud, *Œuvres*, Garnier, 1960.
245ページ　Maurice Maeterlinck, *Pelléas et Mélisande*, Éditions Labor, 1992.
249ページ　H. L. C. ヤッフェ，高見堅志郎訳『PICASSO』美術出版社，1965年。
254ページ　Paul Claudel, *Théâtre I*, Bibliothèque de la Pléiade, Gallimard, 1967, couverture.

256ページ　André Gide, *Journal 1887-1925*, Bibliothèque de la Pléiade, Gallimard, 1996, couverture.

258ページ　Marcel Proust, *À la Recherche du temps perdu I*, Bibliothèque de la Pléiade, Gallimard, 1987, couverture.

260ページ　Jacques de Bourbon Busset, *Paul Valéry ou le mystique sans Dieu*, Plon, 1964, couverture.

264ページ　Présenté par Michel Décaudin et André Rouveyre, *Apollinaire Enregistré et filmé en 1914*, André Dimanche, 1992.

266ページ　Apollinaire, *Alcools*, Larousse, 1971.

267ページ　*Beaux-Arts*, Hors série, "Le Surréalisme", 1991.

269, 278ページ　Biet, Brighelli, Rispail, *André Malraux la création d'un destin*, Gallimard 1987.

273, 298ページ　Bernard Alluin et autres, *XXe siècle 1900-1950*, tome 1, Hatier, 1991.

275ページ　*Bibliothèque de la Pléiade Catalogue 1998*, Gallimard, 1998.

280ページ　Jules Roy, *Saint-Exupéry*, La Renaissance du Livre, 1998.

282ページ　Sous la direction de Francis Marmande, *Bataille-Leiris L'intenable assentiment au monde*, Belin, 1999.

284ページ　Sous la direction d'Adam Biro et de René Passeron, *Dictionnaire général du Surréalisme et de ses environs*, Presses Universitaires de France, 1982.

287ページ　Gérard Durozoi, *Histoire du mouvement surréaliste*, Hazan, 1997.

288ページ　Bernard Noël, *Marseille-New York*, André Dimanche, 1985.

289ページ　James Thrall Soby, *Yves Tanguy*, The Museum of Modern Art, 1955.

295ページ　Annie Cohen-Solal, *Sartre 1905-1980*, Gallimard, 1985.

300ページ　Dirigé par Jean-Marie Gleize, *L'Herne Francis Ponge*, l'Herne/Fayard, 1981, 1999.

302ページ　*Télérama*, 14 juin 2000, n. 2631.

306, 312ページ　Jean-Michel Maulpoix, *XXe siècle*, tome 2, Hatier, 1991.

309ページ　*Marguerite Duras*, Marval, 1997.

314ページ　*Télérama*, 10 mars 1999, n. 2565.

319ページ　ジャン・ベルナベ／パトリック・シャモワゾー／ラファエル・コンフィアン著，恒川邦夫訳『クレオール礼賛』平凡社，1997年。

321ページ　関根日出男・中村猛訳『冗談』みすず書房，1992年。

323ページ　Pierre Volboudt, *Kandinsky*, Hazan, 1984.

人名索引

〈ア 行〉

アヌーイ 29
アポリネール 263-267
アミエル 240
アラゴン 263
アルディ 78
アルトー 229,252,264,272,284,285,287,293
アントワーヌ 211
イヨネスコ 293
ヴァレス 210
ヴァレリー 208,237,251,253,254,260,261,269
ヴィアン 294
ヴィトラック 285
ヴィニー 166,175,180,201
ヴィヨー 79
ヴィヨン 31,34,49
ヴィリエ・ド・リラダン 239
ヴェラーレン 240,245
ヴェルヌ 238,240,241
ヴェルレーヌ 208,211,222,230,231,233,236, 238,243,265
ヴォーヴナルグ 87
ヴォージュラ 75
ウォルコット 318
ヴォルテール 29,118,120,123,124,126,135, 145,156,179,200
エルヴェシウス 134
オージエ 211

〈カ 行〉

カイヨワ 282
カゾット 185
カミュ(アルベール) 298,299
カミュ(ジャン=ピエール) 42
ギエ 54
ギゾー 201
ギユラーグ子爵 89

ギヨーム・ド・ロリス 24,25
ギヨーム9世 30
クーシ城代 30
クノー 294
グラック 294
グリーン 272
クリスチーヌ・ド・ピザン 25,29
クリステヴァ 305,318
クリストフ 318
グリッサン 319
クレチアン・ド・トロワ 14,20
クロ 239
クローデル 237,253,254,255
クンデラ 65,318,321,322
ゴーチエ 170,176,208,221-223
コクトー 241,263,264,267,272
コルネイユ 77,78,83,98,101,103
コルビエール 239
ゴンクール兄弟 209
コンスタン 166,168
コント 208,209
コンフィアン 319,320

〈サ 行〉

サガン 294
サド侯爵 145
サブレ夫人 90
サルトル 5,241,291,295,298,302
サロート 304,306,307
サン=シモン公爵 156,165,180,209
サン=テグジュペリ 272,280,281
サン=ポル・ルー 253
サン=ランベール 156
サンゴール 319
サンド 182,187,188,240
サント=ブーヴ 61,201
サンドラール 263
シェニエ 158

343

ジオノ　272
シクスー　305
ジッド　208,237,253,254,256,257,280
シモン　305,307
シャール　294
ジャコテ　294
ジャコブ　263,264
シャトーブリアン　158,166,167,168,170,171,
　　175,200,222
シャプラン　111
ジャム　253
シャモワゾー　318-320
ジャリ　239,263,264,285
シャルル・ドルレアン　31
ジャン・ド・マン　24,25
シャンフルーリ　209
シュー　190,200
シュウォブ　240
ジュネ　34,267,293,295
シュペルヴィエル　263
ジョフラン夫人　134
ジョフレ・リュデル　30
ジョワンヴィル　12
ジロドゥー　272
スーポー　263,269
スカロン　79
スキュデリー嬢　143
スグレ　104
スタール夫人　166,167,200
スタンダール　166,167,190-192,198,258
スデーヌ　136
セヴィニエ侯爵夫人　95,96
セーヴ　49,54,55
セガレン　263
セギュール夫人　240
セゼール　288,319
セナンクール　168
セリーヌ　272,275,276,294,317
ソシュール　291,302
ゾラ　208,210-212,215,216,218,243
ソレルス　302,305,306

〈タ　行〉

ダシエ夫人　108,109
ダランベール　125,127,131-133
タンサン夫人　134
チエリ　201
ツァラ　263
デ・ペリエ　42
ディドロ　125,126,128,131-134,136,140,144,
　　150,151,165,200,211
テーヌ　201,203,209,210
デカルト　6,79,80,81,119
デシャン　175
デスノス　264
デピネ夫人　134
デポルト　60
デボルド＝ヴァルモール　169
デュ・カン　212
デュ・デファン夫人　134
デュ・ファイユ　42
デュ・ベレー　39,43,50,56,57,59,200
デュアメル　253,272
デュマ(子)　210
デュマ(父)　190,200,201
デュラス　305,309,310
デュランティ　209
デュルフェ　79
ドゥギー　294
ドゥルーズ　312
トゥルニエ　306,312
ドーデ　210
ドービニエ　64-66
トックヴィル　201
トドロフ　318
トマ　17
ドラ　50,56,59
ドリール　156
ドリュ・ラ・ロシェル　252

〈ナ　行〉

ニコル　101
ネルヴァル　167,170,176,184,185,222,223,258
ノディエ　168-170,175,182

人名索引

〈ハ 行〉

バイフ 59
バシュラール 312
パスカル 6,79,85-87
バタイユ 252,282
バルザック(オノレ・ド) 6,166,167,190,191,
　194,195,200,208,212,258,303,308
バルザック(ゲ・ド) 75
バルト 291,293,302,303,306
バルベー・ドールヴィイ 210,211,239
バレス 253
ピエール・ド・マンディアルグ 294
ピカビア 264
ビュデ 43
ビュトール 305,307,312
フーコー 291,293,312
フーリエ 165
ブールジェ 253
フェヌロン 108,240
フォントネル 108
ブニュエル 264
ブランキ 165
ブランショ 305,306
フランス 29,253
ブリュノ 240
ブリュンチエール 210
プルースト 185,250,253,254,257-259,307
プルードン 165
ブルトン 185,229,251,263,264,267,269,270,
　282,284,288
プレヴォ 144-146
フロベール 188,208,209,212-214,218,222,258
フロマンタン 211,222
ベーズ 52
ベール 108
ペギー 29,253
ベケット 293
ベック 211
ベランジェ 166
ベルール 17
ベルトラン 169
ベルナノス 272,273

ベルナベ 320
ベルナルト・デ・ヴェンタドルン 30,32
ペレック 294
ペロー 108,111,112,240
ボエスチオー 42
ボーヴォワール 295,305
ボードレール 6,57,208,211,221,222,225,226,
　236,238,239,243,258
ボーマルシェ 116,135,140
ポーラン 300
ボシュエ 89,111
ボダン 40
ボレル 170
ボワロー 89,101,108,112
ポンジュ 294,300,301
ボンヌフォワ 294

〈マ 行〉

マケ 200
マソン 46
マラルメ 57,208,222,231,236-238,243,252,
　254,258,260,269
マリ・ド・フランス 14
マリヴォー 134,135,137,138,144,145
マルグリット・ド・ナヴァール 41,46,51
マルタン・デュ・ガール 271
マルロー 252,272,278
マレルブ 75,79,200
マロ(エクトル) 240
マロ(クレマン) 46,49,51,52,54
マロ(ジャン) 51
ミシュレ 5,29,38,202,203,302
ミショー 294
ミュッセ 166,168,182,187,201
メーテルランク 239,245
メナージュ 104
メリメ 190,197,198,201
メルシエ 136,157
メルロ゠ポンティ 295
モーパッサン 210,211,218
モーラス 273
モーリヤック 272
モディアノ 306,314,315

345

モリエール　77,98,99,101,135
モレアス　239
モンテーニュ　6,39,40,64,65,68-71,87,200,258
モンテスキュー　121,122,134,145
モンリュック　64

〈ヤ　行〉

ヤコブソン　288
ユイスマンス　210,211,236,239,243
ユゴー　156,166,168-170,175-177,180,208,223
ユスターシュ・デシャン　31
ユルスナール　294

〈ラ　行〉

ラ・ファイエット夫人　90,97,104,258
ラ・フォンテーヌ　92,108,240
ラ・ブリュイエール　87,108-110
ラ・ボエシ　68
ラ・モット　109
ラ・ロシュフコー　87,90,97
ラカン　291
ラクロ　145,153
ラシーヌ　77,101,102,135
ラディゲ　267,271
ラビッシュ　211
ラフォルグ　239
ラブレー　34,39,40,42-44,51
ラベ　49
ラマルチーヌ　156,166,169,170,173,174,222
ラムネー　165,180,187
ランソン　240
ランブイエ侯爵夫人　77

ランボー　208,222,231-234,241,254
リヴァロル　5
リヴィエール　253
リトレ　209
リュトブフ　30
ル・クレジオ　306
ルヴェルディ　263
ルーセル　241,263
ルコント・ド・リール　221
ルソー　5,126,128-130,145,148,160,161,165,
　　　168,170,171,240
ルナール　210
ルナン　201,209
ルフェーヴル・デタープル　41,64
ルルー　187
レヴィ＝ストロース　288,291,293,312
レスピナス　134
レダ　294
レチフ・ド・ラ・ブルトンヌ　157,184
レナル　132
レリー　42
レリス　252,282
ロートレアモン　5,228
ロチ　222,240
ロデンバック　239,245
ロトルー　78
ロブ＝グリエ　305-307
ロベール・ド・ボロン　22
ロマン　253,272
ロラン　271
ロンサール　39,40,50,51,57,59-61,65,201

作品索引

〈あ 行〉

『愛人』 310
『哀惜詩集』 57, 58
『愛と偶然の戯れ』 137-139
『愛の勝利』 137
『青い鳥』 245
「蒼空」 236
「青ひげ」 112
「赤頭巾ちゃん」 112, 113
『アカデミー・フランセーズ辞典』 107
『赤と黒』 167, 191-193
『明るい部屋』 303
「秋の歌」 230
「秋の木の葉」 176
『アクセル』 239
『悪の華』 225, 226
『悪魔の陽の下に』 273, 274
『悪魔のような女たち』 239
『アストレ』 79
『アタラ』 170-172
『新しい小説のために』 307, 308
『アタリー』 102
『厚かましい人々』 309
『アドニス』 92
『アドルフ』 168
『アフリカの印象』 263
『アミアンの聖書』 258
「雨」 301
『あら皮』 195
『アルコール』 264-266
『アルテンブルクのくるみの木』 278
『アルトナの幽閉者』 295, 297
『アルマンス』 191
『アレクサンドル大王』 101
『アンジェリック』 185
『アンジボーの粉屋』 187
『アンディアナ』 187

『アントニー』 200
『アンドレ・ワルテルの手記』 256
『アンドロマック』 101
『アンリ3世とその宮廷』 200
『アンリ・ブリュラールの生涯』 191
「アンリ4世頌」 156
『イーリアス』（翻案） 109
『イールのヴィーナス』 197
『イヴァンまたはライオンの騎士』 20
『イエス伝』 209
『家なき子』 240
『家なき娘』 240
『イギリス書簡』 124
『居酒屋』 210, 216
『イジチュール』 236
『イタリア年代記』 191
『イタリアの麦わら帽子』 211
『異端教祖株式会社』 264
『一家の父』 136
『偽りの告白』 137
『夷狄詩集』 221
『従妹ベット』 195
『田舎司祭の日記』 273
『田舎の友への手紙（プロヴァンシャル）』 86
「犬サフラン」 266
『異邦人』 298
『イリュミナシオン』 234
『隠棲した貴族の回想』 146
『インディア・ソング』 310
『ヴァリエテ』 261
『ヴァン・ゴッホ 社会が自殺させた者』 285
『ウイーヌ氏』 273
『ヴェネチアの夜』 182
『ウジェニー・グランデ』 194
『失われた時を求めて』 253, 257-260
『嘘つき男』 83
『うたかたの日々』 294

347

『海』 202
「海の微風」 237
『海の労働者』 177
『裏切られた遺言』 321,322
『裏と表』 298
『運命』 180
『運命論者ジャックとその主人』 150-152
『エゴチスムの回想』 191
『S/Z』 303
『エステル』 102
『エセー』 39,64,65,68-70
「エトルリアの壺」 197
『エトワール広場』 314
『エドワルダ夫人』 282
『エプタメロン』 42,46-48
『エミール』 128,129,131,160,240
『エルヴェシウスの「人間論」に対する反論』 132
『エルナニ』 168,176,223
「エレーヌへのソネ」 61
『エレックとエニード』 20
『エロディヤッド』 236
『演劇とその分身』 285,286
『演劇論』 136
『円錐曲線試論』 85
「老いた夫に嫁いだ若い御婦人について」 53
『黄金探索者』 306
『黄金の頭』 253,254
『嘔吐』 295
『王道』 278
『王妃マルゴ』 200
「狼の死」 180,181
『オード4部集』 59,61
『オーベルマン』 168
『大股びらき』 267
『オーレリア』 185,186
『お菊さん』 240
『おしゃべり宝石』 150
『乙女』 29
「親指小僧」 112
『オラース』 83
『オリーヴ』 56,57
『オルフェ』 267

「オルラ」 219
「オレンジ」 301
『温室』 245
『女の一生』 219,220

〈か 行〉

『カイエ』 261
『絵画論』 132
『かしこさ』 231
『回想記』 90
『回想録』 156
『海底二万里』 241,242
『快楽の漸進的横滑り』 307
『革命試論』 170
『学問芸術論』 128,129
『家族手帳』 314
「蝸牛」 301,302
「形見分け」 34
「カッサンドルへのオード」 62
『悲しき熱帯』 287
『悲しみよ今日は』 294
『彼方』 244
『鴉の群』 211
『カリグラム』 265
『ガルガンチュア大年代記』 43
『ガルガンチュア物語』 43
『ガルガンチュア物語とパンタグリュエル物語』 39
『カルパチアの城』 241
『カルメン』 197,199
『カルメル会修道女の対話』 273
『眼球譚』 282
『感情教育』 212
『カンディード』 123,145
『寛容論』 123
『気球に乗って五週間』 241
『危険な関係』 145,153-155
『気象』 312
『季節』 156
『北』 275
『北中国の愛人』 310
『狐物語』 23,27
『希望』 278,279

『九十三年』 177
《驚異の旅》 241
『狂気の愛』 269
『狂信または予言者マホメット』 135
『去年マリエンバードで』 307
『キリスト教護教論』 86
『キリスト教精髄』 170,171
『金銭』 216
『金銭の問題』 211
『寓話詩』 92
『腐って行く魔術師』 264
『暗いブティック通り』 315,316
『クララ・ガスル戯曲集』 197
『クリジェス』 20
「グリゼリディス」 112
『クレヴランド』 146
『クレーヴの奥方』 104,106
『クレオール性礼賛』 319,320
『クロムウェル』 168,175
『軍隊の屈従と偉大』 180
『群盲』 245
「芸術」 223,224
『閨房の哲学』 145
『消しゴム』 306
『月下の大墓地』 273
『結婚15の歓び』 24
『結婚の生理学』 194
『月曜閑談』 201
『月曜物語』 210
『幻視者たち』 185
『幻想詩篇』 185
『現代高踏詩集』 221,230
『現代生活の画家』 226
『幻滅』 195
『恋する死女』 223
『恋に磨かれたアルルカン』 137
『恋の不意打ち』 137
『コーヒーの水』 319
『氷のスフィンクス』 241
「五月の夜」 182
『古今詩集』 180
『告白』 128,148,160,161,168
『心変り』 305

『五大讃歌』 254
『古代詩集』 221
『古代人・近代人比較論』 112
「滑稽な願いごと」 112
『孤独な散歩者の夢想』 129,160
『言葉と物』 291
『言葉なき恋歌』 231,232
『胡麻と百合』 258
『ゴリオ爺さん』 194-196
『これで，おしまい』 310
『コロンバ』 197
『コンゴ紀行』 256
『コンシュエロ』 187
『昆虫』 202
『コント』（ペロー） 112
『コント』（ラ・フォンテーヌ） 92

〈さ 行〉

『ザイード』 104
『ザイール』 123,135
『骰子一擲』 236
『才女気取り』 98
『さかしま』 236,243,244
『作品』 212
『さまよえるユダヤ人』 200
『サユール』 256
『サラジーヌ』 303
『サラムボー』 212
『サロン』 132
『讃歌集』 60
『残酷物語』 239
『三銃士』 200,201
『三声の詠唱』 254
《三都市》 215
『サント＝ブーヴに反対する』 258
『散文トリスタン』 17
『サン＝マール』 180,201
『シーシュポスの神話』 298
『ジェルミナール』 216
『ジェルミニー・ラセルトゥ』 210
『時間割』 305
『死刑囚最後の日』 177
『地獄』 51,52

349

『地獄の一季節』 233,234
『地獄の機械』 267
『詩人の血』 267
『私生児』 136
『「私生児」についての対話』 136
『自然児』 145
『実験小説論』 215
『実証哲学講義』 209
『嫉妬』 307
『死都ブリュージュ』 239
『死のごとく強し』 219
『磁場』 269
『詩篇』 51,52
「脂肪の塊」 218
『社会契約論』 128,129,160
《ジャック・ヴァントラス》 210
『シャルル9世年代記』 197,201
『ジャン=クリストフ』 271
『ジャン・サントゥイユ』 258
『ジャンヌ・ダルク』 203,204
「十月の夜」 182
『宗教諧調詩集』 173
『宗教賛歌』 102
『十五少年漂流記』 241
『習作中の画家』 300
『獣人』 216
『修道女』 144,150
『16世紀フランス詩および演劇の歴史的，批評的概観』 201
『繻子の靴』 253,254
『出発』 244
『シュルレアリスム宣言』 263,269,271
「シュルレアリスム第二宣言」 264,269,282
『城砦』 280
『省察』 80
『城主』 176
『小説の技法』 322
『冗談』 321
『情念論』 81
『書簡』 95
『ジョスラン』 173
『諸世紀の伝説』 176
「知られざる傑作」 212

『知られざる者の日記』 267
「シルヴィ」 185
『死霊の恋』 223
『試練』 137
『城から城』 275
『ジロンド党史』 174
『新エロイーズ』 128,145,148-150
『神経の秤』 284
『箴言集』 90,91
『人工の天国』 226
『新笑話集』 42
「シンデレラ」 112
『シンナ』 83
『新百物語』 24
『真理』 215
『神話作用』 302
『過ぎし日の巨匠たち』 211
『酢商人の手押し車』 136
『ステロ』 180
『ストラスブールの誓約』 10
『スペインとイタリアの物語』 182
『スマラ』 169
『聖アレクシス伝』 4,11
『聖アントワーヌの誘惑』 212
『西欧の誘惑』 252,278
『静観詩集』 176
『正義』 215
『世紀児の告白』 168,182
『聖杯由来の物語』 22
『生は彼方に』 321
『征服者』 278
『聖母「月」のまねび』 239
『聖霊の風』 312
『セヴィリアの理髪師』 140,141
『世界の多様性についての対話』 108
『狭き門』 256
「セミとアリ」 92,94
『セラフィタ』 195
『善意の人々』 272
『戦記』 64
「前詩」 300
「前世」 225
「創意」 158

作品索引

『想像力の問題』 295
『粗忽者』 98
『ソフィーの災難』 240
『空の青』 282,284
『ソ連から帰って』 256
『存在困難』 267
『存在と無』 295
『存在の耐えられない軽さ』 321

〈た 行〉

『第三之書・パンタグリュエル物語』 44,45
『大聖堂』 244
『大地』 210
『第二の性』 305
『太平洋の防波堤』 309-311
『戦う操縦士』 280
『谷間のゆり』 194
『楽しみと日々』 253,258
「煙草」 301
「旅への誘い」 225
「タマンゴ」 197
『ダランベールの夢』 131-133
「タルタラン」 210
「タルテュフ」 99
『戯れに恋はすまじ』 182
『短詩』 14
『タンド伯爵夫人』 104
『小さな王子』 280
『チェンチ一族』 285
『地下鉄のザジ』 294
「地帯」 265
『地底旅行』 241
『地の糧』 253,256
『チボー家の人々』 272
『チャタトン』 180
『町人貴族』 99,100
『懲罰詩集』 176
『追悼説教』 89
『追放と王国』 298
『通底器』 269
『椿姫』 211
『罪深き魂の鏡』 46
『ディヴァガシオン』 236

『庭園』 156
『定過去』 267
『ティレジアスの乳房』 265
『テキサコ』 319
『テクストの快楽』 303
『テスト氏との一夜』 253,261,262
『哲学原理』 80
『哲学書簡』 123-125
「哲学的短編」 145
『デリー』 54-56
『テレーズ・デスケイルー』 272
『テレーズ・ラカン』 215
『テレマックの冒険』 108
『田園遊学集』 57
『天成の哲人』 136
『転落』 298
『ドイツ論』 167
『同時代のアトリエ』 300
『当代の悲惨を論ず』 60
『動物誌』 23
『東方紀行』 184
『東方詩集』 176
『東方所感』 254
『東方旅行』 173
「東洋演劇と西洋演劇」 286
『溶ける魚』 269
『土星びとの歌』 231
『ドミニック』 211
『ドラ・ブリュデール』 315
「囚われの若い女」 158,159
『トリスタン物語』(トマ) 17
『トリスタン物語』(ベルール) 17,19
『トリルビー』 169
『トロイ戦争は起こらない』 272
『トロピスム』 304
『ドン・ジュアン』 99

〈な 行〉

『内的体験』 282
「長靴をはいた猫」 112
『なげきぶし』 239
『なしくずしの死』 275
『ナジャ』 269

351

『ナチェーズ族』 170
『ナナ』 216
『成り上がり百姓』 144
『南方郵便機』 280
『肉体の悪魔』 271
『ニグロと提督』 319
『ニコメード』 83
『二重の不実』 137
『贋金つくり』 253,257
『日記』(アミエル) 240
『日記』(ゴンクール兄弟) 210
『二年間の休暇』 241
『女房学校』 99
《人間喜劇》 194
『人間嫌い』 99
『人間の条件』 278
『人間の大地』 280,281
『人間不平等起源論』 128,129
『にんじん』 210
『ネールの塔』 200
「眠れる森の美女」 112
『ノートル゠ダム・ド・パリ』 177
『覗く人』 306
『呪われた詩人たち』 222,231,236
『呪われた部分』 282

〈は 行〉

『背徳者』 256
『破壊しに，と彼女は言う』 310
『墓の彼方からの回想』 171
『博物誌』 210
『パスキエ家年代記』 272
『八十日間世界一周』 241
『ハドリアヌス帝の回想』 294
『薔薇物語』 23,24,26
『パリ』 215
『パリからエルサレムへの旅』 170
『パリ環状通り』 314
『パリ情景』 157
『パリの胃袋』 216
『パリの秘密』 200
『パリの憂鬱』 226
『パリの夜』 157

『春』 65
『パルムの僧院』 167,191,192
『反回想録』 278
『反抗的人間』 298
『半獣神の午後』 236
『パンセ』 86,87
『パンタグリュエル物語』 43
「万物照応」 225-227
『悲歌』 158
『悲惨』 67
『肘掛椅子で見る芝居』 182
『微笑を誘う愛の物語』 321
『悲愴歌』 64,66
『人さまざま』 109-111
『火の娘たち』 185
『ひばり』 29
「ひばりが歓びのあまり」 32,33
『秘法十七』 270
『百科全書』 115,125-127,131,132
『ピラムとティスベ』 78
『ヒロシマ私の恋人』 309
『貧者の宝』 245
『ファウスト』 184
『フィガロの結婚』 140-142
『ブヴァールとペキュシェ』 212
『ブーガンヴィル航海記補遺』 131
『諷刺詩』 158
『風車小屋だより』 210
『風俗試論』 123
『フェードル』 101-103
『ふくろう党』 194
『プシシェとキュピドンの恋』 92
『侮辱に対する返答』 60
『舞台は夢』 83
『ふたりの子供のフランス一周』 240
『プチット・ファデット』 187
「葡萄畑と家」 174
『不滅』 322,323
『不滅の女』 307
『フライデーあるいは太平洋の冥界』 312,314
『フラカス隊長』 223
『フランシヤッド』 60

作品索引

『フランス革命史』 202
『フランス国民に対する戒め』 60
『フランス語の擁護と顕揚』 39,50,56
『フランス史』 29,202,203
『フランドルの道』 305
『フランドル風物詩』 239
『ブリタニキュス』 101
『パルムの僧院』 191,192
『文学批評・群像』 201
『文学論』 167
『ペスト』 298,299
『ベラミ』 219
『ヘリオガバルスまたは戴冠せるアナーキスト』 285
『ペルシャ人の手紙』 121,145
『ペルスヴァルまたは聖杯の物語』 20-22
『ベルタリート』 83
「ヘルメス」 158
『ペレアスとメリザンド』 245-247
『ベレニス』 101
『弁証法的理性批判』 295
『ボヴァリー夫人』 209,212-214
『法王庁の抜穴』 257
『豊産』 215
『宝石譜』 23
『法の精神』 121,122
『方法序説』 80,81
『ポエジー』 228
『ポール=ロワイヤル史概要』 102
『ポール=ロワイヤル』 201
「星」 176
『星の王子さま』 280,281
『牧歌』 158
『ポトマック』 267,268
『ボヌール・デ・ダーム百貨店』 216
『ボヘミアの小さな城』 184
『ポリウクト』 83
『ポルトガル文』 89
『ポワリエ氏の婿』 211

〈ま 行〉

『魔王』 312
「巻き毛のリケ」 112

『牧場の制作』 300
『魔術的芸術』 270
『魔女』 202
『魔女論』 40
「マテオ・ファルコーネ」 197
「窓」 236
『魔の沼』 187,188
『マノン・レスコー』 144,146,147
『真昼に分かつ』 254,255
『マリアへのお告げ』 254
『マリアンヌの気紛れ』 182
『マリアンヌの生涯』 144
『マルドロールの歌』 228,230
『マレーヌ姫』 245
『ミクロコスモス』 54,55
『ミクロメガス』 145
『水の上』 218
『魅せられた魂』 271
『三つの物語』 212
『皆殺しのための戯言』 275
『雅びなる宴』 231
『魅惑』 261
『民衆』 202
『昔と今』 231
『瞑想詩集』 173,174
『冥府の臍』 284
『メダンの夕べ』 210,218,243
『メリート』 83
『盲人書簡』 131,132
『モードの体系』 302
『モーパン嬢』 223
『モザイク』 197
『模写』 258
『モデラート・カンタービレ』 309
『戻ってきた鏡』 306,307
『物の味方』 300,301
『モンテ=クリスト伯』 200
『モンパンシエの奥方』 104

〈や 行〉

『夜間飛行』 280
『病は気から』 98
『山師トマ』 267

353

『やむにやまれぬ表現の欲求』 300
『遺言詩集』 34,35
『ユーパリノスまたは建築家』 261
『ユビュ王』 239
「夜明け」 234,235
「酔い痴れた船」 233,234
「妖精」 112
『幼年期』 306
『よき歌』 231
「夜」 182
『夜のガスパール』 169
『夜の果ての旅』 275-277,294,317
《四福音書》 215

〈ら 行〉

『ラ・テバイッド』 101
『ラシーヌとシェイクスピア』 167,191
『螺鈿と七宝』 223
『ラミエル』 191
『ラモーの甥』 150,151
『ランスロまたは荷車の騎士』 20
『リゴドン』 275
『リュイ・ブラース』 176
『柳叢曲』 54
『リュシアン・ルーヴェン』 191
『両インド史』 132
『倫理学ノート』 295
『ルイ14世の世紀』 123
『ルイ大王の世紀』 111
《ルーゴン・マッカール一族》 215,216
『ル・シッド』 83,84
『ルソー, ジャン=ジャックを裁く—対話』 128

『ルネ』 168,170,171
『ルルド』 215
『零度のエクリチュール』 302
『レオナルド・ダ・ヴィンチ方法序説』 261
『歴史批評辞典』 108
『レ・ミゼラブル』 177,178
『恋愛のディスクール・断章』 303,304
『恋愛論』 191
『老嬢』 200
『労働』 215
『ローマ』 215
『ローマ人盛衰原因論』 121
『ローマの古跡』 57
『ロデーズからの手紙』 285
『ロドギューヌ』 83
『ロバの皮』 112
『ロラ』 182
『ロランの歌』 11,15,16
『ロラン・バルトによるロラン・バルト』 303
『ロル・V・シュタインの歓喜』 309
『ロレンザッチョ』 182,183,201

〈わ 行〉

『若きパルク』 253,261
『若きフランス』 223
「わが心はかくも喜びに満ち」 32
『わが生涯の歴史』 187
『我がファウスト』 261
『別れのワルツ』 321
『笑いと忘却の書』 321
「われ弾劾す!」 215

執筆者紹介(執筆順，＊印は編著者)

＊**朝比奈美知子**(あさひな・みちこ，序章，第5章：時代思潮／1／3，第6章：時代思潮／2／3)

 1957年生まれ。東京大学大学院を経て，現在，東洋大学文学部教授。著訳書：『カニングハム 動き・リズム・空間』(共訳)新書館，1987年。『ネルヴァル全集』全6巻(共訳)筑摩書房，1997年-2003年。『フランスから見た幕末維新』(翻訳)東信堂，2004年。『フランス留学で役に立つ単語と表現』三修社，2005年。

＊**横山安由美**(よこやま・あゆみ，第1章)

 1964年生まれ。東京大学大学院を経て，現在，立教大学教授。文博。著訳書：『読むことの歴史』(共訳)大修館，2000年。『グノーシス 陰の精神史』(共著)岩波書店，2001年。『中世アーサー王物語群におけるアリマタヤのヨセフ像の形成』溪水社，2002年。

平野隆文(ひらの・たかふみ，第2章)

 1961年生まれ。東京大学大学院を経て，現在，立教大学文学部教授。文博。著訳書：『パリ歴史事典』(共訳)白水社，2000年。『読むことの歴史』(共訳)大修館，2000年。『未来の歴史』(共訳)筑摩書房，2000年。『冒瀆の歴史』(翻訳)白水社，2001年。『魔女の法廷』岩波書店，2004年。

江花輝昭(えばな・てるあき，第3章)

 1955年生まれ。東京大学大学院を経て，現在，獨協大学外国語学部教授。著訳書：『プログレッシブ仏和辞典』(項目執筆)小学館，1992年。『世界文学大事典5・事項編』(項目執筆)集英社，1997年。

増田　真(ますだ・まこと，第4章)

 1957年生まれ。東京大学大学院を経て，現在，京都大学大学院文学研究科・文学部教授。DL。著訳書：『フランス文学史』(共著)東京大学出版会，1995年。『幸福な国民またはフェリシー人の政体』「ユートピア旅行記叢書」(翻訳)岩波書店，2000年。

朝比奈弘治(あさひな・こうじ，第5章：2，第6章：1)

 1951年生まれ。東京大学大学院を経て，現在，明治学院大学文学部教授。著訳書：『フローベール『サラムボー』を読む——小説・物語・テクスト』水声社，1997年。『文体練習』(翻訳)朝日出版社，1996年。『地底旅行』(翻訳)岩波書店，1997年。

永井敦子(ながい・あつこ，第7章：時代思潮／2／3，第8章：時代思潮／1／2)

 1961年生まれ。上智大学大学院を経て，現在，上智大学文学部教授。DL。著訳書：『シュルレアリスムの射程』(共著)せりか書房，1998年。『文化解体の想像力』(共著)人文書院，2000年。『アンドレ・ブルトン 作家の諸相』(翻訳)人文書院，1997年。

今井　勉(いまい・つとむ，第7章：1，第8章：3)

 1962年生まれ。東京大学大学院を経て，現在，東北大学教授。文博。著訳書：『ポール・ヴァレリー『アガート』訳・注解・論考』(共著)筑摩書房，1994年。

シリーズ・はじめて学ぶ文学史③
はじめて学ぶフランス文学史

| 2002年4月15日 | 初版第1刷発行 | 〈検印省略〉 |
| 2021年8月20日 | 初版第12刷発行 | |

定価はカバーに
表示しています

編著者	横山　安由美
	朝比奈　美知子
発行者	杉田　啓三
印刷者	江戸　孝典

発行所　株式会社　ミネルヴァ書房

607-8494 京都市山科区日ノ岡堤谷町1
電話代表 075-581-5191番
振替口座 01020-0-8076番

Ⓒ横山安由美・朝比奈美知子, 2002　共同印刷工業・新生製本

ISBN978-4-623-03490-1

Printed in Japan

世界文化シリーズ

イギリス文化 55のキーワード	木下卓・久保田和憲・窪田憲子・笹田隆志 編著	本体A5判二九六頁 二九〇〇円
アメリカ文化 55のキーワード	笹田直人・野田研一・山里勝己 編著	本体A5判二九〇頁 二五〇〇円
フランス文化 55のキーワード	朝比奈美知子・横山安由美 編著	本体A5判三〇四頁 二五〇〇円
ドイツ文化 55のキーワード	宮田眞治・濱中春・比留間直治 編著	本体A5判三〇〇頁 二五〇〇円
イタリア文化 55のキーワード	和田忠彦 編	本体A5判二八〇頁 二八〇〇円
中国文化 55のキーワード	武田雅哉・加部勇一郎・田村容子 編著	本体A5判二九〇頁 二五〇〇円

世界文化シリーズ〈別巻〉

英米児童文化 55のキーワード	白井澄子 編著	本体A5判二九〇頁 二五〇〇円
マンガ文化 55のキーワード	竹内オサム・西原麻里 編著	本体A5判二六八頁 二六〇〇円
アニメーション文化 55のキーワード	須川亜紀子・米村みゆき 編著	本体A5判二四八頁 二四〇〇円

シリーズ・世界の文学をひらく

フランス文学の楽しみかた	畠山達 編著	本体B5判二八〇頁 二八〇〇円
ドイツ文学の道しるべ	岡本和子・吉中俊貴 編著	本体B5判二六八頁 二六〇〇円
深まりゆくアメリカ文学	山本洋平 編著	本体B5判二五〇頁 二五〇〇円

―― ミネルヴァ書房 ――
https://www.minervashobo.co.jp/